LAVYRLE SPENCER

Ein Sommer in Maine

Buch

Es ist der Sommer 1916. Überall in Amerika fordern die Frauen mehr Rechte und nehmen sich neue Freiheiten heraus – aber nicht in Maine! Das zumindest glauben die konservativen Bürger des kleinen Küstenstädtchens Camden. Roberta Jewett weiß um diese Widerstände. Trotzdem kehrt sie mit ihren drei Töchtern in ihre Heimatstadt zurück, fest entschlossen, sich nicht unterkriegen zu lassen. Denn sie ist eine geschiedene Frau – und ein Freigeist noch dazu. Eigensinnig weigert sie sich, unauffällig und bescheiden einer »angemessenen« fraulichen Tätigkeit nachzugehen. Statt dessen nimmt sie eine Stelle als Bezirkskrankenschwester an, ein Beruf, der von ihr vollen menschlichen Einsatz fordert. Um Tag und Nacht erreichbar zu sein, kauft sich Roberta kurzerhand ein Auto, das sie eigenhändig zu steuern gedenkt. Die Wellen der Entrüstung schlagen endgültig hoch. Doch als Roberta eines Tages etwas Schreckliches widerfährt, findet sie plötzlich und ganz unerwartet einen Verbündeten, ihren attraktiven, aber sehr verschlossenen Nachbarn Gabriel Farley …

Autorin

LaVyrle Spencer begann ihre Karriere als Schriftstellerin 1979. Seitdem hat sie sich mit ihren Romanen über humorvolle und moderne Frauen, die mit Schwung das Leben und die Liebe meistern, einen festen Platz auf den Bestsellerlisten der *New York Times* erobert und zahlreiche Preise erhalten. Sie lebt mit ihrer Familie in Stillwater, Minnesota.

LaVyrle Spencer bei Goldmann

Ein Traum von einem Mann. Roman (42986)
Vergib, wenn du kannst. Roman (41580)
Vorbei und nie vergessen. Roman (42611)
Wildnis des Herzens. Roman (41472)
Wo der Traum die Nacht verläßt. Roman (41558)
Ein Haus im Himmel. Roman (42985)

LaVyrle Spencer

Ein Sommer in Maine

Roman

Aus dem Amerikanischen
von Michaela Link

GOLDMANN

Die Originalausgabe erschien unter dem Titel
»That Camden Summer«
bei G. P. Putnam's Sons, New York

Umwelthinweis:
Alle bedruckten Materialien dieses Taschenbuches
sind chlorfrei und umweltschonend.
Das Papier enthält Recycling-Anteile.

Der Goldmann Verlag
ist ein Unternehmen der Verlagsgruppe Bertelsmann

Taschenbucherstausgabe 4/98

Umschlaggestaltung: Design Team München
Umschlagfoto: G+J/Photonica/Eisner
MD · Herstellung: Stefan Hansen
Satz: IBV Satz- und Datentechnik GmbH, Berlin
Druck: Elsnerdruck, Berlin
Verlagsnummer: 43713
Made in Germany
ISBN: 3-442-43713-X

3 5 7 9 10 8 6 4 2

Viele Menschen haben mir und meinem Mann einen roten Teppich ausgerollt, als wir im September 1983 Camden in Maine besuchten, um für dieses Buch zu recherchieren. Selten war ein Empfang so herzlich und vollkommen wie der, der uns in diesem bezaubernden Hafenort am Meer zuteil wurde. Wir haben uns nicht nur in die Stadt verliebt, sondern auch in ihre Bewohner. Hier seien nun einige derer aufgeführt, die ihr Möglichstes getan haben, um uns zu helfen:

John Fullerton von der Handelskammer Camden
Elizabeth Moran von der Stadtbücherei Camden
Pat Cokinis, Immobilienmakler
Kapitän Arthur Andrews vom Hummerkutter *Whistler*
Käptn Andys Tochter, Cheryl
Dave Machiek und John Kincaid
vom Verkehrsmuseum Owls Head
John Evrard vom Reservat Merryspring

Außerdem ein herzliches Dankeschön an die Zeitschrift *Victoria,* die mich mit einem im August 1993 erschienenen Artikel über Edna St. Vincent Millay zu dieser Geschichte inspiriert hat; ferner der Autorin Elizabeth Ogilvie, deren Bücher mit ihren großartigen Beschreibungen von Schauplätzen in Maine mir mit ihrer Fülle von Informationen eine stete Hilfe waren.

Leser, die mit der Geschichte Camdens sehr vertraut sind, werden feststellen, daß ich mir im Hinblick auf die tatsächlichen Daten einiger herausragender örtlicher Ereignisse große Freiheiten genommen habe. Ich hoffe, meine Leser werden über diese Eigenmächtigkeiten hinwegsehen und die Geschichte lesen als das, was sie ist: ein Romanwerk.

LaVyrle Spencer
Stillwater Minnesota

Für unsere geliebten Kinder
Amy und Shannon,
jetzt, da für Euch die Jahre des Elternseins beginnen …
Mögen sie die besten Jahre Eures Lebens werden.
Und für unser erstes Enkelkind,
Spencer McCoy Kimball …
Mögest Du aufwachsen wie die Kinder in diesem Buch,
Liebe erfahren, grenzenlose Möglichkeiten
und die Freiheit, Du selbst zu sein.

I

Camden, Maine, 1916

Roberta Jewett hatte sich für den Tag, an dem sie mit ihren Kindern nach Camden in Maine zurückkehrte, schönes Wetter erhofft. Statt dessen war das Schiff von Boston aus den gesamten Weg an der Küste entlang durch eine Waschküche aus Nieselregen und Nebelschwaden gefahren. Die von einem beständigen Südwestwind aufgebauten kurzen, steilen Wellen machten die Überfahrt zur Hölle. Der armen Lydia war die ganze Nacht über schlecht gewesen.

Die Zehnjährige lag, den Kopf auf Robertas Schoß gebettet, mit geschlossenen Augen und grünlicher Gesichtsfarbe auf der harten Holzbank. Ihr kunstvoll geflochtener Zopf war an den Rändern ausgefranst wie ein zerschlissenes Tau. Sie klappte die Augen auf und fragte verzweifelt: »Dauert es noch lange, Mutter?«

Roberta blickte auf ihre Jüngste hinab und strich ihr das zerzauste Haar aus dem Gesicht. Anders als die beiden Älteren war Lydia nie seefest gewesen.

»Nein, nicht mehr lange.«

»Wieviel Uhr haben wir?«

Roberta warf einen Blick auf die Uhr am Aufschlag ihrer Jacke. »Gleich sieben.«

»Meinst du, wir kommen pünktlich an?«

»Ich will mal sehen, ob ich herausfinden kann, wo wir sind.« Sie nahm Lydias Kopf ganz vorsichtig von ihrem Schoß und bettete ihn auf einen wattierten Mantel. »Bin gleich wieder da.«

Sie betrachtete ihre beiden anderen Töchter, Susan und Rebecca, die ganz in der Nähe saßen und schliefen; ihre Wangen und Arme ruhten auf einer polierten Tischfläche, überall um sie herum dösten Passagiere auf den unbequemen Sitzgelegenheiten für die Fahrgäste der billigsten Klasse. Jemand schnarchte, manche hatten kleine Speicheltropfen in den Mundwinkeln. Andere wurden langsam wach, da es auf die Morgendämmerung zuging und das Ende der Fahrt näherrückte. Auf einer Transatlantikreise mit Amerikaauswanderern hätte man ihre Kabine als *Zwischendeck* bezeichnet. Da es sich aber um die hochehrenwerte Eastern Steamship Line handelte, die täglich die Küste von Boston nach Bangor hinauffuhr, wurden im Prospekt so grobe Ausdrücke zugunsten des beschönigenden Begriffs *Salon für die dritte Klasse* vermieden. Aber jede Mutter, die ihre drei Kinder mühsam an Bord gebracht und zugesehen hatte, wie sie dreizehn elende Stunden in diesem Raum zugebracht hatten, in dem es nicht einmal ein Kissen gab, erkannte ein *Zwischendeck,* wenn sie in eins verbannt wurde.

Hier gab es keinen Panoramaausblick, sondern nur winzige Bullaugen.

Roberta ging auf eines davon zu und stellte fest, daß der Regen wie aus Kübeln geschüttet dagegenklatschte und nach achtern lief. Das Glas war beschlagen. Sie wischte mit ihrem Mantelärmel darüber und spähte hindurch.

Fast sieben Uhr morgens, und der Himmel wurde nur mühsam hell. Sie mußten um diese Zeit eigentlich schon den der Rockport Bay vorgelagerten Beauchamp Point hinter sich haben. Roberta legte ihre Stirn an das kühle Glas und blickte scharf nach achtern, sah aber eine dunkle, unförmige Silhouette der Küste; die Sicht war so schlecht, daß man sich nicht sicher sein konnte, ob sie überhaupt da war. Eine Glockenboje schlug an, und sie schaute in die andere Richtung. Ja, das war der Leuchtturm von Negro Island. Fast zu Hause.

Als sie zwischen dem Leuchtturm und Sherman's Point hindurchfuhren, wurde die ferne Ungewißheit des Geläuts der Boje zu greifbarer Wirklichkeit. Sie sah sie in den Wellen schaukeln. Dahinter, vor dem Kopf des Hafens, war das Dorf im strömenden Regen gerade noch erkennbar. Sie betrachtete es nüchtern, eher abwehrbereit als wehmütig.

Im Schutz des Hafens wurde das Wasser ruhiger, und der Dampfer schaukelte nicht mehr. Die einförmige Masse am Ufer nahm Gestalt an: der Mount Battie, der sich wie ein großer, schwarzer, aus dem Wasser hervorbrechender Wal hinter Camden erhob; der Kai, an dem die *Belfast* anlanden würde; das Gewirr der Straßen, das sich den Osthang des Berges hinaufzog; die Türme der vertrauten Kirchen, die Kirche der Episkopalen, die der Baptisten und schließlich die der Kongregationalisten, die sie besucht hatte, bis sie weggezogen war; der allgegenwärtige Schornstein der Wollfabrik Knox, der die meisten hier in der Stadt ihren Lebensunterhalt verdankten und wo sie wahrscheinlich heute noch arbeiten würde, wenn ihre Mutter sich durchgesetzt hätte.

Irgendwo da draußen waren die Arbeiter der Morgenschicht auf dem Weg zur Fabrik, vermutlich um Wolle für die Uniformen der Jungs *drüben* herzustellen ... Andere Arbeiter waren unterwegs zu den Kalköfen in Rockport. Grace hatte geschrieben, daß es in Camden jetzt eine elektrische Straßenbahn gab und die Männer damit nach Rockport fuhren.

Einige dieser Männer kannte Roberta wahrscheinlich oder hatte sie zumindest in ihrer gemeinsamen Schulzeit gekannt. Auch einige ihrer Frauen kannte sie. Was würden sie jetzt von ihr denken, da sie als geschiedene Frau zurückkehrte? Wahrscheinlich dasselbe wie Mutter. Was für eine Enttäuschung Mutter gewesen war, wie unverblümt und scharf in ihren Briefen: *Eine anständige Frau löst ihre Ehe nicht auf Roberta, das weißt du doch sicher.*

Zur Hölle mit ihnen allen, dachte sie, sollen sie doch denken, was sie wollen. Wenn Frauen als Krankenschwestern an die Front gehen konnten, konnten sie sich auch scheiden lassen.

Mutter war gewiß nicht so früh zum Hafen gekommen – ihr Hexenschuß oder eine andere nicht ungelegene Beschwerde hielt sie gewiß im Bett fest –, aber Robertas Schwester Grace würde sie am Kai erwarten, wenn der Dampfer anlegte, und sie würde ihren Mann dabeihaben, Elfred, an den Roberta sich nur vage erinnerte.

Die Lichter der Hafenstadt durchdrangen wie Nadelstiche die Regenschleier, und sie kehrte zu ihren Kindern zurück.

»Rebecca, Susan, wacht auf.« Sie schüttelte die beiden Mädchen behutsam und ging dann zu der Bank hinüber, um Lydia aufrecht hinzusetzen. »Wir sind fast da.« Sie setzte sich und nahm ihre Jüngste fest in den Arm. »Wir fahren gerade in den Hafen von Camden ein. Wie fühlst du dich?«

»Schrecklich.«

Am Tisch zog sich die sechzehnjährige Rebecca mühsam hoch. Mit von Gähnen und Räkeln verzerrter Stimme fragte sie: »Ist es Lydia immer noch schlecht?«

»Hundeelend«, erwiderte Lydia selbst.

Roberta strich mit der Hand über Lydias struppigen Zopf. »Nicht mehr lange. Sobald wir festen Boden unter den Füßen haben, wird es ihr wieder besser gehen.«

»Freiwillig setze ich jedenfalls nie wieder einen Fuß auf diesen muschelbewachsenen Kahn.« Lydia ließ den Kopf auf die Schulter ihrer Mutter sinken.

»Das sollst du auch nicht. Diesmal bleiben wir. Das Haus ist gekauft, den Job hab' ich, und nur noch ein Hurrikan könnte uns dazu zwingen, noch einmal umzuziehen, einverstanden?«

Niemand antwortete. Roberta wandte sich an die beiden Mädchen am Tisch, aber die saßen in sich zusammengesunken und noch immer verschlafen da; ihre frühere Begeisterung war der langen Nacht auf See zum Opfer gefallen.

»Kommt mal her, Mädchen.« Sie winkte die beiden Älteren mit einer knappen Handbewegung zu sich. Die beiden erhoben sich in erschlaffter Resignation und setzten sich neben sie. Die vierzehnjährige Susan lehnte sich an ihre Mutter.

»Hört mir mal zu, alle drei … Es tut mir leid, daß ich keine Einzelkabine buchen konnte. Ich weiß, es war eine furchtbare Reise, aber wir brauchen jeden Penny für das Haus und für die erste Zeit hier. Das versteht ihr doch, oder?«

»Ist schon gut, Mutter«, versicherte Rebecca ihr. Becky beklagte sich niemals. Und wenn die jüngeren Mädchen es taten, las sie ihnen die Leviten. Lydia versuchte es auch jetzt und sagte ein wenig weinerlich: »Aber ich wollte doch die Kabinen sehen. In dem Prospekt stand, sie hätten Einzelkojen und richtige Messingwaschbecken.«

»Mutter tut, was sie kann«, wies Rebecca sie zurecht. »Und außerdem, was macht es schon für einen Unterschied, ob du dich in ein Messingbecken erbrichst oder in diesen verzinkten Eimer? Brechen ist brechen.«

»Mutter, sag' ihr, sie soll aufhören.« Das war Susan, die nun langsam zu sich kam.

»Das reicht, Becky. Also, ihr drei«, sagte Roberta, »streicht eure Röcke glatt, bringt eure Frisuren in Ordnung und sucht eure Sachen zusammen. Wir legen in Kürze an. Spürst du es, Lydia? Es wird ruhiger. Das heißt, wir sind gleich da.«

Sie standen auf, schüttelten ihre Röcke und knöpften sich die Mäntel zu. Ihre Frisuren allerdings ließen sie, wie sie waren, und ihre Mutter plagte sie auch nicht weiter deswegen. Als beim ersten Tuten der Dampfpfeife die Decksdielen erbebten, sahen sie so zerzaust aus, als hätten sie niemals Kämme oder Lockeneisen gesehen.

Das Stampfen der Maschine verlangsamte sich.

»Seht noch mal nach, ob ihr auch alles habt«, mahnte Roberta, »vor allem eure Schirme, und dann ab, marsch.« Sie rafften ihre Habseligkeiten zusammen und stiegen den steilen Aufgang zum Oberdeck hinauf. Dort drängten sich bereits andere Passagiere vor den großzügiger bemessenen Fenstern, spähten hinauf und warteten darauf, von Bord gehen zu können. Die Mädchen reckten die Hälse, um über die Köpfe der anderen vor sich blicken zu können.

»Das ist der Kirchturm der Baptisten, seht ihr? Und da der Schornstein der Fabrik. Ihr wißt schon – dort, wo ich hätte arbeiten sollen, wenn es nach meiner Mutter gegangen wäre. Seht ihr ihn?«

»Ja, Mutter, wir sehen ihn«, erwiderte Becky für alle drei.

»Ich frage mich, ob Grace und Elfred mit den Kindern kommen werden.«

»Wie alt sind die noch mal?« wollte Lydia wissen.

»Ziemlich genau so alt wie ihr drei. Marcelyn ist sechzehn, Trudy dreizehn und Corinda, glaube ich, zehn.«

»Hoffentlich sind sie nicht so verschroben wie ihre Namen, und hoffentlich sind sie nicht eingebildet und etepetete, nur weil sie ihr ganzes Leben hier verbracht haben und wir neu sind.« Im allgemeinen war Lydia die einzige, die immer ein Haar in der Suppe fand.

Rebecca spielte wie gewohnt die Friedensstifterin. »Soviel wir wissen, finden die unsere Namen verschroben. Abgesehen davon, kommen mir ihre Namen dramatisch vor.«

»Dir kommt doch alles dramatisch vor.«

»Alles außer dir. Du bist bloß ein kleiner Miesepeter.«

»Mädchen!« schalt Roberta, und sie wurden still und warteten zwischen den anderen schmuddeligen Passagieren, deren Augen von zu wenig Schlaf kündeten und deren Zähne dringend gebürstet werden mußten. Ein Mann hinter ihnen lieferte den Beweis dafür, indem er ungeniert gähnte und dabei durchdringenden Knoblauchgeruch verströmte.

Susan rümpfte die Nase und suchte Rebeccas Blick. »Das haben die Knöpfe hinten an meinem Kleid bestimmt nicht überlebt. Sie sind sicher abgefault«, murmelte sie.

Rebecca kicherte und bekam einen scharfen Stoß in den Rücken.

»Au! Mutterrr!«

»Denkt an eure Manieren, alle beide«, schimpfte Roberta sie mit gedämpfter Stimme, obwohl ihre Mundwinkel zuckten.

»Der sollte besser an seine denken«, flüsterte Rebecca über ihre Schulter.

»Ja, sollte er«, gab Roberta ihr recht. »Vielleicht sollten wir uns aber auch alle umdrehen und ihn angähnen ... und wir sind zu *viert.*«

Roberta, Rebecca und Susan kicherten; eine steckte die andere an, bis sie schließlich die Aufmerksamkeit der Passagiere um sie herum erregt hatten und Lydia aufblickte und an der Hand ihrer Mutter zog. »Worüber lacht ihr drei?«

Roberta beugte sich herab und flüsterte: »Erzähl ich dir später, Mausezähnchen. Und jetzt besinn dich doch mal für Tante Grace und Onkel Elfred auf deine besten Manieren.«

»Mutter, wenn du mir das noch mal sagst, nur ein einziges Mal, dann fahre ich als blinder Passagier zurück nach Boston. Und mußt du mich Mausezähnchen nennen, als wäre ich ein Wickelkind? Ich bin zehn Jahre alt, weißt du.«

Roberta lächelte, strich Lydia über das Haar und wandte ihre Aufmerksamkeit dann der Menschenmenge auf dem Kai zu, die jetzt in Sicht kam.

Sie war mit zweischneidigen Gefühlen hierher zurückgekehrt. Die Mädchen brauchten einen festen Halt, und eine kleine Dosis Familie würde ebenfalls nicht schaden. Bisher kannten sie weder ihre Großmutter noch Tante, Onkel oder Cousinen. Es war höchste Zeit, daß sie einander kennenlernten. Wenn meine Familie nur tolerant ist, dachte sie, das ist alles, was ich verlange. Ich stehe für meine Mädchen ein und werde dafür sorgen, daß sie in einem Zuhause mit Liebe und Rückhalt groß werden. Aber wenn ich einmal nicht für sie da sein kann, muß meine Familie zur Stelle sein.

Die Schiffspfeife schrillte abermals, und die *Belfast* drückte sich gegen den Kai. Das Zittern der Planken erfaßte Roberta, breitete sich von ihren Schuhsohlen bis in die Brust aus. Wieder zu Hause, sagte ihr dieses Beben, nach achtzehn Jahren wieder zu Hause, komme, was da kommen mag.

Die vier Jewetts stiegen unter zwei schwarze Regenschirme geduckt die geriffelte Gangway hinab. Ihre Röcke waren bereits naß, bevor sie den halben Weg nach unten zurückgelegt hatten. Ein gut gekleideter Mann, der sich ebenfalls mit einem schwarzen Regenschirm vor dem Wetter schützte, löste sich aus der Menge am Kai und eilte ihnen mit wehenden Rockschößen entgegen; seine Melone mußte er mit der Hand festhalten, damit sie ihm nicht vom Kopf geweht würde.

»Birdy?« rief er. Er mußte gegen den Wind anschreien.

»Elfred?« rief sie zurück. »Bist du das?«

»Na, und ob ich es bin! Und das müssen deine Mädchen sein.« Er war jetzt so nahe, daß ihre Regenschirme aneinanderstießen und sie sehen konnte, daß er tatsächlich der Mann war, den sie in Erinnerung hatte, obwohl er jetzt einen Schnurrbart trug.

»Ja, die drei da. Mädchen, das ist euer Onkel Elfred.«

»Kommt rüber. Grace wollte lieber im Trockenen warten.«

Er führte sie zum Büro der Reederei, einem niedrigen, vom Wetter gezeichneten Gebäude, vor dem tropfnasse Bänke standen und dessen neuartiges elektrisches Licht einen warmen Schein durch die Fenster warf. Als sie eintraten, breitete eine schwergewichtige Frau, die einen hohen, mit Früchten verzierten Hut trug, die Arme aus und eilte auf sie zu.

»Birdy, o Birdy, du bist tatsächlich gekommen.«

»O Gracie, es tut so gut, dich zu sehen!«

Sie nahmen einander gerührt in die Arme und versperrten den anderen Passagieren, die um sie herumliefen, den Eingang.

»Unsere kleine Birdy ist endlich wieder heimgeflogen.«

»Himmel, so hat man mich auch schon lange nicht mehr genannt.« Während der ersten Jahre ihrer Ehe hatte Roberta gelegentlich ihrer Heimat einen Besuch abgestattet, immer ohne ihren Mann. Aber in den letzten zehn Jahren, als seine Seitensprünge überhandnahmen, hatte sie sich ferngehalten, um allen Fragen aus dem Wege zu gehen.

Die Umarmung fand ein Ende, und die beiden Frauen traten zurück, um einander gründlich zu mustern. Grace war nur einsdreiundfünfzig groß, eine kompakte Matrone mit einer Figur wie ein Faß, einem aufgedunsenen Gesicht und einem großen, unschönen Leberfleck auf der rechten Seite ihrer Oberlippe. Ihr Haar war ordentlich frisiert und ihre Kleidung teuer. In den blauen Augen hinter der Drahtgestellbrille standen Tränen.

Im Gegensatz dazu waren Robertas graublaue Augen trocken und verrieten eine Spur Zurückhaltung. Sie war einen Kopf größer als ihre ältere Schwester. Ihre Kleider waren billig und zerknittert. Daß sie keinen Hut trug, verstieß gegen die Konventionen, und ihr dichtes, mahagonifarbenes, am Nachmittag zuvor, eine ganze Weile bevor sie an Bord des Dampfers gegangen waren, dilettantisch aufgestecktes

Haar hatte seither keinen Kamm mehr zu sehen bekommen. Es löste sich von seinem Haarpolster, das an manchen Stellen durchschien, und schlängelte sich um ihren Hals, ohne daß sie sich dafür entschuldigte. In ihren Augenwinkeln wurden die ersten Altersfältchen sichtbar, und um die Taille herum war sie ein wenig kräftiger geworden. Ihr ganzes Wesen sagte: *Ich gehe auf die vierzig zu und schäme mich nicht, es zu zeigen. Und hier sind meine drei Gründe dafür.*

»Komm, Gracie, du sollst meine Töchter kennenlernen.« Der Stolz ihrer Stimme war unüberhörbar. »Mädchen, stellt euch selber vor.«

Sie kamen dieser Aufforderung mit beeindruckender Haltung und gewählten Worten nach, als wüßten sie nicht, daß sie aussahen wie ein Trio Gassenkinder. Während sie sich vorstellten, nahm Grace sie alle in die Arme, und Elfred nahm den Hut ab, um sich der Reihe nach über jede ihrer Hände zu beugen. Er sprach ihre Namen nach und ließ sich ihr Alter bestätigen, bevor er sich zu guter Letzt ihrer Mutter zuwandte, um seine abrupte Begrüßung draußen im Regen wiedergutzumachen.

»Nun, Birdy, hallo ... meine Güte, wie du dich verändert hast!«

»Verändert haben wir uns doch alle, Elfred.«

Seine Kleidung war piekfein und makellos sauber, seine Wangen glattrasiert über einem prächtigen, ins Silberne spielenden Schnurrbart, der sich an den Ecken wie ein Lächeln in die Höhe bog. Durch den Regen konnte man die Lorbeeressenz auf seiner Haut riechen; der Geruch stieg über seinem schön frisierten Kopf auf wie der Duft über einem Beet purpurner Petunien. Er hatte Gewicht zugelegt, und an den Schläfen zeigten sich die ersten silbernen Fäden, aber das stand ihm in seinem Alter – vierzig oder so – gut. Allerdings schien er sich dessen auch bewußt zu sein, was die ganze Wirkung verdarb. Sein Lächeln entfaltete seine Wirkung durch ein Paar überraschender Lachgrübchen und lang bewimperter brauner Augen, die die reinsten Herzensbrecher waren. Irgendein sechster Sinn warnte Roberta, daß er sie zu diesem Zweck benutzte, wann immer es ihm gefiel, und seine behandschuhte Hand lag einen Augenblick länger auf ihrer Schulter als unbedingt nötig.

»Willkommen zurück in Camden«, sagte er.

»Ich danke dir. Ist das Haus fertig?« Elfred handelte mit Immobilien und hatte sich um den Erwerb ihres Hauses gekümmert.

»Also Roberta, ›fertig‹ ist ein relativer Begriff. Ich habe dir ja angekündigt, daß da noch einiges an Arbeit auf dich zukommt.«

»Ich bin an Arbeit gewöhnt, außerdem habe ich drei willige Helfer. Wann können wir es uns ansehen?«

»Sobald du möchtest, aber Grace hoffte eigentlich, du würdest zuerst zum Frühstück mit zu uns kommen. Es sei denn, ihr habt schon auf dem Schiff gefrühstückt.«

»Das einzige, was wir auf dem Schiff gegessen haben, waren ein paar Käsebutterbrote, gestern abend um sechs. Wir sind völlig ausgehungert.«

Grace blickte freudestrahlend auf. »Dann kommt ihr also mit zu uns! Wunderbar. Wir haben den Kindern erlaubt, später in die Schule zu gehen, damit ihr unsere Mädchen kennenlernt. Mittlerweile sind sie sicher schon angezogen und warten auf uns. Elfred, was ist mit Robertas Gepäck? Könntest du das mit dem Hafenmeister regeln? Ich könnte mir denken, daß sie gerne ...«

»Ich werde selbst mit dem Hafenmeister sprechen«, unterbrach Roberta sie.

»Oh ... hm ... ja, natürlich«, sagte Grace stockend. Fragend sah sie ihren Mann an, als erwarte sie von ihm, zu erfahren, was sie dazu sagen solle. »Natürlich, ja, das kann ich mir denken. Wollen wir dann ...«

»Morgen Elfred, Mrs. Spear«, sagte ein Mann, der sich an ihnen vorbei in das Gebäude zwängte. Er trug tropfnasse, braune Ölkleidung mit Gummistiefeln und hatte sich eine karierte Wollmütze, wie die Zeitungsjungen sie trugen, über das linke Ohr gezogen. Sein Gesicht war vom Wind gerötet, sein braunes Haar unter der Mütze wirr. Er schien ungefähr Elfreds Alter zu haben.

»Hallo Gabriel, einen Moment mal!« rief Elfred. »Komm, laß dich mit Graces Schwester Roberta bekanntmachen, die gerade mit ihren drei Töchtern aus Boston angekommen ist. Vielleicht erinnerst du dich sogar an sie. Sie ist hier zur Schule gegangen, aber ihr Name ist jetzt Jewett. Birdy, vielleicht erinnerst du dich noch an Gabriel Farley?«

»Ich fürchte nein. Wie geht es Ihnen, Mr. Farley?«

Er tippte sich an die Mütze. »Mrs. Jewett«, sagte er. »Ich höre, Sie wollen sich wieder hier ansiedeln.«

»Ja, das will ich«, erwiderte sie, obwohl es sie überraschte, daß er Bescheid wußte.

»Im Haus Breckenridge«, warf Elfred ein.

»Breckenridge!« Farley zog eine Augenbraue hoch, die die Farbe von altem Seil hatte. Diese Geste verlieh seinem Gesicht einen ungezähmten Ausdruck, und wenn er die Stirn kraus zog, wirkte er ausgesprochen mißmutig. »Weiß sie, wo du sie da unterbringst?«

»Mach ihr keine Angst, Gabe. Sie hat es noch nicht gesehen.«

Farley rückte ein paar Zentimeter näher an Roberta heran und murmelte, als sei es eine höchst vertrauliche Botschaft: »Diesem Burschen können sie nicht trauen.« Ohne diese Bemerkung näher zu erklären, bedachte er Elfred mit einem spöttischen Grinsen und verabschiedete sich dann. »Nun, war nett, Sie kennenzulernen – und viel Glück. Ich muß ein paar Vorräte vom Schiff runterschaffen, also sollte ich besser mit dem Hafenmeister sprechen. Meine Damen«, sagte er und tippte sich ein letztes Mal an die Mütze.

Als er fort war, wandte Roberta sich an ihren Schwager. »Also gut, Elfred, was ist das also für ein Haus, in dem du mich unterbringst?«

»Das beste, was ich auftreiben konnte. Du mußt bedenken, daß Immobilien so rar geworden sind wie Hühnerzähne. Seit wir hier die Straßenbahn haben und die Wollproduktion wegen des Kriegs in die Höhe gegangen ist, quillt die Stadt aus allen Nähten. Und, bist du wirklich sicher, daß ich nicht wegen deines Gepäcks mit dem Hafenmeister reden sollte?«

»Absolut sicher. Ich habe achtzehn Jahre mit einem gleichgültigen Ehemann verbracht, der so gut wie nie da war, und ich habe nicht die Absicht, so spät im Leben damit anzufangen, mich auf einen Mann zu verlassen. Alles, was ich brauche, ist die Adresse.«

»Sag ihm einfach, er soll die Sachen zu dem alten Haus Breckenridge bringen. Er weiß, daß es auf der Alden Street liegt.«

Als sie sich abwandte, um die notwendigen Vorkehrungen zu treffen, sah Grace zu Elfred auf, und in ihren Augen stand ein Ausdruck, der klipp und klar sagte: *Siehst du? Ich habe dir doch gesagt, wie sie ist!*

Als die Gepäckscheine abgestempelt waren und sie einen Karren gemietet hatte, der ihr Gepäck zu dem Haus in der Alden Street bringen sollte, begab man sich vollzählig zu Elfred und Grace, um dort zu frühstücken.

Sehr zum Erstaunen der Jewetts führte Elfred sie zu einem glänzendschwarzen Tourenwagen.

»Gehört der wirklich euch?« rief Becky ehrfürchtig.

Elfred lachte. »Das tut er.«

»Ui! In so einem Wagen hab' ich noch nie gesessen.«

Dasselbe galt für Roberta, und sie zog ihn sofort einem schwankenden, stinkenden Pferdewagen vor.

Elfred fuhr sie zu einem wunderschönen, dreistöckigen Queen-Anne-Haus auf der Elm Street. Es lag auf der Hand, daß der Immobilienhandel Elfred einiges eintrug. Die Elm Street war offensichtlich die beste Wohngegend Camdens mit prächtigen Häusern, die hinter großen, grünen Vorgärten aufragten. Elfred und Graces Haus war groß und imposant; es hatte die Farbe von dunklem Wein und war mit allerhand Schnickschnack in vier weiteren Farben verziert. Die Innenausstattung bestand aus reichlich poliertem Holz, Bleiglas und kunstvollen Tapeten. Die Möbel waren kostbar und sehr steif arrangiert, die Teppiche importiert, die Beleuchtung bereits an die Elektrizität angeschlossen. *Aber so gräßlich ordentlich,* dachte Roberta, als sie von der Diele aus zum ersten Mal einen Blick in den Salon warf. *Ich frage mich, wo sich ihr Leben abspielt.*

»Es ist wunderschön, Grace«, sagte sie, als Elfred hinter sie trat, um ihr den Mantel abzunehmen.

Barmherziger! dachte sie und schob ruckartig ihre Hüfte vor, *war er das, der sich von hinten an mich gedrückt hat, während Grace nicht hinsah?* Roberta drehte sich um, aber das tat Elfred ebenfalls; er wandte sich ab, um ihren Mantel auf einen Messingbaum in einen Alkoven zu hängen und auch die Mäntel der Mädchen zu verstauen.

Vielleicht war es Zufall, dachte sie und sagte zu ihrer Schwester: »Ich bestehe auf einer vollständigen Führung.«

Elfred kehrte zurück und betrachtete sie jetzt, da Grace zusah, aus respektvoller Entfernung. »Verzeih' mir, Birdy – ich darf dich doch Birdy nennen, oder?« Er rieb sich die Hände und bedachte sie mit einem charmanten Lächeln. »Aber da ich hier der Spezialist in Sachen Immobilien bin, möchte ich vorschlagen, daß *ich* die Führung durchs Haus übernehme, während Grace sich ums Frühstück kümmert, ja? Dann kann ich dich gleich auf ein paar Eigenheiten des Hauses hinweisen, die es besonders anziehend machen.«

»Tu das doch nach dem Frühstück, Elfred«, schaltete Grace sich ein. »Sophie hat sicher schon alles vorbereitet.« Sie beugte sich über das kunstvolle Geländer und rief mit durchdringender Stimme die Treppe hinauf: »Mädchen, seid ihr da?«

Drei gezierte junge Engelchen kamen die Treppe herunter; alle drei trugen gestärkte Schürzen und übergroße Seidenschleifen im Haar. Ihre Schuhe waren genauso blankpoliert wie ihr Benehmen, als sie ihren drei Cousinen vorgestellt wurden.

Die Älteste, Marcelyn, war die Sprecherin der drei.

»Guten Tag. Mutter hat uns im Wintergarten einen eigenen Frühstückstisch gedeckt. Mögt ihr mitkommen?«

Das Jewett-Trio folgte den Töchtern des Hauses – fasziniert von der modernen, elektrischen Beleuchtung, die selbst auf den Fluren im Innern des Hauses die Düsternis des Aprils vertrieb. Im Wintergarten, einem achteckigen Raum an einer der Ecken der Rückfront des Hauses, war ein filigraner weißer Eisentisch mit feinem Porzellan gedeckt. Auf in Reihen angeordneten Metallregalen wuchsen Farne, Palmen und Orchideen in üppiger Pracht, während draußen der Regen gegen die Fenster klatschte und man auch gelegentlich das Rumoren des Donners hörte.

»Heiliger Moses«, rief Rebecca. »Ihr müßt ja stinkreich sein!«

Die Spear-Mädchen wechselten verstohlen ein paar zweifelnde Blicke, denen ein unterdrücktes Kichern folgte.

»Was gibt es Komisches?« fragte Rebecca.

»Sagst du immer genau das, was du denkst?«

Rebecca zuckte mit den Schultern. »Jedenfalls meistens.«

»Mutter würde Krämpfe kriegen, wenn wir so redeten.«

»Dann müßt ihr es eben tun, wenn sie euch nicht hören kann.«

Schockierte Überraschung löste eine weitere Abfolge hastiger Blicke zwischen den gastgebenden Cousinen aus, bevor Marcelyn ihre Gäste höflich aufforderte, Platz zu nehmen.

»Macht ihr das denn so?« erkundigte sie sich; trotz ihrer Erziehung faszinierte das Thema sie.

Rebecca sah sich immer noch staunend um. »Was?«

»Ich meine, sagt ihr hinter dem Rücken eurer Mutter alles, was ihr wollt?«

»Ach du liebe Güte, nein. Wir können alles, was wir sagen wollen, auch vor ihr sagen. Wenn es ihr nicht gefällt, reden wir drüber, und sie hält uns einen kleinen Vortrag über das Für und Wider guter Manieren auf der einen Seite und den Einfluß unvollkommener Manieren auf die eigene Unabhängigkeit auf der anderen Seite. Unsere Mutter, müßt ihr wissen, glaubt daran, daß man sein Leben leben soll, wie man es für richtig hält.«

»Ach herrje«, hauchte Marcelyn.

»Warum sagst du das?«

»Nun ... unsere Mutter würde ... ich meine ... ach du liebe Güte.«

»Oh, ich verstehe schon. Eure Mutter würde so viel Freigeist bei ihren Kin ...«

»Psst.« Marcelyn legte sich mit verschwörerischer Miene einen Finger auf die Lippen. »Sophie wird jetzt jeden Augenblick das Frühstück reinbringen, und sie erstattet Mutter über alles Bericht.«

Wie aufs Stichwort watschelte eine plumpe, grauhaarige Frau mit einem Tablett herein, das ihren reichlich vorhandenen Bauch eindrückte. Die Mädchen saßen steif da, während sie die dampfenden Teller vor sie hinstellte.

»So, jetzt kriegt ihr erst mal jeder eine schöne heiße Portion Kedgeree.«

Lydia musterte den Klecks auf ihrem Teller mit einem mißtrauischen Blick. »Was ist das?«

»Was das ist? Nun, das ist Fisch und Reis in Eiersoße. Jeder Mainer weiß, was Kedgeree ist.«

»Wir sind aber keine Mainer.«

»Aber eure Mutter war eine.«

»Ja, aber unsere Mutter kocht nicht oft.«

»Kocht nicht oft!« Sophie blieb wie angewurzelt stehen. »Aber das ist doch ganz unmöglich.«

Rebecca versetzte Lydia unterm Tisch einen leichten Tritt gegen das Schienbein, um sie zum Schweigen zu bringen. Sophie stellte noch heiße Biskuits, Butter und Blaubeermarmelade auf den Tisch, und Marcelyn fragte: »Könnte ich wohl etwas Kaffee haben, Sophie?«

»Also wahrhaftig, Marcelyn Melrose Spear, du weißt ganz genau, daß deine Mutter mich in hohem Bogen hinauswerfen würde, wenn ich dir Kaffee gäbe.«

»Na ja, man kann's ja mal versuchen, nicht wahr?«

Sophie sah sie mit finsterem Blick an, bis ihr Kinn sich verdreifachte. »Seht nur zu, daß ihr eure Teller leer eßt.« Dann verließ sie den Raum.

Sie war kaum verschwunden, als Susan und Lydia sich auch schon daran machten, genau das zu tun, und dabei Manieren an den Tag legten, die einiges zu wünschen übrig ließen. Sie schlurften und schmatzten mit offenem Mund und wischten sich anschließend mit dem Handrücken die Lippen ab.

Während sie aßen, bemerkte Rebecca: »Melrose ist aber ein seltsamer zweiter Name.«

»Er kommt von meiner Ururgroßmutter väterlicherseits«,

erklärte Marcelyn. »Es heißt, daß sie mit dreizehn Jahren ihr erstes Kind im Schnee neben dem Megunticook zur Welt brachte, es in einen Pelzmantel wickelte und zu der Handelsniederlassung brachte, wo ihr Mann sturzbetrunken mit einer Indianerin im Bett lag. Sie legte das Baby zwischen die beiden, schnitt ihrem Mann das linke Ohr ab und sagte: ›So, jetzt werden die Damen dich vielleicht nicht mehr so hübsch finden, und du bleibst zu Hause, wo du hingehörst.‹ Sie hatten noch acht weitere Kinder, und so wie die Indianer es erzählten, wurde die Hälfte von ihnen ohne linkes Ohr geboren. Habt ihr je in eurem Leben etwas so Trauriges, Erschütterndes und Romantisches gehört?«

»Teufel noch mal, was für ein Drama das abgeben würde! Wir sollten es aufschreiben und irgendwann mal aufführen.«

Wieder war Marcelyn schockiert, diesmal, weil eine Sechzehnjährige das Wort *Teufel* gebrauchte, aber da sonst niemand etwas dazu sagte, erwiderte sie: »Es aufschreiben?«

»Als Schauspiel.«

»Du schreibst Schauspiele?«

»Wir schreiben ständig welche.«

»Und ihr führt sie auch auf?«

»O ja, wir geben immer irgendwelche Vorstellungen.«

»Für wen?«

»Hm, für Mutter natürlich und für unsere Freunde und unsere Lehrer – im Grunde genommen für jeden, der lange genug stillsitzen kann, um zuzusehen.«

»Eure Mutter sitzt da und sieht zu, wie ihr Theaterstücke aufführt?«

»Leidenschaftlich gern. Sie legt jede Arbeit weg, um uns bei irgendwas zuzusehen – ganz egal, ob wir schauspielern, singen, Klavier spielen oder Gedichte aufsagen. Susan hat bereits die dritte Klasse für das Klavier erreicht, und Mutter hat angefangen, Lydie auf der E-Flöte zu unterrichten. Ich kann selbst auch ein paar Instrumente spielen, und wir spielen Trios zusammen oder manchmal auch Quartette, wenn wir Mutter überreden können, mit uns zu spielen. Und wenn wir Theaterstücke aufführen, spielen wir selbst auf unseren Instrumenten die Ouvertüre; dann schlüpfen wir schnell hinter die Bühne, machen uns für unsere Rollen zurecht und kommen wieder nach vorne, und am Schluß holen wir wieder unsere Instrumente und spielen das Finale. Führt ihr denn *nie* Theaterstücke auf? *Niemals?*« Dieses kulturelle Manko schien sie genauso in Erstaunen zu versetzen wie kurz zuvor das Wort *Teufel* ihre Cousine ...

»Wir, ähm, ...hm. Nein. Ich meine, wir haben noch nie daran gedacht.«

»Spielt ihr Instrumente? Eine von euch vielleicht?«

Becky sah von einem ausdruckslosen Gesicht in das andere und kam zu dem Schluß, daß sie noch nie im Leben eine so geistlose Gesellschaft kennengelernt hatte.

»Nein.«

»Aber ihr sagt doch sicher Gedichte auf.«

»Nein, das auch nicht.«

»Hm, tja, was tut ihr denn sonst zum Spaß?«

»Ja ...« Marcelyn, die immer noch als Sprecherin für ihre Schwestern fungierte, sah beide der Reihe nach an und wandte den Blick dann wieder ihrer neugierigen Cousine zu. »Wir sticken.«

»Sticken! Ich sagte *Spaß!*«

»Und wir belegen Kurse in der Sommerschule.«

»O wie langweilig. Ich würde viel lieber einen Kurs *geben*, als einen zu belegen. Was sonst noch?«

»Na ja, manchmal gehen wir rudern.«

»Nicht segeln?«

»Allmächtiger, nein. Mutter würde uns nie erlauben, zu segeln. Es ist zu gefährlich.«

»Dann geht ihr wohl auch nicht fischen?«

»Puh, nein. Ich würde doch niemals einen stinkigen, alten, schleimigen Fisch in die Hand nehmen. Aber wir hatten einmal draußen am Strand bei Sherman's Cove ein Picknick.«

»Einmal?«

»Na ja, Mutter wollte nicht, daß wir die Schuhe ausziehen und unsere Rocksäume schmutzig wurden.«

Rebecca dachte darüber nach, während sie etwas Kedgeree kostete und feststellte, daß er wirklich köstlich war. »Meine Mutter kümmert sich nicht viel um Rocksäume, ganz gleich, ob schmutzige oder saubere. In manchen Sommern haben wir praktisch von Muscheln und Hummern gelebt, von allem, was wir kostenlos aus dem Meer ziehen konnten. Mutter ist unser Verstand wichtiger, und sie meint, daß wir niemals auch nur einen Augenblick an Nichtigkeiten verschwenden sollen, die über kurz oder lang keine Rolle mehr spielen werden. Aber die Phantasie, sagt sie, ist ein unbezahlbares Geschenk, und wir müssen sie, genauso wie all unsere anderen angeborenen Fähigkeiten, bei jeder Gelegenheit kultivieren. Wenn wir das nächste Mal ein Theaterstück aufführen, wollt ihr dann zu uns kommen und es mit uns ausprobieren?«

Marcelyn Melrose Spear strahlte ihre gerade erst gefundene Cousine an. Sie hatte das fade braune Haar ihrer Mutter geerbt und – von irgendeinem anderen unglücklichen Vorfahren – eine leichte Knollennase. Aber andererseits hatte sie die hübschen braunen Augen ihres Vaters einschließlich der dunklen Wimpern und der schönen, leicht schrägen Form mitbekommen, und diese Augen blitzten geradezu, als sie sagte: »O Rebecca, meinst du das wirklich ernst?«

»Natürlich meine ich es ernst, und nenn mich doch Becky. Für unser erstes Spiel werden wir uns die Geschichte deiner Großmutter vornehmen, und wenn du möchtest, kannst du diejenige sein, der wir das Ohr abschneiden, dann kannst du die ganze Schreierei und das Zetern und Fluchen übernehmen. Das ist eine großartige Gelegenheit, Gefühl zu zeigen. Wir müssen natürlich noch überlegen, was wir als Blut benutzen, und wir müssen für diejenige von uns, die die Indianerin spielt, noch eine Perücke aus schwarzen Lumpen zurechtschneidern. Meinst du, daß eine unserer kleinen Schwestern das Baby sein könnte?« Sie musterte mit schnellem Blick die beiden Zehnjährigen, Lydia und Corinda. »Nein, nein, natürlich nicht, die sind schon zu groß, nicht wahr? Hm, wir werden uns um das Problem kümmern, wenn es soweit ist. Wir könnten ja Puppen benützen, und ihr Jüngeren könnt hinter der Bühne heulen. Wir müssen sofort mit dem Skript anfangen!«

Marcelyn beugte sich vor und flüsterte: »Hört mal alle her. Wir müssen einen Pakt schließen. Nichts von dem, was heute morgen gesagt wurde, darf Mutter berichtet werden – einverstanden?« Sie bedachte Trudy und Corinda mit einem warnenden Blick.

»Aber sie wird doch fragen«, sagte Corinda.

»Dann erzähl ihr, wir hätten uns wunderbar unterhalten und sonst nichts.«

»Aber Marcy ...«

»Ihr wollt doch Theaterstücke aufführen, oder?«

Und so kam es, daß die beiden ältesten der Cousinen schon in der ersten Stunde ihrer Bekanntschaft die Tonart für ihr nächstes Treffen festlegten.

In der Zwischenzeit hatten die Erwachsenen in dem steiferen Speiseraum ihr Frühstück beendet und erfreuten sich an einer Tasse heißem Kaffee. Elfred lehnte sich zurück, spielte mit einem Zahnstocher herum und grinste Roberta jedesmal, wenn Grace nicht hinsah, auf beunruhigende Art und Weise an. Da Grace entschlossen zur Sache kam – was sie als die ältere Schwester als ihre heilige Pflicht erachtete –, sah sie Elfred nicht oft an.

»Nun Birdy«, sagte sie mit übertriebenem Eifer, »ich warte schon die ganze Zeit darauf, daß du ... *es* erwähnst.«

»Es?«

»Die ... na, du weißt schon ...« Grace verquirlte die Luft, als rühre sie Pfannkuchenteig an. »Die Scheidung«, flüsterte sie.

»Warum flüsterst du, Grace?«

Graces Haltung wurde noch einen Grad steifer, aber sie sprach wieder mit normal lauter Stimme. »Sei doch nicht so begriffsstutzig, Roberta. Hast du's wirklich gemacht?«

»Ja, habe ich.«

»O Roberta, wie konntest du?«

Unerschüttert äffte Roberta ihre Schwester nach: »O Grace, wie hätte ich nicht? Möchtest du wissen, mit wievielen Frauen er im Laufe der Jahre angebändelt hat?«

Grace errötete und verfiel wieder ins Flüstern. »Birdy, um Himmels willen!«

»Einen Augenblick mal – versteh' ich dich recht? Es geht in Ordnung, wenn er den Frauen nachläuft, aber es ist nicht in Ordnung, wenn ich in guter Gesellschaft darüber rede? Ist es das?«

»Das habe ich nicht gesagt.«

»Nein, aber du hast es angedeutet. Du mißbilligst es offensichtlich, daß ich mich habe scheiden lassen. Also, was hätte ich deiner Meinung nach tun sollen? Noch mal siebzehn Jahre bei ihm bleiben und zusehen, wie er wochenlang hinter irgendeiner Frau herjagte und das wenige Geld, das er verdiente, verspielte, um dann zu mir zurückzukehren, wenn er auf dem Trockenen saß oder die andere ihn bis oben hin satt hatte und aus dem Haus warf? Denn genau das hat er getan, Grace, wieder und wieder, bis ich es einfach nicht mehr ertragen konnte. *Er* hat meine Familie nicht am Leben erhalten, sondern *ich,* und er würde auch in Zukunft weder mir noch meinen Kindern das Leben auch nur um einen Deut leichter machen, daher habe ich die Initiative ergriffen. *Ich* habe mich von *ihm* scheiden lassen.«

»Aber George war doch so charmant.«

Roberta konnte sich nur mit Mühe davon abhalten, mit den Augen zu rollen. *Genauso wie dein eigener Charmeur Elfred hier, der in eben diesem Augenblick und an eben diesem Tisch versucht, mit mir zu flirten?* Er hatte eine verstohlene, hinterhältige Art, Posen anzunehmen, die eine tiefe Vertraulichkeit nahelegten, nur um sich dann heimlich wieder gerade hinzusetzen, bevor Grace in seine Richtung blickte. Auch jetzt saß er ihr auf diese Art und Weise gegenüber, ein wenig zur Seite geneigt, den Ellbogen neben seiner Kaffeetasse aufgestützt, während er sich mit dem Zeigefinger leicht über den Schnurrbart strich. Aber über und unter diesem Finger telegrafierten ihr seine Augen und seine Lippen eine unmißverständliche Einladung.

Roberta beachtete ihn nicht und antwortete ihrer Schwester: »Du hast den Mann kaum kennengelernt, aber in dieser Hinsicht hast du recht. Er hat eine Frau nach der anderen mit seinem Charme betört – dreizehn insgesamt, soweit ich weiß.«

»Trotzdem sind Mutter und ich beide absolut gegen diese Scheidung. Was werden die Leute sagen, Birdy?«

»Ich gebe keinen Pfifferling darauf, was sie sagen, Grace. Ich mußte tun, was für mich und die Mädchen das Richtige war, und ich habe es getan.«

»Und dabei hast du dich über alle Konventionen hinweggesetzt!«

»Ja, genau wie George sich über alle Konventionen hinweggesetzt hat.«

»Und du willst wirklich diese Stelle als Bezirksschwester annehmen und im ganzen Land herumschweifen?«

»Ich habe die Stelle bereits angenommen. Ich werde anfangen, sobald wir uns hier eingerichtet haben.«

»Und wer wird sich um deine Mädchen kümmern, wenn du weg bist?«

»Das weiß ich noch nicht, aber ich werde schon eine Lösung finden.«

»Roberta, sag nicht so furchtbare Dinge.«

»Was ist so Furchtbares daran, wenn man seine Kinder versorgen will?«

»Du weißt, was ich meine. Eine geschiedene Frau, die von Stadt zu Stadt fährt – so was tut man einfach nicht.«

»Ah ... ich verstehe.« Roberta betrachtete ihre arme, irregeleitete Schwester, die nicht begreifen konnte – oder wollte –, daß ihr Mann offensichtlich alle Frauen für Freiwild hielt. Genau diesen Eindruck wollte er jedenfalls Roberta vermitteln, während er die ganze Zeit über seine Frau stillschweigend verhöhnte.

Unvermittelt bezog Roberta ihn in das Gespräch ein.

»Sag mir, Elfred, teilst du Graces niedrige Meinung bezüglich des Status von Geschiedenen?«

Elfred räusperte sich, setzte sich aufrecht hin und machte sich daran, seine Kaffeetasse nachzufüllen. »Du mußt zugeben, Birdy, daß nicht viele Frauen es tun. Und es wird tatsächlich reichlich fragwürdig aussehen, wenn du eine Stelle annimmst, die dich von einem Ende des Landes zum anderen bringt.«

Grace beugte sich mit ernster Miene vor. »Hör mir zu, Birdy. Laß deine Mädchen in der Fabrik arbeiten und nimm du ebenfalls eine Stelle dort an. Auf diese Weise bist du mit ihnen und den Leuten aus der Stadt zusammen, die dann nicht gar so viel Grund haben, deine Motive in Frage zu stellen.«

»Meine Motive in Frage zu stellen!« Roberta sprang auf. »Lieber Gott im Himmel, begreifst du eigentlich, was du redest, Grace? Du willst mir sagen, daß *ich* diejenige bin, die sich rechtfertigen muß – nur weil ich eine *Frau* bin! Da kannst du warten, bis du schwarz wirst, bevor du von mir irgendwelche Entschuldigungen zu hören bekommst! Und was den Gedanken betrifft, meine Mädchen in der Fabrik arbeiten zu lassen – nur über meine Leiche! Sie werden alle kulturellen Vorteile bekommen, die ich ihnen geben kann – Musikunterricht und Ausflüge nach Boston in die Galerien dort und genug Zeit, um die Natur zu erkunden und alles zu schaffen, was sie schaffen wollen, und die Möglichkeit, ihre Hände und ihren Verstand zu benutzen. Vor allem aber um ihre Erziehung zu vollenden. Nichts von alledem wäre möglich, wenn ich sie in die Fabrik schickte.«

»Na schön ... tut mir leid.« Grace preßte die Hände aufeinander. »Es war nur eine Idee, mehr nicht. Ich dachte bloß, daß drei zusätzliche Löhne helfen würden, da du keinen Mann mehr hast, der dich unterstützt. Setz dich wieder hin, Birdy.«

»Ich habe genug gesessen. Und jetzt brenne ich darauf, mein Haus zu sehen. Also, Elfred, wenn du so freundlich sein würdest ...«

Elfred wischte sich mit einer Leinenserviette den Schnurrbart ab und erhob sich. »Wann immer du es wünschst, Schwester. Würdest du mir gestatten, dich zuerst noch durchs Haus zu führen?«

»Ein andermal, denke ich. Es war eine lange Nacht, und ich kann es kaum noch erwarten, mich einzurichten.«

»Na schön.« Elfred stand auf, angelte nach seiner Taschenuhr und klappte sie auf. »Mittlerweile müßte euer Gepäck eigentlich bei eurem Haus angekommen sein. Holen wir deine Kinder und fahren los.«

An der Tür griff Grace, als die Mäntel verteilt wurden, nach Birdys Händen und drückte ihre Wange an die ihrer Schwester. »Sei nicht böse auf mich. Ich komme bald mal rüber, dann können wir uns weiter unterhalten.«

»Ja, mach das«, erwiderte Birdy kühl.

»Und du wirst doch sofort zu Mutter gehen, nicht wahr?«

»Sobald ich eine freie Minute habe.« Birdy entwand sich aus Graces Umklammerung und schloß ihren letzten Mantelknopf. »Es ist wohl sinnlos, zu hoffen, daß Mutter möglicherweise zu mir kommen würde.«

»Also Birdy, sei doch nicht so. Es ist deine töchterliche Pflicht, und immerhin bist du ja *wirklich* all diese Jahre weg gewesen. Sie kann es sicher kaum mehr erwarten.«

Mir eine weitere Lektion über die Übel der Scheidung zu erteilen, ganz gewiß.

»Mädchen, sagt euren Cousinen auf Wiedersehen.«

Die Mädchen nahmen freundschaftlich Abschied voneinander.

»Ihr seid jederzeit gern gesehen hier«, sagte Grace zu den Kindern.

In dem allgemeinen Durcheinander des Aufbruchs sorgte Elfred dafür, daß man seine Hand nicht sehen konnte, als er mit einem vielsagenden Druck Roberta auf die Taille faßte – wie es nur ein Ehemann bei seiner Frau tun sollte.

2

»Elfred, laß das bleiben!«

Sie hatte die Mädchen durch den Regen vorauslaufen lassen, während sie und Elfred auf der Veranda ihre Regenschirme öffneten.

»Wie bitte?«

So unschuldig wie der junge Morgen!

»Wenn du mich noch einmal anfaßt, verpasse ich dir ein blaues Auge.«

»Dich anfassen? Ich muß schon sagen, Schwester Birdy, was meinst du bloß damit?«

»Du weißt ganz genau, was ich meine! Und untersteh dich, mich Schwester Birdy zu nennen! Ich bin nicht deine Schwester!«

»Meinetwegen. Bist du mit Birdy einverstanden?«

»Das muß ich wohl. Und haben wir uns verstanden, was die Frage betrifft, wohin deine Hände von jetzt an gehören?«

»Oooh, wir sind wohl ein wenig hitzköpfig, wie?«

»Behalte einfach die Hände bei dir, und wir werden gut miteinander auskommen, Elfred.«

Mit einem Grinsen, das die finstere Miene einer Quäkermatrone weggezaubert hätte, lüftete er seine Melone und ließ sie den Weg hinunter vorangehen. »Wie du wünschst.«

Er fuhr sie in seinem glänzendschwarzen Tourenwagen durch den Regen. Die Mädchen auf dem Hintersitz waren ganz aus dem Häuschen, stellten die Federung auf die Probe, untersuchten die Blumenvase auf dem Sockel zwischen den Türen und fragten Elfred, ob er eine Hupe habe, und wenn ja – würde er sie einmal betätigen? Er kam dem Wunsch der Mädchen nach, während Roberta sich in ihrer Ecke des Vordersitzes hielt und aus dem Fenster blickte.

»Also, was haltet ihr von unserer Elektrischen?« erkundigte er sich.

»Die Elektrische?«

»Die Straßenbahn.«

»Oh. Hm, sie hat die Stadt verändert, nicht wahr?«

»Ziemlich fortschrittlich für eine Stadt dieser Größe, meinst du nicht auch?«

Sie sah einer Straßenbahn nach, die gerade vorbeiratterte. »Bist du schon mal mitgefahren?«

»Natürlich. Jeder fährt mit der Elektrischen. Die schnellste Art, um rüber nach Rockland und Warren zu kommen.«

»Schneller als dein Automobil?«

»Nun, das würde ich nicht sagen, nein.«

»So viele Automobile.« Nachdem sie eins betrachtet hatte, wandte sie sich abrupt um, um ihrem Schwager eine Frage zu stellen. »Gefällt dir dein Wagen, Elfred?«

»Mir schon, aber einige meiner Kunden weigern sich, einzusteigen. Die Leute glauben immer noch, daß ein Pferd verläßlicher sei.«

»Du auch?«

»Nein.«

Elfred mochte sich zwar auf persönlicher Ebene nicht ihrer Sympathie erfreuen, aber alles, was Grace über den Mann geschrieben hatte, machte Roberta klar, daß er mehr als einen hübschen Kopf auf seinen Schultern trug. »Also«, fragte sie, »wenn du eine Frau wärst, würdest du dir ein Automobil kaufen statt eines Pferdes?«

»Oh, also warte mal einen Augenblick, Birdy, erzähl mir nicht, daß *du* daran denkst, ein Automobil zu kaufen!«

»Warum nicht?«

»Aber du bist doch eine Frau!«

Sie ließ ein verächtliches Schnauben hören, und Elfred wurde wieder einmal klar, daß dies nicht seine unterwürfige Frau war, mit der er sprach.

»Eine Frau mit eigenen Plänen.«

»Sei vorsichtig, Roberta. Die Leute werden reden.«

»Worüber? Darüber, daß ich mir ein Automobil kaufe?«

»Nun, du bist geschieden, Birdy.« Er hatte die Stimme gesenkt. »Du mußt vorsichtiger sein als die meisten Frauen.«

»Kein Grund zu flüstern, Elfred. Meine Mädchen wissen,

daß ich geschieden bin, und sie wissen, daß die Welt geschiedene Frauen mit scheelen Blicken betrachtet, nicht wahr, Mädchen?«

»Unser Vater war sowieso nie zu Hause«, meldete Lydia sich zu Wort.

»Und wenn er mal da war, hat er lediglich Mutters Geld genommen und ist wieder verschwunden«, ergänzte Rebecca. »Aber das letzte Mal hat sie sich geweigert, ihm welches zu geben.«

»Wir finden es gut, daß sie sich von ihm hat scheiden lassen«, warf nun auch Susan ein.

Roberta legte vielleicht eine winzige Spur Selbstgefälligkeit an den Tag, als sie bemerkte: »Meiner Erfahrung nach, Elfred, fangen die Leute aus ganz allgemeinen Gründen mit ihrem Gerede an, und zwar gewöhnlich deshalb, weil ihr eigenes Leben nicht erfüllt genug ist, um sie auszulasten. Das ist der Hauptgrund, warum die Leute ihre Nasen in anderer Leute Angelegenheiten stecken. Tu mir einen Gefallen, ja, Elfred? Fahr uns die Hauptstraße runter.«

»Weswegen?«

»Ich möchte feststellen, wie sie aussieht.«

»Sie sieht noch genauso aus wie immer.«

»Das tut sie nicht. Grace hat mir von allen möglichen Veränderungen geschrieben. Ich möchte die ganze Straße von oben bis unten abfahren und alles sehen ... es sei denn natürlich, du hättest Angst, dein Ruf würde darunter leiden, wenn man dich in Gesellschaft einer geschiedenen Frau sieht.«

Direkt nach Elfreds Versuch, mit ihr anzubändeln, wurde ihr Sarkasmus als Herausforderung aufgefaßt.

»Na schön. Einmal schnell die Straße runter.«

»Danke, Elfred«, sagte sie mit gespielter Unterwürfigkeit und lehnte sich dann wieder zurück, um sich an der Stadt zu erfreuen, in der sie aufgewachsen war.

Selbst im Regen war Camden noch reizvoll. Die Berge erhoben sich in sanften Wölbungen hinter der Stadt, gleich kleinen Dörfern schlängelten sich die Häuser wie Ketten um ihre Hälse. Camdens Grundriß wurde von der hufförmigen Biegung der felsigen Küstenlinie vorgegeben, die einen ruhigen, natürlichen Hafen bildete. Zusätzlichen Schutz boten Dutzende vorgelagerter Inseln, die die Penobscot Bay sprenkelten und selbst den schwersten, vom Sturm aufgewühlten Brechern, die hier gegen die Küste des Atlantiks anrollten, ihre Gewalt nahmen.

Seit Roberta fortgegangen war, hatten viele begeisterte Anhänger des Segelsports aus den größeren Städten von New England den sicheren, kleinen Hafen von Camden entdeckt und zu ihrem Heimathafen erkoren. Die Masten ihrer Yachten ragten überall zwischen denen von Camdens Fischereiflotte auf; jetzt allerdings – es war Vormittag – waren die Fischerboote draußen auf dem regnerischen Wasser, um für einen Teil der Camdener Bevölkerung den Lebensunterhalt einzubringen.

»In Boston«, sagte Roberta, »haben wir im Binnenland gelebt. Es ist schön, dem Meer wieder nah zu sein. Am Wasser sind die Geräusche und Gerüche doch ganz anders.«

Einen Augenblick lang blieben sie bei den städtischen Werftanlagen stehen, und der Motor von Elfreds Tourenwagen ruckelte sie sanft hin und her. Durch die Fenster hörten sie die Tokkata der Hämmer aus den Schiffswerften, die Polyphonie der Möwen, den tiefen Alt der einsamen Maschinen eines ausfahrenden Schiffes. »Hört nur«, sagte Roberta zu ihren Töchtern. »Es ist wie Musik.«

»Was ist?« fragte Elfred, aber Roberta bedeutete ihm, den Mund zu halten, während sie und ihre Mädchen – die ohne zu fragen verstanden – der Serenade der Hafenstadt lauschten. Die salzige Luft legte sich schwer wie ein kaltes, feuchtes Tuch auf ihre Gesichter. Es roch nach algenüberzogenen Felsen, nach dem Holz der Hafenanlagen und dem leichten Gestank der Kalkbrennöfen, der bei Südwestwind von Rockport herüberwehte.

Als sie genug gehört hatten, sagte Roberta: »Fahren wir weiter, Elfred. Zeig mir die Hauptstraße.«

Die Hauptstraße schlängelte sich wie ein Aal und stieg nach Norden an. Die weißen Holzgebäude des Geschäftsviertels, die Roberta noch aus ihrer Kindheit in Erinnerung hatte, waren fort, zerstört von dem Brand 1892. An ihrer Stelle standen zwei- und dreistöckige Gebäude aus rotem Mainer Ziegelstein. Obwohl die Gebäude andere waren, war der Charakter der Stadt doch erhalten geblieben. Calvinisten hatten ihn geprägt, Menschen, die harte Arbeit, Sonntagsgottesdienste und einen geschützten Seehafen zu schätzen wußten. Wenn dieser Hafen von außerordentlicher Schönheit war, um so besser. Wenn man von ihm aus in die Richtung blicken konnte, in der das Heimatland lag, wo die Stadtgründer ihre Liebsten zurückgelassen hatten – nun gut, dann war das sogar noch besser.

Roberta suchte wie jeder, der aus der Fremde nach Hause zurückkehrte, nach vertrauten Dingen. Auf dem weißen Türmchen der Baptistenkirche gab die Stadtuhr immer noch das Tempo des täglichen Lebens vor. Der Stadtpark daneben war unverändert geblieben. Unten in der Bean-Werft stand ein Viermaster halbfertig auf Stapel, genau wie es in ihrer Kindheit gewesen war. Der kleine Fluß, der Meguntícook, stürzte noch immer über seine Stromschnellen in den Hafen, strömte immer noch an der Wollfabrik vorbei, hielt immer noch deren Maschinen in Gang. Und die Fabrik herrschte immer noch über die ganze Stadt, und wahrscheinlich standen nach wie vor auch Kinder auf ihren Lohnlisten.

Aber die elektrischen Straßenbahnen waren nicht das einzige Zeichen des Fortschritts in Camden. Ein motorisierter Omnibus kam ihnen vom Elms Hotel aus entgegen und fuhr mit seiner Fracht von Touristen zum Hafen hinunter. Telefonmasten säumten die ganze Hauptstraße und Gehsteige aus Beton. Es gab Wasserhydranten und Straßenlaternen und ein neues, teures CVJM-Gebäude. Ein Schild an einem Gebäude am nördlichen Ende der Hauptstraße, wo diese leicht anstieg und schließlich zur Belfast Road wurde, ließ Robertas Kopf schließlich herumfahren.

»Elfred, stand auf diesem Schild nicht ›Reparaturwerkstatt‹?«

»Also, Roberta, den Gedanken schlag dir gleich aus dem Kopf.«

»Aber ich habe es genau gesehen! Wende den Wagen und fahr zurück, Elfred. Ich bestehe darauf.«

»Roberta, sei nicht dumm.«

»Zur Hölle mit dir, Elfred, wenn ich sage, du sollst diesen Wagen wenden, dann meine ich es auch so!«

Die Mädchen auf dem Rücksitz fingen an zu kichern. Rebecca sagte: »Ich glaube, sie meint es wirklich ernst, Onkel Elfred.«

Mit einem langen, leidvollen Seufzer bremste Elfred, legte einen anderen Gang ein und wendete. Während er auf eine Kutsche wartete, die vorbeifuhr, sagte er: »Roberta, ich habe gehört, daß du seit langem keinem Mann mehr Rede und Antwort stehen mußtest, aber diesmal wirst du zuhören. Frauen können schon einfach deswegen keine Autos besitzen, weil sie sie nicht bedienen können.«

»Und weshalb, bitte schön, können sie das nicht?«

Der Wagen fuhr wieder los, zurück Richtung Stadtmitte. »Weil du dir, wenn du den Motor anwirfst, den Arm brechen könntest. Und weil Benzin schwer ist und sich nur umständlich einfüllen läßt, und weil ziemlich regelmäßig die Motoren zusammenbrechen und die Vergaser ständig neu eingestellt werden müssen, und weil die verdammten Dinger im Winter furchtbar kalt sind und man auch schon gehört hat, daß sie Feuer fangen und einem in Nullkommanichts abbrennen! Und die Reifen müssen geflickt werden, manchmal gleich am Straßenrand, und was ist, wenn dir das passiert, wenn du irgendwo ganz allein bist und kein Mann da ist, der dir helfen kann? Roberta, bitte sei vernünftig.«

»Wieviel kostet ein Automobil, Elfred?«

»Du hörst mir ja gar nicht zu.«

»Ich höre zu. Ich werde dir nur nicht recht geben, bevor ich die Möglichkeit weiter erkundet habe, denn, weißt du, ich habe schon sehr lange darüber nachgedacht. Es gehört zu meinem Plan. Also, wieviel kostet es?«

Er weigerte sich, ihr eine Antwort zu geben.

»Das kann ich leicht selbst rausfinden.«

»Also gut«, sagte er entnervt. »Dieses Automobil kostet achthundertfünfzig Dollar. Ein Roadster würde so bei sechshundert liegen.«

»Soviel habe ich nicht, aber trotzdem bin ich entschlossen, mir einen Wagen zu kaufen. Irgendwie werde ich das Geld beschaffen.«

»Mach dich nicht lächerlich, Birdy. Das kannst du nicht.«

»Warum nicht? Du hast es doch auch getan.«

»Ja, aber ich bin ein Mann. Männer können damit umgehen.«

»O Elfred«, erwiderte sie ungehalten, »wie sehr du mich beleidigst, ohne mir auch nur eine Chance zu geben.«

»Birdy, du bist eine ganz *fürchterliche* Frau!«

»Fahr rechts heran.« Und einen Herzschlag später: »Fahr rechts ran, Elfred, habe ich gesagt!«

Er tat es, wenn auch widerstrebend. »Daß du und Grace Schwestern seid, ist mir unbegreiflich.«

Elfred fuhr rechts an den Straßenrand und hielt vor der Boynton-Apotheke. Der Gehsteig war brandneu, und der Wagen neigte sich ein wenig zur Seite, während der Motor gluckste und den Wagen rhythmisch hin und her wiegte. Der Regen auf dem Lederdach hörte sich an wie spritzendes Fett. Er rollte an den Fenstern herunter und verwandelte die Gebäude auf der anderen Straßenseite in flackernde Bilder wie verblaßte Aquarelle.

Roberta blinzelte und rückte näher ans Fenster. »Boyntons Automobilgesellschaft«, las sie laut vor. »Heiliger Bimbam, Elfred, genau hier hast du den Wagen gekauft?« Elfred weigerte sich, zu antworten. Die Antwort war jedoch ohnehin offensichtlich. Unter diesem Schild hing ein zweites: REPARATURWERKSTATT CAMDEN. Das Kleingedruckte auf beiden Schildern wurde durch den Regenguß unleserlich.

»Mädchen, könnt ihr das entziffern?«

Rebecca versuchte es. »Nicht besonders gut.« Sie kniff die Augen zusammen. »... Agentur ... Lager ... mehr kann ich nicht lesen.«

»Lager? Werden hier Automobile gelagert, Elfred?«

»Im Winter, ja, wenn es zu kalt wird, sie zu fahren, und die Straßen unpassierbar werden.«

»Wo kauft man Benzin?«

»Birdy, bitte ... Deine Schwester wird sehr böse auf mich sein, wenn sie glaubt, ich hätte dich bei dieser verrückten Idee unterstützt.«

»Keine Sorge, Elfred, ich werde dich von jedem Tadel freisprechen. Ich werde dafür sorgen, daß Grace weiß, daß alle unschicklichen Ideen einzig von mir stammen.«

Elfred begriff langsam, daß diese Frau eine Zunge wie eine zweischneidige Axt hatte, die sie mit Freuden und in der Hoffnung an ihm erprobte, daß er sich winden würde. Aber Elfred neigte nicht dazu, sich zu winden. Er mochte Frauen, und diese spezielle hier reizte ihn ganz besonders mit ihrer Vergangenheit als geschiedener Frau, ihrer Forschheit und ihren ungezwungenen Manieren, die auch einen gelegentlichen Fluch nicht ausschlossen. Kein Mann, der alle seine Sinne beisammen hatte, würde sie auf Dauer wollen – kein Wunder, daß George Jewett das Weite gesucht hatte –, aber als Ablenkung von einer langweiligen, übergewichtigen Frau würde sich Miss Birdy Jewett sehr gut machen. Elfred begann sich auf die vor ihm liegende Zeit zu freuen.

»Benzin kauft man im Eisenwarenladen. Also, darf ich dich jetzt vielleicht nach Hause fahren?«

Roberta grinste selbstgefällig und lehnte sich in ihrem Sitz zurück, als sei eine Entscheidung gefällt worden.

»Bitte, tu das.«

Die Alden Street war nur einen Steinwurf vom Stadtzentrum entfernt. Das Haus Breckenridge war genauso alt wie Camden selbst und hatte während der beiden vergangenen Jahrzehnte dem letzten Überlebenden des Clans gehört, einem Sebastian Dougal Breckenridge. Sebastian hatte seine produktiven Jahre auf See verbracht, und die See war seine einzige Braut gewesen. Er hatte sich damit begnügt, seine letzten rheumatischen Tage in Sichtweite des Atlantiks zu verbringen, in seinem Haus, aus dem er hinabblicken und die Dampfer in den Hafen einfahren sehen konnte, wo er jeden Morgen beobachten konnte, wie die Fischer auszogen, um des Abends zurückzukehren; er hatte den Möwen zugehört, die geifernd an seinen Fenstern vorbeiflogen, und sich an seine salzige Jugend auf den Handelsrouten der hohen See erinnert.

Die Stadtbewohner erinnerten sich noch an die Zeit, in der Sebastian sein Haus tipptopp in Ordnung gehalten hatte, als in den Beeten unter den vorderen Fenstern Petunien blühten, als der Anker im Vorgarten in makellosem Weiß erstrahlte. Aber viele Jahre waren vergangen, seit Sebastians knirschende alte Gelenke zum letzten Mal die Qual ertragen konnten, auf dem Boden zu knien, um Unkraut zu jäten, seine arthritischen Hände einen Pinsel gehalten oder die letzten Funken seines schwindenden Verstandes ihn daran erinnert hatten, daß das Haus Pflege brauchte, wenn es nicht den Hügel hinunter in den Hafen von Camden stürzen sollte.

Roberta starrte das Haus mit offenem Mund an und spürte, wie ihr ganz flau im Magen wurde. »Das ist es?«

»Donnerlittchen«, flüsterte eins der Mädchen, danach kam nur noch stumme Ungläubigkeit vom Rücksitz.

»Elfred, das kann nicht dein Ernst sein. *Dafür* hast du mein Geld ausgegeben?«

»Zweihundert Dollar sind nicht viel, Birdy. Ich hätte ein viel hübscheres Haus auf der Limerock Street für vierhundert bekommen können, aber du sagtest ja, zwei seien dein Limit.«

Zweihundert für das Haus, zweihundert für das Automobil, so hatte sie das geplant. Jetzt besaß sie eine Hütte und konnte sich genau ein Drittel von einem Wagen leisten – und sie hatte keine Chance, sich den Rest schnell genug zu beschaffen.

»O Elfred, wie konntest du nur? Das da ist doch nicht mehr als eine ... Ruine!«

»Es hat ein gutes, stabiles Fundament, funktionierende Holzöfen und gut schließende Fenster.«

»Ohne Glas«, sagte sie mit einem Blick nach oben. Im zweiten Stock war eine Fensterscheibe mit Holzbrettern vernagelt. Das Haus hatte seit mehr als einem Jahrzehnt keine Farbe mehr gesehen – und auch sonst nichts, abgesehen von Möwendreck. Davon klebte allerdings jede Menge auf den Schindeln, auf den Fenstersimsen und quer über die ganze Front eines niedrigen Vorbaus, auf dessen Geländer eine Reihe von Vögeln saß. Die Gitterstäbe waren so unvollständig wie das Gebiß im Mund eines alten Seebären. Durch die Erdgeschoßfenster konnte Roberta einen Teil der persönlichen Habe Sebastian Dougal Beckenridges erkennen – vorwiegend Zeitungsstapel und gläserne Schwimmblasen von Fischernetzen, die die Fensterbänke säumten.

»Glas läßt sich ersetzen«, sagte Elfred.

»Nicht von mir; das kann ich nicht. Ich bin kein Glaser, Elfred!« Robertas Desillusionierung verwandelte sich immer schneller in flammenden Zorn.

»Du sagtest doch, du hättest drei gute Helfer. Ich habe dich beim Wort genommen und bin davon ausgegangen, daß du Geld sparen wolltest – mit einem Haus, das sich instandsetzen läßt. Ich habe angenommen, daß du zu diesem Zweck etwas Geld beiseite gelegt hättest.«

»Nun, habe ich nicht! Nicht so viel! Ich sagte instandsetzen, Elfred, nicht neu aufbauen!«

Roberta starrte ihr neues Domizil wütend an.

»Möchtest du reingehen und es dir ansehen?«

»Nein. Ich möchte dich am höchsten Baum von Camden aufknüpfen ... an deinen Füßen, Elfred Spear!«

»Roberta ...«

»... und dann Wetten annehmen, wie lange es dauert, bis du endlich verfault bist und runterfällst.«

Elfred legte sich eine Hand über den Mund und lächelte heimlich, während sie mit zusammengepreßten Lippen vor sich hinkochte.

»Ach, na komm schon, Birdy, geh wenigstens rein und sieh es dir an.«

Sie war so außer sich, daß sie ohne einen Schirm aus dem Wagen stieg und durch den überwucherten Garten stampfte, ohne auf die anderen zu warten.

»Tssst!« rief sie den Möwen zu. »Schwingt eure schmutzigen Ärsche von meiner Veranda!« Elfred stellte hastig den Motor ab und lief ihr eilig mit einem Schirm nach. Am Fuß der Verandatreppe, wo sie stehengeblieben war und die Zähne aufeinander beißen mußte, um ihn nicht anzubrüllen, holte er sie endlich ein. Bei näherem Hinsehen schien es, als würde die Veranda noch schneller verfaulen als Elfred! Im Boden waren Löcher, wo irgend jemandes Füße einfach durchs Holz gebrochen waren. Sie stand da, die Hände in die Hüften gestützt.

»Das ist erbärmlich! Einfach erbärmlich.«

Elfred drängte sie die Treppe hinauf, ging vorsichtig über die Bretter, die noch hielten, und öffnete die Haustür. Sie ging ihm voran in einen Raum, der wohl ein Salon sein sollte. Und Wunder über Wunder – er verfügte über Elektrizität! Aber die Leitungen waren an den Wänden verlegt und die Glühbirnen nackt. Überall lagen Zeitungen herum. Die Wände waren damit tapeziert worden. Der alte Mann hatte sie gesammelt, und sie waren in schwankenden Stapeln neben leeren Glaskrügen und weiteren Glaskugeln allgegenwärtig. Ruß befleckte die Decke über einem Heizofen, und Unrat übersäte die Böden. Das Haus stank nach Urin und Verfall.

»Ich will mein Geld zurück«, verkündete Roberta.

»Ich kann es nicht zurückbekommen«, entgegnete Elfred. »Der Kauf ist endgültig.«

Roberta marschierte auf ihn zu, packte seinen zusammengeklappten Regenschirm und stach ihm damit empfindlich in den Bauch. Elfred krümmte sich zusammen und grunzte.

»Uff! ... Ro ... Roberta ... was, um Himmel ...«

»Wie sollen wir in diesem Kasten leben? Wie, Elfred! Würdest du mir das bitte sagen?« schrie sie.

Elfred schlang beide Arme um den Leib und starrte sie

entsetzt an. Die Mädchen waren auf die Veranda gekommen und spähten zweifelnd ins Haus. Rebecca trat über die Schwelle, und die anderen, die sehr darauf achtgaben, wo sie ihre Füße hinsetzten, folgten ihr. Susan blickte eine Treppe hinauf, die die beiden unteren Räume teilte und so aussah, als würde sie furchtbar knarren. Rebecca stellte sich vor eine der Wände und schälte einen Streifen Zeitung ab, hinter dem eine alte, wasserbefleckte Tapete zum Vorschein kam. »So schlimm wird's schon nicht, Mutter. Wir müssen nur zuerst die Zeitungen verbrennen und die Wände streichen.«

Rebecca war jedoch immer die Optimistische in der Familie gewesen.

»Diese Hütte taugt nicht mal für einen Skunk!«

Neben dem Wohnzimmer lag die Küche. Lydia wagte sich hinein, und die anderen folgten ihr. Sie öffnete eine Tür unter einer trockenen Spüle, und fauliger Geruch schlug ihnen entgegen. Etwas, das wie ein Toiletteneimer aussah – eine glückliche Laune des Schicksals hatte dafür gesorgt, daß es ein leerer war –, hatte auf dem Holz des Fußbodens einen dauerhaften Flecken zurückgelassen.

»Mach diese Tür zu, Lydia!« fuhr Roberta ihre jüngste Tochter an. »Und faß dieses schmutzige Ding ja nicht wieder an. Wahrscheinlich hat er nach allem, was wir wissen, da reingepißt!« An Elfred gewandt zischte sie: »Ein Badezimmer gibt es hier wohl nicht.«

»Nein. Nur einen Außenabort.«

Zu wütend, um ihn noch länger anzusehen, wandte sie sich ab.

»Hör mal, Birdy, du hast gesagt, zweihundert Dollar.

Und das kriegt man für zweihundert Dollar.«

»Zweihundert Dollar, mit denen ich ein Haus, in dem man leben kann, hätte anzahlen können; den Rest hätte ich dann mit einer Hypothek finanziert.«

»Du hast mir gesagt, du wolltest keine Hypothek, also dachte ich, man könnte das Haus mit ein wenig Hilfe reparieren.«

Sie fuhr zu ihm herum und zeigte auf eine der Wände. »Dann reparier du es, Elfred, denn ich habe keine Zeit dazu! Ich muß Geld verdienen, um meine Töchter zu versorgen! Und wenn ich weggehe, soll ich sie wohl in diesem Ding hier lassen, wie?« Sie hatte angefangen zu schreien und wie wild zu gestikulieren. »*Du* hast uns in dieses Rattenloch gebracht! *Du* siehst zu, daß man darin leben kann! Und *du* wirst es auch bezahlen! Gott helfe mir, ich habe dir vertraut, Elfred!«

Elfred trat hastig ein paar Schritte zurück, denn Birdy schwang schon wieder den Regenschirm. Er breitete beide Hände aus, als wolle er sie abwehren. »Schon gut, Birdy, schon gut ... das mach' ich ja. Ich kümmere mich darum.«

»Und beeil dich etwas, denn das ist keine passende Unterkunft für meine Mädchen!«

»Na schön, ich werde sofort mit Gabriel Farley sprechen.«

»Jawoll der Herr, das werden Sie«, sagte eine tiefe Stimme aus dem vorderen Raum, und wie aus dem Nichts tauchte Gabriel Farley auf. Er trat durch die Tür in die Küche und sagte: »Nochmals guten Tag.«

»Hm, wo kommst du denn her?« fragte Elfred.

»Ich dachte, du würdest mich wahrscheinlich brauchen. Wenn diese Damen im Kielwasser des alten Sebastian leben wollen, müßte das Haus ein bißchen in Ordnung gebracht werden.« Er verkreuzte die Arme vor der Brust, schob die Hände unter die Achseln und ließ seinen Blick über die Wände streifen. »Ich kann Ihnen gerne einen Kostenvoranschlag machen.«

Roberta wischte sich die Hände ab und warf ihm einen eisigen Blick zu. »Das ging aber schnell«, bemerkte sie trocken.

»Ein wahrer Glücksfall, daß wir uns auf dem Kai getroffen haben, sonst hätte ich nicht gewußt, daß wieder jemand hier einziehen will.«

Roberta fragte sich, wieviel Glück dabei im Spiel gewesen war.

»Sie sind also Zimmermann, Mr. Farley?«

»Zimmermann, Anstreicher – ich übe jedes Handwerk aus, das Sie sich denken können. Ich kann die meisten Sachen in Ordnung bringen.«

Sie sah von einem Mann zum anderen. »Es ist doch nicht möglich, daß ihr zwei in dieser Sache unter einer Decke steckt, oder? Und daß Elfred vielleicht rein *zufällig* dieses Wrack für mich gekauft hat und Mr. Farley vielleicht auch rein *zufällig* bequemerweise gerade in dem Augenblick in das Hafenbüro kam, als wir dort standen, und daß er jetzt rein *zufällig* gerade Zeit hat, um dieses Stück Müll zu reparieren. Und zu welchem überzogenen Preis, wenn ich mich erkundigen darf?«

Farley sagte nichts, sondern stand nur, die Hände unter die Achseln geklemmt, weiter da und sah sie unter seinen drahtigen Augenbrauen an. Er war groß, und sein Ölzeug ließ ihn noch größer erscheinen. Er war ruhig, und die Art und Weise, wie er da breitbeinig vor ihr stand, ließ ihn noch ruhiger erscheinen. Seine Füße hatten die Größe kleiner Schaluppen und gaben ihm den Anschein, als könne ihn nichts umwerfen. Aber Roberta Jewett ließ sich nicht von irgendeinem aus der Fasson geratenen Tolpatsch einschüchtern.

»Also habe ich recht, Mr. Farley?«

Gabe Farley drehte sich ungerührt um, um Roberta Jewett näher in Augenschein zu nehmen. Sie war die erste geschiedene Frau, die er je zu Gesicht bekommen hatte, und er wußte nicht recht, was er von ihr halten sollte. Da stand sie vor ihm und warf ihm und Elfred ihre Verdächtigungen an den Kopf, genau wie ein Mann es tun würde. Keine Angst, keine Skrupel, einfach raus damit! Und sie interessierte sich auch nicht sehr für ihr eigenes Aussehen – das konnte man ohne weiteres erkennen. Stand da mit Haaren, die aussahen wie ein Büschel Sumpfgras nach einem Hurrikan, und einem Mantel, der völlig zerknittert war und offen an ihr herab hing. Kein Hut, keine Handschuhe, nicht die Spur von gezierter Pose. Sie stand genauso breitbeinig da wie Gabe selbst, und er dachte, puh, was die Frauen hinter ihrem Rücken über sie reden werden!

Und die Männer auch.

»Hm, tja, Mrs. Jewett, da könnten Sie recht haben«, sagte er, während er sich mit einer Hand die Mütze abnahm und sich am Kopf kratzte. Dann stülpte er sich die Mütze wieder schief über die Schläfen und zog den Schirm hinunter, bis er auf seiner rechten Augenbraue saß. »Könnten sich aber auch irren, also würde ich sagen, es liegt ganz bei Ihnen, ob ich Ihnen helfen soll oder nicht.«

»Ich verlange eine klare Antwort, Mr. Farley. Stecken Sie mit meinem Schwager unter einer Decke?«

»Nee.«

Sie hatte eine wortreichere Antwort erwartet. Seine Einsilbigkeit überraschte sie, und sie wandte sich ab, um durch das Zimmer zu schlendern. »Nun, selbst wenn es so wäre, wäre das wohl kein Problem, denn Elfred hat sich gerade bereit erklärt, die Reparaturen an diesem Haus zu bezahlen, nicht wahr, Elfred? Sie müssen nämlich wissen, Mr. Farley, ich habe kein Geld. Nun, das stimmt nicht unbedingt. Ich hatte vierhundert Dollar, aber Elfred hat zweihundert für diesen Müllhaufen hier ausgegeben, so daß ich jetzt nur noch zweihundert besitze, mit denen ich mir ein Automobil kaufen will.«

»Ein Automobil«, wiederholte Farley in dem Tonfall, in

dem ein Onkel zu einem Fünfjährigen sagen würde: »Nach Afrika ...«

»Lachen Sie mich nicht aus, Mr. Farley!«

»Ich lache Sie nicht aus.«

»O doch, das tun Sie wohl. Ich bin kein Idiot, und ich bin auch nicht unfähig, für mich und meine Mädchen Entscheidungen zu treffen, und ich habe entschieden, daß ich mir, komme was da wolle, ein Automobil kaufen werde.«

»Meinen Glückwunsch, aber damit haben wir die Frage, ob ich dieses Haus für Sie reparieren soll oder nicht, noch nicht geklärt.«

»Fragen Sie Elfred. Er hat mich in diesen Schlamassel reingeritten. Er darf mich da wieder rausholen.«

Elfred räusperte sich und trat einen Schritt vor. »Nur zu, Gabe, stellen Sie einen Kostenvoranschlag auf und bringen Sie ihn mir. Roberta und ich werden die Sache dann irgendwie unter uns regeln. Sie muß irgendwo wohnen, und das hier – fürchte ich – muß es wohl tun.«

»Na schön, ich werd' mal sehen. Und jetzt entschuldigen Sie mich bitte«, sagte er zu Roberta, tippte sich an die Mütze und verließ den Raum.

Die Mädchen waren auf Kundschaft ausgegangen, und zwei von ihnen meldeten sich nun von der Veranda: »Mutter, komm mal hier raus!«

Sie ging zu Rebecca und Susan, die am Verandageländer standen und in den Regen hinausblickten. »Sieh mal, Mutter«, sagte Becky begeistert, »wir können von hier aus den Hafen sehen und alle Boote und die Inseln. Ich bin sicher, daß wir sie sehen können, sobald es aufhört zu regnen. Und die Sonnenaufgänge! Die werden bestimmt umwerfend sein, Mutter! Stell dir nur vor, wenn dieses Geländer und der Fußboden erst in Ordnung gebracht sind und dann unser alter Korbstuhl hier draußen steht und etwas mit einem köstlichen Duft, das da neben der Treppe blüht«, sie sprang über zwei zerbrochene Bretter und drehte sich am anderen Ende der Veranda um, »und vielleicht eine Hängematte hier im Schatten für heiße Sommernachmittage. Außerdem werde ich ein Gedicht über den Hafen schreiben. Und dann stelle ich mich genau hier hin, an den Kopf dieser Treppe, als wäre es die Bühne des Opernhauses, und werde es für dich aufsagen, während du mit nackten Zehen und zum Himmel erhobenem Gesicht im kühlen Gras liegst.« Sie drehte sich bittend zu ihrer Mutter um. »Ich weiß, es sieht im Augenblick schlimm aus, aber das kümmert uns nicht. Wir lieben das Haus. Wir wollen bleiben.«

»Wir haben uns schon unser Zimmer ausgesucht«, warf Susan ein.

Roberta betrachtete ihre zwei Töchter einen Augenblick lang. Wenn es eine Macht auf Erden gab, die Roberta aufhalten konnte, dann waren es ihre Töchter. Sie war hier. Sie hatte diese Bruchbude gekauft. Die Kinder – gesegnet seien sie für ihre Unwissenheit – glaubten, sie könnte ein Zuhause für sie werden. Plötzlich klappte sie wie ein Taschenmesser zusammen und lachte. »Wer sagt, ich sei arm, wo ich Reichtümer wie euch habe? Kommt her, Mädchen.« Sie breitete die Arme aus, und die Mädchen eilten zu ihr, schmiegten sich an sie und schlangen ihre Arme um Robertas Taille. So standen sie da wie drei Fischerknoten in derselben Leine und sahen zu, wie das filigrane Gewebe des Regens sich am Dach der Veranda brach und von dort auf die durchweichte Erde tropfte. Der Duft der fruchtbaren Erde hatte etwas Urtümliches, und die Luft war reich und feucht und erfüllt vom Versprechen sommerlichen Grüns. Die Berge hinter ihnen schützten sie vor den vorherrschenden Südwestwinden. Die Erde neigte sich vor ihnen, und mit ihr die Häuser und Bäume und Geschäfte zwischen ihnen und der Penobscot Bay. Rechts unter ihnen zeigte ihnen ein Teil des Dachs der Wollfabrik Knox seine leuchtende Schieferfläche, und daneben ragte der steinerne Schornstein in den trostlosen Himmel, wo ein von Regen durchzogener Nebel den Rauch hin und her bewegte.

Eine Seeschwalbe flog vorbei, plärrte ihnen eine Reihe heiserer Rufe entgegen und ließ sich dann flügelschlagend auf der Wetterfahne eines Schuppens in einem Garten unter ihnen nieder. Roberta ließ das Tier die ganze Zeit nicht aus den Augen, bis es sich zurechtgesetzt hatte und aufhörte, mit dem Schwanz zu schlagen. In Boston waren sie zu weit vom Meer entfernt gewesen. Die Meeresvögel sprachen landeinwärts eine andere Sprache als in Sichtweite des Ozeans. Die Gegenwart des Atlantiks gab diesen Seeschwalben eine herrliche Unverfrorenheit. Niemand konnte einer Camdener Seeschwalbe den Mund verbieten, konnte sie zu Gehorsam, Ordnung oder Anpassung zwingen oder ihr sagen, daß sie nicht allein fliegen dürfe.

Vielleicht hatten die Möwen ihr das Stichwort geliefert. »Wenn wir bleiben, werde ich eure Hilfe brauchen«, sagte Roberta zu ihren zwei älteren Töchtern.

»Kein Problem, Mutter.«

»Natürlich, Mutter.«

»Wir werden nicht viel besitzen, das kann ich euch gleich sagen. Aber ihr werdet auch nicht in dieser Fabrik arbeiten müssen.« Sie blickte auf das dunkelgraue Schieferdach herab.

»Wir brauchen nicht viel«, versicherte Rebecca ihr.

»Ihr werdet oft allein sein. Macht euch das etwas aus?«

»Wer ist hier diejenige, die uns unseren Leitsatz beigebracht hat: ›Wenn ihr Phantasie habt, seid ihr nie allein‹?«

»So ist es richtig.« Sie drückte erst Rebecca und dann beide Mädchen gleichzeitig an sich.

Die Seeschwalbe kam immer noch allein, immer noch keifend zurück. Roberta sah ihr schwarzes Auge glitzern und ihren Kopf neugierig herumfahren, als sie über sie hinwegschwebte und auf sie herabblickte.

»Häuser waren mir nie sehr wichtig«, bemerkte sie.

»Solange sie warm und trocken sind, ein klein wenig Lachen in sich haben und vielleicht ein paar Bücher und Musik, das reicht, stimmt's?«

»Stimmt!« erwiderten die Mädchen einhellig.

»Also werden wir bleiben.«

Rebecca und Susan schlangen ihre Arme fester um Robertas Taille, und Roberta kam zu dem Schluß, daß sie die richtige Entscheidung getroffen hatte. Von diesem Augenblick an war sie mit ihrem Entschluß zufrieden.

»Wo steckt Lydia?«

»Die erkundet den oberen Stock.«

»Wollen wir sie suchen gehen?«

Lächelnd schickten die drei sich an, genau das zu tun.

Lydia erkundete tatsächlich das Haus. Sie hatte einige der Zeitungsschlagzeilen an der Wand gelesen, Schlagzeilen, die sage und schreibe dreißig Jahre alt waren. Sie hatte das Strandgut, das Sebastian Dougal hinterlassen hatte, durchstöbert und sich ein paar bunte Glasschwimmer herausgefischt. Sie waren scharlachrot, wasserblau und safrangelb und würden, wenn sie im Sommer am Verandageländer baumelten, bestimmt super aussehen. Sie legte ihren Lieblingsschwimmer unten an die Treppe und blickte dann summend und in Tagträume versunken hinauf. »Traurig ihr Los, die zu sehr liebt ...« Sie hatte Anfang des Jahres in ihrer Schule in Boston die Rolle der Josephine in *H.M.S. Pinafore* gespielt und fühlte sich jetzt in ein Schiff auf hoher See versetzt. Während sie davon träumte, krümmte sie sich zusammen, legte sich die Stirn auf den Unterarm, glitt mit dem ganzen Arm über den Handlauf und summte auf dem Weg nach oben vor sich hin. »Schwer der Kummer, der das Haupt beugt...«, sang sie, während sie zum hinteren Schlafzimmer schlenderte, das einen Ausblick auf den Mount Battie bot. Die Zimmerdecke folgte der steilen Dachschräge, und zwei hohe, spirrige Fenster reichten bis wenige Zentimeter über den Boden. Vor ihnen kniete Mr. Farley, der die Mauer um die Fenster herum untersuchte und leise durch die Zähne pfiff. Sein Pfeifen klang wie das Sausen von Entenflügeln, wenn sie einem ganz niedrig über den Kopf flogen.

»Hallo«, sagte sie.

Er hörte auf zu pfeifen und blickte über die Schulter.

»O hallo.«

»Ich bin Lydia.«

Er drehte sich auf den Fußballen um, verlagerte sein Gewicht auf einen Absatz, stützte sich mit den Unterarmen auf die Knie und ließ die Hände zwischen den Beinen baumeln.

»Nett, dich kennenzulernen, Lydia. Ich bin Mr. Farley.«

»Ich weiß. Werden Sie dieses Haus für uns fertigmachen?«

»Ich denke ja.«

»Ziemlich übel, was?«

Er ließ den Blick kreisen, als folge er der Gestalt eines Regenbogens. »Ach, ich weiß nicht. So schlimm ist es auch wieder nicht.« Er zeigte mit einem Knöchel auf die Tür, ohne die Hand vom Knie zu nehmen. »Das Fenster in dem anderen Schlafzimmer muß ausgewechselt werden, und es sieht so aus, als müßte die Veranda komplett erneuert werden, aber das Dach ist mit Schiefer gedeckt und noch für weitere hundert Jahre gut.«

»Das hier wird mein Zimmer«, erklärte Lydia ihm.

»Ach ja?«

»Meins und Beckys und Susans. Mutter wird das da nehmen.« Sie zeigte hinter sich.

»Habt ihr das bereits besprochen?«

»Nein, aber Mutter läßt uns ziemlich oft unseren Willen.«

»Das tut sie, wie?«

»Ziemlich oft. Es sei denn, es würde jemandem schaden oder schlecht für unseren Charakter sein. Wir wollen bleiben, also weiß ich, daß sie ja sagen wird.«

»Warum wollt ihr bleiben?«

»Weil wir eine Großmutter hier haben und Cousinen und Tante Grace und Onkel Elfred, die wir endlich mal kennenlernen müssen, und weil es hier ein Opernhaus gibt, von dem Mutter sagt, daß wir es besuchen können. Außerdem gibt es gute Schulen, und wenn man die High School hier besucht, braucht man keine Prüfung abzulegen, um aufs College zu kommen, sie nehmen einen einfach auf. Wußten Sie das?«

Gabriel, den ihre kessen Sprüche verblüfften, räusperte sich. »Nein, wußte ich nicht.«

»Mutter sagt, eine gute Ausbildung ist das Allerwichtigste.«

Das sagt Mutter, wie? Gabriel sah sich das altkluge Kind genau an. Sie reichte ihm höchstens bis zur Achsel und wirkte ziemlich zerlumpt in ihren abgetretenen braunen Schuhen mit Knoten in den Schnürsenkeln und einem sackartigen, braunen Trägerkleid mit geflickten, ausgebeulten Taschen. Ihr sandfarbener Zopf war aus den Fugen geraten; eine Haarsträhne, die sich daraus gelöst hatte, mußte sie sich regelmäßig aus dem Gesicht streichen. Sie hatte schmutzige Fingernägel. Aber ihre Wangen waren rosig, und ihre Augen blitzten wie die einer Seeschwalbe. Außerdem stellte sie mit ihrem Wortschatz und ihrer Ausdrucksweise Gabe selbst bei weitem in den Schatten. Er nahm sie noch genauer in Augenschein.

»Wie alt bist du?«

»Zehn.«

»Für eine Zehnjährige drückst du dich aber verdammt gut aus.«

»Mutter liest uns viel vor und hält uns an, über Worte nachzudenken und kreativ zu sein.«

»Was kreiert ihr denn so?«

»Alles Mögliche. Musik, Dichtung, Theaterstücke, Aufsätze, Gemälde, ja, sogar botanische Ausstellungen. Einmal haben wir eine Oper geschrieben.«

»Eine Oper«, wiederholte er überrascht.

»Auf lateinisch.«

»Meine Güte.«

»Na ja, wir haben's auf lateinisch versucht, aber wir haben so viele Fehler gemacht, daß Mutter schließlich keine Lust mehr hatte, sie zu korrigieren, also sind wir zu Englisch übergegangen. Haben Sie Kinder?«

»Ja. Ich habe eine Tochter. Isobel. Sie ist vierzehn.«

»Susan ist auch vierzehn. Vielleicht werden die beiden sich anfreunden.«

»Das würde Isobel bestimmt gefallen.«

»Und Rebecca ist sechzehn. Susan und Rebecca machen alles gemeinsam, aber ich bin das Kleinkind, und manchmal lassen sie mich nicht mitmachen. Aber wenigstens erlauben sie mir, Theaterstücke aufzuführen. So, jetzt sollte ich wohl besser gehen.«

Sie fuhr herum und stieß mit ihrem Onkel Elfred zusammen, der gerade oben an der Treppe angekommen war.

»Hoppla!« sagte er und trat zur Seite.

Sie blickte auf. »Tut mir leid, Onkel Elfred. Ich wollte gerade Mutter suchen.«

»Sie ist mit deinen Schwestern unten auf der Veranda.«

Lydia sprang die Stufen hinunter, und Elfred gesellte sich zu seinem Freund im hinteren Schlafzimmer. »Nun, was meinst du?« fragte er. Er blieb unter der nicht eingeschalteten Glühbirne stehen und griff in seine Westentasche, um eine Zigarre herauszuholen.

Farley erhob sich. »Zu dem Haus oder zu ihr?«

Elfred biß gerade das Ende der Zigarre ab. Er brach in wildes Gelächter aus, daß der braune Stumpen gegen eine Fußleiste katapultiert wurde.

»Such's dir aus«, sagte er, zündete mit dem Daumennagel ein Streichholz an und paffte, um seine Zigarre zu entzünden.

In diesem Augenblick war Roberta, gefolgt von ihren Mädchen, auf halber Höhe der Treppe angekommen. Sie fuhr herum und brachte sie mit einem Finger auf den Lippen zum Schweigen. Dann bedeutete sie ihnen zu bleiben, wo sie waren. Dann stieg sie auf Zehenspitzen die restlichen Stufen hinauf – sie hielt sich am Rand der Treppe, wo sie nicht knarrten – und preßte sich gegen die Wand, um möglichst viel von dem Gespräch mitzubekommen.

Farley sagte mit gesenkter Stimme: »Sie nimmt sich nicht sehr in acht mit dem, was sie sagt, nicht wahr?«

»Oder damit, wie sie aussieht«, ergänzte Elfred.

»Oder wie ihre Kinder aussehen.«

»Jedenfalls hat sie mehr als genug von allem, was ein Mann gerne mal in die Finger bekäme, und das ist wohl alles, was zählt, wie, Gabe?«

Farley kicherte. »Tja, ich bin auch ziemlich schnell hier gewesen, nicht wahr? Aber, Teufel auch, ich habe noch nie eine geschiedene Frau kennengelernt. Ich war neugierig.«

»Ich auch. Deshalb habe ich ...« Elfred räusperte sich umständlich. Der Geruch seiner Zigarre wehte an Roberta vorbei.

»Also hast du was, Elfred?«

»Tja, weißt du ...« Seine Stimme klang hinterhältig. »Ich habe sie ein bißchen auf die Probe gestellt.«

»Auf die Probe gestellt? Also Elfred ...« In seinen Worten lag augenzwinkernde Zustimmung. »Du, ein verheirateter Mann.«

»Es war doch nur Spaß.«

»Wie hat sie reagiert?« Farley flüsterte jetzt fast.

Obwohl sie keine Antwort von Elfred hörte, konnte sie sich doch ein breites Grinsen vorstellen, das alles sagte, was eine schmutzige Phantasie anregen konnte. Einen Augenblick später erwiderte Farley gedehnt: »Elfred, du Teufel du.«

Und beide Männer lachten.

»Jawoll, ja ...« An seiner Stimme hörte sie, daß Elfred die Zigarre zwischen den Zähnen hielt. »Das ist mal ein feuriges Frauenzimmer, Gabe. Ein richtiger kleiner Hitzkopf.« Er mußte die Zigarre aus dem Mund genommen haben, da er in dem vertraulichen Tonfall eines weltgewandten Schürzenjägers fortfuhr, der einem anderen aushalf. »Aber ich geb' dir einen Rat. Wärm sie zuerst ein bißchen auf. Sie kann einem auch rabiat die Zähne zeigen.«

»Ich dachte, du hättest sie nur auf die Probe gestellt?«

»Nein, dabei ging es um das Haus.«

»Das Haus?«

»Als sie sah, in welchem Zustand es ist, ist sie ganz schön aus der Haut gefahren und hat mir meinen eigenen Schirm in den Leib gerammt. Furchtbares Temperament, das Weib. Furchtbar.«

Farley lachte. »Ich schätze, du hast es verdient. Und ich rede nicht über den Zustand irgendeines Hauses.«

Roberta hatte genug gehört. Mit brennenden Wangen stapfte sie schnurstracks in das Zimmer und baute sich vor den beiden Männern auf. Mit eisigem Blick musterte sie Farley.

»Wann können Sie mit der Arbeit anfangen?«

Farley hatte nicht einmal den Anstand, zu erröten. »Morgen.«

»Und Elfred ... *du wirst bezahlen.*« Ihr Auftreten gab dieser Feststellung eine Nebenbedeutung, die niemand mißverstehen konnte. »Und du wirst dafür sorgen, daß Grace davon erfährt, damit es später zwischen ihr und mir keine Unstimmigkeiten gibt.«

»Ich werde dafür sorgen.«

»Und *Sie*«, sie fuhr mit Verachtung in den Augen zu Farley herum und gab diesem einen Wort einen verachtungsvollen Beiklang, »Sie werden dafür sorgen, daß Sie die Sache zu Ende bringen und in kürzestmöglicher Zeit von hier verschwinden, ist das klar?«

»Ja, Ma'am«, sagte er. »Ganz wie Sie wollen.«

Sie drehte sich mit so erhabener Miene auf dem Absatz um, als sei sie mit seidenen Samtröcken angetan, und ging auf die Tür zu. »Die Karren mit meinem Gepäck sind da. Wenn Sie den Fuhrmännern bitte beim Abladen behilflich sein würden.«

Es war alles andere als eine Bitte: es war ein Befehl, der in einem Tonfall tiefster Verachtung geäußert wurde, ganz so, als könne sie mit dem Gegenstand dieser Verachtung nur mit abgewandtem Rücken reden.

Als sie fort war, tauschten Gabe und Elfred schweigend und mit hochgezogenen Augenbrauen einen vielsagenden Blick und brachen dann abermals in Gekicher aus.

3

Ihre Möbel, das war eine glanzlose Ansammlung von Stücken, die dazu taugten, Menschen oder Besitztümer zu bergen, die aber in ästhetischer Hinsicht kaum ihren Lebensstil verbessern konnten.

»Ach, machen Sie sich keine Sorgen wegen des Regens«,

sagte sie zu den Fuhrleuten, »bringen Sie die Sachen einfach rein!«

»Vielleicht solltet ihr heute nacht besser bei uns schlafen, Birdy«, sagte Elfred.

»Auf keinen Fall. Wo wollt ihr mit uns Vieren denn bleiben?«

Elfred wußte nicht, wo sie mit den Vieren bleiben sollten. Sein Vorschlag war der Höflichkeit entsprungen, aber, um ehrlich zu sein, war er erleichtert, daß sie sein Angebot nicht annahm.

»Das ist unser Haus. Hier sind unsere Sachen. Wir kommen schon zurecht. Also, Farley, stehen Sie doch nicht da rum, machen Sie sich nützlich! Und du auch, Elfred.«

Elfred wurde naß bis auf die Haut. Es hob Robertas Laune beträchtlich, zu beobachten, wie er an seinem nassen Wollanzug herabblickte und sich ängstigte, daß er zwei Nummern einlaufen könne. Farley, der immer noch sein braunes Ölzeug trug, ging es da weit besser. Sie sorgte dafür, daß er den Fuhrmännern bei den schwersten Stücken half, einschließlich des Klaviers, an dem er sich hoffentlich einen gewaltigen Bruch heben würde.

Die beiden hatten also über sie getuschelt, ja?

Verdammt widerliche Spezies. Sollten sie doch schuften wie Lasttiere: dazu wenigstens waren die Männer gut. Aber in Roberta Jewetts Augen war das auch schon so ziemlich alles.

Elfred mißfiel es stark, zu so anstrengender körperlicher Arbeit herangezogen zu werden, und er beschloß, sich bei der erstbesten Gelegenheit ins Büro davonzustehlen.

Auch Farley ging.

Roberta schickte die Mädchen mit der Anweisung, einige Kartons mit Kleidern und Bettzeug auszupacken, nach oben. Sie selbst ging ins Wohnzimmer und ging die Ansammlung von Kisten und Schrankkoffern durch, die wie ein chinesisches Puzzle in einer Ecke aufgestapelt waren. Die Frage war, wo sie in all diesen Behältnissen die Küchenutensilien finden mochte. Es war fast Mittag, und die Mädchen würden bald Hunger kriegen. Sie sollte sich auf die Suche nach einem Lebensmittelladen machen und ein paar Vorräte kaufen, ein Feuer anzünden, um die Kälte zu vertreiben, nach dem Verbleib ihres Teekessels forschen und dann die Waschschüssel, ein paar Eimer, Lappen und Handtücher suchen. Plötzlich schien das alles einfach zuviel für sie zu sein. Außerdem brachte die Luft, die durch die offene Haustür wehte – auch wenn sie feucht war – den Duft des Ozeans herein, den Duft der grünenden Erde und des knospenden Flieders, sie trug ihr die Schreie der Möwen und den Klang ferner Glockenbojen zu, den sie immer geliebt hatte. Als spürte sie die Beine des klauenfüßigen Klavierhockers aus dem Kistenberg herausragen, zog sie den Hocker hervor, schob ein paar Kartons vom Klavier weg, öffnete den Deckel, setzte sich hin und spielte: »Mich ruft die Kunst« aus *Naughty Marietta.* Sie stürzte sich mit geballter Energie hinein und hörte nach zehn Takten, wie die Mädchen oben zu singen begannen.

»Mama ist eine Königin … und Papa ist ein König … also bin ich eine Prinzessin und weiß es auch.«

Plötzlich war Roberta Jewett unglaublich glücklich.

Sie hatte ihre Töchter und ein Haus, in dem sie leben konnten, und eine Arbeit, die auf sie wartete. Und keinen Ehemann mehr, der ihr wegnehmen konnte, was ihr gehörte, oder sie zum Narren machen konnte. Jenseits der Veranda wartete die Aussicht auf den Hafen auf sie, die sie genießen konnte, wann immer sie sich an den Türrahmen lehnen und sich ein Sonnenbad gönnen wollte. Sie hatte einen neuen Anfang gemacht, und sie und ihre Mädchen würden von jetzt an sehr, sehr glücklich sein.

Mit einem flinken Arpeggio beendete sie das Lied, wirbelte auf dem Pianohocker herum …

Und fand sich Auge in Auge mit Gabriel Farley wieder.

Er lehnte entspannt an der Tür und hatte die Hände unter die Achseln geschoben, als stünde er schon eine Weile dort.

Ihre Miene verdüsterte sich. »Ich dachte, Sie wären weg.«

»War ich auch. Ich bin wiedergekommen.«

»Sie hätten anklopfen können.« Sie drehte sich wieder zum Klavier um, schlug den Deckel zu und sprang auf.

»Hab' ich auch, aber Sie haben mich bei dem ganzen Getöse nicht gehört.«

»Getöse?« Sie musterte ihn mit hochgezogenen Augenbrauen. »Nun, vielen Dank, Mr. Farley. Wie gütig von Ihnen.«

Farley hatte eine geschlagene Minute in der Tür gestanden, zugeschaut und zugehört und sich gefragt, was das für eine Frau war, die ihre Haustür im Regen offenstehen ließ, während sie am Klavier saß und einen Berg von Umzugskisten ignorierte, die ausgepackt werden müßten, sowie die Tatsache, daß sie eine Ruine von einem Haus am Hals hatte, die ausgemistet und von oben bis unten geschrubbt werden müßte, bevor sie zu einer menschlichen Bewohnung taugte.

»Ehrlich gesagt habe ich es sogar genossen. Ihre Mädchen singen sehr gut.«

Von oben rief Rebecca: »Mutter, wer ist da?«

»Es ist Mr. Farley!« rief sie zurück.

»Was will er?«

»Weiß ich nicht.« An ihn gewandt fragte sie dann: »Was *wollen* Sie, Mr. Farley?«

Er trat ein. »Dachte, Sie könnten etwas Hilfe bei den schwereren Kisten gebrauchen, und vielleicht kann ich auch mal einen Blick auf Ihre Ofenrohre werfen; feststellen, ob sich nicht 'n paar Eichhörnchen da eingenistet haben.«

»Nein, vielen Dank.« Sie stolzierte auf den Berg zu, suchte sich eine Kiste aus und hievte sie runter. »Wir kommen schon zurecht.«

Er trat neben sie und nahm ihr die Kiste aus der Hand, bevor sie den Boden erreicht hatte; sein Größenvorteil erlaubte es ihm, ihr die Kiste mühelos abzunehmen.

Sie drehte sich um und warf ihm einen bitterbösen Blick zu. »Haben Sie nicht irgendwo irgendwas zu tun?«

»Jawoll, ja.«

»Warum sind Sie dann hier?«

»Wir haben unser eigenes Geschäft, ich und mein Bruder. Er arbeitet an einer Sache draußen beim Lily Pond und wird schon klarkommen, bis ich auftauche. Wo soll das hin?«

In dem Karton waren ihre gußeisernen Bratpfannen. Er ging damit um, als wäre es lediglich ihr Nähzeug.

»In die Küche.«

Er brachte den Karton dorthin, und sie folgte ihm, um zuzusehen, wie er ihn neben dem eisernen Kochherd auf den Boden stellte.

»Sehen Sie mal, Mr. Farley.« Sie senkte die Stimme. »Ich habe Sie oben mit meinem Schwager tuscheln und kichern hören. Ich habe wohl eine ziemlich genaue Vorstellung, worum es bei diesem Gespräch ging, also warum überlassen Sie das Auspacken nicht mir und meinen Mädchen und verschwinden endlich? Ich bin nicht die Art Frau, für die Sie mich halten, und es wird Ihnen nichts einbringen, hier herumzuhängen und unentbehrlich zu tun. Ich habe mein Klavier im Haus. Das war alles, wofür ich Sie brauchte, und dafür habe ich mich bei Ihnen bedankt.«

Er richtete sich nach und nach zu seiner vollen Größe auf und warf ihr einen amüsierten Blick zu.

»Wirklich, Mrs. Jewett. Sie tun mir Unrecht«, sagte er und rieb sich die Hände.

»Nein, Mr. Farley, *Sie* tun *mir* Unrecht. Ich habe es Ihnen schon einmal gesagt, ich bin keine dumme Frau. Ich kenne die Männer und ihr Benehmen, und ich weiß ganz genau, welche Vorurteile das Wort *geschieden* bei ihnen auslöst. Wollen wir wenigstens darin übereinkommen, daß ich klug genug bin, um mir ausmalen zu können, worüber Sie und Elfred da oben getuschelt haben?« Farley betrachtete sie eine ganze Weile. Beim Zeus, eine Frau wie diese hier war ihm noch nie zuvor begegnet, und um die Wahrheit zu sagen, war er sich selbst nicht ganz sicher, warum er hier herumlungerte. Trotzdem kam er zu dem Schluß, daß ein Eingeständnis seines ersten Fehlers ihr Verhältnis verbessern würde.

»Na gut. Dann bitte ich Sie, meine Entschuldigung anzunehmen.«

»Nein, das werde ich nicht tun.«

Farley konnte sich nicht recht entscheiden, ob er kichern oder sie mit offenem Mund anstarren sollte. Da ihm noch nie zuvor eine Entschuldigung ins Gesicht zurückgeschleudert worden war, starrte er. Und schob das Kinn vor, als hätte er gerade eine Pferdebremse verschluckt. »Nein?«

»Nein. Denn es war rüde und peinlich, was Sie getan haben, und da ich nicht den Wunsch verspüre, unsere Bekanntschaft fortzusetzen, ziehe ich es vor, Ihre Entschuldigung nicht anzunehmen.«

Es vergingen einige Augenblicke, bevor er murmelte: »Hm, da soll mich doch der Teufel holen.«

»Gut«, sagte sie und wandte sich mit hoch erhobenem Haupt ab. »Das würde meinen Wünschen sehr entgegenkommen.«

Sie verschwand ins Wohnzimmer, und er blieb mit offenem Mund zurück. Er nahm seine Mütze ab, kratzte sich am Kopf (der es nicht nötig gehabt hätte), sah sich in der Küche um, spürte, wie seine Neugier bezüglich dieser Frau noch um einiges zunahm, hängte sich die Mütze wieder über die Schläfe (tiefer denn je) und folgte ihr.

Von der Tür zwischen den beiden Räumen aus sah er zu, wie sie auf eine Umzugskiste kletterte und nach einer Hutschachtel hoch oben auf einem Stapel griff. Von hinten war ihr Rock ein zerknittertes Chaos, ihre Frisur schlicht und einfach schauderhaft. Als sie sich vorbeugte, hoben sich die Absätze ihrer schwarzen Schuhe ein Stückchen von dem Karton hoch. Auch sie waren abgetreten und so abgenutzt, daß von der Sohle nichts mehr übrig war. Er machte keine weiteren Hilfsangebote, sondern betrachtete sie nur.

»Na, dann geh ich mal.«

»Ja, tun Sie das bitte.«

»Dann wollen Sie also nicht, daß ich die Arbeiten am Haus übernehme?«

»Ganz, wie Sie wollen. Das müssen Sie mit Elfred ausmachen. Aber wenn Sie die Sache übernehmen, möchte ich ganz klarstellen, daß Sie anklopfen, bevor Sie einen Raum betreten, und aufhören, meine Kehrseite anzustarren, wie Sie es gerade eben tun. Ich bin nicht interessiert, Mr. Farley. Weder an Ihnen noch an irgendeinem anderen Mann, ist das klar?« Sie kletterte mit der Hutschachtel unterm Arm herunter und sah ihm direkt in die Augen.

Und wieder mußte die Mütze runter, und er kratzte sich in maßlosem Erstaunen am Kopf. »Heiliger Strohsack, Frau, Sie fahren schweres Geschütz auf.«

»Ja, das tu ich. Aber Sie haben nie in meiner Haut gesteckt, also fällen Sie kein Urteil über mich, Mr. Farley.«

»Eins sollten Sie besser gleich kapieren.« Er stellte sich wieder breitbeinig vor sie hin und zeigte auf ihren Nasenrücken. »Hier in der Gegend reden die Frauen nicht so. Und wenn Sie irgendwelche Freunde haben wollen, sollten Sie das besser auch nicht tun!«

»Wie reden die Frauen hier denn nicht?«

»Sie wissen schon, was ich meine! Wie ... wie, na eben *so!* Wie Sie es getan haben!«

»Ach, Sie meinen, die Frauen hier in der Gegend täten so, als gäbe es kein lüsternes Getuschel hinter ihrem Rücken?«

»Hören Sie, dafür habe ich mich schon entschuldigt!« Er zeigte abermals mit dem Finger auf sie, wurde nun aber langsam rosig im Gesicht.

»Und dann dieser Beleidigung auch noch die Unverschämtheit hinzuzufügen, hier in der Tür zu stehen und mich anzustarren, als wäre ich Lady Godiva. Schämen Sie sich, Mr. Farley. Was würde Ihre Frau davon halten?« Sie wandte sich ab, stellte die Hutschachtel auf den Klavierhocker, nahm den Deckel ab und ließ ihn von seiner Seidenkordel baumeln. Dann nahm sie einen schwarzen Strohhut mit einer rosafarbenen Rose aus der Schachtel, unter dem noch ein Stapel zusammengefalteter Kopftücher zum Vorschein kam.

Während der ganzen Zeit stand er mißmutig und verlegen hinter ihr; ihr Tadel hatte ihn veranlaßt, sich tatsächlich zu fragen, was seine Frau davon gehalten hätte. Er trat von einem Fuß auf den anderen und wiederholte die Prozedur noch einmal, bevor er sich mit der dürftigsten Entschuldigung verteidigte.

»Ich habe keine Frau.«

»Das überrascht mich nicht«, erwiderte sie. Sie stand mit dem Rücken zu ihm, während sie versuchte, sich ein Tuch im Nacken zu verknoten.

Als es schließlich da saß, wo sie es haben wollte, drehte Roberta sich um und fand ihn immer noch an genau dem Platz, an dem er nun schon zu lange weilte. Er machte ein Gesicht, als würde er ihr liebend gern eine schallende Ohrfeige verpassen, so daß sie gegen die Wand taumelte.

»Was machen Sie eigentlich immer noch hier, Mr. Farley?«

»Der Teufel soll mich holen, wenn ich das weiß!« stieß er hervor und stapfte durch ihren Salon quer über die Veranda und die wacklige Treppe in den Regen hinunter. Das letzte, was sie von ihm sah, war eine Lasche seiner braunen Ölhäute, als er nach links abbog und davonmarschierte.

»Na, Gott sei Dank«, murmelte sie und machte sich an die Arbeit.

Gabriel Farley war ein waschechter Mainer und mit den Launen des Wetters vertraut, aber an diesem Tag machten ihm die Feuchtigkeit und der Regen zu schaffen. Nun, vielleicht waren es nicht *nur* die Feuchtigkeit und der Regen, die daran schuld waren. Es war ziemlich schwer, ein freches Weibsbild wie dieses aus dem Kopf zu bekommen, vor allem, wenn sie einem auf den Kopf zugesagt hatte, warum man überhaupt um sie herumschwenzelte. Vor allem, wenn man sein Benehmen mit einer irregeleiteten Bemerkung wie *Ich habe keine Frau* gerechtfertigt hatte.

Und überhaupt, verdammt noch mal, warum hatte er das eigentlich gesagt?

Er war fast den ganzen Nachmittag mit zusammengebissenen Zähnen und finsterem Blick herumgelaufen, bevor sein Bruder Seth endlich fragte: »Was ist dir heute eigentlich für eine Laus über die Leber gelaufen?«

»Ach nichts.«

»Irgendwas mit Isobel?«

»Nee.«

»Ma?«

»Nee.«

»Hm, was denn dann?«

»Kümmer dich um deine eigenen Angelegenheiten, Seth.«

Seth war damit beschäftigt, eine Kreuzstrebe für die breiten Doppeltüren auszumessen, an denen er arbeitete. Er und

Gabe bauten eine Kombination aus Schuppen und Garage für eine der reichen Sommerfamilien, die Häuser in Boston und Cottages hier draußen hatten. Eine Werkbank aus Sperrholz und Sägeböcken stand mitten in dem gerade erst errichteten Gebäude. Seth beugte sich darüber, ritzte das Holz ein, schob sich den dicken, goldenen Zimmermannsbleistift hinters Ohr und pfiff leise durch die Zähne.

Er kannte Gabriel. Wenn man etwas aus ihm herausholen wollte, war es das Beste, keine Fragen mehr zu stellen.

Er pfiff weiter vor sich hin, während Gabe ein kleines Fenster einsetzte; er ging hinaus in den Regen, hämmerte, kam dann wieder zurück und hämmerte drinnen.

Ziemlich bald sagte Gabe dann: »Ich fange morgen mit einer Arbeit für Elfred Spear an. Du mußt das hier wohl alleine fertigmachen.«

»Was gibt's denn bei Elfred?«

»Hm, im Grunde genommen ist der Auftraggeber nicht Elfred, er ist nur derjenige, der mich dafür bezahlen wird.«

»Ach ja?«

»Es geht um das alte Haus Breckenridge.«

»Du machst Witze! Diese alte Ruine?«

»Ich bin drüben gewesen und hab's mir heute morgen angesehen. Die Bausubstanz ist noch ziemlich gut. Und es hat ein Schieferdach.«

»Der alte Sebastian war bei seinem Tod total verrückt. Ich kann mir ungefähr vorstellen, wie das Haus von innen aussieht.«

»Jawoll, ein schreckliches Chaos, aber nichts, was sich nicht mit etwas Seife und Wasser und reichlich Farbe in Ordnung bringen ließe. Braucht ein paar neue Fensterscheiben und jede Menge Kitt für die alten. Und für das Fundament hier und da etwas Mörtel zwischen den Steinen, aber das kriege ich leicht hin. Die Veranda werde ich komplett abreißen und eine neue aufbauen. Wenn ich soweit bin, brauche ich vielleicht deine Hilfe.«

»Sag mir nur Bescheid, wann.«

»Gemacht.«

Sie arbeiteten eine Weile schweigend vor sich hin, bevor Seth fragte: »Also, mit wem treibt Elfred es denn im Augenblick?«

Gabriel sägte weiter. »Hat er nichts von gesagt.«

»Mir tut bloß seine Frau leid.«

»Was sie nicht weiß, kann ihr nicht weh tun.«

»Mein Gott, wie du redest, Gabe! Der Mann macht sie zum Narren und noch dazu, wo er drei Töchter hat!«

»Willst du sagen, du hättest Aurelia nie betrogen?«

»Ja, verdammt noch mal, genau das will ich sagen. Wir mögen zwar ab und zu unsere kleinen Zänkereien haben, aber das würde ich ihr niemals antun.« Seth arbeitete vielleicht eine Minute lang weiter, bevor er seine nächste Frage stellte: »Du willst doch damit nicht sagen, du hättest Caroline betrogen, oder?«

»Gütiger Gott, nein. Nicht, solange noch der kleinste Funken Atem in ihr war.«

»Wie kannst du dann einen Lumpen wie Spear in Schutz nehmen?«

Gabe ließ sein Werkzeug fallen, rieb sich kräftig die Augen und seufzte. Er war den ganzen Tag über nicht zufrieden mit sich gewesen und hatte sich wegen der Geschehnisse im alten Haus Breckenridge mehr als unwohl gefühlt. »Teufel auch, ich weiß es nicht, Seth. Ich schätze, ich bin im Augenblick einfach ziemlich fertig. Ich bin es so leid, allein zu leben.«

»Du lebst nicht allein. Du hast Isobel.«

Gabe sah seinen Bruder schweigend an, ging dann auf die unfertige Tür zu und starrte in den Regen hinaus. Caroline hatte der Regen im Gegensatz zu den meisten Menschen niemals etwas ausgemacht. Oft war sie sogar mitten im Regen spazieren gegangen.

»Ja, ich weiß. Ich habe Isobel. Und je älter sie wird, um so deutlicher erinnert sie mich an ihre Mutter.«

Seth ließ seine Arbeit im Stich und ging quer durch den Schuppen auf seinen Bruder zu. Er legte Gabriel eine Hand auf die Schulter und drückte sie freundschaftlich. »Wir nähern uns jetzt der Zeit, in der sie gestorben ist, ist es das?«

»Jawoll. Jedes Jahr um diese Zeit wird es schlimm.«

Der Regen hatte dort, wo er von der neuen Dachtraufe tropfte, in der Erde eine kleine Grube ausgehöhlt. Nun kam es, wenn er dort in die Pfützen klatschte, jedes Mal zu winzigen Explosionen. Über allem lag ein moschusartiger Duft neuen Wachstums – die Erde zu Gabes Füßen, das frisch gesägte Holz über ihm. Draußen auf dem kleinen See namens Lily Pond sangen die Frösche, als fänden sie das Wetter einfach herrlich. Sie legten wahrscheinlich gerade ihre Eier. Die Wanderdrosseln waren wieder da und hatten bereits ihre Nester gebaut. Neulich hatte er direkt vor ihrer Werkstatt im Stadtzentrum ein Seetaucherpärchen bei der Paarung beobachtet; die beiden hatten auf der Wasseroberfläche ein prächtiges, flatterndes Ballett aufgeführt, wie Spitzentänzer. Den Frühling, den herzlosen Frühling ohne Caroline hinter sich zu bringen, fiel ihm immer schwer.

»Möchtest Du wissen, wie schlimm es heute geworden ist?«

Seth ließ die Hand, die auf Gabes Schulter gelegen hatte, sinken und wartete. Gabriel schob sich die Hände unter die Achseln, lehnte sich mit seinem ganzen Gewicht gegen die unfertige Türöffnung und starrte weiter hinaus in den Regen. »Ich habe am Hafen zufällig Elfred getroffen, und diese Frau war bei ihm – seine Schwägerin, um genau zu sein. Stellt sich raus, daß sie geschieden ist.«

»Geschieden! O Mann, Gabe, da kannst du aber was Besseres kriegen!«

»Laß mich bitte ausreden. Stellt sich raus, sie ist geschieden, und sie hat drei Kinder und zieht in dieses Chaos, das Sebastian Breckenridge bei seinem Tod hinterlassen hat. Das hatte ich gehört, also bin ich wie der geölte Blitz da rauf, um festzustellen, ob sie einen Zimmermann gebrauchen kann.« Gabe schüttelte ein wenig beschämt den Kopf, jetzt, wo er darüber nachdachte. »Ich meine, ich war schneller da oben, als ein Huhn den Wurm pickt. Aber sie hat mich durchschaut, und laß dir eins gesagt sein, Seth, sie hat mich auf meinen Platz verwiesen. Es war beschämend.«

Seth schlug Gabriel auf die Schulter und fing an zu lachen. »Das ist also der Grund für deine finstere Miene heute.«

Gabriel schob mit der Spitze seines Stiefels ein paar Holzbröckchen von dem neuen Kiefernboden in die Pfütze draußen. »Mm ... ich schätze, ja. Die Wahrheit ist, ich bin mir wie ein Esel vorgekommen.«

Seth machte sich wieder an die Arbeit. Er hämmerte eine Querstrebe auf die Tür und machte sich dann auf die Suche nach einem Stück Zedernholz für die nächste. Er fand eine lange Latte, hob das eine Ende hoch und betrachtete es sorgfältig. »Wie ist sie denn so?« erkundigte er sich beiläufig.

Gabriel stieß sich von der Tür ab. »Mein Gott, sie ist total aus den Fugen.« Er kam wieder hinein und machte sich ebenfalls wieder an die Arbeit. »Kleider, Haare, Haus – von oben bis unten alles aus den Fugen. Sogar ihre Kinder. Sehen aus, als kämen sie aus dem Waisenhaus.«

»Und weshalb stehst du hier rum und redest ständig von ihr?«

»Weiß ich nicht. Wahrscheinlich, weil ich morgen mit der Arbeit da oben anfange und ihr wieder begegnen werde.«

»Ach zum Teufel ... vielleicht ist sie gar nicht da, wenn das

Haus so schlimm ist. Vielleicht entschließt sie sich, woanders zu wohnen.«

»O nein, sie *wird* da sein. Und sitzt wahrscheinlich am Klavier und singt sich mitten in diesem ganzen Schmutz die Seele aus dem Leib. Ich sag dir was, Seth, das war das Unglaublichste, was man je gesehen hat. Nachdem wir geholfen hatten, all diese Karren abzuladen, bin ich wieder hingegangen, und da saß sie und spielte Klavier, als wäre alles in bester Ordnung. Und ihre Kinder haben oben mitgesungen! Man hätte meinen können, sie wohnen im Taj Mahal. Aber weißt du was? Die vier sind ein glücklicher Verein. Und eins von diesen kleinen Mädchen, die Jüngste? Also, das muß ich dir noch erzählen, diese Kleine ist weiß Gott ein kluger Kopf! Hat mir fast ein Loch in den Bauch geredet. Und wie sie spricht! Meine Güte, ich habe Zeitungsredakteure gelesen, die sich weniger geschwollen ausdrückten. Weißt du, was sie sagte? Sie sagte, sie und ihre Schwestern hätten eine Oper geschrieben. Auf lateinisch, bitte schön!«

Seth ließ die Arbeit sinken und sah ihn erstaunt an. »Wie alt, sagtest du noch, war das Mädchen?«

»Zehn.«

»Zehn. Man stelle sich nur vor.«

»Jawoll, zehn.«

Sie dachten eine Weile nach und überlegten, wie sie selbst mit zehn gewesen waren.

Schließlich meinte Seth: »Verdammt, ich konnte mir mit zehn kaum selbst den Hintern abwischen.«

Gabriel lachte.

»Ich glaube, daran erinnere ich mich. Manchmal mußte ich ihn für dich abwischen.« Das war beinahe die Wahrheit. Gabe war vier Jahre älter als Seth, und seine Mutter hatte oft auf seine Hilfe gebaut.

Gabes Gedanken kehrten zu der altklugen Lydia zurück.

»Was meinst du, wie ein Mädchen wohl dazu kommt, mit zehn Jahren derart klug zu sein?«

»Keine Ahnung.«

»Nach dem, was sie erzählte, bringt ihre Mutter ihnen viel bei.«

»Das wäre die... ähm... die Frau mit dem zerzausten Haar und den schäbigen Kleidern?«

Gabriel warf seinem Bruder einen schiefen Blick zu. »Worauf willst du hinaus, Farley?«

»Seit Carolines Tod hast du nicht mehr so viel über eine Frau gesprochen, weißt du das?«

Gabe stieß ein kehliges Geräusch aus, das weder Knurren noch Kichern war. »Du bist ja verrückt, Mann. Ich hab dir doch erklärt, sie hat eine Zunge, die eine Flunder filetieren könnte, und sie ist nicht besonders damenhaft.«

»Ich werd' sie mir mal ansehen, dann sag' ich dir, ob ich verrückt bin oder nicht. Du selbst hast doch gesagt, du seiest um sie herumgestrichen, weil du gehört hattest, daß sie geschieden ist.«

»Na ja, das stimmt vielleicht, aber sie ist ungefähr so liebenswürdig wie eine Mokassinschlange, also streu nicht irgendwelche Gerüchte aus, kapiert?«

»Ja, der Herr!« Seth mußte ein Grinsen unterdrücken. »Kapiert!«

Gegen Abend ließ der Regen etwas nach. Gabriel verstaute seinen hölzernen Werkzeugkasten auf dem Rücksitz seines Ford C-Cabs, stieg ein und stellte als ersten Schritt einer fünfteiligen Routineprozedur die Zündung ein, bevor er wieder ausstieg und den Motor mit der Kurbel anwarf. Der Wagen erwachte hustend zum Leben, und Gabriel hob noch einmal grüßend die Hand, bevor er wieder einstieg.

Dieser ganze Hokuspokus, um den Wagen in Gang zu bekommen, rief ihm wieder die Frau ins Gedächtnis. Sie hatte gesagt, sie wolle sich ein Automobil kaufen. Das war nun eindeutig töricht. Als erstes würde sie sich bei dem Versuch, ihn zu starten, den Arm brechen. Und wie sollte sie sich an alles erinnern, das sie wissen mußte, bevor sie auch nur die Kurbel zur Hand nahm?

Außerdem, was würden die Leute sagen? So etwas tat eine Dame einfach nicht.

Aber andererseits vermutete er, daß sie trotz ihrer Proteste eben keine Dame war.

Warum zum Teufel verschwendete er seine Zeit damit, über sie nachzudenken?

Er mußte an etwas anderes denken.

Es war ein verdammt schöner Abend. Hinter dem Ragged Mountain wurde der Himmel langsam klar: das konnte man an dem pfirsichfarbenen Leuchten sehen, das ihn einrahmte, obwohl die Wolken darüber immer noch von einem streifigen Graugrün waren wie der Rücken eines alten Hummers. Aber sie waren in Bewegung, stiegen höher und lösten sich in Erwartung klaren Wetters für morgen langsam auf.

Er fuhr über die Chestnut Street in die Stadt hinunter und bog in die Bayview Street ein, wo eingekeilt zwischen der Straße und dem felsigen Ufer seine Werkstatt lag. Er ließ den Wagen mit laufendem Motor auf der Straße stehen, während er hineinging. Die Türen waren verschlossen, aber Terrence, ihr Büroangestellter, hatte an der Wand ein paar Notizen angeheftet: Mrs. Harvey war vorbeigekommen und wüßte gern, wieviel sie berechnen würden, um eine zerbrochene Stuhlsprosse zu ersetzen; der Pfarrer der Kongregationalisten würde gern mit ihm über die Aufstellung eines Komitees für die Friedhofsreinigung sprechen; seine Tochter war nach der Schule kurz dagewesen und hatte nachgefragt, um wieviel Uhr er zum Abendessen zu Hause sein würde; das Opernhaus interessierte sich für die Anfertigung einiger Kulissen für eine bevorstehende Produktion.

Er ließ die Zettel auf ein staubiges Rollpult fallen, suchte sich ein paar Preislisten und Kataloge zusammen und machte schließlich den Laden dicht, bevor er wieder in seinen Wagen stieg, um nach Hause zu fahren.

Er wohnte auf der Belmont Street in einem hohen, schmalen, weißen Haus mit einem kleinen Schuppen dahinter, an den er einen Bretterverschlag für seinen Wagen angebaut hatte. Von dem Schuppen führte ein Trittsteinweg zum Haus; direkt vor der Küchentür wurde er von einer weißen Laube überspannt. Gabriel ging über den Weg durch den Hof darunter hindurch und sah sich die Stämme der Kletterrosen an, um festzustellen, ob schon die ersten Knospen durchkamen. Diese Rosen waren die einzigen von Carolines Blumen, die er behalten hatte. Jedes Jahr im Herbst schützte er sie sorgfältig mit Stroh, und den ganzen Sommer hindurch sorgte er dafür, daß sie beschnitten und gedüngt wurden. Den Rest des Gartens hatte er schon vor langer Zeit dem Gras zum Opfer fallen lassen, und jetzt, nach sieben Jahren, konnte er nicht mal sagen, wo der Garten gewesen war. Manchmal stimmte ihn dieser Umstand traurig, denn wenn er an Caroline dachte, sah er sie in einem Sonnenhütchen und mit Handschuhen vor sich, wie sie sich über einen Handkultivator beugte und die Pflanzen versorgte, die sie so sehr geliebt hatte.

Er trat in die Küche und wurde von einem gertenschlanken Mädchen begrüßt, das von ihm nur seine Größe und seine großen Füße geerbt hatte. Sie war ganz Caroline – von der extremen Schlankheit bis zu dem paprikafarbenen Haar. Obwohl sie kein im klassischen Sinne hübsches Mädchen war, hatte sie doch ihre Vorzüge. Ihre Haut war hell und makellos, aber im Gegensatz zu den meisten Rothaarigen hatte sie keine einzige Sommersprosse. Ihre grünen Augen gingen an den Winkeln leicht in die Höhe und wurden von Brauen und Wimpern eingerahmt, die so bleich waren, daß sie Illusionen hätten sein können. Unglücklicherweise standen ihre Ohren genauso ab wie Carolines; aus Scham sorgte sie dafür, daß sie immer bedeckt waren.

»Hallo Daddy. Ich dachte, du würdest überhaupt nicht mehr nach Hause kommen. Ich verhungere schon.«

»Du verhungerst immer. Was gibt's zum Abendessen?«

»Fischpasteten und gekochte Kartoffeln.«

Schon wieder Fischpasteten. Barmherziger, wie leid er diese Fischpasteten langsam war. Aber sie tat nach der Schule alles, was sie konnte, mehr als ein Vater erwarten durfte. Wie oft hatte er ein schlechtes Gewissen, daß sie so viel von ihrer kostbaren Freizeit auf Pflichten verwandte, die einer Ehefrau und Mutter hätten obliegen sollen.

»Wie war's in der Schule?« erkundigte er sich, während er sein Ölzeug an die Haken neben der Tür hängte.

»Langweilig. Immer dasselbe – Miss Tripton doziert, Mrs. Lohmer tadelt, und Miss Bisbee behandelt uns wie Kinder, denen man nicht eine Minute trauen kann, solange sie aus dem Klassenzimmer ist. Also wirklich, sie bestimmt immer noch einen Aufseher, wenn sie mal rausgeht!«

»Na ja, jetzt dauert's ja nicht mehr lange bis zum Ende des Schuljahrs.«

Mit Wasser aus dem Teekessel wusch er sich gründlich die Hände, während sie die Fischpasteten auf zwei Teller gab, die Kartoffeln in eine Schale kippte und Milch für sich und Kaffee für ihn einschenkte. Nachdem er sich die Hände an einem Handtuch abgetrocknet hatte, schlurfte er zum Tisch. Sie füllte gerade seine Tasse.

»Ich habe heute ein paar Mädchen kennengelernt, die neu hier sind.«

»Mädchen? Meinst du in meinem Alter?«

»Eine von ihnen.« Er warf das Handtuch beiseite, und die beiden setzten sich, fingen an, die Kartoffeln zu zerdrücken und mit Butter zu bestreichen. »Die beiden anderen sind sechzehn und zehn.«

»Aber wo wohnen sie? Wie kommt es, daß sie nicht in die Schule gehen?«

»Das werden sie ziemlich bald tun. Sie sind gerade erst in die Stadt gekommen. Sie sind Cousinen von den Spear-Mädchen.«

»Wie sind sie denn so?«

»Die Jüngste ist umwerfend klug. Mit ihr habe ich mich am meisten unterhalten. Ich glaube, sie sind alle ziemlich musikalisch. Aber davon abgesehen, weiß ich nicht viel über sie, außer daß sie wie Gassenkinder aussehen.«

»Wo hast du sie denn kennengelernt?«

»Eigentlich im Hafenbüro, aber dann fand ich raus, daß sie in das alte Haus Breckenridge einziehen wollten, also beschloß ich, mal raufzufahren und festzustellen, ob sich da nicht ein kleines Geschäft auftun ließe.«

»O Mann, mich würden keine zehn Pferde in diese Bärenhöhle kriegen. Sie müssen ziemlich arm sein, wenn sie in so einem Haus leben müssen.«

»Ich denke, das sind sie.«

»Wird ihr Vater in der Fabrik arbeiten?«

Gabriel nahm einen Schluck Kaffee, um sich Zeit zum Nachdenken zu verschaffen.

»Hmm, nein, genau betrachtet ... es gibt keinen Vater. Nur eine Mutter.«

»Oh.« Isobel versank in trübsinniges Nachdenken. Weil sie von Gabriel großgezogen worden war und sich kaum noch an ihre Mutter erinnerte, fiel es ihr schwer, sich ein Leben ohne einen Vater vorzustellen. »Die armen Kinder.«

»Ich glaube, sie kommen schon zurecht. Es fehlt ihnen jedenfalls nicht an Phantasie, und sie scheinen eine ziemlich glückliche Bande zu sein – singen, spielen Klavier, schreiben Opern.«

»Opern!«

»Das hat sie mir erzählt – die Kleine meine ich, Lydia. Sie sagte, sie und ihre Schwestern hätten eine Oper auf lateinisch geschrieben.«

»Heiliger Bimbam! Die müssen wirklich was drauf haben!«

»Das dachte ich auch. Nun, jedenfalls wirst du sie sicher bald kennenlernen.« Er schob seinen Teller zurück. »Vielen Dank für die Fischpasteten, Schatz. Hast du heute abend noch Aufgaben zu erledigen?«

Sie schnitt ein Gesicht. »Rechtschreibung und Politik. In beiden Fächern werden wir morgen geprüft.«

Er stand auf und griff nach seinen übereinandergestapelten Tellern und der Tasse. »Dann überlaß mir den Abwasch. Ich werd ihn später erledigen; zuerst muß ich noch einen Kostenvoranschlag für die Jewetts erstellen.«

»Die Jewetts?«

»So heißen sie, die neuen Mädchen. Rebecca, Susan und Lydia Jewett.«

Isobel zuckte mit den Schultern und wandte sich ab. »Ich werd' sie wahrscheinlich in der Schule kennenlernen, sobald sie da anfangen. Dann wird sich rausstellen, ob ich sie leiden kann oder nicht.«

»Ganz recht. Nun, ich muß mich jetzt mit diesem Kostenvoranschlag beschäftigen, und du setzt dich an deine Bücher. Die Hälfte des Tisches ist für dich.«

Die beiden nächsten Stunden saßen sie unter dem neuen elektrischen Licht in ihrer weißgestrichenen Küche beim dünnen Gewisper des Teekessels. Es war ein behaglicher

Raum mit Eichenholzverkleidung und einer seltsamen Mischung aus veralteter und moderner Einrichtung, ein Beweis für die Fähigkeit des Besitzers, das Haus eigenhändig zu renovieren. Das Licht war elektrisch, der Herd wurde mit Holz beheizt. Die Spüle hatte ein Abflußrohr, aber keinen Wasserhahn, nur eine Pumpe. Der Tisch und die Stühle, die Gabriel eigenhändig gefertigt hatte, stammten noch aus dem Jahr seiner Hochzeit, aber die mit Glastüren versehenen Schränke waren eine Neuerwerbung aus jüngster Zeit.

Eine flauschige, karamelfarbene Katze kam herbei und rollte sich auf einem dritten Stuhl unterm Tisch zusammen, schob ihre Pfoten unter den Bauch und döste blinzelnd ein. Das Gerassel ihres Schnurrens fiel in die Melodie des Teekessels ein, und schließlich drückte die Nacht ihr dunkles Gesicht gegen die Fenster. Dreimal stand Gabriel auf und schenkte sich Kaffee nach, bevor er sich wieder an die Arbeit machte. Auch Isobel stand irgendwann zwischendurch auf und suchte sich zwei Sirupkekse. Als sie mit Knabbern und Lernen fertig war, schloß sie ihr Buch und blickte auf; ihr Vater starrte ins Leere, und der Bleistift lag unbenutzt in seiner Hand.

»Daddy?«

»Hm?« Gabriel schreckte aus seinem Tagtraum hoch. Aus irgendeinem merkwürdigen Grund hatte er an diese Mrs. Jewett gedacht. »Was denn?«

»Vielleicht solltest du's aufgeben und zu Bett gehen. Du starrst nur noch vor dich hin.«

»Tu ich das? Ich bin aber nicht müde. Bloß etwas in Gedanken. Hör mal, ich bin mit diesem Kostenvoranschlag fast fertig und muß ihn Elfred Spear geben. Macht's dir was aus, wenn ich gleich mal rübergehe?«

»Heute abend noch?« fragte sie überrascht. »Es ist schon ziemlich spät, oder?«

Gabriel warf einen Blick auf seine Taschenuhr. »Neun. Das ist nicht zu spät.« Er steckte die Uhr weg, schob seinen Stuhl zurück, raffte den Kostenvoranschlag zusammen und griff nach einer leichten Jacke. »Es hat aufgehört, zu regnen. Mein Ölzeug werd' ich nicht brauchen. Ich bin nicht lange weg.«

Sie reckte sich und lehnte sich mit hoch erhobenen Armen auf dem Stuhl zurück. »Na schön. Gute Nacht, Daddy.«

»Ich seh dich morgen früh.«

Er ging aus dem Haus, ohne sie in den Arm zu nehmen oder zu küssen, dachte noch, wie dankbar er dafür war, sie zu haben, und machte sich für einen Augenblick Sorgen, was in zwei oder vier oder sechs Jahren sein würde, wenn sie wahrscheinlich verheiratet war und sein Haus verlassen hatte.

Verstört von der Aussicht auf Einsamkeit schob er den Gedanken weit von sich.

Draußen war das Gras zwischen den Trittsteinen matschig, und der Himmel hatte sich geklärt. Nadelstiche winziger Sterne bohrten helle Löcher in den dunkelblauen Samt über seinem Kopf, und von irgendwo erklang der flötende Ruf von Baumfröschen. Als er unter der Rosenlaube hindurchging, dachte er wie so oft: *Ich vermisse dich, Caroline.*

Unter dem Schuppenanbau roch es nach Petroleum und festgetretener Erde. Umgeben von tiefer Schwärze tastete er sich um das linke Trittbrett zur Vorderseite des Lieferwagens, wo er den Wassertropf auf das Karbid der Scheinwerfer anstellte. Er klappte die Linsen auf und entzündete die Lampen, bevor er dasselbe mit den seitlichen Begrenzungslichtern machte. Im Wagen nahm er dann die Routine der nötigen Einstellungen vor – Zündung, Gas, Bremse, Choke und Schlüssel –, bevor er wieder ausstieg, um die Maschine anzukurbeln.

Lächerlich, daß diese Jewett glaubte, sie würde das alles schaffen!

Wieso tauchte sie nur immer wieder in seinen Gedanken auf? Er hatte an sie gedacht, als Isobel ihn weckte, und jetzt schon wieder, obwohl er partout nicht verstand, warum. Wahrscheinlich war es nur das Automobil, dachte er – die schiere Unverfrorenheit einer Frau, zu glauben, sie könnte sich so etwas zulegen, obwohl so viel dazugehörte, das verflixte Ding in Gang zu setzen. Ganz zu schweigen davon, es zu fahren und in Ordnung zu halten!

Nein ... nein, dachte er. Sie mußte verrückt sein, wenn sie sich eins kaufte.

Aber wenn er je im Leben eine Frau kennengelernt hatte, die zu einer solchen Verrücktheit fähig war, dann war das wahrscheinlich Roberta Jewett.

Er fuhr auf Elfreds Hof und ließ den Motor laufen, während er im Schein der Karbidlampen auf die Haustür zuging.

Elfred kam in Hose und Smokingjacke persönlich an die Tür. »Also, um Himmels willen, Gabe, was machst du denn um diese Uhrzeit hier?«

»Ich bringe dir den Kostenvoranschlag.«

Elfred nahm die Zigarre aus dem Mund und blickte mit einiger Überraschung auf die Papiere herab.

»Um neun Uhr abends?« Als er die Blätter entgegennahm, blitzte es in seinen Augen hinterhältig auf. »Du hast es aber mächtig eilig, wie, Gabe?« dann kicherte er verschwörerisch.

Gabriel senkte das Kinn und kratzte sich den Bart auf der Wange. »Hm ... ich dachte, ich kümmer' mich besser gleich drum, das ist alles. Ich kann die Arbeit gebrauchen.«

»Klar doch, Gabe. Ich weiß ja, wie das ist.« Elfred warf einen flüchtigen Blick auf den Kostenvoranschlag und sagte: »Ich weiß nicht, warum ich mir überhaupt die Mühe gemacht habe, dich darum zu bitten. Sie ist nicht die Art Frau, der ein Mann etwas abschlägt, wie?«

Gabriel legte eine Hand auf den Türknauf und konnte es

plötzlich nicht mehr erwarten, wegzukommen. Nachdem er und Elfred sich am Nachmittag auf Kosten der Frau amüsiert hatten, war es wohl sinnlos, zu behaupten, er habe sich ganz ohne Hintergedanken mit dem Kostenvoranschlag so beeilt.

Mit einem bösartigen Grinsen schlug Elfred Gabe leicht gegen den Kiefer, als wolle er ihn mit Pimentöl einreiben. »Nur zu, Gabe. Zeig' ihr, was 'ne Harke ist.«

Gabe stolzierte zurück zu seinem Wagen und dachte: *Verdammt, ich hasse diesen Elfred. Was für ein abscheulicher Kerl.*

Er fuhr durch die Frühlingsnacht. Die Bäume schlugen aus, und in den Gullys gurgelte das Regenwasser zum Hafen hinunter. Wieder einmal hörte er die Frösche und roch die auftauende Erde.

Der Frühling ohne Caroline – wie bittersüß.

Zu Hause fuhr er unter den Schuppenanbau und sicherte das Auto für die Nacht, bevor er langsam über die Trittsteine ging, unter der Laube hindurch und in die Küche, wo Isobel das neue elektrische Licht hatte brennen lassen.

Müde zog er seine Jacke aus, hängte sie auf und betrachtete den Raum, in dem er sich seit Carolines Tod vielen häuslichen Pflichten gewidmet hatte. Isobel tat ihren Anteil, aber dasselbe galt für ihn, und oft wurde es spät, so wie heute, wenn er müde war und lieber ins Bett gegangen wäre.

Im Warmwasserbehälter und im Teekessel war noch Wasser. Er füllte die Abwaschschüssel und wusch das Geschirr ab, trocknete es, wischte den Tisch ab und legte ein hübsches, sauberes Deckchen in die Mitte, genauso, wie Caroline es immer getan hatte. Dieses hatte sie sogar selbst gehäkelt. Auf das Deckchen setzte er ihren Philodendron, so, wie sie es immer gemacht hatte. Dann wischte er mit dem feuchten Geschirrtuch ein paar Fingerabdrücke von der Glasplatte einer Schranktür, bevor er das Handtuch sorgsam zusammenfaltete und über einen Handtuchständer hängte, den er selbst gemacht hatte. Seine letzte Pflicht bestand darin, Wasser zu pumpen, um sowohl den Behälter wie den Teekessel für den Morgen zu füllen.

Bald würde er ein Badezimmer und einige Heizkörper einbauen, nahm er sich vor. Und einen modernen Herd. Es war töricht, Elektrizität zu haben und nicht alle Bequemlichkeiten zu nutzen, die sie mit sich brachte.

Er müßte nur die Zeit dazu finden, das war alles.

Bevor er den Drehschalter für das elektrische Licht umlegte, sah er sich im Zimmer um und fand seinen Zustand zufriedenstellend. Die Läufer lagen ordentlich in Reih' und Glied vor der Spüle und an der Hintertür, der Schrank war sauber aufgeräumt, die Stühle an den Tisch gerückt.

Genauso, wie Caroline es gern gesehen hätte.

Gegen elf Uhr schlurfte er mit schleppenden Schritten nach oben in sein einsames Bett.

4

Die Jewetts kamen erst nach elf Uhr abends ins Bett, wachten spät auf und aßen gekochte Maccaroni mit heißer, gebutterter Milch zum Frühstück – das schnellste Gericht, das Roberta auf den Tisch bringen konnte. Es herrschte ein solches Durcheinander, daß die Mädchen ihre Kämme nicht finden konnten, daher benutzten sie abwechselnd den ihrer Mutter. Genausowenig konnten sie saubere Unterwäsche oder Strümpfe finden, also zogen sie die vom gestrigen Tag wieder an. Ihre Kleider waren von der Reise zerknautscht, aber das schien niemanden zu stören.

Obwohl sie an ihrem ersten Schultag viel zu spät aus dem

Haus gingen, verloren weder Roberta noch die Mädchen ein Wort darüber, während sie gemeinsam aufbrachen.

»Seht euch das doch mal an!« bemerkte Roberta, als ihr Blick auf den Hafen unten fiel. »Wie einer von Lydias Glasschwimmern.«

Es hatte sich über Nacht aufgeklart, und das Wasser war nun von so intensivem Blau, daß man fast glauben mochte, die Sonne beleuchte es von unten und nicht von oben. Sie hatten – von drei Häuserblocks oberhalb des Hafens aus – einen herrlichen Ausblick. Am städtischen Kai lagen Boote, und andere strebten schon dem in silbernen Nebel gehüllten Horizont entgegen. Einige hatten weiße Segel gesetzt, einige wurden von Dampf getrieben, und ihr Kielwasser weitete sich hinter ihnen wie ein Paar Flügel. Die vielen Inseln, die die Penobscot-Bay sprenkelten, sahen jetzt aus wie Eisklumpen, deren Gipfel im Sonnenlicht schmolzen.

Es war ein Morgen voller Lärm. Die Möwen schrien, und die Arbeiter unten an der Schiffswerft Bean ebenfalls. Der Rhythmus ihrer Hämmer mischte sich unter die helleren Klänge aus dem Schuppen eines Steinmetzen auf der Tannery Lane. »Hört doch!« frohlockte Roberta. »In meinen ältesten Erinnerungen erwachte ich zum Klang dieser Hämmer.« Andere Geräusche, die von Handel und Wandel kündeten, wehten den Hügel hinauf – das Scheppern der Elektrischen, das Dröhnen der Schiffsmaschinen und das Tuckern der Automobile. All diese Klänge filterte der Aprilmorgen zu einer schönen Harmonie, während die Erde, die der Regen des vergangenen Tags reingewaschen hatte, aufdringlich und schwarz roch.

Egal, wie spät es schon war, die Jewetts waren von ihrer neuen Umgebung verzückt. Sie schritten unter einem Wirbel von Möwen einher, die pausenlos keiften. Susan betrachtete sie und keifte zurück. »Selber *kri-kri*!«

»Haben sie Schnabelringe?«

»Nein, das sind Silbermöwen«, erwiderte Susan.

Rebecca begann, Swinburne zu rezitieren:

»Den Taumel keine Lerche kennt
und keine Nachtigall die Freude,
die dir der stumme Takt vergönnt,
in dem dich deine Schwingen freudig wiegen ...«

»›An eine Sturmmöwe‹«, sagte Roberta mit schiefgelegtem Kopf, während sie die Vögel beobachtete. »Eine wunderbare Wahl, obwohl das keine Sturmmöwen sein können, nicht an dieser Küste. Ich bin ganz Susans Meinung. Ich glaube, es sind Silbermöwen.«

Rebecca sagte: »Hoffentlich gefällt mir meine Englischlehrerin.«

»Und mir meine Musiklehrerin«, fügte Susan hinzu.

»Mir gefällt diese Stadt«, warf Lydia, die Pessimistin, zu ihrer aller Überraschung ein. »Sie ist hübsch.«

Es war ein zusammenhangloses Gespräch, aber typisch für die Jewetts. Ihre Interessen waren so mannigfaltig, daß ein Fremder, der sie reden hörte, von dem schnellen Themenwechsel kopfscheu gemacht worden wäre.

In der Schule an der Knowlton Street suchten sie die Rektorin auf, Miss Abernathy, eine dickleibige Frau um die vierzig mit Brille und gewelltem, graugesträhntem Haar. Obendrein trug sie einen Nackenknoten. Sie hieß sie zwar willkommen, blickte aber bald auf ihre Uhr und bemerkte, daß es beinahe halb zehn war.

»Die Schule fängt um acht an, Mrs. Jewett.«

»Ja, ich weiß«, erwiderte Roberta ungerührt, »aber wir haben unterwegs Swinburne rezitiert.«

» Swinburne?« wiederholte Miss Abernathy.

»Algernon ... der englische Dichter.«

Miss Abernathy schob ihren marmorierten Schreibstift in seinen Halter und lächelte nachsichtig. »Ja, natürlich. Ich weiß, wer Swinburne ist. Es ist allerdings ungewöhnlich, daß unsere Schülerinnen mit seinen Arbeiten vertraut sind.«

»Oh, ich habe meine Töchter mit so vielen Dichtern wie nur möglich bekannt gemacht. Und auch mit Komponisten und Schriftstellern.«

»Ach ja? Dann haben wir hier also ein Trio echter Gelehrter.«

»Gelehrte?« Roberta dachte nach. »Das vielleicht nicht gerade. Aber sie sind neugierig, und sie haben Phantasie.«

»Dann müßten sie ja bestens zurechtkommen.«

Roberta ließ sie in der Schule ohne den leisesten Zweifel daran, daß sie genau das tun würden.

Als sie zurückkam, parkte Gabriel Farleys merkwürdiger Lieferwagen auf der Straße, und er selbst saß auf ihrer Treppe.

»Was wollen Sie?« fragte sie ungehalten.

Er erhob sich und hatte sich gerade zu seiner vollen Größe aufgerichtet, als sie die Verandatreppe erreichte. »Ich setze Ihr Haus instand.«

»Hmph.« Ohne auch nur einen Augenblick den Schritt zu verlangsamen, ging sie an ihm vorbei ins Haus.

Er stand auf den niedergetrampelten Gräsern in ihrem Garten und folgte ihr mit den Augen durch die offene Tür. Von der Veranda ging sie schnurstracks durch die Küche und weiter durch eine gegenüberliegende Tür hinaus. Er sah ihr nach, bis sie verschwunden war. Dann wanderte sein Blick zu dem rostigen, halb in der Erde vergrabenen Anker und blickte kopfschüttelnd auf seine Stiefel herab. Gestern hatte er es sich mit ihr verscherzt, soviel stand fest. Nicht daß es eine Rolle gespielt hätte, denn genaugenommen mochte er sie nicht mal besonders.

Als er sich mit dieser Tatsache abgefunden hatte, ging er zu seinem Wagen, um seinen Werkzeugkasten herauszuholen.

Nachdem er das Haus von außen betrachtet hatte, beschloß er, als erstes die Veranda abzureißen und wiederaufzubauen, denn der halb verfaulte Boden war gefährlich, und er würde ihn selbst in den nächsten Wochen Hunderte von Malen überqueren müssen. Das Abreißen konnte er allein besorgen, aber für den Wiederaufbau würde er Seths Hilfe benötigen.

Er stieg die Verandatreppe hinauf, spähte ins Haus und hörte Roberta Kisten durch die Küche schleifen und irgendwelche Dinge auspacken.

»Mrs. Jewett?« rief er.

Sie kam mit zwei blauen Kesseln an die Tür zwischen den beiden Räumen – und sie hatte sich ein Geschirrhandtuch statt einer Schürze über ihren Rock gebunden. »Was ist?«

»Ich dachte, ich würde mit der Veranda anfangen, falls Ihnen das recht ist.«

»Es ist mir egal, wo Sie anfangen.«

Einen Augenblick später war sie wieder außer Sicht.

»Sie muß völlig abgerissen und wiederaufgebaut werden!« rief er.

Ihr Kopf tauchte für drei Sekunden wieder auf. »Ich sagte, es ist mir egal. Tun Sie, was Sie tun müssen, aber lassen Sie mich damit in Frieden!«

Er holte sich eine Leiter, kletterte aufs Dach und fing an, die brüchigen Holzschindeln abzureißen. Währenddessen grübelte er darüber nach, warum das Dach des Hauses selbst mit Schiefer gedeckt worden war. Die Häuser hier waren alt, dieses wahrscheinlich hundert Jahre oder noch mehr. Manchmal war die Veranda oder ein Schuppen nachträglich hinzugefügt worden. Diese hier war jedenfalls der Trockenfäule zum Opfer gefallen.

Er arbeitete bis in den Vormittag hinein, und die Sonne wurde wärmer, während ungezählte krumme Nägel und zerbrochene Holzplatten den Hof übersäten. Gegen Mittag hatte er die Dachsparren freigelegt und bearbeitete gerade eine davon mit dem Hammer, als er glaubte, jemanden rufen zu hören.

»Mr. Farley?«

Er blickte hinunter und sah Mrs. Jewett unten stehen. Sie hatte sich eine Hand über die Augen gelegt und blinzelte zu ihm auf. Sie trug immer noch das Geschirrhandtuch über dem Rock ihres pilzbraunen Kleides. Ihr Haar bot einen schauderhaften Anblick, und ihre Bluse war unter den Achseln feucht.

»Ja?« sagte er.

»Darf ich Ihnen vielleicht ein paar Fragen zu Ihrem Automobil stellen?«

»Klar doch. Aber passen Sie auf da drüben.« Sie trat einen Schritt zurück, und er ließ ein Stück entfärbten Holzes fallen. »Es ist kein Personen-Automobil, sondern ein Truck.«

»Oh.«

»Ein Ford C-Cab.«

Sie sah erst seinen Wagen an, dann wieder ihn. »Wie lange haben Sie ihn schon?«

»Hab' ihn vor zwei Jahren gekauft.«

»Gefällt er Ihnen?«

»Ja, tut er.«

»Besser als ein Pferd?«

»Haben Sie noch viele Fragen? Dann würde ich zum Reden lieber runterkommen. Oder haben Sie etwas dagegen?« Er hatte bisher auf der Leiter balanciert und sich vornübergebeugt, um sie zu sehen.

»Nein, natürlich nicht. Kommen Sie nur.«

Er ließ seinen Hammer in eine Schlaufe an seinem ledernen

Werkzeuggürtel gleiten, stieg die Leiter rückwärts herunter und stellte sich dann ihr gegenüber vor dem Berg von Schindeln auf, die den Geruch eines alten, unbenutzten Schuppens verströmten. Eine noch kahle Esche warf dünne Schattenfäden über sie, während sie sich unterhielten.

»Ein Truck ist viel leichter zu handhaben als ein Pferd. Man muß ihn nicht füttern und auch nicht hinter ihm herräumen. Andererseits kann er einen im Winter hier in der Gegend nicht überall dahin bringen, wohin einen ein Pferd bringen kann, aber dafür hat man schließlich die Elektrische.«

»Ist ein Truck anders als andere Automobile?«

»Nur die Karosserie. Das Fahrgestell ist das gleiche.«

»Er wird also genauso gestartet und fährt auch genauso?«

»Jawoll.«

»Elfred sagt, eine Frau könne keinen Wagen besitzen, weil sie ihn nicht starten könne. Sind Sie auch dieser Meinung?«

Gabriel kratzte sich seinen Backenbart und warf einen Blick auf den Truck. Es war ein merkwürdig aussehendes Gebilde, ohne Türen, mit einem schwarzen Lederdach von der Form einer Ozeanwelle, das sich über den Sitz wölbte. »Schwer zu sagen. Ich habe noch nie gesehen, wie eine Frau einen Wagen gestartet hat.«

»Nun, was würden Sie denn vermuten?«

Gabriels Blick glitt zu ihr zurück. »Wollen Sie's selber rausfinden?«

Ihre Augenbrauen zuckten, während sie ihren Entschluß traf.

»Ja, ich denke schon.«

»Na schön, dann kommen Sie. Wollen wir mal sehen, was Sie ausrichten können. Seien Sie vorsichtig. Hier liegen überall Nägel rum.«

Sie stakten durch das Gewirr von Schindeln auf der dicken Matratze toten Grases, und er ließ ihr durch eine Lücke zwischen unkrautüberwucherten Schwertlinien und Spiersträuchern den Vortritt. Ihm fiel auf, daß sie dieselben abgeschabten, abgelaufenen Schuhe trug wie am Vortag. Die Straße war nach dem gestrigen Regen mit einer Schicht aus Geröll und schlammigen Pfützen überzogen. Sie wichen mehreren aus und gingen auf die andere Seite seines Trucks, wo die Seitenvorhänge aufgerollt und hochgebunden waren.

»Steigen Sie ein.« Er bedeutete ihr hinaufzuklettern. »Sie können es eigentlich von Anfang an alleine machen.«

Sie trat aufs Trittbrett, manövrierte ihren Rock um den Bremshebel und setzte sich auf den mit Lackleder überzogenen Sitz.

»Ich erkläre es Ihnen Schritt für Schritt.« Er stellte einen Fuß auf das Trittbrett und deutete beim Sprechen in das Wageninnere. »Also, der Hebel da auf der Lenksäule ist für die Zündung. Er muß auf *Verzögern* stehen, so wie jetzt. Wenn sie ihn zufällig auf *Beschleunigen* stehen gelassen haben, schlägt die Maschine durch, wenn Sie sie anwerfen, und Sie verletzen sich wahrscheinlich dabei. Die Kurbel kann einem glatt den Schädel zertrümmern. Es ist also sehr wichtig, daß Sie die Zündung immer auf *Verzögern* stellen.«

»Zündung auf *Verzögern*«, wiederholte sie und berührte zaghaft den Hebel.

Wieder zeigte er auf die Steuersäule. »Dies hier ist die Gasdrossel; sie sollte halb offen sein, wenn Sie den Motor anlassen. Dadurch geben Sie ihm Treibstoff.«

»Gas halb offen.«

»Und das hier«, er ließ die Hand auf den Bremsgriff sinken, »ist die Notbremse, hat aber gleichzeitig mit der Schaltung zu tun. Der Hebel muß ganz zurückgelegt sein, bis zum Sitz hier. Sie müssen die Griffe zusammendrücken, wenn Sie den Hebel anziehen wollen ... sehen Sie?«

Er nahm die Hand weg und ließ sie es versuchen.

»Gut«, sagte er. »Jetzt steigen Sie wieder aus. Wir müssen nach vorne gehen.«

Während sie rückwärts aus dem Truck kletterte, trat er zurück und beobachtete den weißen Knoten des Geschirrtuchs, der über ihr Rückgrat aufragte, und dachte, wenn sie irgendeine andere Frau wäre, hätte er ihr hinuntergeholfen. Aber die Standpauke, die sie ihm gestern gehalten hatte, hatte ihn vorsichtig werden lassen.

Er führte sie zur Vorderseite des Vehikels und zeigte auf eine Drahtschlaufe, die links vom Kühler herausschaute. »Das ist der Zug für den Choke. Ziehen Sie ihn heraus.«

Sie gehorchte ohne weiteren Kommentar.

»Wir könnten jetzt wieder in den Wagen einsteigen und die Zündung einschalten, aber es gibt noch einen kleinen Trick, um leichter zu starten. Sie müssen es so machen, sehen Sie? Die Kurbel bei ausgeschalteter Zündung drei, vier Mal hochziehen. Damit pumpen Sie mehr Gas in die Zylinder. Aber das können Sie tun oder auch nicht, ganz wie es Ihnen gefällt. Jetzt geht es wieder im Wagen weiter. Kommen Sie.« Er ging zur Fahrerseite vor. »Greifen Sie einfach hinein und drehen den Schlüssel auf die Stellung ›Batterie‹ ... Dann wollen wir mal sehen, ob Sie ihn allein angekurbelt kriegen.«

Der Griff der Kurbel war aus Holz und nicht lackiert. Als sie danach griff, riß er ihren Arm zurück. »Einen Augenblick noch. Das ist jetzt das gefährlichste an der ganzen Sache. Denken Sie immer daran, daß Sie die Kurbel nur hochziehen dürfen, niemals hinunterdrücken. Dann erwischen Sie die Maschine nämlich im Kompressionshub.«

»Kompressionshub?«

»Das hat etwas mit dem Motor zu tun, aber Sie brauchen es nicht zu verstehen. Denken Sie nur daran – immer nach oben, niemals nach unten. Und dann wäre da noch etwas. Legen Sie niemals den Daumen um den Griff. Legen Sie ihn locker obenauf, schließen Sie die Hand nicht. Dann kommt Ihre Hand schneller frei, wenn sich der Motor doch einmal entscheiden sollte, nach Ihnen zu schlagen. So etwa, sehen Sie?«

Er machte es ihr vor, trat dann beiseite und überließ ihr seinen Platz.

Roberta griff nach der Kurbel und spürte, wie ihr Herz vor freudiger Erwartung tanzte. Sie sah auf und begegnete Farleys Blick.

»Es wird schon gutgehen«, sagte er. »Alles ist richtig eingestellt, also versuchen Sie's mal. Wenn Sie ihn anwerfen können, können sie ihn auch fahren. Nur zu.«

Sie biß die Zähne zusammen und zog so kräftig, daß sie sich einen Muskel in der Schulter verzerrte. Der Motor sprang an, und Roberta machte mit der Hand überm Herzen einen Sprung nach hinten.

»Ich habe es geschafft!«

»Weiter!« schrie er über dem Motorenlärm. »Steigen Sie wieder ein! Sie sind noch nicht fertig!«

Sie stiegen beide ein. Der Krach war schrecklich, und der Motor schaukelte den Wagen hin und her.

»Also, den Hebel habe ich ihnen ja schon gezeigt – für die Zündung. Er muß, wenn der Motor läuft, wieder auf *Beschleunigen* zurückgestellt werden. Das gibt der Maschine eine höhere Leistung, und er läuft ruhiger.«

Sie stellte den Hebel zurück, wie er gesagt hatte.

»Wissen Sie noch, wo die Gasdrossel sitzt?« fragte er.

»Hier.«

»Ganz richtig. Ziehen Sie sie ganz auf.«

Sie machte es, und das Geschüttel ließ etwas nach.

»Wollen Sie fahren?«

»Sie meinen, Sie würden mich fahren lassen?« erwiderte sie erstaunt.

»Wie sonst wollen Sie rausfinden, ob Sie einen Wagen haben möchten?«

Sie mußte einen Augenblick nachdenken, bevor sie antwortete: »Vielen Dank, Mr. Farley. Ja, das würde ich gern tun.«

»Na schön, dann Hände ans Steuerrad.«

Sie umklammerte das hölzerne Steuerrad und saß angespannt auf der Kante des Sitzes.

»Entspannen Sie sich etwas.«

»Entspannen? Dabei? Das kann nicht Ihr Ernst sein!«

Er lächelte und zeigte auf ihre Fesseln. »Setzen Sie sich einfach ein wenig zurück. Ihr Rock verdeckt die Pedale.« Sie glitt einige Zentimeter zurück und hielt dabei immer noch das Steuerrad umklammert, als wäre es eine Wünschelrute, die sie jederzeit in die Erde hinabsaugen könnte.

»Ja, so. Also, mit diesen drei Pedalen und mit der Notbremse wird der Wagen bedient.« Die drei Pedale waren in einem Dreieck auf dem Boden angeordnet. »Das linke Pedal läßt die Maschine leerlaufen, das mittlere ist für rückwärts und das rechte die Bremse. Sie müssen zuerst das Leerlaufpedal ganz durchtreten und den Hebel der Notbremse auf halbe Höhe umlegen. Keine Angst, auf halbe Höhe.«

Sie befolgte seine Anweisungen mit weit weniger Selbstsicherheit als sie Elfred gegenüber an den Tag gelegt hatte, als sie ihm erzählte, sie wolle eine von diesen Karossen besitzen. Als Pedal und Hebel bedient waren, atmete sie ein wenig auf, aber ihre Knöchel auf dem Steuerrad waren weiß geworden.

»Jetzt schieben Sie die Notbremse – den Schalthebel – ganz nach vorn und treten das Pedal wieder voll durch; damit legen Sie den ersten Gang ein.«

Sie schaltete vorsichtig; der Wagen machte einen Satz nach vorn und rollte dann den Boulevard hinunter, halb auf dem Gras der Nachbarn, halb auf der Straße.

»Gut so. Also los. Benutzen Sie den Gashebel.«

»Wo ist denn der Gashebel?« rief sie.

Er nahm ihre rechte Hand und führte sie zum Hebel für die Gasdrossel. »Genau da. Und jetzt geben Sie etwas Gas, ganz langsam.«

Sie beschleunigten und holperten den Gehsteig der Alden Street entlang.

»Gütiger Gott, ich hoffe, ich bringe uns nicht beide um!«

»Sie müssen lenken.« Er drehte das Lenkrad für sie und steuerte sie auf die Straße. »Jetzt nehmen Sie den Fuß von dem linken Pedal herunter; so kommen Sie in den hohen Gang.«

Sie fuhren auf eine Kreuzung zu, hüpften durch einige Schlaglöcher und spritzten schlammiges Wasser auf die Trittbretter. »Jetzt versuchen Sie es mit der Bremse ... nein, den anderen Fuß!«

»Diese drei Pedale sind ziemlich verwirrend.«

»Sie werden sich schon dran gewöhnen. An der Ecke müssen Sie in beide Richtungen schauen, dann treten Sie einfach die Kupplung nieder, und wir werden langsamer, damit wir abbiegen können. Biegen Sie nach links ab, und fahren Sie den Hügel rauf.«

Sie trat mit voller Kraft auf die Kupplung, und ganz wie versprochen wurden sie langsamer. Er half ihr, den Wagen um die Ecke zu steuern, und gab ihr dann Anweisungen für die Fahrt, die sie die Ausläufer des Mount Bettie hinaufführte.

»Entspannen Sie sich«, riet er ihr abermals.

»Ich kann nicht. Ich habe Todesangst.«

»Sie machen das sehr gut. Glauben Sie immer noch, daß Sie einen eigenen Wagen wollen?«

»Bitte, Mr. Farley, ich kann mich nicht gleichzeitig unterhalten und fahren.«

»Na schön, ich halt' den Mund.«

Er lehnte sich zurück und beobachtete sie. Sie hatte mehr Grips im Kopf, als er das je bei einer Frau erlebt hatte, und er konnte nicht leugnen, daß er sie in gewisser Weise bewunderte. Er kannte keine andere Frau, die sich hinter dieses Steuerrad geklemmt hätte.

»Sind Sie soweit, daß sie jetzt das Rückwärtsfahren üben können?«

»O Gott«, sagte sie.

»Sie werden das schon hinkriegen.« Er führte sie durch den Prozeß des Langsamerwerdens, ließ sie in einer Einfahrt wenden und den Berg wieder hinunterfahren.

Auf dem Weg nach unten kam ihnen ein Wagen entgegen.

»Mr. Farley!« rief sie. »Was soll ich jetzt tun?«

Er widerstand dem Drang, ihr ins Steuerrad zu greifen. »Lenken Sie einfach ein wenig nach rechts.«

Sie tat es und murmelte dabei vor sich hin: »Barmherziger, Barmherziger«, während er vor sich hinlächelte und Seba Poole zuwinkte, der sie, als die beiden Wagen aneinander vorbeifuhren, mit offenem Mund anstarrte.

»Sie können von Glück sagen, daß ich uns nicht beide umgebracht habe, Mr. Farley! Ich wußte gar nicht, daß Straßen so schmal sind!«

»Sie haben Ihre Sache gut gemacht. Seba ist immer noch auf der Straße und Sie auch.«

Sie entspannte sich ein wenig und fragte: »Wer war das?«

»Seba Poole; betreibt die Fischzucht am Ausgang des Megunticook-Sees. Er klatscht gerne, daher wird sich wohl bald rumsprechen, daß Sie meinen Truck gefahren haben.«

Sie warf ihm einen schnellen Blick zu. »Wie unangenehm für Sie«, bemerkte sie und fing sich damit einen eindringlichen Blick ein. Möglicherweise grinste er, aber das konnte sie nicht genau feststellen.

Danach holperten sie, ohne ein weiteres Wort zu verlieren, den Rest des Wegs den Berg hinunter, aber während der Fahrt hatte sich beiderseits ein widerwilliger Respekt breitgemacht. Sie hatte festgestellt, daß er geduldig war und gut erklären konnte; er wußte jetzt, daß sie Schneid hatte, und bewunderte sie trotz ihrer gelegentlichen Hilfeschreie.

Vor ihrem Haus hielt sie an, und er zeigte ihr, wie man das Auto mit dem Schlüssel ausschaltete, und sorgte dafür, daß sie die Hebel für Zündung und Gas in der oberen Position stehen hatte.

»Damit ich mir, wenn ich ihn das nächste Mal ankurbele, nicht gleich den Arm breche«, erklärte er.

Als der Motor schwieg, stieß sie einen Seufzer der Erleichterung aus und ließ die Finger vom Lenkrad gleiten. Aber kaum hatte sie die Schultern einen Millimeter sinken lassen, straffte sie sie auch schon wieder.

»Darf ich das alles vielleicht noch einmal durchgehen, um sicher zu sein, daß ich es richtig in Erinnerung behalten habe?«

»Natürlich.«

»Zündung auf *Verzögern* ...« Sie wiederholte das Gelernte fehlerfrei als Trockenübung – im Fahrersitz vorn am Motor – und legte den Finger jeweils kurz auf die betreffenden Hebel und Züge, ohne indes die Maschine wirklich zu starten.

»... Gashebel in die obere Position«, sagte sie zum Abschluß und sah ihm dann direkt in die Augen. »Wie habe ich mich geschlagen?«

»Perfekt.«

Sie standen neben dem Wagen auf der Straße. Roberta sah das Gefährt an, als wolle sie es taxieren. Schließlich sagte sie: »Elfred hat mir eine lange Liste von Gründen genannt, warum eine Frau erst gar nicht daran denken sollte, sich ein Automobil zu kaufen. Er sagt, Automobile bleiben ziemlich regelmäßig liegen, und die Reifen müßten geflickt werden, und dann müßte ständig irgendwas da oben neu eingestellt werden.«

»Der Vergaser.«

»Ja, das war's.«

»Vergaser sind tatsächlich etwas heikel, aber ich kann Ihnen zeigen, wie man sie einstellt. So kompliziert ist das nicht.«

»Elfred sagt, Benzin sei schwer und ließe sich nur mühsam einfüllen.«

»Nicht so schwer und mühsam, daß Sie damit nicht fertig würden.«

»Wo kommt es rein?«

»Der Benzintank ist unterm Sitz. Hier, ich zeig's Ihnen.« Er beugte sich in den Truck und kippte das Sitzpolster hoch, so daß ein Holzboden zum Vorschein kam. Durch ein Loch darin ragte die Öffnung des Benzintanks hervor. »Sie füllen das Benzin hier rein.« Er trat zurück, damit sie es sich ansehen konnte.

Sie beugte sich vor und betrachtete die Tülle. Daneben war ein Holzstock an eine Kordel gebunden.

»Was ist das?«

»Ein Meßstab, um festzustellen, wieviel Benzin noch im Tank ist.«

Sie betrachtete die dort eingeritzten Marken. »Gallonen?« fragte sie.

»Jawoll.«

»Hm, einfach.« Sie ließ den Stock fallen und trat zurück, während er den Sitz wieder vorkippte und sich die Hände abwischte.

»Also, sagen Sie mir eines, Mr. Farley, Sie können ehrlich sein. Glauben Sie, ich bin verrückt, wenn ich mein eigenes Automobil besitzen will?«

»Nun, Sie können auf jeden Fall eins fahren. Das haben Sie heute bewiesen.«

»Unten in der Stadt ist eine Reparaturwerkstatt, wo ich ihn, wenn nötig, reparieren lassen könnte, nicht wahr?«

»Hmm ... tja, also, zumindest, wenn der Wagen so freundlich ist, in der Stadt und nicht irgendwo außerhalb liegenzubleiben. Elfred hat nicht ganz unrecht, wenn er sagt, daß diese Dinger ständig bocken. Macht es Ihnen was aus, Mrs. Jewett, mir zu verraten, wozu Sie den Wagen haben wollen?«

»Ich habe eine Stelle als Bezirksschwester.«

»Sie müssen viel herumfahren, meinen Sie?«

»Ja, kreuz und quer durchs Land.«

»Ganz allein?« Er tat überrascht.

»Ja.«

»In diesem Fall ...« Er klemmte sich die Hände unter die Achseln. Langsam begriff sie, daß diese Pose eine ganze Palette wortloser Antworten beinhaltete.

»In diesem Falle – vergessen Sie das Automobil?«

»Hm, lassen Sie es mich mal so ausdrücken. Ich würde nicht wollen, daß *meine* Frau in einem von diesen Dingern kreuz und quer über diese Berge fährt.«

»Ja ... also, sehen Sie, Mr. Farley, es ist mein großes Glück, daß ich keinem mehr für das, was ich tue, Rechenschaft abzulegen brauche.«

»Sie haben mich nach meiner Meinung gefragt, und ich habe Ihnen Antwort gegeben.«

»Vielen Dank, Mr. Farley«, sagte sie. »Jetzt mache ich mich besser wieder an die Arbeit.«

Sie marschierte ins Haus und ließ ihn in dem dünnen Schattengewirr der kahlen Esche stehen. Als er seine Arbeit wieder aufnahm, fragte er sich, warum sie ihn erst um seine Meinung gebeten hatte, wenn sie sie eigentlich gar nicht wollte.

Irgendwann sah er von der Leiter herab, wie sie irgendwelchen Müll durch die Haustür schleuderte. Ein andermal kippte sie einen Eimer mit Putzwasser aus. Gleich danach hörte er das Klavier ertönen und ließ die Arbeit sinken, um zuzuhören.

Merkwürdige Frau, zwischen heftigen Anfällen von Putzwut Klavier zu spielen.

Später roch er Kaffee, aber sie bot ihm keinen an. Kurz vor Mittag kam ihre Mutter zu Fuß zum Haus herauf.

»Mr. Farley«, begrüßte sie ihn, »sind Sie das da oben?«

»Hallo, Mrs. Halburton.« Sie versteifte sich und betrachtete ihn mit säuerlichem Gesichtsausdruck, eine übergewichtige Frau mit Doppelkinn, die einen eimerförmigen Hut trug und sich eine schwarze Handtasche gegen das Zwerchfell preßte.

»Ich kann nicht glauben, daß sie Sie engagiert hat, um diese alte Ruine wieder aufzubauen. Die ist doch kaum das Streichholz wert, mit dem man das ganze Ding anzünden sollte.«

Soweit er sich erinnerte, hatte Myra Halburton noch nie jemanden mit etwas anderem als Klagen begrüßt. Es war ihm ein Vergnügen, ihr zu widersprechen. »Ach, ich weiß nicht. Sie werden vielleicht überrascht sein, wenn ich fertig bin.«

Sie machte eine angewiderte Handbewegung. »Dieses Mädchen hat noch nie im Leben auf mich gehört, und wenn Sie mich fragen, muß sie schlichtweg verrückt sein, ihr Geld in so eine Baracke zu stecken. Ich begreife nicht, was Elfred sich dabei gedacht hat. Noch dazu, wo man diesen verflixten Hügel raufklettern muß, um herzukommen. Ich glaube, gleich knicken meine Beine unter mir weg. Aber auf so etwas würde Roberta natürlich niemals Rücksicht nehmen!« Myra stampfte weiter aufs Haus zu. »Wie soll man überhaupt hier reinkommen?«

»Halten Sie sich ganz dicht an die Wand dieser Veranda, Mrs. Halburton«, riet er ihr.

Sie ging mit äußerster Vorsicht auf die Tür zu und beklagte sich derweil unaufhörlich über den furchtbaren Zustand des Hauses. »Roberta«, rief sie, »bist du da?«

Gabe hörte Roberta antworten: »Mutter? Bist du das?« Einen Augenblick später erschien sie in der Tür, und durch die Dachsparren konnte er ihren Kopf sehen. Mit einer Stimme, die jede Munterkeit verloren hatte, sagte sie: »Hallo Mutter, komm doch rein.«

»Das ist mir eine feine Begrüßung, wenn eine Tochter nicht mal ihre eigene Mutter besuchen kommt. Ich hatte dich eigentlich schon gestern bei mir erwartet.«

»Ich dachte, du würdest bei Elfred und Grace sein.«

»Diese Sophie kocht zu fett für mich. Schlecht für meine Gallenblase.« Als die beiden ins Haus traten, verlor Gabe sie aus den Augen. »Barmherziger Himmel, Mädchen, hast du den Verstand verloren, so ein Haus zu kaufen?«

»Mehr konnte ich mir nicht leisten.«

»Es riecht wie Sebastian Breckenridges Schweineeimer. Der hatte doch nicht mehr alle Tassen im Schrank. Du kannst hier doch unmöglich drei Mädchen unterbringen! Wie viele Schlafzimmer hat das Haus – drei?«

»Zwei.«

»Zwei Schlafzimmer. Roberta, was hast du dir bloß dabei gedacht?«

»Ich habe mir gedacht, daß es vielleicht schön für meine Kinder wäre, ihre Großmutter kennenzulernen.«

»Nun, natürlich wird es das sein. Das ist ja auch der Grund, warum ich gestern den ganzen Tag auf dich gewartet habe.«

»Ich hatte einen anstrengenden Tag. Nach unserer Ankunft hier haben wir gefrühstückt, dann mußte ich auf die Fuhrleute warten und dafür sorgen, daß unsere Sachen abgeladen und die Betten aufgestellt wurden. Es war fast Mitternacht, als wir endlich schlafen gehen konnten.«

Myra musterte das Haus noch einmal von oben bis unten, und der Kummer stand ihr ins Gesicht geschrieben. »Das alles ist so unnötig, Roberta. Das hast du jetzt von deiner Scheidung. Du hattest ein anständiges Zuhause und einen Ehemann, und jetzt hast du das da.«

»Woher weißt du, daß ich ein anständiges Zuhause hatte, Mutter? Du hast es nie besucht.«

»O ja, gib mir nur die Schuld daran. Du bist doch diejenige, die ... die von zu Hause weggegangen ist, sobald du alt genug dazu warst, als hätte dir deine Familie überhaupt nichts bedeutet.«

»Ich bin ausgezogen, weil ich es mußte, um aufs College zu gehen. Und ich bin bei George geblieben, weil ich es mußte. Was kann eine Ehefrau mehr tun? Aber damit bin ich jetzt fertig. Ich kann genau das tun, was mir gefällt.«

»Aber die Schande, Roberta! Die ganze Stadt redet darüber, daß du dich hast scheiden lassen.«

»Er hatte eine Geliebte nach der anderen, Mutter.«

»O bitte!« Myra schloß krampfartig die Augen und hob beide Hände. »Bitte, sei nicht vulgär.«

»Er hatte eine Geliebte nach der anderen, Mutter, Frauen, von denen er sich aushalten lassen konnte, was er auch tat, bis ihnen endlich aufging, daß er nichts als ein Gigolo war. Dann warfen sie ihn für gewöhnlich raus, und er kam zu mir zurückgekrochen, hat sich wieder bei mir eingeschmeichelt und um eine neue Chance gebettelt. Eins ums andere Mal habe ich ihn wieder aufgenommen, bis ich es einfach nicht mehr ertrug. Als er das letzte Mal zurückkam, habe ich ihn ausgesperrt und mich mit den Mädchen beraten, ob ich mich scheiden lassen solle. Sie haben mich zu einer Scheidung ermutigt, und ich weigere mich, den Kopf hängen zu lassen, weil ich etwas getan habe, um für mich und meine Töchter ein besseres Leben zu schaffen.«

»Aber so etwas tut man einfach nicht, Roberta! Jedenfalls keine anständige Frau. Du verstehst das einfach nicht. Die Leute sprechen schon das Wort nur im Flüsterton aus.«

»Natürlich verstehe ich. Ich habe es seit meiner Ankunft hier bereits hinter meinem Rücken flüstern hören.«

»Und es stört dich offensichtlich nicht, sonst hättest du es nämlich möglichst geheim gehalten, statt die Tatsache herauszuposaunen.«

»Ich habe nichts herausposaunt. Du und Elfred und Grace, ihr scheint das für mich besorgt zu haben. Wie sonst willst du mir erklären, daß die Leute schon vor meiner Ankunft hier davon wußten?«

»Wer wußte es?«

»Mr. Farley zum Beispiel. Ich habe ihn im Hafenbüro kennengelernt, und er wußte bereits Bescheid. Und von mir hatte er es ganz bestimmt nicht.«

»Das zeigt nur mal wieder, daß die Leute reden werden, und wie soll man da als Mutter den Kopf hochhalten?«

»Du könntest versuchen, den Leuten zu erklären, daß ich drei wunderbare Kinder habe, für die ich aus eigener Kraft zu sorgen gedenke, und daß ich eine Stelle als Bezirkskrankenschwester habe.«

»Du willst ohne Begleitung kreuz und quer durchs Land fahren? Also, das wird meine Freundinnen wirklich beeindrucken. Und wo wir gerade davon sprechen, wie willst du von einem Ort zum anderen kommen?«

»Ich kaufe mir ein Automobil.«

»Ein Automobil! Und wer soll es fahren?«

»Ich.«

»O himmlischer Vater, mit dir kann man einfach nicht reden, wie? Du warst schon immer halsstarrig und bist es auch heute noch. Aber denk an meine Worte, Roberta, du wirst in dieser Stadt keine Freunde finden, nicht, wenn du deine

Unabhängigkeit auf diese Art und Weise zur Schau stellst! Warum kannst du nicht wie alle anderen Frauen auch eine Arbeit in der Fabrik annehmen? Die Mädchen könnten dort sicher ebenfalls etwas finden und dir ein wenig helfen.«

»Schon wieder die Fabrik! Mutter, als ich vor achtzehn Jahren wegging, haben wir uns genau darüber gestritten!«

»Du warst ja immer zu gut für die Fabrik, nicht wahr?«

»Es geht nicht darum, ob ich zu gut für die Fabrik bin, es geht darum, was ich vom Leben wollte – eins wollte ich bestimmt nicht, nämlich in einem geschlossenen Raum zehn Stunden am Tag Filz spleißen, und das bis zu meinem letzten Atemzug. Und das ist auch gewiß nicht die Strafe, die ich meinen Töchtern auferlegen werde! Es sind intelligente Mädchen mit Phantasie und Verstand. Wenn ich sie aus der Schule nehme, um sie in der Fabrik arbeiten zu lassen, würde das diesen Verstand zerstören und ihre Phantasie versiegen lassen, begreifst du das denn nicht?«

»Alles, was ich begreife, ist, daß du dich vor Jahren über meine Wünsche hinweggesetzt hast und auf und davon gegangen bist, um das Erbe deiner Großeltern dafür zu verwenden, dich als Krankenschwester ausbilden zu lassen, ausgerechnet! Und sieh doch nur, was es dir eingebracht hat. Dieses Haus. Dieses ... jämmerliche Haus.«

»Mutter, warum kannst du nicht einmal in deinem Leben stolz auf mich sein?«

»O bitte ...«

»Alles, was Grace tut, ist vollkommen, aber nichts, was ich in meinem ganzen Leben unternommen habe, hat je deine Billigung gefunden.«

»Grace hält sich an die Regeln.«

»Wessen Regeln? Deine?«

»Ich bin nicht hierher gekommen, um mich beleidigen zu lassen, Roberta.«

»Ich auch nicht. Ich bin hierher gekommen, weil ich glaubte, daß ich vielleicht nach all diesen Jahren doch noch eine Möglichkeit finden könnte, um mit meiner Familie auszukommen, aber ich sehe, ich habe mich geirrt. Alles, was ich bekomme, ist Kritik und der Rat, meine Mädchen in der Fabrik arbeiten zu lassen. Nun, es tut mir leid, Mutter. Ich kann nicht.«

Myra griff sich an die Stirn. »Deinetwegen habe ich jetzt grauenhafte Kopfschmerzen, Roberta.«

»Ich würde dir ja etwas Collinsonia anbieten, aber ich hatte noch keine Zeit, meine Medikamente auszupacken.«

»Ich brauche kein Collinsonia. Steinwurz. Ich muß nach Hause gehen und mich mit einem kalten Umschlag auf der Stirn hinlegen.«

»Na schön, Mutter. Ich werde den Mädchen erzählen, daß ihre Großmutter vorbeigekommen ist und sie gern bald kennenlernen würde.«

Ihr Tonfall war so scharf, daß Myra ohne ein Lebewohl zur Tür ging. Roberta, die ihr nachsah, dachte traurig, warum sollte es einen Abschied geben, wo es kein Willkommen gegeben hatte? Keine Umarmung und schon gar keinen Kuß, nur Myra, die eingehüllt in eine Woge von Klagen hereingesegelt war. Nichts hatte sich geändert.

5

Als Myra aus dem Haus stürmte, saß Gabe mit übereinandergelegten Füßen unter der Esche und angelte nach einem Käsebrot.

»Dieses Mädchen hatte schon immer das Talent, mich zur Verzweiflung zu bringen. Wie dumm von mir, überhaupt hierher zu kommen! Jetzt muß ich den ganzen Weg wieder zurücklaufen, und was bekomme ich für all meine Mühe? Nur ihre Respektlosigkeit!«

Gabe, der noch immer seine Butterbrotdose in der Hand hielt, sprang auf.

»Ich kann Sie nach Hause fahren, Mrs. Halburton.«

»Da wäre ich Ihnen sehr dankbar, Mr. Farley. Wenigstens wissen ein *paar* von den jungen Leuten, wie man uns Ältere zu behandeln hat!«

Sie marschierte geradewegs auf den Wagen zu, und er trat hastig vor, um ihr hinaufzuhelfen. Während er den Motor ankurbelte, schlenderte Roberta zur Wohnzimmertür, von wo aus sie die beiden beobachtete. Obwohl ihr Gesicht im Schatten verborgen war, sah er doch ihre Hände, die sich auf das Geschirrtuch über ihrem Rock preßten. Er hatte genug gehört, um zu begreifen, worum es bei ihrer Auseinandersetzung im wesentlichen ging. Sie und ihre Mutter kamen offensichtlich genausogut miteinander zurecht wie zwei Hennen, die an einer Leine festgebunden waren. Er dachte an seine eigene Mutter, eine freundliche Frau von liebevollem Wesen, und er verspürte einen Anflug von Mitleid für Roberta, die nach so vielen Jahren in der Ferne nur getadelt und nicht willkommen geheißen worden war.

Myra jammerte den ganzen Weg über.

»Zieht hierher zurück, so unverfroren wie nur was, mit ihrer Scheidungsurkunde in der Hand. Sagt, sie will sich ein Automobil kaufen. Sagt, sie will damit kreuz und quer durch die Berge fahren und ihre Kinder zu Hause allein lassen. Sagt, sie hätten *gewollt,* daß sie sich scheiden ließ ... Hmph! Alles, was ich zu dem Thema zu sagen habe, prallt von ihr ab wie Wasser von einem Entenrücken. Sie glaubt ja immer recht zu haben. Immer! Beschuldigt mich, ich hätte Gracie ihr vorgezogen. Gracie hat mir keine Sekunde lang Sorgen bereitet,

Mr. Farley, nicht eine einzige! Aber *dieses Mädchen* – von dem Augenblick, als sie sprechen lernte, hat sie mir die Stirn geboten. Gracie hat einen guten Mann geheiratet, seine Kinder bekommen und eine gute Ehe geführt, was schließlich die Aufgabe einer Frau ist. Sie ist nicht auf und davon gelaufen, um Krankenschwester zu werden! Es ist wirklich kein Wunder, daß Robertas Mann nicht viel zu Hause war. Welchem Mann würde es schon gefallen, wenn seine Frau kommt und geht, wie es ihr gefällt?«

Es kam noch mehr, soviel mehr, daß Gabe, als er Myra schließlich am Tor ihres Hauses absetzte, die Alte am liebsten bei zehn Meilen die Stunde aus dem Wagen geworfen und zugesehen hätte, wie sie den Berg hinunterrollte.

Als Roberta Myra in Farleys Wagen steigen sah, gönnte sie sich einen seltenen Augenblick der Schwermut. Ihre Mutter hatte sich nicht verändert. Sie war immer noch die autokratische Unterdrückerin aus Robertas Jugend. Das war einer der Gründe gewesen, warum Roberta Camden verlassen hatte; sie mußte ihrer Mutter entkommen. Wie töricht von ihr, zu glauben, die seither vergangenen Jahre hätten ihre Mutter vielleicht milder werden lassen.

Grace, Grace, immer war Grace der Liebling gewesen. Grace, die auf dem Klavier die Stücke spielte, die Mama mochte; die ihr Haar trug, so wie Mama es ihr vorschlug; die so ging, so redete und sich so gab, wie Mama es ihr befahl; die nichts lieber tat, als sich vor Türen herumzutreiben, um Mama tratschen zu hören; die sich Mamas Billigung versicherte, indem sie selbst zur Klatschbase wurde; die einen gutaussehenden, bestrickenden Verehrer mit nach Hause brachte, der Myra mit seinem Charme bezaubern konnte, so daß sie gegen seine Fehler blind war.

Grace, die in Camden blieb, Elfred heiratete, ihm ihr Erbe

gab, damit er sein Geschäft gründen konnte, die seine Kinder zur Welt brachte und sich seit jeher seinen außerehelichen Streifzügen gegenüber blind stellte.

Offensichtlich gelang es Elfred immer noch, auch Myra Sand in die Augen zu streuen.

Zehn Minuten nachdem Farleys Truck abgefahren war – Roberta stand gerade auf einem Stuhl und zog ein paar verfaulte Gardinen von einem Küchenfenster –, umfaßte Elfred mit beiden Händen ihre Taille und sagte: »Ach, du liebe Güte, der Versuchung kann man wirklich nicht widerstehen.«

Als er die Arme um ihren Bauch schlang, stieß sie einen schrillen Schrei aus. »Elfred, laß mich los!«

»Was, wenn ich es nicht tue? Was machst du dann?«

»Elfred, du Mistkerl!«

»Was, wenn ich es tue? Was machst du dann?«

Sie zerrte an seinen Armen, aber er war überraschend stark.

»Elfred Spear, ich warne dich! Ich werde Grace erzählen, was für ein Schürzenjäger du bist!«

Elfred lachte nur. »Das glaube ich nicht. Das würdest du deiner einzigen Schwester nicht antun.«

»Und ob ich das würde! Und ob ich das tun würde! Elfred, laß das sein!«

»Oooh, Birdy, du *bist* aber auch ein schnuckeliges Frauenzimmer. Wie lange ist es her, seit du dich das letzte Mal mit einem Mann gebalgt hast? Ich melde mich freiwillig.«

»Nimm die Hände weg, Elfred!« Sie trat nach ihm. Er ächzte, hielt sie aber weiter fest.

»Ich sag dir was, Birdy. Du entfachst mehr Feuer in mir, als deine Schwester das in ganzen neunzehn Jahren vermochte. Wenn man so viele Jahre mit einem Eisblock wie Grace verbracht hat, verdient man ein paar Ablenkungen. Na komm schon, Birdy, warum huschen wir zwei beiden nicht die Treppe rauf und lassen ein paar Bettfedern erzittern?«

»Elfred, du bist der verabscheuenswerteste Heide, den Gott je auf diese Erde geschickt hat. Und jetzt laß mich los!«

Elfred lachte wieder und ließ eine Hand ihre Wade hinaufwandern.

Hinter ihm ertönte Gabe Farleys gelassene Stimme: »Hallo, Elfred.«

Elfred fuhr erschrocken herum. »O Gabe, du bist's bloß! Puuh, hast du mir einen Schrecken eingejagt.«

»Ach ja?«

»Ich wußte ja nicht, wer das war.« Elfred ließ Roberta ganz langsam los. Gabe stand wie angewurzelt in der Küchentür und heuchelte Nonchalance, obwohl er in Wahrheit einen schwachen Anflug von Abscheu empfand.

»Was führt dich her, Elfred?«

»Ich wollt' bloß mal sehen, wie die Arbeit voranschreitet, und Birdy sagen, daß ich die Rechnung begleichen werde, so wie sie es wollte.«

»Ich komme gut voran. Habe heute morgen schon das ganze Verandadach abgerissen. Werde wahrscheinlich morgen damit anfangen, sie wieder aufzubauen.« Gabe schlenderte in die Küche.

»Das sehe ich.« Elfred zog an seinem Hosenbund.

»Ich dachte, ich fang am besten mit der Veranda an, damit man überhaupt erst mal sicher zum Haus hinein- und herauskommt. Mrs. Jewett, brauchen Sie Hilfe bei dieser Gardinenstange?«

Roberta kletterte mühsam von ihrem Stuhl herunter. »Nein, danke.« Ihr Gesicht brannte.

»Ich würde dir hier draußen gern etwas zeigen, Elfred. Kommst du wohl eben mit raus?« Er drehte sich um, und Elfred folgte ihm.

Es gab nichts, was er Elfred zeigen wollte, aber sie standen im Garten, zeigten auf das Haus und redeten darüber, in welcher Farbe es gestrichen werden sollte. Schließlich meinte Elfred erklärend: »Ich wollte nur ein bißchen Spaß mit ihr haben, Gabe. Du weißt ja, wie das ist.«

»Jawoll, ich weiß, wie das ist. Aber du solltest besser aufpassen, was du tust, Elfred. Sie ist die Schwester deiner Frau, und das wird nicht besonders gut aussehen.«

»Aber das ist doch der halbe Spaß dabei!«

»Weißt du, Elfred, ich glaube nicht, daß sie ganz so viel Spaß an der Sache hatte wie du.«

Elfred zog die Augenbrauen in die Höhe. »Was soll das? Gestern hast du doch noch ein ganz anderes Lied gesungen, nicht wahr, Gabe?«

»Tja, das mag wohl sein, aber ich weiß zufällig, daß sie vor kaum mehr als einer halben Stunde einen Streit mit ihrer Mutter hatte, und die alte Frau war ziemlich hart mit ihr.«

»He, Gabriel Farley, was geht hier vor? Du willst sie doch wohl nicht für dich selber, oder?«

»Komm schon, Elfred, benutz' deinen Kopf. Du kannst eine Frau nicht zu so etwas zwingen. Ich konnte ihren Protest draußen im Garten deutlich hören. Stell dir vor, es wär' Grace gewesen, die an meiner Stelle gekommen wäre.«

»Meldest du hier etwa irgendwelche Ansprüche an?«

Gabe blickte zu Boden und schüttelte den Kopf, während Elfred mit einem verschlagenen Grinsen weitersprach: »Du bist hier oben in ihrem Haus, arbeitest jeden Tag ganz in ihrer Nähe. Es wäre ziemlich einfach, wie, Gabe?«

»Das ist *nicht* der Grund, warum ich dich aus ihrer Küche geholt habe.«

»Ach nein? Dann mußt du es mir noch einmal erklären.« Gabe hob die Hände und ließ sie wieder sinken. »Was gibt es da zu erklären? Wenn eine Frau sich wehrt, ziehst du dich zurück, Elfred. Das sollte ich dir doch wohl kaum erklären müssen.«

»Ich hab's dir schon einmal gesagt, Gabe, ich wollte nur ein bißchen Spaß mit ihr haben.«

»Schön, Elfred! Schön.« Gabe hob abermals die Hände und ließ sie wie zuvor gleich wieder sinken. »Wie du meinst. Ich dachte bloß gerade, daß wir beide vielleicht ein wenig vorschnell mit unseren schlüpfrigen Bemerkungen hinter ihrem Rücken waren. Wir kannten die Frau doch nicht einmal. Aber wenn du ihr unbedingt Avancen machen willst, werde ich dir nicht in die Quere kommen. So, jetzt muß ich wieder an die Arbeit.«

Er kehrte Elfred den Rücken zu und bückte sich, um seinen Werkzeuggürtel aufzuheben. Als er ihn umgelegt hatte, nahm er sich den Verandaboden vor, und Elfred blieb mit seinen ungeklärten Fragen allein. Schließlich stellte Elfred sich breitbeinig hinter Gabe wie ein Schiffskapitän, der das Putzen seines Decks überwachte.

»Nun, Gabe, ich sag' dir was. Ich werde mich nicht in dein Territorium hineindrängen, aber ich behalte dich im Auge. Schließlich ist sie meine Schwägerin, und ich muß mich um ihr Wohlergehen kümmern.« Mit einem bösartigen Kichern nahm Elfred schließlich, ohne Roberta noch einmal zu belästigen, seinen Abschied.

Gabe sah Elfreds Tourenwagen nach und dachte, was für ein abscheuliches Arschloch Elfred doch war. War das wirklich erst gestern gewesen, daß er ins selbe Horn gestoßen hatte wie dieser Mann?

In der Küche ertappte Roberta sich dabei, wie sie eine steifborstige Bürste in Sebastian Dougal Breckenridges schmutzigen Küchenboden bohrte, als hätte sie die Leber ihres Schwagers vor sich.

Obwohl Roberta und Gabe einander den Rest des Tages aus dem Weg gingen, blieb ihnen die Szene in der Küche doch in Erinnerung. Sie hätten das Ganze vielleicht aus ihren Gedanken verbannen können, wären da nicht die Geräusche in Haus und Garten gewesen, die sie an die Gegenwart des anderen erinnerten, der ebenfalls so tat, als hätte es den Zwischenfall mit Elfred nie gegeben.

Schließlich wischte sich Roberta um halb vier mit dem Handrücken über die Stirn und lauschte. Nichts als Stille. Sie blickte auf ihr schmutziges Geschirrtuch herab, knotete es auf und klopfte sich ein- oder zweimal auf den Rock, der vorne naß und am Saum schmutzig war. Sie war zu müde, um diesen Umstand ernst zu nehmen. Was für ein Tag. Gott, wie sehr sie Hausarbeit haßte. Sie haßte Elfred. Sie war nicht weit davon entfernt, ihre Mutter zu hassen. Was Gabriel Farley betraf, war sie sich nicht mehr so ganz sicher, aber es war jedenfalls verflucht unbehaglich zu wissen, daß er ganz in der Nähe arbeitete und sich weiß Gott was zu ihrem Zusammenstoß mit Elfred dachte.

Was tat er überhaupt da draußen?

Sie stand in der Küchentür und schaute durchs Wohnzimmer. Die ganze Veranda war weg, so daß der Raum jetzt viel heller wirkte und die Haustür knapp anderthalb Meter überm Boden hing. Roberta trat an die Wohnzimmertür. Farley stand mit dem Rücken zu ihr in dem mit Trümmern übersäten Garten und trank aus einer Flasche mit Fruchtsaft. Er hatte einen Lederhandschuh ausgezogen und den Kopf in den Nacken gelegt. Sie beobachtete ihn eine Weile und versuchte, sich über ihn Klarheit zu verschaffen. Er nahm noch einen Schluck, strich sich mit dem Handrücken über den Mund und schraubte die Flasche wieder zu. Nachdem er sie ins Gras geworfen hatte, zog er sich in aller Seelenruhe den schmutzigen Handschuh wieder über, bevor er sich bückte, um die am Boden liegenden Schindeln einzusammeln. Er nahm einen ganzen Arm voll davon auf, drehte sich um und sah sie in der Tür stehen.

Und erstarrte, als sei er im Wald auf einen Bären getroffen. Ihr ging es genauso.

Einige Sekunden lang starrten sie einander an, argwöhnisch und hart. Endlich brach sie das Schweigen.

»Ich nehme an, Sie denken, ich hätte ihn ermutigt.«

»Nein, das denke ich nicht.« Er trug die Schindeln ein paar Schritte weiter und ließ sie fallen.

»Aber ist das nicht genau das Benehmen, das man von einer *geschiedenen Frau* erwarten darf?«

»Jeder in der Stadt weiß, daß Elfred den Frauen nachstellt. Jeder weiß es, außer seiner Frau.«

»Er ist ein jämmerlicher Kerl.«

Gabe, der immer noch nicht über Elfreds Hohn hinweggekommen war, fühlte sich verpflichtet, etwas zu entgegnen. »Das mag wohl sein, aber wenn ein Mann über die Dörfer geht, gibt es für gewöhnlich zu Hause einen ziemlich guten Grund dafür.«

»Oh, das ist wirklich eine typische Reaktion ... eine typisch männliche Reaktion!« sagte sie voller Verachtung. »Natürlich geben Sie meiner Schwester die Schuld an Elfreds kleinen Kavaliersdelikten.«

»Ich gebe Ihrer Schwester keineswegs die Schuld daran. Ich kenne sie ja nicht einmal gut genug dafür. Das war nur eine Verallgemeinerung.«

»Nun, dann verallgemeinern Sie woanders, denn ich habe keine Lust, mir diesen Blödsinn anzuhören! Er ist ein Familienvater und hat drei Töchter, auf die er Rücksicht nehmen sollte. Was glauben Sie, wie sie sich fühlen werden, wenn sie herausfinden, daß ihr Vater wahllos mit jeder Frau, die ihm gefällt, ins Bett geht?«

Er rieb die Innenflächen der schmutzigen Handschuhe aneinander. »Hören Sie, es tut mir leid, daß ich das gesagt habe, in Ordnung?«

»Das sollte es auch, denn ihr Männer meßt mit zweierlei Maß, ohne auch nur einen Gedanken daran zu verschwenden, was Ehefrauen und Kinder leiden, wenn ihr euch euren *unschuldigen Affären* überlaßt. Ich weiß Bescheid, denn ich hatte einen Mann genau wie Elfred!« Sie fuhr auf dem Absatz herum und verschwand im Haus, so daß Gabe plötzlich nur noch den leeren Türrahmen anstarrte. Wie viele andere Männer in der Stadt hatte er oft über Elfreds Seitensprünge gelacht und seine Frau für ihre Unwissenheit verspottet. *Die fette, runde Grace Spear* wurde sie allenthalben genannt. *Kein Wunder, daß Elfred sie betrügt.* Elfred flirtete gern mit irgendwelchen Frauen, auch wenn Grace im Zimmer war, und Gabe hatte sich wie viele andere darüber amüsiert. Aber jetzt, nachdem er beobachtet hatte, wie er seine Schliche an Birdy Jewett erprobte, fragte Gabe sich langsam, wie komisch das Ganze wirklich war.

Während er die Schindeln zum Verbrennen aufstapelte, wanderten seine Gedanken zu Robertas Ehemann. Wieviele andere Frauen? Wußten ihre Kinder davon? Offensichtlich ja. Was für eine traurige Situation für ein Kind, zu wissen, daß sein Vater die Mutter mit einer ganzen Heerschar von Frauen betrog. Er war tief in Gedanken und bemerkte erst gar nicht, daß die Kinder aus der Schule nach Hause gekommen waren, bis eines von ihnen ihn ansprach – die Kleine, die ihm gestern so gut gefallen hatte.

»Hallo, Mr. Farley! Sehen Sie mal, wer hier ist!«

»Hallo, Daddy!«

»Isobel! Was tust du denn hier?«

»Susan und ich haben uns in der Pause kennengelernt«, erklärte Isobel, »und ich habe ihr erzählt, daß du für ihre Mutter arbeitest, also fragte sie mich, ob ich mit ihr nach Hause kommen wolle, um mir das Haus anzusehen, in dem sie leben werden.«

»Unsere Veranda ist weg!« rief Rebecca.

»Ich will sie gerade verbrennen.«

»Oh, dürfen wir Ihnen helfen?«

»O ja, bitte, dürfen wir?«

Susan nahm Isobels Hand. »Komm, klettern wir zur Haustür rauf, dann zeig ich dir unser Zimmer. Von unserem Fenster aus kannst du den Berg sehen. Mutter! Wir sind wieder zu Hause!«

Die vier Mädchen liefen über die klappernden Schindeln und machten sich daran, einander über die Schwelle zu hieven, während Roberta über ihnen auftauchte.

»Wie war's in der Schule? Und wer ist das?«

»Das ist Isobel!« riefen ihre Töchter im Chor.

Gabe hob ein Brett vom Boden auf und ging mit langen Schritten durch den Garten. »Mädchen, wartet!« Dann legte er es wie eine Laufplanke durch die Tür, und sie kletterten wie die Matrosen hüpfend hinauf, plapperten von der Schule, von Isobel, ihren Lehrern, dem Feuer für die Schindeln. Er hatte nur ein einziges Kind und war daher an Ruhe und Frieden gewöhnt. Jetzt brach das reinste Chaos los, als die Mädchen das Haus stürmten, auf der Laufplanke wippten und über vier verschiedene Dinge gleichzeitig babbelten. Irgendwie kam inmitten dieses Geschnatters Isobels voller Name zu Roberta durch.

»Isobel Farley?« wiederholte sie.

»Ja, er ist mein Papa«, bestätigte Isobel.

Von ihrem hohen Aussichtspunkt aus sah sie Gabe direkt in die Augen. Inmitten all der kindlichen Ausgelassenheit teilten die beiden einen Augenblick jenseits all ihrer Streitereien, den sie den vier überschäumenden, jungen Menschen verdankten, die keine Ahnung von den Unterströmungen zwischen ihren Eltern hatten. »Oh ... ja, natürlich. Hm, hallo, Isobel.«

Lydia sagte: »Er wird Feuer machen, um die Schindeln zu verbrennen. Dürfen wir ihm helfen, Mutter?«

»Ja, bitte! Dürfen wir?«

»Wir haben Hunger! Gibt's Kuchen oder so was?«

»Ah ... oh, Kuchen?« Sie riß ihre Aufmerksamkeit von Gabe los, um den Mädchen zu antworten. »Nein, ich hatte keine Zeit.«

»Aber wir verhungern fast!«

»Ich habe Kräcker.«

Sie alle marschierten nach oben, um sich das Zimmer der Mädchen anzusehen und kamen dann wieder herunter, um sich Salzgebäck zu holen, bevor sie die Laufplanke hinunterkletterten und herausfanden, daß Gabe den Schindelhaufen angezündet hatte. Sie steuerten geradewegs auf das Feuer zu, obwohl keine von ihnen ihre Schuluniform abgelegt hatte. Darauf hatte Gabe bei Isobel immer großen Wert gelegt. Statt dessen sammelten sie Schindeln und fütterten das Feuer, während Gabe zurücktrat und es mit einem Rechen schürte.

Völlig unvermittelt begann Rebecca zu rezitieren: »An den Ufern Gitche Gumees, an dem blanken Groß-See-Wasser ...«

»Was ist das?« fragte Isobel.

»Das ist *Hiawatha* ... Kennst du *Hiawatha* nicht?« Sie hielt inne und nahm dann eine dramatische Pose ein. »Ich bin *Hiawatha*, der mutige Indianerheld, und faste hier im Wald in der schönen, freundlichen Frühlingszeit ...« Ohne jede Verlegenheit begann sie zu singen und zu tanzen, als trüge sie Lederhosen und Adlerfedern. Ihre Schwestern griffen das Stichwort auf und begannen ebenfalls zu tanzen ... rund und rund, immer um das Feuer herum, mit ausgestreckten Armen und wiegenden Körpern. Isobel, die genauso gehemmt war wie ihr Vater, starrte sie nur wortlos an.

Er beobachtete, wie ihre Faszination mit einem natürlichen Widerwillen kämpfte, sich den anderen Mädchen anzuschließen. Einmal blickte sie ihn mit weit aufgerissenen Augen an, und er sah noch deutlicher als zuvor, wie sehr sie sich wünschte, wie diese Mädchen zu sein. Aber sie war ein Einzelkind und hatte zu viele Jahre allein zugebracht, um sich unter diesen unbezähmbaren Thespisjüngerinnen ungehemmt bewegen zu können. Er wußte sofort, daß das keine Angeberei war – sie waren lediglich spontan.

Dann brach Rebecca ihren Gesang abrupt ab. »Ich weiß was!« rief sie. »Hummer!« Ihre Schwestern hörten ebenfalls auf zu singen. »Wir sollten ein paar sammeln, wenn der Wasserstand richtig ist, und sie über unserem Lagerfeuer braten!« Sie hüpfte auf die Laufplanke zu. »Ich frage Mutter! *Mutter!* Wann ist Gezeitenwechsel?«

Roberta kehrte an die Tür über ihnen zurück. »Der war ungefähr vor einer Stunde.«

»Dann müssen wir uns beeilen! Dürfen wir ein paar Hummer holen und sie überm Lagerfeuer braten?«

»Der Hummerkorb steht in meinem Schlafzimmer und ist bis oben hin voll mit Handtüchern.« Sie wandte sich ab, und ihre drei Mädchen huschten hinter ihr her. Die Laufplanke hinauf. Und hinein ins Haus, mit wippenden Röcken. Eine Sekunde später kehrten sie, angeführt von Lydia, die den Korb trug, zurück.

»Na komm schon, Isobel!« rief Lydia. »Du mußt uns zeigen, wo Sherman's Cove ist! Mutter sagt, dort findet man die meisten Hummer!«

Isobel stand wie angewurzelt da und sah das andere Mädchen fassungslos an. »Darf ich?« Sie blickte zu Gabe auf.

»Hummer?« Niemand aß Hummer. Sie wurden bei Flut auf die Felsen gespült und gingen jedermann auf die Nerven. Die Leute, die sich die Mühe machten, sie einzusammeln, vergruben sie, um die Erde zu düngen.

Isobel zuckte mit den Achseln.

Er murmelte ihr ins Ohr: »Bist du sicher, daß du Hummer essen willst?«

»Ich will mitgehen, bitte, Daddy.«

Er hatte seine Zweifel, was dieses wilde Trio betraf, aber in Isobels Augen stand ein Funkeln, das er lange nicht mehr dort gesehen hatte. Es würde bestimmt lustiger für sie sein, mit den anderen nach Sherman's Cove zu laufen, statt mit ihm nach Hause zu gehen, um ein einsames Abendessen zu zweit mit ihm zu teilen.

»Lauf nur«, sagte er, »aber du solltest dich zuerst umziehen.«

»Aber, Papa, wenn ich das tue, wird es zu spät sein!«

Ihr Haus lag in der entgegengesetzten Richtung von Sherman's Cove, und die Hummer blieben nicht lange auf den Felsen, wenn sie erst einmal die Luft auf ihrem Rücken spürten.

»Hm, na gut, dann geh nur. Aber morgen ziehst du dich gleich nach der Schule um, wie immer.«

Die anderen drei Mädchen riefen im Chor: »Vielen Dank, Mr. Farley!« Und Isobel trappelte hinter ihnen her. Das letzte, was er von seiner Tochter sah, war ihr Versuch, Lydia einzuholen, die mit dem Sammelkorb überm Kopf den Gehsteig entlangsprang.

Als sie fort waren, kehrte im Garten Stille ein. Nur das Feuer prasselte weiter. Roberta blieb an der Tür stehen, Gabe am Feuer. Ihnen war klar, daß ihre Kinder eine Freundschaft aufbauten, an der ihnen beiden vielleicht nichts gelegen war, aber ihre Gründe waren eigensüchtig, so daß sie sich plötzlich noch unwohler in der Gegenwart des anderen fühlten. Sie sagte: »Tja, ich suche dann wohl besser etwas Butter«, und verschwand aus der Tür.

Er setzte seine Säuberung des Gartens fort, hob Nägel auf,

schürte das Feuer und bewahrte ein paar Schindeln für die Mädchen auf, die sie bei ihrer Rückkehr verbrennen konnten. Einige Minuten später kam Roberta mit einem Beutel, wie man ihn zum Einkaufen mitnimmt, die Laufplanke herunter. Sie hatte sich das Haar gerichtet und einen anderen Rock angezogen. Er kehrte ihr den Rücken zu, um es sich und ihr zu erleichtern, dann bückte er sich nach ein paar Schindeln, während sie hinter ihm den Garten durchquerte. Er wußte jedoch ganz genau, daß sie den Hügel hinunter wollte, um Lebensmittel zu kaufen, die sie anschließend in ihrem kleinen Netz mit den beiden Griffen wieder hinauftragen mußte. Sie hatte nur zwei Füße, während er einen Ford besaß, und seine Mutter hatte es nicht versäumt, ihm gute Manieren einzubläuen.

Er wandte sich vom Feuer ab und rief: »Mrs. Jewett?« Sie blieb in dem kleinen Durchgang mitten in der Spierstrauchhecke stehen. »Ich könnte Sie mit dem Wagen den Hügel runterfahren.«

»Nein, danke, Mr. Farley«, erwiderte sie bestimmt. »Ich glaube nicht, daß wir beide uns noch einmal zusammen in Ihrem Wagen sehen lassen sollten. Ich gehe zu Fuß.«

Er atmete erleichtert auf und sah ihr nach, wie sie in dieselbe Richtung verschwand, in die vorher auch die Mädchen gegangen waren.

Am liebsten wäre er schon wieder fort gewesen, wenn sie zurückkam, aber als verantwortungsbewußter Mann konnte er keine Glut im Stich lassen, die mit ihren Funken durchaus noch ein Haus in Brand stecken konnte. Also harkte er weiter den Garten, schaufelte den Abfall in einen Jutesack und verbrannte den größten Teil der restlichen Schindeln. Als Roberta zurückkam – sie trug *zwei* Einkaufsnetze! – war sein Werkzeug bereits im Wagen, und er hockte neben einer Grube voller Glut. Die Mädchen kamen mit ihr und schleiften den Sammelkorb, in dem sie ihren Fang mit Algen bedeckt hatten, hinter sich her. Ihre Kleider waren schmutzig und ihre Schuhe durchnäßt. Isobels Haar hing ihr wie Seegras vom Kopf. Alle redeten gleichzeitig.

»Seht doch nur! Die sind ja riesig!«

»Oh, das Feuer ist genau richtig!«

»Mutter, wo ist der Hummertopf?«

»Komm, du mußt dir das ansehen, Daddy! Rebecca weiß, wie man Stöcke zwischen ihre Scheren schiebt, damit sie einen nicht zwicken können!«

Anschließend wurde den Hummern die gebührende Bewunderung zuteil, während vier völlig zerzauste Mädchen überall im Garten herumliefen, ins Haus stürmten und wieder herauskamen. Roberta ging mit ihren zwei schweren Taschen hinter Gabe her.

»Sie sind ja immer noch hier, Mr. Farley. Ich dachte, Sie wären inzwischen gegangen.«

»Ich fand es nicht ratsam, das Feuer allein zu lassen.«

Während sie die Planke hinauflief, rief sie ihm zu: »Wenn Sie wollen, können sie bleiben und mit uns essen.«

Hummer? Er schauderte. Außerdem erinnerte er sich an Elfreds Anzüglichkeiten. »Nein, danke. Ich gehe jetzt nach Hause.«

Oben auf der Laufplanke setzte Roberta ihre schwere Last ab, drehte sich um und rieb sich die Arme.

»Sie hätten mir erlauben sollen, Sie zum Laden zu fahren«, sagte er und kam sich plötzlich wie ein Flegel vor, weil er sie die schweren Dosen und Milchflaschen hatte den Hügel hinauftragen lassen.

Sie musterte ihn, als überlege sie, ob er recht hatte. »Ich habe Ihnen doch gesagt, ich bin daran gewöhnt, für mich selbst zu sorgen. Und ich kann mir denken, daß Sie ohnehin keinen Hummer mögen.«

Er ging nach Hause und aß allein. Sardinen und Salzkräcker. Zum Nachtisch ein paar eingemachte Pfirsiche direkt aus der Dose. Zwei Tassen heißen Kaffee. Drei Zimtkekse, die seine Mutter gebacken hatte. Die Küche lag im Schein des neuen elektrischen Lichts ordentlich und weiß vor ihm. Caramel, die Katze, kam und legte sich auf seinen Schoß. Die ganze Zeit über ließ er die Wanduhr keinen Augenblick aus den Augen, verfolgte, wie das Licht im Fenster immer roter wurde und stellte sich den Garten der Jewetts vor, in dem die Hummer in einem großen Topf kochten. Er wusch seine Gabel und seine Tasse, gab Carolines Zimmerpflanzen Wasser, fegte die Küche und klopfte die Teppiche aus. Isobel war immer noch nicht zurück. Er badete und rasierte sich, und sie war immer noch nicht nach Hause gekommen. Er mußte unaufhörlich an diese Kohlen denken und diese unberechenbare Schar, mit der sie zusammen war. Zum Teufel, nach allem was er wußte, ließen sie sie vielleicht barfüßig drüber laufen und so tun, als sei sie irgendeine hawaiianische Vulkangöttin.

Er hatte gerade beschlossen, in den Wagen zu steigen und zurückzufahren, um sie abzuholen, als sie atemlos und mit geröteten Wangen auftauchte.

»Daddy?« rief sie von unten. »Daddy, wo bist du?«

»Isobel?«

Sie kam die Treppe hinaufgelaufen, immer zwei Stufen gleichzeitig und rannte um die Ecke in sein Schlafzimmer.

»Wo, in aller Welt, bist du so lange gewesen?«

»Oh, ich war bei den Jewetts, und Daddy, es ist so lustig mit ihnen!«

»Ist dir eigentlich klar, wieviel Uhr es ist?«

»Aber du wußtest doch, wo ich war.«

»Ja, aber ich habe nicht damit gerechnet, daß du so lange bleiben würdest.«

»Es ist noch nicht mal acht Uhr, und wir haben am Feuer gesessen. Mrs. Jewett hat eine Ausgabe von Longfellow geholt und uns die erste Strophe vom *Sang des Hiawatha* vorgelesen, dann haben wir abwechselnd jeder eine Strophe gelesen. Sie können sogar einige Strophen auswendig! Und sie können all die indianischen Worte richtig aussprechen. Kabibonokka und Mudjekeewis. Dann kam eine Eule und setzte sich auf den großen Baum in ihrem Garten; sie hat uns angesehen, als hörte sie ebenfalls zu. Und Mrs. Jewett hat sie gerufen, und sie hat den Kopf gedreht, bis sie nach hinten blickte! Und Mrs. Jewett wußte auch, was für eine Art Eule das war. Ein Uhu, aber er ist weggeflogen, ohne Mrs. Jewett zu antworten, und sein Flug war völlig lautlos. Morgen wollen wir die nächsten fünf Strophen lesen!«

Bei einem Mädchen, das alles, angefangen von der Schule bis hin zu Familienbesuchen, meistens langweilig fand, war solcher Überschwang wahrhaftig beeindruckend.

»Morgen.«

»Ja, gleich nach der Schule, und Rebecca möchte Kostüme machen und das Stück aufführen, aber ich habe ihr gesagt, das möchte ich lieber nicht. Ich bin keine gute Schauspielerin.«

»Woher willst du das wissen? Du hast es doch noch nie probiert.«

»Ich weiß es einfach. Außerdem möchte ich nicht, daß die Leute mich anstarren. Aber das Vorlesen finde ich wunderbar.«

Sie dachte immer, die Leute würden ihre Ohren anstarren, aber da er nicht wußte, wie er sie deswegen trösten sollte, fragte er nur: »Wie war der Hummer?«

»Sah scheußlich aus, war aber ziemlich lecker. Mrs. Jewett hat Butter geschmolzen und Reiskuchen gebraten, und wir haben am Feuer gesessen und sie mit den Fingern gegessen.«

»So siehst du auch aus. Dein Kleid ist schmutzig. Am besten, du wäschst dich und läßt deine schmutzigen Sachen in der Küche auf dem Boden liegen. Ich bringe sie morgen zu Großmama.«

Eine Stunde später, als es in ihrem Zimmer still geworden war, klopfte er an die Tür. Sie saß im Schneidersitz auf dem Bett, in einem hellblauen Nachthemd, und schrieb. Er ging hinein, setzte sich ans Fußende des Bettes und stützte sich mit einer Hand ab.

»Was ist das?« fragte er.

»Ein Gedicht.«

»Du schreibst eins?« Sie legte das Blatt mit der Schrift nach unten auf ihren Schoß und sah ihn verlegen an. »Ich dachte, du hättest nichts übrig für Dichtung.«

»Das war doch in der Schule.«

»Und zu Hause ist es was anderes?«

»In *ihrem* Haus ist es etwas anderes. In ihrem Haus ist alles anders.«

»Isobel«, sagte er sanft, »ich weiß, du hattest heute einen schönen Tag bei den Jewetts, aber sie sind ganz anders als du. Ihre Mutter läßt sie ziemlich wild herumlaufen, und ich möchte nicht, daß du dir das auch angewöhnst. Du kannst nicht einfach erst im Dunkeln nach Hause kommen und nach der Schule verschwinden, ohne dich umzuziehen, und dein Essen an einem Lagerfeuer einnehmen wie ein wilder Indianer.«

»Aber Daddy, die Indianer sind nicht wild! Hast du *Hiawatha* gelesen?«

»Nein, hab ich nicht, Isobel, aber darum geht es nicht...«

»Also, du solltest es mal lesen, dann würdest du es verstehen. Da steht drin, wie sehr sie die Erde lieben und den Himmel und alles um sie herum. Und ich hatte heute so viel Spaß mit Rebecca und ihren Schwestern. Alle anderen Leute in der Stadt sind doch totlangweilig!«

»Isobel, ihre Mutter ist geschieden.«

»Mit ihrer Mutter hat man mehr Spaß als mit jeder anderen Mutter, die ich jemals kennengelernt habe! Außerdem, was hat das damit zu tun, daß ich mich mit ihnen anfreunde?«

»Es geht mir darum, daß diese Frau ihre Töchter tun läßt, was immer ihnen gefällt. Wenn du mit ihnen zusammen bist, handelst du dir nur schlechte Angewohnheiten und einen schlechten Ruf ein.«

Sie sah ihn verblüfft an. »Also Vater, ich kann nur staunen über dich. Sie sind erst seit zwei Tagen in der Stadt, und du verbreitest schon Gerüchte über sie?«

»Ich verbreite keine Gerüchte.«

»Doch, das tust du. Und Mutter sagte immer, *erst ansehen, dann urteilen* – hast du das nicht auch immer gesagt?«

»Isobel, ich bitte dich lediglich, an die guten Manieren zu denken, die man dir von klein auf beigebracht hat und an die Regeln, die wir in diesem Haus befolgt haben.«

»Das werde ich tun, Vater.«

Zweimal hatte sie ihn *Vater* genannt, was er als Tadel auffaßte.

»Darf ich dann morgen wieder zu ihnen gehen?«

Es gab keinen logischen Grund, ihr diese Bitte abzuschlagen. »Wenn du dich zuerst umziehst und dich, solange du dort bist, wie eine Dame benimmst.«

»Mach ich.«

»Und du wirst zum Abendessen nach Hause kommen.«

»Mach ich.«

Als er aufstand und Gute Nacht sagte, blickte Isobel zu ihm auf und versuchte, sich daran zu erinnern, ob er sie jemals in den Arm genommen hatte, wie Mrs. Jewett ihre Mädchen in den Arm nahm. Sie hatte sie umarmt, als sie aus der Schule gekommen waren, und noch mehrmals während dieses unglaublichen Abends. Sie hatte es ohne jeden Grund getan, manchmal nur, weil sie im Garten an ihnen vorbeigekommen war. Einmal, als Lydia gerade etwas vorlas, streckte Mrs. Jewett die Hand aus, um ihr über den Kopf zu streicheln, und Lydia hatte weitergelesen, als hätte sie es nicht einmal bemerkt. *Ich würde es bemerken, wenn mein Vater mir jemals über den Kopf streichelte,* dachte Isobel. *Oder mich vorm Schlafengehen umarmte oder mich zum Abschied umarmte, bevor ich zur Schule gehe.*

Plötzlich verspürte Isobel, als sie sich die Decke bis zum Kinn hochzog, einen scharfen Schmerz der Einsamkeit, den sie, wann immer er sie übermannte, sorgsam vor ihrem Vater verbarg. Das Bild ihrer Mutter verblaßte. Früher konnte sie sich so deutlich an ihr Gesicht erinnern, aber jetzt brauchte sie dazu das Foto, das Daddy auf der Kommode in seinem Schlafzimmer stehen hatte.

»Mutter«, flüsterte sie in der Dunkelheit, »Mutter.«

Manchmal flüsterte sie es so vor sich hin, weil sie niemals die Chance hatte, es laut auszusprechen, so wie andere Kinder es taten.

6

Es gibt keinen richtigen Frühling in Maine. Das hatte Roberta ihr Leben lang gehört, und der nächste Morgen bewies es. Das gesunde Wetter des Vortages gehörte bereits wieder der Vergangenheit an, und der Himmel hatte sich zu einem dumpfen, wollenen Grau verdüstert. Die Wolken drückten sich, schwer von Nebel, auf Meereshöhe herum und überzogen alles, was sich durch sie hindurchbewegte, mit Feuchtigkeit.

Einschließlich Roberta.

Sobald die Mädchen zur Schule aufgebrochen waren, machte sie sich auf den Weg zum Automobilhaus Boynton. Sie trug eine kurze Wolljacke, die sie sich bis zum Hals zugeknöpft hatte, und ihren Regenschirm unterm Arm. Gabriel Farley war noch nicht da, als sie die Haustür öffnete. Sie rutschte die schlüpfrige Laufplanke hinunter. Von dem Feuer war nur noch ein klumpiger, schwarzer Fleck geblieben. Er verströmte einen beißenden Geruch, aber die angenehmen Erinnerungen an den vergangenen Abend beschwingten ihren Schritt. Für Roberta gab es kaum etwas Schöneres, als mit ihren Mädchen herumzualbern, und Isobel Farley war eine fröhliche Bereicherung gewesen – ein wenig schüchtern zwar, aber eine eifrige Schülerin.

Alles wies darauf hin, daß sie Isobel nun häufig bei sich zu Hause zu Gast haben würden. Wenn das bedeutete, daß sie auch Isobels Vater gelegentlich über den Weg lief, würde Roberta einfach grinsen und es ertragen müssen.

Sie verbannte ihn aus ihren Gedanken und trippelte in Schuhen, die mit jedem Schritt feuchter wurden, die Washington Street hinunter. Am nördlichen Ende der Maine Street blieb sie unter einem Schild stehen, das sie am Tag ihrer Ankunft nicht hatte lesen können. Unter ihren Namen anoncierten die Boyntons VERKAUFSAGENTUR FÜR HOCHWERTIGE AUTOMOBILE. UNTERSTELLUNG UND PFLEGE VON AUTOMOBILEN.

In dem Gebäude roch es nach Gummi, aber es war herrlich trocken. Die Boyntons waren an die Elektrizität angeschlossen, und die Deckenlichter überstrahlten das trübe Tageslicht. Roberta ließ ihren Regenschirm in einem Ständer neben der Tür stehen und trat sich die Füße auf der Roßhaarmatte ab.

»Guten Morgen. Kann ich Ihnen helfen?«

Sie blickte auf und schaute in das bebrillte Gesicht eines

untersetzten Mannes von gut vierzig Jahren. Er trug einen Schnurrbart und einen Nadelstreifenanzug.

»Das hoffe ich. Ich würde gern ein Automobil kaufen.«

Mit dieser Antwort hatte er offensichtlich nicht gerechnet. Es dauerte einen Augenblick, bis er die Hände flach zusammenlegte, sie zweimal aneinanderrieb und erwiderte: »Gewiß, Madame. Hamlin Young, zu Ihren Diensten. Und wer sind Sie?«

»Roberta Jewett.«

»Mrs. Jewett, bitte hier entlang.« Als er sich anschickte, ihr voranzugehen, warf er einen Blick zur Tür. »Ist Ihr Gatte mit Ihnen gekommen?«

»Ich habe keinen Mann. Der Wagen ist für mich.«

Er blieb neben einem schwarzen Oldsmobile stehen und zog die Brauen hoch. »Jewett ... Jewett ... Sie sind nicht zufällig die Schwägerin von Elfred Spear, oder?«

»Doch, die bin ich. Graces Schwester.«

»Ah ...«, gurrte er und reckte das Kinn in die Höhe. »Jemand hat mir erzählt, daß Sie nach Camden ziehen würden.«

Dieser Jemand war zweifellos Elfred gewesen. Er mußte zufällig auch erwähnt haben, daß Roberta geschieden war, so wie Hamlin Youngs Augen spekulierend zu glitzern begannen. Sie hatte diese Reaktion oft genug erlebt, um vorhersehen zu können, was als nächstes geschehen würde: er würde sich die Freiheit nehmen, sie irgendwo zu berühren.

»Ich bin hier aufgewachsen«, erklärte sie.

»Ja, natürlich. Also, mit wem waren Sie noch mal verheiratet?«

»Sie kennen ihn nicht. Das Automobil, Mr. Young«, erinnerte sie ihn.

»Ja, natürlich.« Da kam es: er berührte mit den Fingerspitzen ihren Ellbogen. »Sind Sie schon einmal in einem mitgefahren?«

»Ja, ein paarmal.«

»Haben Sie selber mal eins gefahren?«

»Nur einmal.«

»Sie sind also schon selber gefahren! Nun, wirklich erstaunlich. Ich muß zugeben, ich habe noch keinen Wagen an eine Frau verkauft. Soweit ich weiß, hat keine Frau in Camden je einen gefahren.«

»Dann werde ich die erste sein. Ich habe ein paar Fragen an Sie, Mr. Young, bezüglich der Kosten und der Wartung.«

»Darüber können wir später reden. Lassen Sie sich zuerst zeigen, was wir da haben.«

Als er ihr das Oldsmobile Runabout zeigte, berührte er sie wieder, und dann noch einmal, als er sie zu einem Overland Tourenwagen führte. Als sie schließlich zu einem gewöhnlichen Ford Model T kamen, trat sie geschickt zur Seite und sorgte dafür, daß reichlich Platz zwischen ihnen war.

»Wieviel soll dieser Wagen kosten?«

»Dreihundertsechzig Dollar; er ist brandneu und verfügt über ein Planetengetriebe.«

Nur dreihundertsechzig. Elfred hatte gesagt, sechshundert für einen Roadster.

»Wird dieser Wagen gestartet und bedient wie ein C-Gab Truck?«

»Ein C-Cab Truck?« Er sah sie noch eine Spur schärfer an. »Warum fragen Sie ... Ja, das stimmt. Haben Sie einen C-Cab Truck gefahren, Mrs. Jewett?«

Sofort erkannte sie ihren Fehler. »Hm ... Ja ... Ja, so ist es, und ich bin ganz gut zurechtgekommen, muß ich sagen. Wenn ich diesen Wagen brauche und er mal repariert werden müßte, würden Sie das hier erledigen?«

»Ja, Mam. Uns gehört die Tankstelle Camden direkt nebenan, und im hinteren Teil davon betreiben wir mit einer Reihe tüchtiger Mechaniker unsere eigene Reparaturwerkstatt. Oben im zweiten Stock lagern wir Ersatzteile jeder Art, und da gibt es auch einen hübschen Warteraum für unsere Kunden. Wir haben sogar einen Telefonanschluß da oben. Haben Sie etwas dagegen, wenn ich frage, wessen G-Cab Truck Sie gefahren haben?«

»Ja, ich habe etwas dagegen, Mr. Yong. Was hat das mit meinem Erwerb dieses Automobils zu tun?«

»Nun, ich habe mich nur gefragt, ob es zufällig Gabe Farleys Wagen gewesen sein könnte.«

Verärgert erwiderte sie: »Ja, der war es!«

»Nun, das ist gut, denn Gabe hat ihn hier gekauft. Er wird sich für unsere Arbeit verbürgen. Gabe kennt jeden Mann hier.«

Das glaubte sie ihm unbesehen. Sie war auch davon überzeugt, daß jeder Mann hier erfahren würde, daß sie mit ihm in seinem Wagen ausgefahren war.

»Gabe ist ein guter Mann. Also hat er Ihnen eine kleine Fahrstunde gegeben, ja?«

»Eine sehr kleine, aber genug für mich, um herauszufinden, daß ich fahren *kann.*«

»Oh, daran zweifle ich nicht, aber ich würde meine Arbeit nicht ordentlich tun, wenn ich Sie nicht über einige der anderen Dinge aufklären würde, über die Sie Bescheid wissen müssen, wenn Sie selbst fahren wollen. Hat Gabe erwähnt, daß Sie Reifen flicken müssen?«

»Reifen flicken?«

»Sie müssen Flickwerkzeug bei sich haben, was wir oben verkaufen. Aber ich bin mir nicht sicher, ob Sie eine so schmutzige Arbeit verrichten würden wollen.«

»Was sonst noch?«

»Wenn der Reifen nicht geflickt werden kann, müssen Sie ihn auswechseln, und zwar direkt am Wagen, und ehrlich, Mrs. Jewett, ich glaube nicht, daß eine Frau das könnte. Dazu braucht man schon etwas Kraft. Ich lüge nicht, es ist sogar für einen Mann eine harte Sache.«

»Wie oft kommt so etwas vor?«

»Hängt von den Straßen ab, die Sie befahren. Ein paar Straßen hier oben in den Bergen sind ziemlich schlecht. Felsen, Unterspülungen, alles mögliche.«

»Aber ich könnte sie flicken?«

»Könnten Sie. Mit ein wenig Übung.«

»Noch etwas?«

Sofort bedauerte Roberta, daß sie danach gefragt hatte. Sie wurde darüber informiert, daß der Vergaser häufig nachgestellt, die Treibriemen gespannt und der Keilriemen ersetzt werden mußte.

»Aber ich dachte, Sie würden die Reperaturen erledigen.«

»Das sind alles Dinge, die Ihnen unterwegs passieren können.«

»Oh«, sagte sie und verriet zum ersten Mal eine Spur von Unbehagen.

»Verstehen Sie mich nicht falsch, Mrs. Jewett – ich verkaufe diese Biester, und ich sollte sie nicht schlecht machen. Es sind gute Maschinen, und wenn sie neu sind, auch ziemlich verläßlich, aber es käme mir nicht richtig vor, einer Frau ohne einen Ehemann einen Wagen zu verkaufen, solange sie nicht weiß, was sie sich da auflädt. Auf lange Sicht würden Sie sich wahrscheinlich wünschen, Sie hätten ein Pferd.«

»Ich kann kein Pferd unterbringen.«

»Hm ...« Er hob etwas lahm die Hand und ließ sie dann wieder sinken. Nach einer Weile sagte er: »Haben Sie was dagegen, wenn ich Sie frage, wozu Sie ein Automobil brauchen?«

»Ich bin Bezirksschwester, angestellt vom Staat Maine. Ich werde viel herumfahren müssen.«

»Oh, ich verstehe.« Er sah, daß sie enttäuscht war und berührte sie wieder, diesmal an der Schulter, und diesmal verweilte seine Hand ein wenig länger dort. »Ich werde Ihnen mit Freuden zeigen, wie all die notwendigen Arbeiten ausgeführt werden, falls Sie sich entschließen, einen Wagen zu kaufen.«

Seine Vermessenheit riß sie aus ihrer Niedergeschlagenheit und ließ sie zur Seite springen, um sich seiner Berührung zu entziehen. »Wenn ein Mann es schaffen kann, schaffe ich es auch. Und wenn es zu schwierig ist, hole ich mir Hilfe. Ich komme wieder, Mr. Young.«

Als nächstes ging sie zur Camdener Bank. Mr. Tunstill, der Vizepräsident, hob seine hochmütigen Augenbrauen, musterte unverhohlen ihre abgelaufenen Schuhe und die fadenscheinige Jacke und informierte sie, daß seine Bank keine Hundertfünfzig-Dollar-Darlehen für Frauen vergäbe. Und schon gar nicht für Frauen, die keine Männer hatten, die sie unterstützten. Eine Bezirksschwester? Er war nicht beeindruckt, und er konnte ihr auch nicht helfen. Er schlug ihr vor, sich einen Mann mit einem Automobil zu suchen und ihn zu heiraten, wenn sie einen Wagen steuern wollte.

»Guten Tag, Mrs. Jewett.«

Nach weniger als zehn Minuten stand sie wieder draußen im Nieselregen und war so wütend, daß sie nicht einmal bemerkte, daß die Strümpfe in ihren Schuhen völlig durchnäßt waren.

Als sie wieder bei Boyntons war, fragte sie Mr. Young, welche Arrangements sich treffen ließen, wenn sie nicht genug Bargeld hatte. Es tue ihm leid, sagte er, aber ohne ein Bankdarlehen seien ihm die Hände gebunden. Ob er irgendwelche gebrauchten Automobile habe? Nein, aber er habe einige Wagen, die er vermietete. Aber ein Mietwagen war, wie sich schnell herausstellte, in jeder Hinsicht ein schlechtes Geschäft. Daher stand sie kurz darauf wieder unter ihrem Regenschirm auf der Straße. Um sich zu beruhigen, ging sie zum Postamt und traf Vorkehrungen für die Auslieferung ihrer Post. Dann ging sie weiter zu Gold's Restaurant und verpraßte Geld mit einer Tasse Kaffee, die sie sich zweimal kostenlos nachfüllen ließ. Die Kellnerin fragte sie rundheraus, wer sie sei, und als Roberta ihren Namen nannte, starrten drei Frauen sie an und flüsterten, als wüchsen ihr Schlangen, wo eigentlich ihre Haare hätten sein sollen. Zwei alte Käuze an der Theke reckten die Hälse und gafften sie über ihre knochigen Schultern hinweg an.

Als sie das Restaurant verließ, wünschte sie sich wirklich, sie *hätte* ein paar Schlangen und könnte sie auf dem Weg zur Tür zischen und spucken lassen.

Ihr blieb nur noch eine Möglichkeit, und so verabscheuenswert er war, sie würde es bei ihm versuchen.

Der Stadtlüstling Elfred.

Seine Immobiliengesellschaft war im Masonic Temple Block untergebracht, in einem der neuen Ziegelsteingebäude mit steinernen Bögen über den Fenstern. Vier Angestellte arbeiteten im Büro, als sie hineinkam und nach ihrem Schwager fragte. Er erspähte sie durch sein mit Glaswänden abgeteiltes Büro und hätte sich fast das Knie aufgeschlagen, als er vom Stuhl aufsprang.

»Birdy!« Er kam mit ausgestreckten Armen auf sie zu. »Was für eine unerwartete Überraschung! Georgie, das ist meine Schwägerin, Birdy Jewett.« Sie wurde allen vorgestellt und, umschlungen von Elfreds besitzergreifendem Arm und verfolgt von den neugierigen Blicken der anderen, hineingeführt. Er ließ sie auf einem Eichenstuhl neben seinem Rollpult Platz nehmen und wandte sich auf seinem eigenen Drehstuhl zu ihr um, wobei er so dicht an sie heranrollte, daß ihrer beider Knie sich fast berührten. »Was führt dich hierher, Birdy?« Seine Augen glitzerten bösartig. »Hast du deine Meinung bezüglich meines gestrigen Vorschlags geändert?«

»Hör damit auf, Elfred!«

Er grinste und lehnte sich behaglich zurück, dann legte er seine Beine übereinander und streckte einen Fuß aus, so daß er sich in die Stoffbahnen ihres Rockes verirrte. »Ich habe Farley gesagt, ich würde für ihn das Feld räumen, aber es sieht so aus, als hätte ich da voreilige Versprechungen gemacht, denn jetzt bist du hier, und ich freue mich mächtig, dich zu sehen.«

Sie stand kurz auf und rückte ihren Stuhl gute fünfzehn Zentimeter zurück. Er rollte daraufhin seinen vor und stellte seinen Fuß an dieselbe Stelle wie zuvor.

»Deine Angestellten beobachten uns«, erinnerte sie ihn.

»Alles, was sie sehen können, sind unsere Köpfe und Schultern. Was willst du?«

»Ein Darlehen.«

»Oooh, ein Darlehen«, sagte er mit monotoner Stimme und zog dabei vielsagend die Augenbrauen hoch.

»Über hundertfünfzig Dollar.«

»Für diesen Wagen, den du kaufen willst?«

»Genau.«

»Welche Sicherheit bietest du?«

»Nichts. Ich unterzeichne einen Schuldschein.«

»Hm, das reicht nicht. Da mußt du dir schon was besseres ausdenken, Birdy.« Er ließ seinen schwarzen Schuh ihr Schienbein auf- und abwandern. Sie rammte ihm den Absatz gegen die Kniescheibe und stieß ihn mitsamt seinem Stuhl zurück. Er keuchte auf und sah sie mit offenem Mund an.

»Nein, *du* mußt dir was besseres ausdenken, Elfred, es sei denn, du willst, daß ich Grace erzähle, daß du bereits versucht hast, mit mir zu schlafen, als ich noch keine vierundzwanzig Stunden hier in der Stadt war.«

Er hielt sich das Knie und sagte mit bemerkenswerter Freundlichkeit: »Versuch nicht, mich auszutricksen, Birdy, denn darauf verstehe ich mich weit besser als du.«

»Du glaubst nicht, daß ich es ihr sagen würde?« Sie senkte den Kopf und sah ihn so lange an, bis er den Blick abwandte. Und wieder wünschte sie, sie hätte ein paar Schlangen zur Hand. »Stell mich auf die Probe.«

Langsam begriff Elfred, was ihre Drohung zu bedeuten hatte, und er verlor ein wenig von seiner Großspurigkeit. »Das ist Erpressung, Birdy, und das weißt du auch.«

»Ja, und ich finde es herrlich. Wenn du mich deswegen vor Gericht stellen willst, nur zu. Du mußt natürlich abwägen, ob es das Risiko wert ist, den Respekt deiner Frau und deiner drei Kinder zu verlieren, denn ich *werde* es Grace sagen, mach dir da nichts vor. Ich bin im Augenblick ohnehin nicht gut auf sie zu sprechen. Sie muß in der ganzen Stadt über meine Scheidung getratscht haben, denn die Frauen sehen mich mit scheelen Blicken an, und die Männer posieren wie griechische Statuen, sobald sie meinen Namen hören. Und, offen gesagt, Elfred, du widerst mich an. Also stell mich nicht auf die Probe! Ich brauche hundertfünfzig Dollar, und ich kann einen Schuldschein unterzeichnen. Wir können die Sache in aller Höflichkeit erledigen, oder ich sorge dafür, daß dir dein häusliches Leben ernsthaft vergällt wird. Also, wofür entscheidest du dich?«

Elfreds blasierte Mine war säuerlich geworden. »Du hast ganz schön Nerven, Birdy, weißt du das?«

»Exakt. Hundertfünfzig bitte, Elfred, und mach schnell, bevor ich mich entschließe, es Grace trotzdem zu erzählen.«

Er rollte seinen Stuhl zu einem schwarzen Safe hinüber und machte sich am Schloß zu schaffen. Sie beobachtete seine Schultern, und als er sich umdrehte, sah sie das Bündel Scheine in seinen Händen.

»Ich wiederhole es, Birdy, das ist Erpressung.« Er reichte ihr die Geldscheine.

Sie stopfte sie in ihre Jackentasche und erhob sich. »Bereite den Schuldschein vor, und ich werde ihn unterzeichnen. Ich kann dir nicht mehr als fünf Dollar zurückzahlen, aber die bekommst du pünktlich, lieber Schwager. Ich bin dir sehr zu Dank verpflichtet.«

Als sie ging, sah er ihr mit einem verdrossenen Ausdruck auf seinem hübschen Gesicht nach.

Als sie wieder nach Hause kam, lag in ihrem Garten ein Stapel Holz, und Gabe Farley nagelte gerade einen brandneuen Verandaboden fest. Sein Bruder half ihm. Sie trugen beide Gummistiefel und Regenmäntel, und keiner von ihnen sah oder hörte sie kommen, bis sie sie fast erreicht hatte und im Garten neben dem duftenden Holzboden stehen blieb.

»Oh, Mrs. Jewett!« Gabe hockte sich auf seine Fersen. »Hallo.«

Sie machte sich nicht die Mühe, ihn höflich zu begrüßen. Elfred überließ ihm also das Feld, ja? Sie fragte sich, wessen Idee das gewesen war, und brachte es einfach nicht über sich, seinen Gruß zu erwidern.

»Ich hatte nicht damit gerechnet, daß Sie bei Regen arbeiten würden.«

»Wenn man in Maine auf einen sonnigen Tag wartet, wird man mit der Arbeit nie fertig. Das ist mein Bruder, Seth. Das ist Mrs. Jewett.«

Sie tauschten einen knappen Gruß – ihrer kühl, seiner neugierig –, dann sagte sie zu Gabriel: »Die Laufplanke ist weg.«

»Tut mir leid, Sie werden wohl ums Haus rumgehen müssen.«

Sie marschierte in dieser Richtung los, aber seine Stimme brachte sie zum Stehen. »Danke, daß sie Isobel gestern abend erlaubt haben, hierzubleiben. Als sie nach Haus kam, konnte sie gar nicht genug davon erzählen.«

»Gern geschehen.« Sie wandte sich wieder ab.

»Sie mag Ihre Mädchen«, rief er hinter ihr her.

»Sie mögen sie auch«, gab sie zurück, ohne ihren Schritt zu verlangsamen oder sich noch einmal umzudrehen, bevor sie auf der anderen Seite des Hauses verschwand.

Seth sah ihr nach und meinte: »Sie mag dich wohl nicht besonders, wie?«

»Nein, nicht besonders.«

»Aber Isobel ist gestern abend hiergeblieben?«

»Nur zum Essen. Sie haben über dem Feuer Hummer gekocht und *Hiawatha* gelesen.«

»Tatsächlich.« Es war eine Bemerkung, keine Frage. Seth sah zu, wie Gabe einen Zimmermannsstift hervorholte, ein Brett markierte und nach der Säge griff.

»Aber ich möchte nicht, daß sie allzuviel Zeit hier verbringt«, sagte Gabe. »Ich habe den Eindruck, daß ihre Mädchen ziemlich wild sind.«

»Was wir beide, du und ich, natürlich nie waren.«

Gabe grinste Seth über seine Säge hinweg an.

Dann machten sie sich beide wieder an die Arbeit, aber jedesmal, wenn der Lärm für einen Augenblick verstummte, setzten sie ihre Unterhaltung fort. »Also, was läuft da zwischen dir und dieser Frau?« wollte Seth wissen.

»Nichts.«

»Warum rennt sie dann wie von der Tarantel gestochen an dir vorbei?«

»Ich bin gestern in eine kleine Szene zwischen ihr und Elfred hineingeplatzt. Ich glaube, das ist ihr peinlich.«

»Was haben die beiden denn getan?«

»Nicht *die beiden. Elfred!* Er hat getan, was Elfred immer tut, nur daß sie nichts davon wissen wollte. Tatsache ist, sie hat ziemlich laut gekreischt, als ich meine Nase zur Tür reinsteckte.«

Seth kicherte. Dann wurde er wieder nüchtern. »Was glaubst du, wie seine Frau das aufnehmen wird?«

»Ehefrauen sind für gewöhnlich die letzten, die so was mitkriegen.«

Nach einigem Nachdenken bemerkte Seth: »Heiliger Himmel, es bei seiner eigenen Schwägerin zu probieren! Dieser Elfred ist wirklich ein Arschloch, weißt du das?«

»Jeder weiß es, aber wir haben alle oft darüber gelacht, nicht wahr?«

»Ich glaube schon.«

»Aber gestern fand ich es gar nicht mehr so komisch.«

»Also ist da *doch* etwas zwischen dir und dieser Frau.«

»Ich hab' dir doch gesagt, Seth ...«

»Ja ja, du hast es mir *gesagt.* Aber hier ist etwas Merkwürdiges im Gange. Unterschwellig.«

»Unterschwellig? Mein Junge, du bist verrückt. Wenn ich nach einer Frau suchte, würde ich mich nicht ausgerechnet für eine entscheiden, die sich so anzieht und so redet. Sie ist ungefähr so weit von Caroline entfernt wie die Sonne von der Erde.«

»Oh, du vergleichst sie also mit Caroline?«

»Nein, ich vergleiche sie nicht mit *Caroline.* Hör mal, würdest du die Sache bitte vergessen, ja? Es gibt Tage, da wünschte ich, ich würde alleine arbeiten!«

Als Gabe sich wieder an seine Arbeit begab, hämmerte er drauf los wie der Kolben eines Motors.

Um vier Uhr kamen die Mädchen aus der Schule zurück, und Isobel war bei ihnen.

»Hallo Daddy! Hallo, Onkel Seth!« Der Verandaboden war fertig, und das Dach machte gute Fortschritte. Alle vier Mädchen stürmten gleichzeitig auf ihn ein: »Toll! Ein neuer

Verandaboden! Hallo, Mr. Farley! Sieh dir das doch mal an! Das wird unsere Bühne!« Sie kletterten auf die frischen Bretter und trampelten überall herum, bis das Holz ganz naß und schmutzig war. Sie erprobten das Geräusch ihrer Absätze und taten so, als rutschten oder tanzten sie. Rebecca breitete die Arme aus wie ein Donnervogel und rezitierte zum Vorgarten gewandt.

»Wie die Bogenschnur zum Bogen,
So gehört das Weib zum Manne;
Ob sie ihn auch biegt, sie dient ihm,
Ob sie ihn auch spannt, doch folgt sie;
Keines nutzt, fehlt ihm das andere!
So sprach bei sich selbst der junge
Hiawatha, sinnend, grübelnd,
da-da-da, das hier vergaß ich,
[hier lachten die anderen]
träumend stets von Minnehaha ...«

Die anderen applaudierten lautstark, und Rebecca machte eine tiefe, steife Verbeugung. Dann schnellte sie wieder in die Höhe und sagte: »Los, holen wir uns was zu essen!« Woraufhin alle vier Mädchen ins Haus trampelten und die Tür weit offen stehen ließen.

Gabe und Seth – der eine auf dem Dach, der eine auf einer Leiter – tauschten vielsagende Blicke. Gabe zuckte mit den Schultern. »Siehst du jetzt, was ich meine?«

Seth sagte: »So glücklich habe ich Isobel seit langer Zeit nicht mehr gesehen.«

Im Haus ertönte das Piano, und man hörte die Mädchen miteinander reden, während sie durchs Haus rannten, in die Küche und die Treppe hinauf. Manchmal war es ein Kreischen, dann wieder ein Kichern, manchmal ein dumpfes Dröhnen. Dann hörten sie Robertas Stimme rufen: »He! Kommt runter und erzählt mir, wie's in der Schule war!«

Nach einer Weile kamen sie alle wieder hinausmarschiert. Sie trugen immer noch ihre Schuluniformen und aßen kalte Reiskuchen. »Daddy, ich nehm' die Mädchen mit zu uns rüber, um ihnen unser Haus zu zeigen!« rief Isobel.

Er hörte auf zu hämmern und spähte über den Rand des Dachs. Was sollte er dazu sagen? Seine Tochter war gestern hier zu Gast gewesen. Er konnte kaum zugeben, daß er nicht wollte, daß sie durch sein Haus trampelten. »Aber zieh dich gleich um! Und bringt mir das Haus nicht durcheinander!«

»Keine Sorge, machen wir nicht!«

Und schon galoppierten sie durch den Nebel davon.

Gabe sah ihnen vom Dach aus nach. Roberta tat, die Hände in die Taille gestützt, von der Haustür aus dasgleiche.

Als die drei Jewett-Mädchen Isobels Küche sahen, blieben sie wie angewurzelt stehen. »Donnerwetter, hier ist es aber sauber«, sagten sie ehrfürchtig.

»Wir halten das Haus nur genauso sauber, wie Mutter es tat. Mein Vater will, daß sich nichts verändert, außer daß wir jetzt Elektrizität haben.«

»Wie lange ist sie tot?«

»Sieben Jahre.«

»Wie ist sie gestorben?«

»Unser Pferd hat sie getreten.«

»O wie schrecklich.«

»Wißt ihr, was mein Dad dann getan hat?«

Die Jewetts lauschten atemlos.

»Er hat das Pferd erschossen. Danach habe ich ihn weinen sehen. Ich war nur sieben Jahre alt, aber ich erinnere mich noch klar und deutlich daran.«

»Meine Güte«, sagte eines der Mädchen atemlos.

»Und seitdem erlaubt er niemandem, irgend etwas hier in unserem Haus zu verändern. Er sagt, es soll genauso bleiben, wie sie es zurückgelassen hat. Ich verrate euch ein Geheimnis.«

»Was denn?«

»Ihre Kleider sind noch immer in ihrem Schrank.«

Es war Lydia – mit zehn Jahren besonders leicht zu beeindrucken –, die im Flüsterton fragte: »Dürfen wir sie sehen?«

»Nur wenn ihr versprecht, sie nicht anzurühren, denn er würde mich ausschimpfen, wenn er es herausfände. Er ist wirklich komisch mit ihren Sachen. Hm, kommt mit, aber vergeßt es ja nicht – faßt nichts an. Ihr dürft es euch nur ansehen, okay?«

Während sie auf Zehenspitzen durch den makellos sauberen Salon und eine schmale Treppenflucht hinaufgingen, flüsterte Susan: »Wer hält euer Haus so sauber?«

»Mein Dad und ich, und manchmal kommt meine Großmama rüber, um die Vorhänge zu waschen und so was. Hier ist ihr Zimmer.«

Direkt hinter der Schlafzimmertür blieben die Mädchen in respektvollem Schweigen stehen. Das Bett war ordentlich gemacht und mit einer weißen Tagesdecke überzogen. Es hatte geschnitzte Kopf- und Fußenden, die genau zu den anderen Möbelstücken im Zimmer paßten. Isobel trat an den Schrank, der auf der rechten Seite Schubladen und auf der linken eine hohe Tür hatte. Sie öffnete die Tür und sagte: »Seht ihr? Das war ihr Nachthemd, und das waren ihre Kleider.«

»Donnerwetter, kriegst du keine Gänsehaut, wenn du sie so anfaßt?«

»Natürlich nicht, du Dummkopf. Sie war meine Mutter.«

»Meine Güte, ich würde sie nicht anfassen, auch wenn ich dürfte.«

»Ich schon«, sagte Rebecca. »Das bernsteinfarbene da sieht

hübsch aus.« Es war nur ein bernsteinfarbener Ärmel zu sehen.

»Das hat sie immer sonntags in der Kirche angehabt.«

»Wir gehen nicht zur Kirche«, informierte Lydia Isobel.

»Nicht zur Kirche! Aber jeder geht doch zur Kirche!«

»Wir nicht. Mutter hat nichts dafür übrig.«

»Hm, dann seid ihr also Heiden?«

Lydia zuckte mit den Schultern – ein riesengroßes Schulterzucken – und hob die Hände. »Weiß ich nicht.«

»Nein, wir sind keine Heiden!« ereiferte sich Rebecca. »Lydia, sei nicht so dumm!«

Isobel schloß die Tür, als widerstrebe es ihr, die Gewänder ihrer Mutter weiter den Blicken der Gottlosen preiszugeben.

Susan erblickte ein Foto in einem ovalen Rahmen. »Ist sie das?«

»Ja. Daddy hat dieses Foto schon ewig hier stehen.«

»Hui, deine Mutter war aber schön.« Susan nahm das Foto auf und sah es an.

»Nichts anfassen, Susan, hast du das vergessen?«

»Oh ... tut mir leid.« Sie stellte das Foto wieder genau auf seinen Abdruck in der Leinendecke.

»Wir sollten wohl nicht allzulange hier drin bleiben, aber ich zeige euch noch mein Zimmer.«

Nach der Führung durch ihr Zimmer zog Isobel sich gehorsam um, bot dann Zimtkekse an, die den kalten, gummiartigen Reiskuchen, die es bei den Jewetts gegeben hatte, bei weitem vorzuziehen waren. »Meine Großmama sorgt dafür, daß die Keksdose immer voll ist, genau wie meine Mutter. Sie backt mir jede Sorte, die ich haben will.« Die vier Mädchen aßen sämtliche Zimtkekse auf und hinterließen, nachdem sie sich jede noch zwei Plätzchen für später genommen hatten, eine leere Dose.

Robertas Töchter brachten jedoch mehr als ein paar zusätzliche Kekse mit nach Hause. Sie waren zum Bersten voll mit der Geschichte der toten Frau, deren Kleider noch immer im Schrank ihres Mannes hingen.

»Mutter, rate mal.«

»Ich habe keine Ahnung. Was ist denn?«

Rebecca erklärte ihr alles. »Mr. Farleys Frau wurde von einem Pferd getreten und starb, woraufhin er das Pferd eigenhändig erschossen hat ...«

»Und es war sein eigenes Pferd!« warf Lydia ein.

»Und Isobel hat ihn hinterher weinen sehen! Ist das nicht romantisch?«

Ein Schaudern durchlief Roberta. Sie legte ihre Bügelarbeit beiseite und trat an den Küchentisch, wo sich alle Mädchen zusammengesetzt hatten und sich auf die Ellbogen gestützt vorbeugten. »Das ist nicht romantisch. Das ist tragisch.«

»Und hör dir das mal an! Er hält das Haus genauso, wie sie es hinterlassen hat, und er erlaubt niemandem, irgend etwas anzufassen, was sie berührt hat ...«

»Bis auf die Elektrizität«, rief Lydia dazwischen. »Er hat das Haus an die Elektrizität anschließen lassen.«

»Aber alles andere ist genauso, wie sie es hinterlassen hat, und sie ist seit *sieben Jahren* tot, und ihre Kleider hängen immer noch neben seinen im Schrank. Wir haben sie gesehen!«

»Und auf seiner Kommode steht ihr Bild ...«

»Sie war sehr schön. Sie hatte so ein weißes Kleid an mit einem hohen Kragen, und sie hatte sich das Haar in winzigen Löckchen aufgesteckt, genau wie Lillian Russell.«

Robertas Blick wanderte zu der Vorderveranda, wo Farley seit zwei Tagen arbeitete. Er war jetzt nach Hause gegangen, und es war wieder Stille eingekehrt. Sie mußte daran denken, daß er einen Schrein für seine schöne tote Frau in seinem Haus hatte, dieser Zimmermann, der sie so wütend machen konnte. Als sie ihre Aufmerksamkeit wieder auf die Mädchen richtete, war ihr Gesichtsausdruck weicher geworden. »Was für eine traurige Geschichte.«

»Isobel wollte uns nichts anfassen lassen, weil sie meinte, er würde es merken und dann mit ihr schimpfen. Ich glaube nicht, daß du je mit uns geschimpft hast, oder, Mutter?«

»Natürlich habe ich das. Ihr erinnert euch nur nicht daran.«

»Du solltest mal sehen, wie sauber ihr Haus ist. Und stell dir vor, er und Isobel machen das meiste davon selbst, aber ihre Großmama kommt jede Woche einmal rein und bringt ihnen Plätzchen. Mannomann, ich bin froh, daß *wir* nicht jede Woche saubermachen müssen!«

»Sie hat also eine Großmama. Nun, das ist gut.« Roberta hatte an Farley noch nie im Zusammenhang mit einer Mutter gedacht. Es konnte natürlich auch sein, daß es die Mutter der toten Frau war.

»Sie macht herrliche Zimtkekse. Wir haben sie alle aufgegessen«, enthüllte ihr Lydia.

»Alle?«

Lydia nickte und schob sich, auf die Ellbogen gestützt, fast bis in die Mitte des Tisches vor.

»Hm, das wird ihn aber nicht besonders freuen. Ich glaube nicht, daß er euch überhaupt da haben wollte.«

»Warum nicht?«

»Ihr habt mir gerade gesagt, warum nicht. Er ist es nicht gewöhnt, einen Stamm wilder Raufbolde im Haus rumlaufen zu haben wie ich. Und jetzt hört mir mal zu«, Robertas Miene heiterte sich auf, »ich muß euch etwas erzählen. Morgen bekommen wir unser neues Automobil.«

»Wirklich?«

»Genau. Einen Ford Model T.«

Die Fragen hagelten nur so auf Roberta hernieder, und

in der allgemeinen Freude sprach man nicht weiter über die Farleys.

Aber in seinem Haus auf der anderen Seite der Stadt, wo Gabe sein Abendessen beendete und in die Keksdose griff, stellte er fest, daß sie leer war, und fluchte leise.

7

Am nächsten Morgen waren die Mädchen bereits zur Schule gegangen, und Roberta war schon angekleidet, als sie die ersten Hammerschläge auf der Veranda hörte. Was war aus ihrer Feindseligkeit Gabriel Farley gegenüber geworden? Seit die Mädchen mit ihrer Geschichte über seine Frau nach Hause gekommen waren, schienen ihre negativen Gefühle sich in Luft aufgelöst zu haben wie die gestrigen Wolken am Himmel. Ständig tauchte er in ihren Gedanken auf, und jedesmal, wenn das passierte, sah sie ihn in der Tür stehen, wo er gestern zufällig aufgetaucht war und so Elfred von weiteren Zudringlichkeiten abgehalten hatte. Sie kannte jetzt zwei Seiten von Farley: eine betrachtete geschiedene Frauen als Freiwild; die andere rettete sie vor unerwünschten Aufmerksamkeiten. Eine fand, daß alle ehelichen Probleme ihre Ursache bei den Frauen hätten; die andere war ein Ehemann, der seine Frau noch sieben Jahre nach ihrem Tod in seinem häuslichen Schrein verehrte. Was für ein Mann war das, der einer solchen Hingebung fähig war?

Roberta gestand sich ein, daß er ihr Rätsel aufgab.

Seine Frau war schön, hatten die Mädchen gesagt, mit hoch aufgetürmtem Haar wie Lillian Russell. Ein schneller Blick in den Spiegel über dem Regenschirmständer bestätigte Roberta, daß sie keine Lillian Russel war.

Sie kehrte ihrem eigenen Spiegelbild den Rücken zu. *Was geht da in deinem Kopf vor, Roberta Jewett? Endlich bist du den einen Mann gut losgeworden, und das letzte, was du willst, ist ein anderer! Schon gar nicht Gabriel Farley, der gleich bei der ersten Begegnung mit dir hämisch gekichert hat!*

Nein, sie wollte Gabriel Farley nicht. Dieser Blick in den Spiegel war eine gedankenlose weibliche Reaktion gewesen, der sie nicht die geringste Bedeutung beimaß. Entschlossenen Schrittes trat sie durch ihre Hintertür und ging ums Haus. Sie hörte den rhythmischen Schlag zweier Hämmer, der mit einem schaurigen, glockenartigen Klang durch den nebligen Tag klirrte. *Din-dingg*... Din-dingg... Sie griff nach ihrem Regenschirm, umrundete die Vorderfront des Hauses und traf auf Farley, der ihr eine neue Treppe einbaute. Während sie ihn gestern mehr oder weniger vor den Kopf gestoßen hatte, blieb sie heute bei ihm stehen.

»Guten Morgen, Mr. Farley.«

Er richtete sich langsam auf, als hätte er zu viele Stunden seines Lebens in gebückter Haltung verbracht. »Morgen, Mrs. Jewett.« Schräg über seinem linken Ohr saß dieselbe karierte Mütze, die er aufgehabt hatte, als sie einander kennenlernten. Nebeltröpfchen von der Größe von Froschohren überzogen den Stoff.

Am anderen Ende der Veranda brachte sein Bruder das Geländer an. »Morgen, Mr. Farley«, sagte sie zu ihm.

»Ma'am«, erwiderte er, und da er sich an ihr brüskes Benehmen vom Vortag erinnerte, setzte er seine Arbeit fort, ohne aufzublicken. Roberta sah Gabriel an, und an die Stelle ihres Zorns trat nun das Wissen, daß er das Pferd erschossen hatte, das seine Frau vor sieben Jahren getötet hatte, und daß er immer noch ihre Kleider in seinem Schlafzimmer hängen hatte.

»Sie sind sicher froh, wenn Sie Ihre Treppe wiederhaben«, bemerkte er.

»Ja, das stimmt.«

»Ich werd' heute wohl damit fertig. Dann streiche ich die Veranda, sobald das Wetter das zuläßt. Ich möchte das unbehandelte Holz hier oben in dieser Waschküche nicht gern den Elementen aussetzen.«

»Nein, natürlich nicht. Ich habe gehört, daß meine Töchter gestern Ihre Keksdose leergegessen haben.«

Er senkte den Kopf und knurrte: »Tjaaa ...«

»Ich bin nicht sehr häuslich«, gab sie zu. »Wenn es irgendwo etwas Gutes zu essen gibt, vergessen sie manchmal ihre Manieren.«

»Meine Mutter wird die Dose schon wieder füllen.«

Warum sollte ein Mann die Kleidung seiner Frau aufheben? Nahm er die Sachen aus dem Schrank, um sie zu berühren? Das beunruhigende Bild, wie er zwischen seinen schwieligen Fingerspitzen ein Kleidungsstück rieb, machte ihn menschlicher, als Roberta ihn haben wollte. Sie verjagte ihre unberechenbaren Gedanken und sagte: »Hm, ich dachte, Sie würden es vielleicht gern wissen. Ich gehe jetzt zu den Boyntons, um mir ein Automobil zu kaufen.«

»Sie wollen also eins kaufen.«

»Ja, einen Ford Modell T.«

»Steht wohl fest, daß Sie wissen, wie man ihn fährt.«

Er wagte ein zurückhaltendes Grinsen.

»Auf jeden Fall, oder nicht?«

»Es wird ganz schön Gerede geben, wo Sie doch eine alleinstehende Dame sind.«

»Ja, da bin ich mir sicher.«

»Aber die Boyntons haben eine anständige Reparaturwerkstatt. Sie werden sich um Ihren Wagen kümmern.«

»Das hat Mr. Young auch gesagt, als ich gestern mit ihm

gesprochen habe. Ja, ich geh dann mal. Wir sehen uns später.« Sie hob die Stimme, um noch einmal an Seth das Wort zu richten. »Wir sehen uns später, Mr. Farley. Tut mir leid, daß das Wetter so scheußlich ist.«

Als sie weg war, bemerkte Seth trocken: »Oh, heute redet sie sogar mit dir.«

»Scheint eine launische Frau zu sein«, erwiderte Gabe. Dann machte auch er sich wieder an die Arbeit.

Als sie mit ihrem brandneuen Ford Model T vom Autohaus Boynton losfuhr, hatte sie eine Unzahl von Zubehörteilen bei sich, auf die Henry Ford voller Stolz seine Firmeninsignien geprägt hatte: einen Ersatzkeilriemen, Flickzeug für die Reifen, einen kleinen Werkzeugkasten, eine Staubhülle, um ihre Kleider zu schützen, und eine Brille, falls sie mit heruntergekurbeltem Dach fahren wollte. Das einzige, worauf Mr. Ford seinen Namen anscheinend nicht gesetzt hatte, war die Zehn-Pfund-Dose mit Karbid, die Hamlin Young ihr gab, nachdem er ihre Lampen gefüllt hatte ... wobei er natürlich reichlich Gelegenheit gefunden hatte, ihre Hand zu streicheln.

»Und kommen sie auf jeden Fall wieder her, damit ich Ihnen zeige, wie man den Vergaser richtig einstellt!« rief er hinter ihr her.

Du kannst mich auch, dachte sie. *Der Vergaser, den du richtig einstellen willst, ist meiner und so blöde bin ich nun auch wieder nicht!*

Sie kurvte die Hauptstraße hinunter, hüpfte auf ihrem neuen Glanzledersitz auf und ab, fühlte sich verwegen und frei und hatte trotz des Nieselregens die Seitenfenster hochgerollt. Ihr eigenes Automobil und ganz bezahlt! Und niemand, der ihr sagen konnte, wohin sie damit fahren durfte! Sie hielt vor der Eisenwarenhandlung Goose und trug ihren neuen Benzinkanister hinein, ließ ihn sich füllen und befestigte den Holzstöpsel eigenhändig und mit einem fröhlichen Klaps wieder an seinem Platz. Der Kanister war schwer, wie Elfred es vorhergesagt hatte, aber Mr. Goose ließ es sich nicht nehmen, ihn für sie hinauszutragen. Dann fuhr sie wieder los und grinste in die erstaunten Gesichter der Männer, die sie zurückließ. Der Nebel hatte sich immer noch nicht gehoben und verschlechterte die Sicht durch die längs zweigeteilte Windschutzscheibe. Aber sie spähte aufmerksam hindurch, um sich jeden Fahrer anzusehen, dem sie begegnete, und sie fühlte sich sehr überlegen, als sie feststellte, daß keine einzige Frau darunter war.

Ein solcher Triumph verlangte nach Gesellschaft, daher fuhr sie vor Graces Haus vor und ließ gleich mehrfach ihre Hupe schrillen. Grace steckte den Kopf zur Haustür hinaus, hob eine Hand an die Wange und jammerte: »O barmherziger Himmel, was wird sie als nächstes anstellen!«

»Grace, komm raus, dann drehen wir eine Runde zusammen!«

»Bist du verrückt, Roberta?«

»Aber überhaupt nicht! Komm, wir zeigen Mutter den Wagen!«

»Mutter wird außer sich vor Zorn sein!«

»Mutter ist immer außer sich vor Zorn. Komm trotzdem mit!«

Vom anderen Ende des Gehwegs konnte sie sehen, daß Grace zauderte. »Allein, ohne einen Mann?«

»Ach Grace, man braucht doch nicht für *alles* einen Mann!«

Graces Blick wanderte die Straße hinunter und dann wieder zurück zu dem Wagen. »Ach herrje, Elfred wird sicher außer sich sein! Wir fahren doch nicht weit, oder?«

»Nein, nein.« Nur zum Spaß fügte Roberta hinzu: »Höchstens bis nach Portland!«

»O Birdy.« Grace machte eine abwehrende Geste, konnte diesem unschuldigen kleinen Schwindel zu guter Letzt aber doch nicht widerstehen. In ihrer Kindheit war es immer Birdy gewesen, die sie in Schwierigkeiten gebracht hatte, und als sie kurz noch einmal ins Haus ging, um ihren Mantel zu holen, wurde Grace klar, daß sie sich wieder einmal auf etwas Derartiges einließ. Ihre Mutter wohnte auf der Elm Street, einer der hübschesten Durchgangsstraßen der Stadt, in einem soliden zweistöckigen Haus mit Kolonialfassade und mit wedgwoodblauen Türen und Fensterläden. Während der wenigen kurzen Häuserblocks bis zu ihrem Ziel verfielen die Schwestern in ausgelassenes Kichern, ließen die Messingglocke neben der Hupe erklingen, kamen sich mutig und weltgewandt vor in diesem Männerapparat. Allen anderen Autofahrern, an denen sie vorbeikamen, stand der Mund vor Staunen offen.

Grace ging an die Tür. »Sieh nur, Mutter, Birdy hat es tatsächlich getan! Sie hat das Automobil gekauft!«

»O dieses Mädchen! Sie wird noch einmal mein Ende sein!«

»Sie will dich zu einer kleinen Rundfahrt mitnehmen.«

»Kommt gar nicht in Frage. Und du solltest auch nicht mit ihr fahren. Man wird euch für zwei lose Frauenzimmer halten!«

»Aber Mutter, was kann denn eine kleine Ausfahrt schon schaden?«

»Weiß Elfred, daß du dich allein herumtreibst?«

»Nein, aber ich tue doch nichts Böses.« Graces Begeisterung schwand sichtbar dahin.

»Du steigst gleich wieder in dieses Ding da und sagst deiner Schwester, sie soll dich sofort wieder nach Hause bringen, bevor Elfred etwas merkt!« Sie hob die Stimme und kreischte zu Roberta hinüber: »Elfred würde es gar nicht gern sehen, daß sie sich wie ein Flittchen herumtreibt! Du denkst vielleicht, es ist ganz in Ordnung, dir einen Wagen zu kaufen, aber das hier ist eine kleine Stadt, und Frauen tun so etwas einfach nicht! Und jetzt bring deine Schwester nach Hause!«

Sie verschwand und schlug die Tür hinter sich zu.

Grace kehrte mit verdrossener Miene zum Wagen zurück. »Mutter hat wahrscheinlich recht. Ich wußte es, bevor ich in den Wagen stieg.«

Als sie schließlich wieder vor Graces Haus standen, hatte Robertas eigene Laune sich beträchtlich verdüstert. Sie hätte es besser wissen müssen. Nicht nur Elfred hatte Grace unter der Fuchtel, sondern auch ihre Mutter. Sie hatte so lange getan, was diese beiden von ihr wollten, daß sie Unterdrückung als ihre natürliche Lebensart akzeptiert hatte.

Als Roberta vor ihrem eigenen Haus vorfuhr, schlug ihr eine ganz andere Reaktion entgegen. Farley und sein Bruder hörten auf zu hämmern und kamen wie Kinder, die in den Zirkus gingen, auf den Wagen zu.

»Ah, da ist er ja!« rief Farley. »Und was für ein Schmuckstück!«

Ohne einen Gedanken an ihren Regenschirm zu verschwenden, war Roberta ausgestiegen. Die Männer blieben bei ihr stehen und bewunderten den Wagen unverhohlen.

Seth ging schon neugierig um den Ford herum, aber Gabe blieb noch bei Roberta. »Haben Sie den Hebel für die Zündung nach oben gestellt, damit Sie sich nächstes Mal nicht den Arm brechen?«

»Hab' ich.«

»Und den Gashebel auch?«

»Den Gashebel auch.«

»Sie lernen schnell, Mrs. Jewett.«

»Das muß ich wohl. Ich hab' einen ganzen Haufen Reparaturwerkzeug mitgebracht, von denen Hamlin Young mir versicherte, daß ich sie haben *müsse* – Flickzeug für die Reifen, einen Ersatzkeilriemen und gleich mehrere Schraubenzieher und Schraubenschlüssel für den Vergaser.«

»Und vergessen Sie nicht die Treibriemen.«

»Ach herrje«, sagte sie und legte sich melodramatisch wie eine in Nöten geratene Jungfer eine Hand an die Lippen. Beide Männer hatten ihre liebe Not, nicht in schallendes Gelächter auszubrechen, denn Roberta war von einer Jungfer in Nöten ungefähr so weit entfernt wie eine Schwarze Witwe. Etwas Beunruhigendes hatte es schon, wie sie da im Regen standen und sich köstlich amüsierten. Sie alle wurden überrascht von der Erkenntnis, daß ihre Bekanntschaft eine von ihnen gänzlich unerwartete Wendung nahm. Sie schienen langsam Freunde zu werden.

Als sie wieder zu sprechen begann, schwang in ihrer Stimme ein leiser Spott mit. »Was ist das nun für eine neue Gemeinheit, Treibriemen?«

»Etwas, was sich mit einem Schraubenzieher leicht regulieren läßt. Sie werden schon merken, wenn es nötig ist, weil man die Pedale dann bis ganz nach unten durchtreten kann.«

»Und dann werde ich gegen den nächstbesten nicht beweglichen Gegenstand krachen?«

Diesmal lachte er wirklich, lachte über die Unbekümmertheit, mit der sie eine solche Frage stellte. »So plötzlich geht das nicht. Sie würden es eine Weile vorher merken. Der Wagen fährt dann ein wenig ruckelig.«

»Das werde ich mir merken – wenn der Wagen ruckelt, die Treibriemen festziehen.« Bei ihrer nächsten Bemerkung hielt sie ihn aufmerksam im Auge. »Ich glaube langsam doch, daß ein Pferd vielleicht besser gewesen wäre.«

Er wandte sich ab und ging um den Wagen herum, so daß sie sein Gesicht nicht mehr sehen konnte. »Nein, Ma'am«, sagte er gelassen, »das glaube ich nicht.«

Gerade in diesem Augenblick drehte Seth sich um und sagte: »Es geht doch nichts über einen Ford.« Während sie sich weiter unterhielten, verfolgte sie aufmerksam Gabriels Wanderung um den Wagen herum; er berührte die Schnallen, mit denen das Lederverdeck festgemacht war, las, was auf dem Nummernschild stand, öffnete die Beifahrertür, stieg hinter das Steuerrad und prüfte, wie es ihm in der Hand lag (dabei überprüfte er unauffällig die Hebelpositionen, was ihr ein heimliches Lächeln entlockte). Dann stieg er wieder aus, bückte sich, um zu kontrollieren, wie voll die Karbidbehälter waren, klappte die Messingscheinwerfer auf und wieder zu, bis er schließlich seine Runde vollendet hatte und wieder vor ihr stand.

Noch immer spielte ein amüsiertes Lächeln um ihre Mundwinkel, als sie fragte: »Haben Sie mir nicht geglaubt?«

»Ich ... ähm ...« Er rieb sich mit einem Knöchel die Nase.

»Ich habe Ihnen doch gesagt, ich habe sie in die obere Position gestellt.«

»Ich hab' mir den Wagen ja auch nur angesehen. Diese Wägelchen sind so schön, wenn sie noch brandneu sind.«

»Ja, das stimmt.« Sie ließ ihn noch einmal davonkommen. Seth bemerkte: »So, die Veranda wartet auf mich.« Mit diesen Worten ging er zum Haus und ließ Gabe und Roberta in gemeinsamer Bewunderung des neuen Fords zurück.

»Wissen Sie«, sagte er, »haben Sie mir nicht erzählt, Sie könnten sich keinen leisten? Ich hab' bloß gedacht ... hm, geht mich ja im Grunde genommen nichts an.«

Sie feixte und erzählte es ihm: »Ich habe Elfred erpreßt.« Sein überraschter Blick streifte kurz ihr Gesicht. »Wegen dieser Geschichte in der Küche.«

»Nein!«

»Doch. Ich habe ihm gesagt, ich würde es Grace erzählen, wenn er mir nicht hundertfünfzig Dollar leiht.«

Die Belustigung zog winzige Krähenfüße um Gabes Augenwinkel. »Also ist Elfred endlich mal an eine Frau geraten, die er nicht betören kann.«

»Genau. Und ich hätte meine Drohung wahrgemacht, daß Sie sich da nicht irren!«

»Das glaube ich Ihnen aufs Wort.«

»Er ist viel zu lange mit seinen Flirts durchgekommen, und er macht meine Schwester zum Narren. Wahrscheinlich lachen die Leute schon lange hinter ihrem Rücken über sie.«

Sie rechnete es Gabe hoch an, daß er ihren Verdacht nicht bestätigte. Aber sein Schweigen tat es für ihn und weckte beider Erinnerung an eine Reihe von Begegnungen, die ihre Bekanntschaft geprägt hatten, begonnen mit ihrem unglücklichen Anfang, als sie seine Unterhaltung mit Elfred belauscht hatte, bis hin zu dem Tag, an dem sie im Nieselregen neben dem Wagen gestanden hatte, den zu bedienen er sie lehrte.

»Ach übrigens, ich habe mich nie bei Ihnen bedankt dafür, daß Sie mich vor Elfred gerettet haben«, sagte sie leise.

»Oh ...« Er verschränkte die Arme vor der Brust und bohrte die Spitze seines Gummistiefels in den Kies.

»Ich bin Ihnen sehr dankbar dafür.«

Er sah sie direkt an und sagte: »Das ist ein scheußlich unangenehmes Thema, Mrs. Jewett, vor allem nach den Bemerkungen, die ich über Sie gemacht habe. Wissen Sie, es tut mir wirklich leid.«

»Ja? Nun, Sie haben das reichlich wiedergutgemacht. Ich verzeihe Ihnen, Mr. Farley.«

»Er stand einen Augenblick da, sah ihr in die Augen, und sein Gesicht rötete sich. Der Frühlingsnebel überzog den Garten mit einem irischen Grün. Er zauberte winzige Tröpfchen auf den Flor ihrer abgetragenen Wolljacke und ließ das Haar, das sie früher am Tag zusammengedreht und aufgesteckt hatte, schlaff herunterhängen.

»Also …« Gabe räusperte sich. »Ich mach mich wohl auch besser wieder an die Arbeit. Lassen Sie mich's wissen, wenn ich Ihnen irgendwie mit dem Wagen behilflich sein kann.«

»Mach ich … und vielen Dank.«

Sie gingen getrennt aufs Haus zu, als fühlten sie sich ein wenig unwohl angesichts der Wendung, die ihre Freundschaft genommen hatte – sie, um zum ersten Mal die neue Treppe zum Haus hinaufzusteigen, und er, um seinem Bruder bei dem Geländer zu helfen.

Es kostete sie noch eine gewisse Überwindung, aber Roberta war der Überzeugung, daß alles Zaudern keinen Sinn hatte. Also ging sie um fünf vor vier hinaus, um den Wagen anzukurbeln. Sie wollte zur Schule fahren und die Mädchen überraschen.

Gabriel legte seine Arbeit für einen Augenblick nieder, um ihr nachzusehen, und als der Motor ohne Knochenbrüche ansprang, lächelte er und winkte beifällig.

Die Mädchen waren ausgelassen und fröhlich. »Dürfen Isobel und unsere Cousinen auch mitfahren? Sie wollen rüberkommen, damit wir zusammen ein Theaterstück ausarbeiten können.«

»Ich weiß nicht, ob ihr alle hier rein paßt.«

»Oh, mit Auf-dem-Schoß-sitzen geht das schon … was meint ihr?«

Also fuhr Roberta mit sieben begeisterten Passagieren im Wagen los; alle anderen Kinder standen mit offenem Mund da und konnten es kaum erwarten, ihren Eltern daheim von diesem Ereignis zu berichten. Vor ihrem Haus ergossen sich die Mädchen aus dem Wagen und liefen den Gehsteig hinauf, so daß Gabe abermals Gelegenheit hatte, zu beobachten, was sich zu einem Routinevorgang im Haus der Jewetts entwickelte – eine schnatternde Mädchenschar, die jeden Nachmittag um vier Uhr für einen unglaublichen Aufruhr sorgte. Heute gefiel ihnen die Veranda mit dem fertigen Geländer und dem frisch gedeckten Dach doppelt so gut wie am Vortag. Rebecca holte zu einem weiteren Vortrag aus – diesmal war es Shakespeare –, dann stampften die Mädchen, die inzwischen rohe Möhren knabberten, im Gänsemarsch durchs Haus und fanden unterwegs immer noch die Zeit, ein paar Mal auf die Tasten des Klaviers zu hämmern.

Um fünf Uhr, als Gabe und Seth ihr Werkzeug zusammenpackten, um nach Hause zu gehen, bat Isobel: »Bitte, Daddy, darf ich noch ein klein wenig bleiben? Wir haben so viel Spaß! Und außerdem muß ich meine Rolle noch fertig schreiben.«

Er hatte an die Haustür geklopft und blieb draußen stehen, während er mit ihr sprach. Hinter ihr erblickte er die Mädchen, die sich alle um das Klavier scharten, schrieben und lachten und dann seltsam still wurden, als sie von neuem zu schreiben begannen.

»Hm, meinetwegen«, erwiderte er. »Aber ich will dich um sechs zu Hause haben, und du wirst mit mir zu Abend essen.«

»Ganz bestimmt«, sagte sie mit weit aufgerissenen Augen und unschuldigem Blick.

»Und stör Mrs. Jewett nicht.«

»Oh, wir stören sie nicht. Sie hilft uns!«

»Ach ja?«

»Hmm.«

Er versuchte, an ihr vorbeizublicken, konnte Roberta aber nirgends entdecken. »Also, sieh zu, daß du um sechs zu Hause bist.«

»Mach ich. Vielen Dank, Daddy.«

Als Gabe nach Hause kam, stand seine Mutter in der Küche. Sie hatte etwas zum Abendessen auf dem Herd stehen und füllte nun seine Keksdose. Sie war ungefähr mittelgroß und ein wenig untersetzt, mit fleischigen Armen, deren Unterseiten bei jeder Bewegung zitterten. Ihr Haar war von strähnigem Grau wie eine Muschelschale; sie trug es an der Seite gescheitelt und im Nacken auf ein Haarpolster aufgerollt. Ihre Bewegungen verrieten, wie sie an zwei Zimmermänner als Söhne gekommen war.

»Hallo Mama.«

»Ich hab dir ein paar Plätzchen gebracht«, sagte sie.

»Danke.«

»Ich hab gesehen, daß die Dose leer war.«

»So ist's«, sagte er, während er seine Mütze und seinen Regenmantel aufhängte.

»Wer ist diese Frau, für die du dich interessierst?« fragte sie ihn auf den Kopf zu.

»Niemand, Ma.«

»Ich höre, sie ist geschieden.«

»Ma! Was habe ich gerade gesagt?«

»Ich höre, du erlaubst ihr, deinen Wagen zu fahren.«

Gabe rollte mit den Augen und trat an die Spüle, um sich die Hände zu waschen.

»Sie ist jetzt wie lange in der Stadt – drei Tage? Vier?«

»Hat Seth geplaudert?«

»Klar, Seth hat geplaudert und jeder andere in der Stadt auch. Stimmt es, daß sie sich einen eigenen Wagen gekauft hat?«

»Und was ist daran auszusetzen?«

»Ich bin mir nicht ganz sicher. Hängt davon ab, was sie damit vorhat.«

»Sie ist Bezirksschwester«, erklärte er ihr. »Sie braucht ihn, um ihre Arbeit zu machen.«

»Oh, das weißt du schon, ja?«

»Ich arbeite für sie, Ma. Natürlich weiß ich das. Und Seth auch!«

»Ich höre, sie hat Kinder.«

»Drei Stück.«

»Isobel läuft mit ihnen rum, und sie sind so wild wie Gassenkinder. Ist sie heute nach der Schule auch da? Ich bin mit den Plätzchen hergekommen, und sie war nicht hier. Wo ist sie jetzt?«

»Sie führen ein Schauspiel auf.«

»Ein Schauspiel! Wo?«

»Tja, ein Teil der Truppe arbeitet dran ... drüben bei Mrs. Jewett.«

»Ah, so heißt sie also. Ich glaube, ich erinnere mich, daß sie irgendeinen Burschen, den sie kennengelernt hatte, heiratete und dann nach Boston zog. Hat ihn geheiratet und ist nie wiedergekommen.«

Gabe beschloß, den Mund zu halten.

»Na, ich seh's schon, du, aus dir ist nichts herauszubekommen, also werde ich nur eins sagen. Caroline ist jetzt sieben Jahre tot, und es wäre wirklich langsam Zeit, daß du an eine andere Frau denkst, aber diese da, Gabriel ... sei vorsichtig.«

Gabe warf die Hände hoch. »Ma, ich repariere ihre Veranda, zum Donnerwetter!«

»Und bringst ihr Autofahren bei und schickst Isobel rüber, um Hummer zu essen.«

»Wie hast du das rausgefunden?«

»Klatsch.«

Er schnaubte und ließ sich auf einen Küchenstuhl fallen. »Also, jetzt sieh mich nicht so an, als glaubtest du, der Rest der Welt hätte eine Nase wie ein Ameisenbär. Was glaubst du, wie Neuigkeiten sich herumsprechen? Wir haben neue Gemeinschaftsanschlüsse in dieser Stadt, falls du das vergessen hast, und ich habe einen davon.«

»Ma, sieh mal. Ich heirate niemanden. Ich *interessiere* mich für niemanden, und soweit es Isobel betrifft, sie und ich kommen gut miteinander klar. Ich bin dir dankbar, daß du immer mal zu uns rüberkommst und uns Plätzchen backst und unsere Wäsche erledigst, aber erzähl den Leuten nicht, ich würde mich für Roberta Jewett interessieren. Ich bringe ihr Haus in Ordnung, und das ist alles.«

Maude Farley schien für den Augenblick beschwichtigt zu sein. »Hm, na schön ... solange das auch die Wahrheit ist.«

»Das ist es. Also ...« Er verschränkte die Arme vor der Brust und entspannte sich. »Was für eine Sorte Plätzchen hast du uns mitgebracht?«

»Nußplätzchen mit Sauerrahm und Ahornguß.«

»Krieg ich eins oder willst du sie alle in die Plätzchendose kippen und verstecken?«

»Du solltest zuerst zu Abend essen. Ich habe dir ein paar Fleischbällchen mitgebracht.«

»Ach, sei nicht so, komm schon ...« Er zeigte ungeduldig auf die Plätzchen, und sie reichte ihm eins. Dann saß er da und knabberte, während sie ein paar Plätzchenkrümel wegwischte.

Schließlich fragte er: »Ma, was weißt du über *Hiawatha?*«

»*Hiawatha* – wer soll das sein?«

»Der Indianer aus dem Gedicht.«

»Ein Gedicht!« Sie sah ihn finster an. »Liest du neuerdings Gedichte?«

»Nicht ich, die Mädchen.«

»Die Mädchen – meinst du deines und die von Mrs. Jewett?«

»Hm ... ja.« Er räusperte sich und setzte sich gerade hin. »Also, ich weiß nichts über irgendeinen *Hiawatha.* Hör mal, ich habe eure Bettwäsche gewechselt und bin jetzt hier fertig.«

»In Ordnung ...« Er hievte sich vom Stuhl hoch. »Dann fahr ich dich jetzt nach Hause.«

Den ganzen Weg dorthin und wieder zurück und noch ein paar Mal während des Abends mußte er genau wie am Vorabend immer wieder an die Worte denken, die Rebecca Jewett hervorgesprudelt hatte, als sie mit weit ausgebreiteten Armen auf der Veranda stand. Etwas über einen indianischen Bogen, daß er wie die Gemeinschaft eines Mannes und einer Frau war, in der einer ohne den anderen ziemlich nutzlos war. Was zum Teufel war in letzter Zeit nur mit ihm los? Er war nicht nutzlos ohne eine Frau – weit gefehlt. Er und Isobel waren verdammt gut allein zurechtgekommen. Die Sache war bloß, daß er in letzter Zeit so viele Frauen im Kopf hatte. Hm, na gut, es war Frühling und, wie er schon zu seinem Bruder gesagt hatte, das war die Jahreszeit, in der Caroline gestorben war, und davon abgesehen war dies auch eine Zeit natürlicher Ruhelosigkeit. Trotzdem, wie auch immer diese Verse gelautet haben mochten, sie hatten ihm gefallen und ihn veranlaßt, stehenzubleiben und nachzudenken.

Roberta fand es herrlich, die Mädchen im Haus zu haben. Sie waren furchtbar laut und ausgelassen, aber ihr Temperament brachte Heiterkeit und Frohsinn in Robertas Leben. Zusammen mit Isobel und nun auch ihren drei Nichten war der Clan gewachsen, bis es im Wohnzimmer nicht mehr genug Stühle für alle gab. Das war ihnen egal. Sie setzten sich oben auf die Betten oder auf den Fußboden, scharten sich um das Piano oder um den Küchentisch.

Sie hatten sich für eine Bühnenbearbeitung von *Hiawatha* entschieden statt des berüchtigten Stücks über Marcelyns einohrigen Ururgroßvater, wählten Strophen aus, schrieben sie um und sprachen über Kostüme. Roberta, die häufig Fragen beantworten mußte oder um Rat gefragt wurde, woher sie Federn und Kostüme nehmen sollten, ließ sich nur allzugern von allem, was sie gerade tat, weglocken. Wenn eine ihrer Töchter sie rief – »Mutter! Komm mal her?« –, leistete sie dem nur allzugern Folge, hörte sich die Ideen der Mädchen an und antwortete auf Fragen wie: »Dürfen wir das Klavier da näher zur Veranda schieben?«, oder: »Hör dir das mal an! Klingt das wie indianische Musik?«, oder: »Meinst du, aus *Hiawatha* könnte man eine Operette machen?«

Durch ihr Geschnatter erfuhr sie eine Menge über den Haushalt der Farleys. Wie alle Kinder, die einander kennenlernten, stellten sie Fragen, und Isobel antwortete, ohne zu beschönigen. »Wir haben jede Menge alte Kleider im Haus, aber mein Dad erlaubt nicht, daß wir sie auftrennen, weil sie meiner Mutter gehört haben.«

»Mein Dad haßt es, zu irgendwelchen Schulvorführungen zu kommen. Selbst wenn wir unser Stück dort aufführen würden, würde er wahrscheinlich nicht kommen.«

»Sonntags essen wir bei meiner Großmama, aber meistens koche ich für meinen Dad.«

»Abends? Ach, ich weiß nicht. Wir machen den Abwasch, und ich lerne, und im Sommer geht er in den Garten und kümmert sich um Mutters Rosen, und im Winter liest er Zeitung. Manchmal muß ich ihm Putzen helfen.«

Was Roberta da Stück um Stück zusammensetzte, war das Bild eines sehr einsamen jungen Mädchens, deren Existenz sehr langweilig war und dem nicht viel anderes als Hausarbeit zugestanden wurde.

Allmählich fiel ihr auch Isobels unverhohlene Reaktion auf jedes Zeichen von Zuneigung auf. Einmal, als Roberta Isobel geistesabwesend übers Haar gestrichen hatte, als sie an ihr vorbeikam, blickte Isobel mit einem Ausdruck solch tiefer Dankbarkeit auf, daß Roberta das Mädchen, als sie an diesem Abend fortging, zum Abschied in die Arme nahm.

Isobel erwiderte ihre Umarmung mit großem Nachdruck, und ihre Augen leuchteten auf, als sie rief: »Oh, Mrs. Jewett, ich bin so furchtbar gern bei Ihnen! Es ist immer so lustig hier.«

»Nun, du bist uns jederzeit willkommen, Isobel.«

Roberta überlegte, ob sie jemals gesehen hatte, wie Gabriel seine Tochter in die Arme nahm, aber sie konnte sich an nichts Derartiges erinnern.

Am folgenden Morgen herrschte besseres Wetter, und Roberta öffnete die Haustür, noch während die Mädchen schliefen. Sie trat im Nachthemd auf die Veranda hinaus, reckte sich und fühlte sich sehr lebendig und optimistisch. Es würde ein herrlicher Tag werden! Und, oh, was für ein Himmel! Tief rosafarbene Wolken breiteten sich fächerförmig aus wie die Schwanzflosse eines großen Hais; sie waren golden umrandet und trugen die Finsternis der vergangenen Nacht in den Sonnenaufgang hinein. Das Meer war ganz in Rosa getaucht, und durch seine Oberfläche schienen die Inseln der Camdener Bucht aufzusteigen, als wollten sie das Meer unter sich lassen, um mit dem Himmel zu verschmelzen. Unter ihr im Hafen von Camden begrenzte das felsige Ufer spiegelglattes Wasser. Aus dem Hafen lief ein stummelnasiger, kleiner Dampfer aus, unterwegs nach irgendwo. Zurück blieb der Wald der vom Wasser so getreulich widergespiegelten Masten, daß man Realität und Abbild kaum unterscheiden konnte. Dann wurden die Spiegelbilder von der sich langsam ausbreitenden Bugwelle des Dampfers in kürzere Stücke zerbrochen. Anschließend ruderte von einer anderen Anlegestelle ein Fischer in seinem Boot los. Vor den anderen noch still liegenden Booten zeichnete sich seine Silhouette ab, wie auf einem Bild von Winslow Homer.

Dies war also Camden. Ihr Heim und das ihrer Kinder, vielleicht für den Rest ihrer Tage. Ein glücklicher Ort zum Leben für die Mädchen, so schien es schon jetzt. Was würde er ihr bringen? Einiges an Zwist und Hader mit ihrer Familie: das schien festzustehen. Eine neue Arbeit, um die sie sich kümmern mußte, jetzt, da sie ihr Automobil hatte. Und Gabriel Farley ... Ein Freund oder ein Ärgernis?

Der Gedanke an Farley war zu verwirrend, daher ging sie wieder ins Haus, um sich auf den vor ihr liegenden Tag vorzubereiten.

Sein Bruder begleitete ihn an diesem Morgen nicht, aber Farley stand schon mit seinem Malerpinsel auf der Veranda, bevor die Mädchen zur Schule aufbrachen. Natürlich wollten sie, daß Roberta sie mit dem neuen Ford hinfuhr, aber als sie das ablehnte, liefen sie lärmend davon, und ihre überschwengliche Begrüßung Farleys drang bis in die Küche, wo Roberta die Ohren spitzte.

»Hallo, Mr. Farley!«

»Morgen, Mr. Farley!«

»Hallo, Mr. Farley – streichen Sie heute an?«

Dann hörte sie den tiefen Klang seiner Stimme, verstand aber nicht, was er sagte, als er den Gruß der Mädchen erwiderte. Sie konnte den vorderen Teil seines Trucks hinter ihrem Wagen sehen, aber auf der Straße herrschte immerhin so viel Verkehr, daß sie ihn nicht vorfahren gehört hatte.

Sie beschloß, sich an die Arbeit zu machen und auf eine Begrüßung zu verzichten.

Der Geruch nach Farbe und Terpentin erinnerte sie jedoch ständig an seine Gegenwart. Manchmal drang das schwache Geräusch einer Leiter, die verrückt wurde, zu ihr hinein, und sie fragte sich, warum sie ihn nicht gleich begrüßt hatte, wie sie das bei jedem anderen getan hätte.

Mitten am Vormittag ging sie dann mit ihrer Handtasche unterm Arm hinaus. Sie trug ihren neuen, cremefarbenen Staubschutz über ihrem Kleid, und ihre Fahrerbrille baumelte ihr vom Handgelenk. Farley war am Südende der Veranda damit beschäftigt, die Wand zu streichen.

»Ah, guten Morgen«, sagte er und drehte sich mit dem Malerpinsel in der Hand zu ihr um.

»Guten Morgen.«

»Heute morgen lassen Sie doch bestimmt das Verdeck runter, oder?«

»Ja, ich will zum Amt und mir meine Aufträge für die nächste Woche holen.«

»Zeit, die Arbeit aufzunehmen, wie?«

»Ich muß den Lebensunterhalt für meine Mädchen verdienen.«

»Hm, Sie haben sich jedenfalls einen wunderschönen Morgen dafür ausgesucht.«

»Ja, nicht wahr? Und ich dachte, die Mainer behaupten alle, hier gäbe es nie einen Frühling.«

»Ein Beweis dafür, daß wir uns irren. Gestern habe ich die ersten Sprossen an den Rosen meiner Frau entdeckt.«

»Sie war eine begeisterte Gärtnerin, nicht wahr?«

»Ja, das war sie.«

»Ich selber habe überhaupt kein Händchen für Blumen. Was bei mir am besten wächst, ist immer das Unkraut.«

»Sie konnte alles wachsen lassen. Ihre Gärten waren ihr ganzer Stolz und ihre Freude.«

»Sie pflegen sie immer noch?«

»Nein, nur die Rosen. Der Rest ist weg.«

Für einen Augenblick herrschte Schweigen, und ein Hauch von Nachdenklichkeit umfing sie, der dem schönen Frühlingsmorgen einen ganz kleinen Dämpfer aufsetzte. Um das Gefühl zu verscheuchen, sprach Roberta schnell weiter. »Also!« Sie beugte sich zurück, um einen Blick auf das hübsche Geländer zu werfen, das die Veranda umgab. »Die Farbe wird Wunder wirken, nicht wahr?«

Sein Blick war dem ihren gefolgt. »Im Handumdrehen wird das Haus aussehen wie neu.«

»Die Mädchen werden froh sein, wenn sie Sie endlich von ihrer Veranda herunterhaben.«

»Von ihrer Veranda«, wiederholte er und schmunzelte.

»Sie haben ihre Ansprüche darauf angemeldet. Sobald die Farbe trocken ist, beginnt die Produktion ihres Schauspiels. Sieht so aus, als würden wir alle zur Premiere eingeladen.«

»Alle? Wer sind alle?«

»Wir Eltern. Sie, ich, Elfred und Grace. Ich glaube, Lydia soll den Kartenverkauf übernehmen.«

»Sie meinen, wir müssen bezahlen?«

»Genau. Aber Sie dürfen nicht verraten, daß ich Ihnen das erzählt habe. Ich glaube, es sollte eine Überraschung werden.«

»Ich werde nichts sagen.«

Die Anspannung war von ihnen abgefallen, und sie fühlten sich wieder wohl in der Gegenwart des anderen; sie hätten gern noch etwas länger geplaudert, aber die Farbe auf seinem Pinsel trocknete langsam.

»Ja, ich sollte jetzt wohl besser losfahren ...«, Roberta knöpfte sich ihren Staubschutz zu, »... damit Sie wieder an die Arbeit kommen.«

»Viel Glück«, rief er hinter ihr her.

»Vielen Dank.«

Er sah ihr nach, bis sie den Rasen schon zur Hälfte überquert hatte, dann rief er noch: »Sie wissen, wie man das Verdeck runterläßt?«

Sie drehte sich um, ging rückwärts weiter auf den Wagen zu und antwortete: »Ich glaube, ich kann's mir denken.«

»Es wär' mir ein Vergnügen, Ihnen zu helfen.«

Sie drehte sich wieder um und setzte ihren Weg fort. »Vielen Dank, Mr. Farley, aber ich komme schon zurecht.«

Er tauchte seinen Pinsel in die Farbe und machte sich wieder an die Arbeit, aber sobald sie ihm den Rücken zukehrte, beobachtete er, wie sie die Wagentür öffnete, hineingriff, um die Spanner des Verdecks zu lösen, und das Dach zusammenfaltete wie das Verdeck eines Kinderwagens. Dann ging sie nach vorne, kurbelte den Motor an und wischte sich die Hände ab. Anschließend stieg sie ein, setzte die Brille auf und winkte ihm zu. »Bis später! Viel Spaß beim Malen!« – und schon war sie weg.

Als ihr Wagen sich entfernte, schüttelte er im Geiste den Kopf, aber eine unleugbare Saat der Bewunderung hatte in Gabe Farley Wurzeln geschlagen. Er fragte sich, ob Caroline ihr Leben auch so spielend gemeistert hätte, wenn er als erster gestorben wäre.

8

Das Bezirksbüro der Öffentlichen Krankenpflege des Staates Maine befand sich in Rockland, sieben Meilen südlich von Camden. Dort nahm Roberta ihre Anweisungen von einer Frau mit liebem, freundlichem Gesicht entgegen. Sie hieß Eleanor Balfour, versorgte sie mit weißen Uniformen und Häubchen sowie medizinischen Vorräten, gab ihr ihre Aufträge für die nächste Woche und erklärte ihr, daß sie einen Telefonanschluß in ihrem Haus brauche, für den der Staat aufkommen würde.

»Ein Telefonanschluß?« Robertas Gesicht leuchtete vor Überraschung auf.

»Auf diese Weise ist es für Sie einfacher, Aufträge entgegenzunehmen und Material zu bestellen. Außerdem gibt es natürlich gelegentlich auch mal einen Notfall.«

»Und der Staat wird dafür zahlen?«

»Ja.« Zu Robertas fortgesetztem Erstaunen lächelte Miss Balfour nachsichtig. »Das ist auch eine von diesen neuen Einrichtungen, an die wir uns alle langsam gewöhnen. Wenn Sie etwas dagegen haben, daß die Leute in der ganzen Stadt über ihre Privatangelegenheiten Bescheid wissen, reden Sie am Telefon einfach nicht drüber.«

»Nein, gewiß nicht.«

»Noch ein Wort zu unserer Arbeit«, fuhr Miss Balfour fort. »Es geht dabei genausosehr um Unterweisung wie um Pflege – in Privathäusern, in den Schulen, wo immer Sie hinkommen, müssen Sie darauf gefaßt sein, Sauberkeit und Hygiene zu predigen. Halten Sie die Augen offen für den Fall, daß Sie auf verseuchte Wasserquellen stoßen, irgendwelche Anzeichen für ansteckende Krankheiten, vor allem Diphtherie, Masern und Scharlach. Quarantäne, wenn nötig und Aufklärung, wann immer möglich.« Sie schob ihren Stuhl zurück. »Wie Sie wissen, Mrs. Jewett, richtet sich unser Kampf zu einem Gutteil gegen Unwissenheit. Und ...«, fügte sie mit einem Lächeln hinzu, »... gegen schlammige Straßen im Frühling.«

»Ich nehme an, oben in den Bergen sind die Straßen tatsächlich schlammig«, bemerkte Roberta, als die beiden Frauen sich erhoben.

»Sie nennen uns nicht umsonst die Schwestern zu Pferd.«

»Ich werde nicht zu Pferd ausziehen, Miss Balfour. Ich habe mein eigenes Automobil.«

»Nein, wirklich! Das ist ja wunderbar!«

»Das ist es bisher tatsächlich – und ziemlich aufregend.«

»Und Sie beherrschen das Fahren?«

»Beherrschen ist vielleicht zuviel gesagt, aber ich kriege ihn jedenfalls von der Stelle.«

Miss Balfour lachte. »Nun, dann viel Glück, Mrs. Jewett.«

Sie war so aufgeregt, daß sie unbedingt jemanden brauchte, mit dem sie ihren Jubel teilen konnte. Es war ganz natürlich, daß sie eiligst nach Hause zu Gabe fuhr, und sie bemerkte kaum, wie sehr sie sich darauf freute, ihm von ihren Neuigkeiten zu erzählen.

»Hallo, Mr. Farley. Ich habe meinen ersten Auftrag!« frohlockte Roberta, als sie über den Rasen preschte.

Gabe kam von seiner Leiter herunter und wischte sich die Hände an einem Putzlumpen ab.

»Und der wäre ...«

»Ich soll Schulkinder gegen Diphtherie impfen. Ich fange gleich hier in Camden an und versuche, so viele zu impfen, wie ich kann, bevor die Schulen Sommerpausen machen.«

»Kinder mit diesen Pferdenadeln in den Arm zu stechen! Die werden sich über Ihren Besuch aber nicht besonders freuen.«

»Obwohl er ihnen durchaus das Leben retten könnte.«

»Jawoll.«

»Sind Sie je geimpft worden, Mr. Farley?«

»Nee.«

»Ich würde Sie impfen, wenn Sie wollen.«

»Oh, der Gedanke gefällt Ihnen wohl, mich zu stechen und aufheulen zu hören, wie?«

Obwohl Roberta keineswegs zu Koketterie neigte, war sie doch auch nicht über ein klein wenig Neckerei erhaben. »Sie pflegen zu heulen, Mr. Farley?« sagte sie mit einem schelmischen Funkeln in den Augen.

Er quittierte dies mit einem zwinkernden Blick seinerseits. »Alles schon vorgekommen. Kann nicht behaupten, daß ich für Schmerzen viel übrig hätte.«

»Ah, na kommen Sie. Sie haben sich wahrscheinlich schon selbst mit dem Hammer schlimmere Schmerzen zugefügt, als dieser kleine Piekser Ihnen verursachen würde.«

Plötzlich ertönte weit unter ihnen die Fabriksirene. Da das Haus direkt über dem Schornstein der Fabrik lag, klirrten jedesmal die Scheiben und schlugen die Gläser im Schrank gegeneinander, wenn die Dampfsirene erscholl. Roberta hielt sich während des ohrenbetäubenden Schrillens die Ohren zu, und Farley selbst zuckte zusammen. Als es endlich aufhörte, klingelten ihnen immer noch die Ohren.

»Puh, dieses Ding ist aber laut«, meinte sie.

»Man hört es noch fünf Minuten, nachdem es aufgehört hat.«

»Tja, es ist also Mittag«, bemerkte sie überflüssigerweise. »Ich habe Hunger. Haben Sie schon Ihr Mittagbrot gegessen?«

»Nee. Liegt immer noch im Wagen.«

»Ich mache uns Kaffee, wenn Sie Lust haben, reinzukommen und mit mir zu essen.«

»Klingt gut. Ich könnte eine Pause vertragen.«

Zehn Minuten später saßen sie in ihrer Küche an einem von Kerben überzogenen Holztisch. Sie aß kaltes Fleisch und Hüttenkäse, während er sich über zwei deftige Brote hermachte. Das Zimmer war alles andere als ordentlich aufgeräumt, aber er konnte sehen, daß sie den Boden geschrubbt und die Fenster geputzt hatte. Und er konnte auch sehen, daß es mit ihren Habseligkeiten nicht weit her war.

»Stellen Sie sich mal vor«, sagte sie. »Der Staat Maine wird einen Telefonanschluß für mich bezahlen.«

»Was Sie nicht sagen.« Er lächelte, und seine Wange beulte sich über einem Stück Brot.

»Damit ich telefonisch meine Aufträge entgegennehmen und Nachschub aus Rockland bestellen kann.«

»Tja, herzlichen Glückwunsch.«

»Ich finde es ganz toll, auch noch ein Telefon zu bekommen.«

Er streckte die Hand nach seiner Kaffeetasse aus. »Passen Sie nur auf, was Sie am Telefon sagen.«

»Warum?«

»Gemeinschaftsanschlüsse.«

»O ja, das stimmt.«

»Meine Mutter hört sie mit Leidenschaft ab.«

»Ich schätze, in der Stadt wird viel geklatscht.«

»Treffer.«

Sie aßen eine Weile schweigend weiter, dann fragte sie: »Also, was hört Ihre Mutter denn so über mich an ihrem Gemeinschaftsanschluß?«

»Vor allem, daß Sie geschieden sind.«

»Hm ...« Sie pickte zwei Bröckchen von seinem Butterbrot auf und aß sie. »Schmutzige Sache, was?«

Es dauerte eine Weile, bis sein Grinsen breiter wurde. Dann meinte er gedehnt: »Ja, Ma'm, das ist es.«

Sie lehnte sich behaglich zurück und fühlte sich wohl mit ihm. »Also, erzählen Sie mir, wie ist Ihre Mutter denn so?«

»Meine Mutter?« Er dachte eine Weile nach. »Hm, sie ist eine nette Frau. Sie tut viel für Isobel und mich. Sie ist verwitwet, sehr lange schon, daher tut es ihr gut, unsere Kleider zu waschen und unsere Keksdose zu füllen; auf diese Weise hat sie etwas zu tun.«

»Kennt sie meine Mutter?«

»Ich glaube ja.«

»Aber sie sind nicht befreundet?«

»Nicht direkt. Warum?«

»Weil meine Mutter keine nette Frau ist wie Ihre.«

Er stützte die Ellbogen auf den Tisch, schob einen Finger durch den Henkel seiner Tasse und erinnerte sich an die eine Gelegenheit, bei der er Mutter und Tochter zusammen gesehen hatte. »An dem Tag, als sie hier war, hab' ich gemerkt, daß sie beide nicht besonders gut miteinander auskommen.«

»Das haben wir nie getan, um genau zu sein. Das ist auch eigentlich der Hauptgrund, warum ich aus Camden weggegangen bin.«

»Wie alt waren Sie damals?«

»Achtzehn. Es war direkt nach meinem Abschluß an der High School. Sie wollte, daß ich in dieser infernalischen Fabrik arbeitete, und ich habe das rundweg abgelehnt. Sie dachte, ich würde mich hier an Ort und Stelle niederlassen und sie von vorne bis hinten bedienen, alles tun, was sie wollte, genau wie Grace. Aber meine Großmutter war gestorben und hatte mir und Grace jeweils ein kleines Erbe hinterlassen. Grace hat ihres Elfred gegeben, damit er seine erste Immobilie kaufen und sein Geschäft auf die Beine stellen konnte. Ich habe mein Geld genommen und bin aufs College gegangen, was meine Mutter sehr aufgeregt hat. Sie dachte, ich sollte das gleiche tun wie Grace, und sie erinnert mich ständig daran, wie Grace sich hinter ihren Mann gestellt hat, als er ihre Hilfe brauchte, ›und sieh nur, was passiert ist ...‹« äffte Roberta ihre Mutter nach. »Elfred ist einer der *wohlhabendsten* Männer in der Stadt, und er ist ja *so* gut zu Grace und den Kindern. Sieh dir nur das Haus an, in dem er sie wohnen läßt!«

Sie ließ das theatralische Gehabe sein und fuhr fort: »Ich dagegen, mit meiner College-Erziehung und meinen weltlichen Manieren, habe mich in Schande gestürzt, indem ich meinen Mann hinausgeworfen habe und mit kaum mehr als den Kleidern an meinem Leib und diesen klapprigen Möbeln nach Camden zurückgekehrt bin – was meine Mutter in unendliche Verlegenheit bringt. Was sie nicht sieht, ist die Tatsache, daß meine Kinder verhungert wären, hätte ich nicht meinen Beruf als Krankenschwester gehabt. Ihrem Vater haben sie das nämlich nicht zu verdanken.«

»Er stammte nicht aus Camden?«

»Nein. Er kam aus Boston... oder eigentlich von überall her, wo immer ein wildes Kartenspiel im Gang war oder ein neuer Plan zum schnellen Reichwerden oder eine Frau, die, wenn er nur den Finger krumm machte, herbeigelaufen kam. Er war allerdings oft genug zu Hause, um mich dreimal in andere Umstände zu bringen und um eine neue Chance und etwas Geld zu betteln... Und noch eine und noch eine, bis ich endlich genug hatte. Beim letzten Mal, als er auftauchte, habe ich ihm gesagt, er könne meinetwegen mit jeder Frau zusammenleben, die ihm gefiel. Er müsse lediglich die Scheidungspapiere unterschreiben. Er weigerte sich, also habe ich ihn mit einer letzten Zuwendung bestochen. Wissen Sie, wieviel es war?«

Sie sah Gabriel, der aufmerksam und gelassen vor ihr saß, direkt in die Augen.

»Fünfundzwanzig Dollar«, sagte sie traurig. »Für schäbige fünfundzwanzig Dollar ist er eine Frau und drei Töchter losgeworden.«

Er bemerkte den Schmerz in ihren Augen, ein Zucken an den Außenwinkeln und ein Ersterben der Lebhaftigkeit. Sie wandte den Blick ab und schaute zum Fenster hinüber. Es wurde sehr still im Zimmer. Roberta nippte an ihrem Kaffee, während Gabe seinen vergaß. Seine ganze Aufmerksamkeit konzentrierte sich auf die Frau, deren Gesicht so plötzlich seine Zähigkeit verloren hatte. Es dauerte nur wenige Sekunden, bevor sie ihren Blick wieder auf Gabe richtete.

»Und wissen Sie was?« Anstelle des Schmerzes ließ jetzt ein Anflug von Stolz ihre Augen aufleuchten. »Ich war noch nie in meinem Leben so glücklich. Ich besitze nicht viel, aber ich brauche auch nicht viel. Und ganz gewiß brauche ich keinen Ehemann. Und ich will auch keinen. Ich bin ihn los, und meine Mädchen haben es hier gut. Ich mag zwar einen angeschlagenen Ruf haben, aber ich kann sagen: zur Hölle mit dem Rest der Welt, denn ich kenne die Wahrheit. Ich habe mit George überlebt, mehr eigentlich nicht. Was mich aufrechtgehalten hat, waren meine Kinder, und sie sind auch das, was mich weiter aufrechthalten wird.«

Sie stand auf und schenkte Kaffee nach. Seine Blicke folgten ihr den ganzen Weg bis zum Herd und zurück. Als sie sich wieder hinsetzte, sahen sie einander in die Augen, aber keiner von ihnen sagte ein Wort, noch lange nicht. Dann schob er ihr, immer noch schweigend, seine Plätzchen hin.

Wortlos nahm sie eins, und eine Weile saßen sie einfach nur da, aßen Plätzchen, dachten über all das nach, was sie gesagt hatte, und gewöhnten sich langsam an den Gedanken, daß sie Freunde wurden, womit sie nicht gerechnet hatten. Dieses offene Gespräch war für sie beide etwas Neues, und sie fragten sich, ob es klug war, es fortzusetzen.

Zu guter Letzt fragte er: »Warum haben Sie ihn eigentlich geheiratet?«

»Ich weiß es nicht. Er war hübsch ... und er war ein Charmeur. Mann o Mann, was hatte der für einen Charme. Er konnte einem das Blaue vom Himmel herunterreden, und ich bin darauf hereingefallen, genau wie ein Dutzend anderer Frauen nach mir. Sogar meine Mutter. Ich habe ihn gleich nach unserer Hochzeit ein paarmal hierhergebracht, und er hat ihr die Hand geküßt und von ihrer Küche geschwärmt und ihr erzählt, was für eine gutaussehende Frau sie doch sei. Nun, sie hat ihm aus der Hand gefressen«, ein geistesabwesender Ausdruck trat in ihre Augen, »und mir die Schuld am Scheitern unserer Ehe gegeben.«

Es kam selten vor, daß Roberta ihre Verletzlichkeit zeigte. Gabriel erriet das und sagte auch diesmal nichts, sondern wartete nur ab, daß sie weitersprach. Das tat sie denn auch bald, als könne sie den Redestrom jetzt, da er seinen Lauf genommen hatte, nicht mehr aufhalten.

»Als George mit seinen Eskapaden begann, kam ich nicht mehr her. Ich wollte nicht gefragt werden, warum er nicht bei mir war. Aber nach meiner Scheidung dachte ich, ich wäre es meinen Mädchen schuldig, ihnen die Gelegenheit zu geben, ihre Großmutter kennenzulernen. Und Grace und Elfred und deren Töchter auch ...« Sie lächelte Gabe schief an. »Obwohl ich Elfred jetzt nur noch mit ernsten Vorbehalten da einschließe.«

Er erwiderte ihr Lächeln, und sie wandte den Blick ab.

»Meine Güte, was habe ich Ihnen die Ohren vollgeredet«, sagte sie.

»Das macht mir nichts.«

»Sie sind ein sehr guter Zuhörer.«

»Wirklich? Die Wahrheit ist wohl, daß man sich doch ein wenig nach Gesprächen mit Erwachsenen sehnt, wenn man mit einer Vierzehnjährigen zusammenlebt.«

»Ich weiß, was Sie meinen. Obwohl es hier nie an Aufruhr fehlt, ist eine ganze Menge davon genau das – Aufruhr. Es ist schön, so reden zu können.«

»Dann sprechen Sie einfach weiter«, sagte er, lehnte sich zurück, verschränkte die Arme vor der Brust und streckte seine übereinandergeschlagenen Füße unter dem Tisch aus.

»Oh, nein, jetzt sind Sie dran. Was ist mit Ihrer Frau?«

»Meiner Frau?«

»Oder reden Sie nicht über sie?«

Er sah Roberta taxierend an, als überlege er, ob er antworten solle oder nicht, dann erwiderte er: »Nicht viel, nein.«

»Warum nicht?«

»Hm ...« Er dachte eine Weile nach.

»Ihr Andenken ist Ihnen heilig?«

Stirnrunzelnd suchte er in ihrem Gesicht nach einem Anflug von Sarkasmus. Als er nichts dergleichen dort fand, entspannte er sich. »Vielleicht. Ja ... vielleicht.«

Es würde gewiß nicht leicht sein, ihn zum Reden zu bringen, soviel begriff sie sofort. Er schien ein Mann zu sein, der sich anderen nicht leicht öffnete.

»Ihre Ehe war ganz anders als meine«, meinte sie.

»Oh, ja ...« Er griff nach einem Salzstreuer und spielte geistesabwesend damit herum. »Ein Unterschied wie Tag und Nacht.« Er saß solange da und grübelte, daß sie schließlich wünschte, er hätte eine Kurbel wie ihr Model T, mit der sie ihn starten konnte. Als sie die Hoffnung schon fast aufgegeben hatte, preßte er den Salzstreuer gegen die Tischplatte und sagte: »Sie war nahezu perfekt. Ich, öhm ...« Er räusperte sich und setzte sich ein wenig aufrechter hin, ohne dabei den Salzstreuer aus den Augen zu lassen. »Ich wußte, daß ich sie heiraten wollte, seit wir ... hm, vierzehn, fünfzehn waren vielleicht. Kommt mir vor, als hätte ich es immer gewußt. Sie war freundlich und sanft und hübsch wie eine Rosenknospe. Ich ... Ich war ...« Er lachte und schüttelte dann den Kopf. »Tja, Teufel auch, Sie wissen schon ... Ich war so ein großer, grobknochiger Kerl mit großen, schwieligen Händen, und ich dachte, ein hübsches Mädchen wie Caroline würde mich nicht mal bemerken. Und obendrein war ich noch ein Zimmermannssohn, für den es feststand, selber ein Zimmermann zu werden. Was hatte ich ihr zu bieten? Und als sie dann sagte, sie würde mich heiraten, war ich so ... so ...« Er schien das richtige Wort nicht finden zu können, aber sie wartete, genauso wie er ihr mit ihrer Geschichte Zeit gelassen hatte. »Ich dachte, ich sei der glücklichste Mann seit Anbeginn der Zeit. Und wir hatten auch ein verdammt gutes Leben zusammen. Kauften uns dieses kleine Haus auf der Belmont Street, und sie hat es fertiggemacht wie ein Puppenhaus, und jeden Tag, wenn ich nach Hause kam, stand sie mit einem Lächeln in der Tür, auf dem Ofen wartete ein warmes Abendessen, und überall im Haus dufteten

Blumen. Dann kam Isobel, und Caroline wollte noch mehr Kinder, aber ... nun, es kamen keine. Was mich betraf, ich war vor allem dankbar, denn ich wollte nicht, daß sie das alles noch einmal durchmachen mußte. Als Isobel kam, hatte sie es ziemlich schwer. Sie war ... nun, sie war eine sehr zierliche Frau.« Er räusperte sich. »Na, jedenfalls ... Isobel kam und wir hatten sieben Jahre zusammen, bis zu diesem Tag – es war im April. Nächsten Dienstag sind es sieben Jahre her. Am achtzehnten April – sie stieg in einen Einspänner, weil sie ausreiten und sich einen schönen Nachmittag machen wollte, wie sie sagte, denn es war einer dieser seltenen Frühlingstage, an denen die Sonne rauskam, und es war herrlich warm, und sie wollte mit einem Picknickkorb rauf zum Hosmer Pond fahren und feststellen, ob die Waldlilien schon blühten. Aber sie hat aus irgendeinem Grund in der Stadt angehalten und wollte gerade wieder in die Kutsche steigen, als die Fabriksirene pfiff und das Pferd scheuen ließ.« Er hielt inne und schluckte. »Es bäumte sich auf ... und ...«

Seine Worte verklangen, und Roberta bemerkte den verräterischen Glanz in seinen Augen, als er aus dem Fenster starrte. Ihre eigene Kehle war wie zugeschnürt, und ihr Herz überschlug sich wie ein Stein in den Stromschnellen. Während die Zeit in ihrer düsteren, vollgestopften Küche langsam verstrich, tat das Sonnenlicht draußen sein Bestes, ein wenig von seinem Frohsinn ins Haus zu tragen. Er starrte vor sich hin, und sie wartete.

Als er endlich wieder zu sprechen begann, sagte seine brüchige Stimme mehr als seine Worte. »Es ist hart, jemanden zu verlieren, wenn man ihn noch braucht.«

Sie wußte nicht, was sie sagen sollte. Diese Art von Hingabe war ihr fremd.

Irgendwann wurde ihm klar, daß ihm Tränen in den Augen standen. »Tja ...« Er schob seinen Stuhl zurück und erhob sich. »Jetzt hab ich aber lang genug hier rumgesessen. Diese Veranda wird sich wohl kaum selbst streichen.«

Er kehrte ihr den Rücken zu und versuchte, die Tatsache vor ihr zu verbergen, daß er sich mit dem Handrücken über die Augen fuhr. Sie versuchte, sich daran zu erinnern, ob sie jemals einen Mann den Tränen so nah gesehen hatte, aber ihr wollte nichts einfallen. Sie und Farley hatten ihre Mahlzeit in so gehobener Stimmung begonnen; sie hatte nicht die Absicht gehabt, ihm solchen Kummer zu bereiten. Sie hatte lediglich still dagesessen und zugehört, so wie er ihr vorher zugehört hatte. Sie konnte sehen, daß es ihm mißfiel, ihr mehr verraten zu haben, als seine Absicht gewesen war.

»Es ist schon gut, Mr. Farley«, sagte sie warmherzig und erhob sich ebenfalls. »Man braucht sich nicht für ein paar Tränen zu schämen.«

Er nickte und ließ den Kopf hängen, während sie auf der anderen Seite des Tisches blieb; sie hatte immer noch einen Kloß in der Kehle und konzentrierte sich auf seinen Nacken, in dem sich die Haare wie sandfarbene Stacheln über seinen Kragen erhoben.

»Also, was ich noch sagen wollte ...« Er schaute sie flüchtig über die Schulter hinweg an, sorgte aber dafür, daß sie möglichst wenig von seinem Gesicht zu sehen bekam. »Vielen Dank für den Kaffee.«

»Vielen Dank für die Kekse.«

Er ging hinaus und ließ sie nichts anderes sehen als seinen Rücken.

Seit er die Arbeit in ihrem Haus aufgenommen hatte, waren ihrer beider Gefühle in ein jähes Auf und Ab geraten. Jeder Tag schien seine eigene Stimmung zu haben, die sie beide umfangen hielt, obwohl sie im Haus arbeitete und er draußen. Von unverhohlener Antipathie bis zu Augenblicken der Verlegenheit, die schließlich zu einer verhaltenen Annäherung führte, beginnend mit dem Tag, an dem er ihr das Fahren beigebracht hatte. Aber nichts von alledem hatte sie einander so beunruhigend nahegebracht wie der heutige Austausch ihrer Lebensgeschichten. Aus dem, was sie einander erzählt hatten, mußte ihnen beiden klar werden, ohne einen Schatten des Zweifels, daß der andere unter einer Vergangenheit litt, die keinen Raum für eine neue Liebe ließ. Sie war für alle Zeiten mit den Männern fertig. Er liebte immer noch seine tote Frau. Aber jedes Klirren und Klappern und Schlurfen, das sie durch die Wände oder durch die offene Haustür hörten, erinnerten sie daran, daß an diesem Tag ein Band zwischen ihnen geschmiedet worden war und daß nichts jemals etwas daran ändern würde. Sie würden für alle Zeit um die Verletzlichkeit des anderen wissen.

Einmal hörte er ein Klappern und hielt mit dem Anstreichen inne, um zu lauschen. Aber er stand ein ganzes Stück von der Haustür entfernt und konnte nicht hineinschauen.

Sie hörte einmal die Angeln quietschen und wartete einen langen Augenblick ab, bevor sie den Kopf hinaussteckte und ins Wohnzimmer spähte, wo er die Außenseiten der Tür anstrich. Sie konnte ihn durch das quadratische, hüfthohe Fenster, hinter dem er den Pinsel schwang, kaum sehen, und er bemerkte nicht, daß sie ihn beobachtete.

Sie zog sich zurück, strich sich mit dem Zeigefinger über die Lippen, schüttelte den Kopf und versuchte, ihn aus ihren Gedanken zu streichen.

Gegen Nachmittag hatten sie beide begriffen, daß es vergebene Liebesmüh war, den anderen aus den eigenen Gedanken zu verbannen. Dafür hatten sie zuviel gesagt. Außerdem mußte noch mehr gesagt werden, bevor die Mädchen von der Schule nach Hause kamen – ironischerweise und aller Wahrscheinlichkeit nach *all* ihre Mädchen.

Sie bügelte gerade eine ihrer Uniformen, als er rief: »Mrs. Jewett?«

Wie seltsam. Der Klang seiner Stimme verursachte ihr plötzlich ein leichtes Flattern unter den Rippen. Sie setzte das Bügeleisen ab und trat an die Tür zwischen Küche und Wohnzimmer.

»Ja?«

Er stand mit leeren Händen direkt vor der Schwelle.

»Ich bin hier draußen fertig, daher könnte ich eigentlich Schluß machen. Geht das in Ordnung, wenn ich die Farbbüchsen und Pinsel übers Wochenende unter der Veranda liegen lasse?«

»Natürlich.«

»Samstags arbeite ich immer unten in meiner Werkstatt, daher werden wir uns bis Montag nicht sehen. Das heißt, Montagmorgen bin ich wieder da, aber falls Sie schon weg sind, wenn ich komme, tja – ich wünsche Ihnen alles Gute für Ihren ersten Arbeitstag.«

»Vielen Dank. Ich werde in der Mädchenschule anfangen.«

»Hm, dann seien Sie schön nett zu den Kindern.«

Sie lächelte vorsichtig.

»Ich muß nächste Woche hier im Haus arbeiten, ich hoffe, das stört Sie nicht. Da Sie ja ohnehin unterwegs sind?«

»Natürlich. Was wollen Sie als erstes in Angriff nehmen?«

»Das Fenster oben. Dann mache ich mit den Wänden weiter.«

»Gut. Rücken Sie einfach alles weg, was Ihnen im Weg steht.«

»Jawoll. Mach ich.«

Sie standen einen Augenblick lang da, dann verlagerte er sein Gewicht auf den anderen Fuß. »Wegen dieser Sache vorhin«, sagte er verlegen. »Es tut mir leid. Ich hätte Ihnen das alles nicht erzählen sollen.«

»Schon in Ordnung. Ich bin froh, daß Sie es getan haben.«

»Nein, ich habe mich ein wenig mitreißen lassen. Ich konnte doch sehen, daß es Sie... nun, daß es für Sie nicht...«

Ihm fehlten offensichtlich die Worte, und zu guter Letzt räusperte er sich einfach. »Na, Sie wissen schon, was ich meine. Hören Sie, ich muß jetzt gehen.« Erst da sah er ihr in die Augen. »Ich schätze, Isobel wird gleich mit Ihren Mädchen hier auftauchen, also sagen Sie ihr bitte, daß sie um sechs zu Hause sein soll, ja?«

»Bestimmt. Sie wird pünktlich sein.«

Er nickte einmal.

Und blieb stehen.

Genauso wie sie.

Und beide bemerkten sie, daß ihnen der Gedanke nicht recht gefiel, einander zwei Tage nicht zu sehen.

»Ich gehe jetzt besser«, sagte er.

»Ich wünsche Ihnen ein schönes Wochenende.«

»Ja. Danke gleichfalls.«

Roberta hatte einige Mühe, ihr Wort zu halten und dafür zu sorgen, daß Isobel um sechs zu Hause war. Die Mädchen brachten eine weitere neue Freundin mit nach Hause, Shelby DuMoss, und Graces Töchter waren ebenfalls mitgekommen. Sie beschlossen gemeinsam, in die Berge hinaufzugehen, um nach Birkenborke zu suchen.

Als sie zurückkamen, schleppten sie einen abgestorbenen Baum hinter sich her, von dem sie die Borke abschälen wollten, um sich für ihr Schauspiel ein Kanu daraus zu machen. Von Gabes Holzabfällen suchten sie sich einige Stücke heraus, die ihnen als Rahmen dienen sollten, und sie hämmerten und klebten eifrig vor sich hin, als Roberta ankündigte, es sei Zeit für die Mädchen, nach Hause zu gehen.

»Oooh, nein!« riefen sie alle im Chor. »Nur noch ein paar Minuten, ja? Bitte?«

»Nein, ich habe es Isobels Vater versprochen.«

Isobel ging, kam aber am nächsten Tag genau wie alle anderen wieder. Roberta nahm die ganze Schar zu einer kleinen Wanderung auf den Mount Battie mit, und sie freuten sich an ausschlagendem Weißdorn und Hartriegel und an den Weiden, die zum Frühling scharlachrote Röcke angelegt hatten. Sie bestimmten Vögel und kamen an einen Teich in einem alten Steinbruch, in dem die Frösche sangen. Sie merkten sich die Standorte der Blaubeerbüsche, die sie im Spätsommer plündern wollten, und genossen vom Gipfel aus den Ausblick auf die kleine, blaue Schleife des Hafens von Camden, der in der Sonne funkelte, bevor eine dünne Wolke darüber hinwegglitt und das Leuchten dämpfte.

Später trotteten sie den ganzen Weg hügelabwärts bis ans Meer und trafen dort auf den Klippen einige Jungen, die Plattfische ausnahmen. Für einen Eimer davon wurde ihnen freier Zutritt zu ihrer ersten Aufführung von *Hiawatha* gewährt. Es war nicht zu übersehen, daß einer der Jungen Becky schöne Augen machte und ihr gefallen wollte.

Roberta briet die Flundern und brachte sie nach draußen, wo sie sich zu den Mädchen auf den Boden der Veranda setzte; sie ließen die Beine über den Rand baumeln, und ihre Absätze schlugen gegen das Gitterwerk. So fand Gabriel sie vor, als er zu Fuß aus der sich herabsenkenden Dämmerung durch den Garten kam und am Fuß der Treppe stehenblieb. Er war dunkel gekleidet, hatte sich seine Jacke zum Schutz gegen die abendliche Kühle zugeknöpft und wieder einmal seine Mütze zu Hause gelassen. Obwohl sie ihn alle kommen sahen, sagten sie kein Wort, während er näherkam, sondern trommelten nur mit den Absätzen gegen das Gitter, kauten ihren Fisch und leckten sich die Finger ab.

»N'Abend«, sagte er träge.

»N'Abend«, erwiderten sie alle wie im Chor.

»Ich hab' mir schon gedacht, daß ich dich hier finden würde, Isobel.«

»Ich habe schon zu Abend gegessen, falls es das ist, worüber du dir Gedanken machst.«

»Das sehe ich.«

»Mrs. Jewett hat uns Flundern gebraten.«

Er sagte nichts, aber sein Blick wanderte hinüber zu Roberta und blieb dort.

»N'Abend, Mr. Farley«, sagte sie gleichmütig. »Möchten Sie auch eine Flunder?«

»Nein, danke. Ich habe schon zu Abend gegessen.«

»Wie schade.« Sie ließ ihre Füße baumeln wie die Mädchen, und nach dem dumpfen Getrommel zu urteilen, mußten sie wohl Spuren in seinem frisch lackierten Gitterwerk hinterlassen. Er zählte die weiblichen Wesen, die vor ihm saßen. Es waren neun, die da wie Wäscheklammern nebeneinander hockten, und jede einzelne davon ließ ihre Hacken auf den frischen Lack sausen.

»Ich hätte Isobel gerne um sechs zu Hause«, sagte er freundlich zu Roberta.

»Heute ist Samstag. Ich dachte, da würde es Ihnen nichts ausmachen.«

»Sie muß sich für morgen die Haare waschen und sie muß für die Kirche noch die Schuhe putzen.«

»Oh, das stimmt natürlich. Na dann, Isobel ... Zeit zu gehen, mein Kind.« Roberta beugte sich zurück, um Isobel, die ein Stück von ihr entfernt saß, anzusehen.

»Ach, ich wünschte, ich müßte nicht.«

»Psst, Isobel«, flüsterte sie, »du wirst deinem Vater weh tun. Außerdem ist es *wirklich* schon spät, und die anderen müssen auch gleich gehen.«

Isobel stand auf und ging hinter Roberta her, die einen Arm hob und sie von unten anschaute. Isobel bückte sich und sie tauschten ein paar ziellose Küsse aus. »Gute Nacht, mein Kind«, sagte Roberta leise.

»Nacht. Und vielen Dank.«

Roberta schaute aufmerksam hin, um festzustellen, ob Gabe einen Arm um seine Tochter legen würde, als sie sich umwandten und durch den Garten gingen, aber er tat es nicht. Er ging ohne sie zu berühren neben ihr her, während Isobels Stimme zur Veranda hinaufklang. Sie erzählte ihm von ihrem Ausflug auf den Berg und davon, wie sie zu dem Fisch gekommen waren. An der Öffnung in der Hecke drehte das Mädchen sich noch einmal um und rief mit fröhlicher Stimme: »Gute Nacht, allesamt.« Dann verschwanden sie und Gabe in die zunehmende Dunkelheit hinein.

Am Sonntagnachmittag tauchte sie wieder auf und schimpfte darüber, daß sie die Stunden nach dem Kirchgang bis zum Mittagessen bei ihrer Großmutter verbringen mußten.

»Mein Vater besteht darauf. Wir sind *jeden* Sonntag bis drei Uhr nachmittags da. Es ist so langweilig!«

»Aber ich habe deinem Vater versprochen, daß du um sechs zu Hause sein würdest, und das wirst du auch, einverstanden?«

»Oh, schon gut«, sagte sie.

Kurz nach ihrer Ankunft erschien auch Grace. Elfred brachte sie in seinem schwarzen Tourenwagen herauf. Sie stürmte ohne anzuklopfen gleich ins Haus, als wäre das ihr gottgegebenes Recht, und schimpfte sofort mit lautstarker Stimme los: »Roberta, ich muß mit dir reden! Es geht um die Mädchen und darum, wie lange du sie hierbehalten hast! Elizabeth DuMoss hat mich am Telefon gefragt, was hier eigentlich los ist, daß du die Mädchen abends so lange hierbehältst! Sie besteht darauf zu erfahren, was genau hier eigentlich vorgeht, und das tue ich auch!«

Nun kam auch Elfred herein, der jedoch an der Tür stehenblieb, um sich Raum für seine unverschämten Blicke zu verschaffen. Er holte eine Zigarre hervor, steckte sie zwischen die Lippen, drehte sie hin und her, während er sie befeuchtete, ließ sie wie einen Kolben vor und zurück gleiten und grinste sie dabei vielsagend an.

Grace fuhr mit ihrer Ansprache fort. »Ich habe meinen Mädchen gute Manieren beigebracht! Du hast sie Fisch mit den Fingern essen und auf der Kante einer Veranda hocken lassen! Und du hast sie auf diesen Berg hinauftrampeln lassen, wo sie sich ganz schmutzig gemacht haben!«

Plötzlich hatte Roberta ihre Schwester, die ihre Töchter wie Stiefmütterchen in einem Gewächshaus aufwachsen ließ, gründlich satt. »Ja, das habe ich getan, Grace, und sie haben jeden Augenblick davon genossen. Um genau zu sein, wollten sie überhaupt nicht mehr nach Hause.«

»Oh, Roberta«, Grace stöhnte melodramatisch, »wie du mich verletzt! Als du wieder hierherzogst, hatte ich gehofft, wir würden besser miteinander auskommen als früher, aber ich sehe, du bist dasselbe irregeleitete und tollkühne Geschöpf wie seit eh und je. Und dabei sind Elfred und ich extra hergekommen, um dir zu sagen, daß wir eine kleine Party in unserem Haus geben wollen, um dich unseren Freunden vorzustellen, aber jetzt weiß ich nicht mehr so recht. Du versuchst, dich zwischen mich und meine eigenen Kinder zu drängen.« Ihre Stimme brach, während sie nach einem Taschentuch angelte und es zur Anwendung brachte. »Und das tut weh, Birdy, das tut weh.«

Roberta breitete die Arme aus und drückte ihre Schwester fest an sich. »Oh, Grace, es tut mir leid. Das hätte ich nicht sagen dürfen.«

»Aber das hast du immer getan, immer. Immer hast du dich über mich und meine Entscheidungen lustig gemacht. Was ich auch tue, es ist niemals das, was *du* getan hättest. Nun, ich finde, ich habe meine Sache gar nicht so schlecht gemacht!« Grace zog sich mit einer abwehrenden Geste zurück. »Ich habe meine Mädchen und meinen Elfred, und wir haben ein glückliches Zuhause und viele Freunde, also wer bist du, daß du mich herabwürdigst?«

»Es tut mir leid, Grace«, sagte Roberta geziemend zerknirscht. Aber sie vermied es sorgfältig, Elfred anzusehen, der endlich die Zigarre aus seinem verabscheuenswerten Mund genommen hatte. Wenn Grace sich einreden wollte, daß ihre Ehe im Himmel geschlossen worden war – wer war Birdy, daß sie sie in dieser Hinsicht eines Besseren belehrte? Sollte sie doch in ihrer Traumwelt leben. Sie griff nach Graces freier Hand. »Wenn du mir verzeihen kannst, fände ich es herrlich, wenn du eine Party für mich geben würdest. Wirklich. Und ich würde furchtbar gern deine Freunde kennenlernen.«

Grace sandte einen Märtyrerblick in Elfreds Richtung und sorgte dafür, daß ein paar Tränen in ihren Wimpern blinkten. »Nun, wenn Elfred damit einverstanden ist ...«

Er stellte sich dicht hinter sie und legte ihr einen Arm um die Taille. »Das liegt ganz bei dir, Liebste«, sagte er mit so honigsüßer Stimme, daß Roberta den Drang verspürte, sich zu übergeben.

Grace machte großes Trara um ihre Entscheidung. »Ja, ich denke, wir sollten den Plan tatsächlich in die Tat umsetzen. Wir hatten an Samstagabend gedacht. Vielleicht ein kleines Essen und etwas Musik anschließend.«

»Das wäre einfach großartig.«

Und dann mußte Grace alles wieder zunichte machen. »Wir dachten, wenn wir öffentlich zeigen, daß wir dich unterstützen, alle Leute sehen lassen, daß wir trotzdem bereit sind, dich in unserem Haus zu empfangen, dann würden die anderen in der Stadt übersehen, daß du geschieden bist, und unserem Beispiel folgen.«

Roberta nahm all ihre angestrengte Höflichkeit zusammen, um Grace nicht in ihr dickes Gesicht zu schlagen. Bereit, sie in ihrem Haus zu empfangen!

Zum Teufel, wenn es nicht so scheinheilig gewesen wäre, hätte es vielleicht komisch sein können. Grace mit ihrem über die Dörfer ziehenden Ehemann, die bereit war, die moralische Führerin der Stadt zu spielen, während jedermann hinter ihrem Rücken über sie lachte. Elfred, der die Zigarre in seinem Mund hin und her bewegte wie in einem Butterfaß und keine Gelegenheit ausließ, die Schwester seiner eigenen Frau mit wollüstigen Blicken zu bedenken, während Männer wie Frauen ihn aus der Ferne gleichermaßen verachteten. Die beiden waren wahrhaftig ein jämmerliches Paar.

Als Elfred und Grace gegangen waren, war Robertas Zorn noch lange nicht verraucht. Sie spielte etwas Klavier, aber auch damit ließ sich der Schmerz und der Abscheu, den sie empfand, nicht auslöschen. Als sie die Notenblätter weglegte und zu Bett ging, war sie immer noch erregt.

Im Haus wurde es still. Die Mädchen kamen zur Ruhe. Elfred, Grace, Grace, Elfred. *Wir sind trotzdem bereit, dich in unserem Haus zu empfangen und zu übersehen, daß du geschieden bist.*

Es dauerte eine gute Stunde, bevor Roberta endlich schläfrig wurde. Ihr letzter Gedanke vorm Einschlafen war, daß sie es gar nicht erwarten konnte, bei Gabriel Farley über das Vorgefallene zu schimpfen. Er war der einzige Mensch in dieser Stadt, der sie verstehen würde.

9

Am Montag morgen kam Gabe schon, bevor Roberta zur Arbeit wegging. Sie war gerade oben, als die Mädchen sie mit ihren Abschiedsworten überhäuften und dann im Laufschritt und wie gewöhnlich mit Verspätung die Treppe hinunterrannten. Wenige Sekunden später ging sie in ihrer gestärkten weißen Uniform und mit dem weißen Häubchen auf dem Kopf herunter, wo sie Gabe im Wohnzimmer vorfand. Er trug Lederhandschuhe und hielt eine Glasscheibe hoch.

»Oh! Ich wußte nicht, daß Sie schon da sind!« sagte sie überrascht.

»Entschuldigung. Ich dachte, die Mädchen hätten es Ihnen gesagt.«

Er starrte sie an, als hätte er sie noch nie zuvor gesehen. Sie hatte sich das Haar ganz ähnlich wie seine Mutter es tat, aufgerollt, und das Häubchen schmiegte sich in die Beuge ihres Nackens. Ihre gestärkte Uniform reichte ihr fast bis zu den Knöcheln und stand wie eine Glocke von ihr ab; darüber trug sie eine weiße Schürze mit einem Lätzchen, das sich wie ein Stück Blech über ihre Brüste bog.

Bis zu diesem Zeitpunkt hatte er ihrer Figur keine besondere Beachtung geschenkt, aber als er sie so in dieser Uniform sah, erschien sie ihm wie die Küstenlinie von Maine, wenn man sie vom Gipfel des Mount Battie aus betrachtete: Die Kurven waren gar nicht zu übersehen, sie lagen klar und üppig vor einem. Und sie sah so ordentlich aus! Wenn sie hier mit den Mädchen herumlief, wirkte ihr Haar wie etwas, das das Meer bei Flut auf die Felsen gespült hatte, aber diese ordentliche Haarrolle war eine echte Überraschung. Sogar ihre abgelaufenen Schuhe waren verschwunden und hatten makellos weißen Oxfords Platz gemacht.

Er starrte sie eine ganze Weile mit offenem Mund an, bis es ihm selbst auffiel und er endlich etwas sagen konnte.

»Ich werde heute dieses Fenster da auswechseln.«

»Ja. Gut.«

Er bewegte sich immer noch nicht.

Nach einem kurzen Augenblick reckte Roberta das Kinn und sagte verwirrt: »Mr. Farley?«

Er machte eine Handbewegung, als wolle er auf sie zeigen; dabei hielt er immer noch die Glasscheibe fest. »Die Uniform.«

Sie blickte an sich herab. »Stimmt etwas nicht damit?«

»Hm ... nein. Sie ist ... ah ... nein, sie ist ...«

Sie verbarg ihre Belustigung und wartete darauf, daß er weitersprach.

»Hübsch«, fügte er schließlich hinzu, während er die Glasscheibe auf seinen Stiefeln abstellte.

»Eine Gabe des Staates.«

»Oh, also nicht nur Telefone, sondern auch Uniformen.«

»Ja. Ich habe wirklich Glück, wie?«

»Unbedingt.«

»Nun, ich muß jetzt los. Besser, ich komme an meinem ersten Tag nicht gleich zu spät.«

»Nein, natürlich.« Er legte seine behandschuhten Hände um das Glas und ging auf die Treppe zu.

»Ach, Mr. Farley?«

Er blieb stehen und setzte die Glasscheibe abermals auf seinen Stiefeln ab.

»Werden Sie den ganzen Tag über hier sein?«

»Denk' schon.«

»Ich weiß, es ist eine unverschämte Bitte, aber die Mädchen werden vor mir zu Hause sein. Würde es Ihnen etwas ausmachen, sie im Auge zu behalten, bis ich zurückkomme?«

»Mit Freuden. Ich muß natürlich arbeiten, das wissen Sie ja.«

»Oh, ja natürlich. Ich dachte nur ... ich wette, daß Isobel zusammen mit meinen drei Mädchen hier auftaucht, also dachte ich, es würde Ihnen vielleicht nichts ausmachen.«

»Überhaupt nichts.«

»Tja, dann sehen wir uns nachher ... irgendwann zwischen fünf und sechs, nehme ich an.«

»Geht klar.«

Er sah zu, wie sie durchs Wohnzimmer ging und aus dem Haus trat. Als sie an die Verandatreppe kam, rief er hinter ihr her: »Ach, Mrs. Jewett?« Sie kehrte zur Tür zurück und sah ihn an. »Wollen Sie, daß ich die Kiste anwerfe, damit Sie sich nicht schmutzig machen?«

»Nein, vielen Dank, Mr. Farley, ich komme schon zurecht.«

Er hielt sich im Schatten, ein gutes Stück entfernt von der Tür, so daß sie nicht sehen konnte, daß er sie beobachtete. Es war wahrhaftig ein sehenswerter Anblick, wie sie in ihrer gestärkten weißen Uniform den Wagen anwarf, alles prüfte, was er sie zu prüfen gelehrt hatte, und jedesmal in den Wagen ein- und wieder ausstieg, während er jede Korrektur, die sie vornahm, verzeichnete. Als der Motor ansprang, erschien ein breites, zufriedenes Lächeln auf ihrem Gesicht, sie rieb sich die Hände und blickte zum Haus auf, als wolle sie sich seiner Zustimmung versichern.

Auch er lächelte und wartete, bis sie davongefahren war, dann trug er die Glasscheibe nach oben und dachte dabei, daß es heute hier sehr viel einsamer würde als am Freitag.

Im Schlafzimmer der Mädchen herrschte Chaos. Keine hatte ihr Bett gemacht, und überall lagen schmutzige Kleider herum. Die beiden Schlafzimmer teilten sich einen winzigen Wandschrank, dessen Türen in beide Richtungen offenstanden. Bücher, Fächer, Muschelschalen, Vogelnester, Steine, Treibholz, Schuhe, schmutziges Geschirr, Wassergläser, an die Wände geheftete Theaterprogramme – Herrschaft, man konnte kaum den Fußboden sehen.

Gabe war an sich nicht neugierig, aber er warf doch einen kurzen Blick in Robertas Zimmer und stellte fest, daß dort der gleiche Zustand herrschte. Der ordentlichste Gegenstand darin war ein Stapel zusammengefalteter Uniformen auf ihrer Kommode. Sie besaß eine schon arg mitgenommene Truhe, und aus einer ihrer offenen Schubladen hing ein Unterrock mit schmutzigem Saum. Sie schlief auf der rechten Seite des Bettes – bemerkte er – auf zwei übereinander gelegten Kissen unter einer Decke aus gelber Chenille. Keine Vorhänge an den Fenstern, nur grüne Jalousien mit zerbeulten Unterleisten, wahrscheinlich ein Überbleibsel des verrückten alten Breckenridge.

Caroline hätte ein Streichholz an das Ganze gehalten und den Brand als großen Gewinn angesehen.

Er suchte nach einem Bild des Ehemanns, fand aber keins. Als er sich daran machte, die neue Fensterscheibe einzusetzen, fragte er sich, wie George Jewett wohl ausgesehen haben mochte.

Der Tag ohne sie verging langsam. In nur einer Woche hatte er sich an ihre Geräusche gewöhnt, an das Klappern von irgendwelchen Dingen, ihr Summen, das Pianospiel zu den lächerlichsten Zeiten; sie hatte den Wagen angelassen, war hinausgekommen, um mit ihm zu reden, und hatte duftenden Kaffee gebraut. Gegen Mittag setzte er sich auf die Verandatreppe, verzehrte sein Butterbrot allein und erinnerte sich daran, wie sie vergangenen Freitag in ihrer Küche gesessen und geredet hatten. Wieder und wieder dachte er: *Aber sie ist so anders als Caroline,* und begriff dabei kaum, was seine Überlegungen eigentlich zu bedeuten hatten.

Seine Mutter fand ihn dort, als er gerade den letzten seiner Kekse aß.

»Gabriel!« rief sie, als sie durch den Garten kam.

»Was machst du denn hier?« fragte er und wischte sich die Kekskrümel von den Händen.

»Ich wollte mal sehen, was du aus dem alten Haus Breckenridge so herausholst.«

»War 'ne Menge Arbeit nötig.«

»Die Veranda sieht gut aus.«

»Die haben Seth und ich letzte Woche gemacht.«

»Und angestrichen habt ihr auch schon, sehe ich.«

»Ja. Diese Woche arbeite ich drinnen.«

»Würd' ich mir gern mal ansehen. Ich habe gehört, sie ist drüben in der Schule und gibt Spritzen, daher dachte ich, es würde wohl gehen.«

Sie ging um ihn herum die Treppe hinauf.

»He, Ma, halt mal! Das ist ihr Haus. Ich kann dich nicht einfach hier reinlassen!«

Er kam zu spät. Bis er sich erhoben hatte, war sie bereits im Haus.

»Sie wird's ja nicht merken. Meine Güte, sind das alle Möbel, die sie hat? Das Klavier ist das Beste in diesem Raum, und auch das hat schon mal bessere Zeiten gesehen.«

»Ma, bitte, ich habe kein gutes Gefühl dabei, dich hier herumschnüffeln zu lassen.«

»Ich schnüffele nicht herum.« Noch während sie das behauptete, stand sie bereits in der Tür und inspizierte die Küche. »Ich bin hergekommen, um mit dir über Isobel zu reden.«

»Was ist mit ihr?«

»Die Leute sagen, sie läuft mit den Mädchen dieser Frau rum, und ich glaube nicht, daß Caroline das gefallen würde.«

»Caroline ist tot, Ma, und ich muß diese Dinge selbst entscheiden. Und bist du nicht diejenige, die mich erst vor ein paar Wochen daran erinnert hat?«

Maude drehte sich um. »Hör mal zu, mein Sohn, du hast selbst ganz schön viel Zeit hier oben zugebracht.«

»Ich arbeite für sie.«

»Samstags abends?«

»Ich war Samstag abend nicht hier.«

»Ich habe da anderes gehört.«

»Ma, du hast zu lange an diesem Gemeinschaftsanschluß gesessen.«

»Ich sage bloß, daß hier eine geschiedene Frau lebt, und du solltest besser aufpassen, was du hier treibst, weil die ganze Stadt davon weiß. Und ich möchte nicht, daß meine Enkeltochter mit diesen wilden Rangen rumläuft und sich einen schlechten Ruf einhandelt.«

»Weißt du was, Ma?« Er zwang sich zur Ruhe. »Langsam werde ich ein wenig böse. Es ist lange her, seit ich das letzte Mal böse war, aber, verdammt noch mal, ich bin ein erwachsener Mann, und ich brauche dir nicht zu erklären, was ich tue. Und ich brauche das auch keiner Stadt voller Klatschbasen zu erklären, die Roberta Jewett überhaupt nicht kennen. So glücklich wie jetzt war Isobel seit Carolines Tod nicht mehr. Die Mädchen vergnügen sich hier, eine ganze Horde von Mädchen, die singen, sich Theaterstücke ausdenken, den Berg hinaufgehen, und Mrs. Jewett brät ihnen allen Fische, und wenn du die Wahrheit wissen willst, ich habe noch nie eine Mutter kennengelernt, die so viel Zeit mit ihren Kindern verbringt, oder eine, die glücklicher mit ihnen ist. Und sie mögen sie auch. Sie lachen zusammen, und sie sitzt da drin und spielt Klavier mit ihnen und hat selbst ihren Spaß. Was, bitte schön, ist daran auszusetzen?«

»Ich sage doch nur ... sieh zu, daß du deine Arbeit getan bekommst und von hier verschwindest, Gabriel.«

Er sagte, was er zu sagen hatte, gelassen und ohne Erbitterung, aber sie wußte, daß er jedes Wort ernst meinte. »Ich glaube, wenn hier einer von uns beiden verschwinden sollte, und zwar noch in diesem Augenblick, dann bist du das, Ma.«

Danach verlebte er einen unangenehmen Nachmittag, an dem er sich darüber sorgte, was seine Mutter den anderen Frauen am Gemeinschaftsanschluß erzählen würde. Er fragte sich, warum er nicht einfach klipp und klar festgestellt hatte, daß zwischen ihm und Roberta Jewett nichts war. Es erzürnte ihn einfach, daß die Leute über sie tratschten, ohne daß sie sie jemals selbst kennengelernt hatten.

Mitten am Nachmittag tauchte Seth auf.

»Mann-o-Mann, unsere Mutter ist auf hundertachtzig«, sagte er.

»Jawoll.«

»Was zum Teufel hast du eigentlich zu ihr gesagt?«

»Daß sie sich um ihre eigenen Angelegenheiten kümmern soll.«

»So was in der Art hatte ich mir schon gedacht.«

»War sie unten in der Werkstatt oder was?«

»Und ob sie das war! Hat mir gesagt, ich soll gleich hier raufmarschieren und zusehen, daß ich die lockeren Schrauben in deinem Kopf festgezogen kriege.«

»Die Stadt ist kleiner, als gut tut. Jeder weiß, was der andere macht.«

Seth sah ihn grinsend an. »Ma sagt, sie hätte die längste Zeit deine Keksdose gefüllt.«

Gabe warf seinem Bruder einen belustigten Blick zu.

»Tja, das wird mich bestimmt wieder zur Räson bringen, wie?« Sie lachten beide, und Seth schlug Gabe kräftig zwischen die Schulterblätter.

»So, du kommst also bestens mit Mrs. Jewett zurecht, oder?«

»Nein, nichts dergleichen. Wir haben bloß viel miteinander geredet, das ist alles.«

»Hätte nicht gedacht, daß du jemals viel reden würdest.«

»Über die Menschen, mit denen wir verheiratet waren.«

»Ohhh ...«, sagte Seth und legte weise den Kopf in den Nacken, » ... über die Menschen, mit denen ihr verheiratet wart. Na, wenn *das* nicht interessant ist!«

»O nein, nicht du auch noch! Verdammt, Seth, du bist ja genauso schlimm wie Ma!«

»Nein, bin ich nicht. Ich zieh dich bloß auf, und ich klatsche auch nicht.«

»Na, dann mal ab die Post«, sagte Gabe und grinste seinen Bruder voller Zuneigung an. »Dann sieh mal zu, daß du dich hier schnell aus dem Staub machst.«

Die Mädchen – alle vier – kamen nach der Schule hungrig, lachend und geschwätzig nach Hause und füllten das Haus mit Leben.

»Eure Mutter hat gesagt, ihr sollt ihr nicht die Haare vom Kopf futtern, und sie möchte bitte schön nicht hinter euch herräumen müssen.«

Zu seiner Überraschung stellte Gabe fest, daß er ihre Foppereien und ihren Frohsinn genoß. Sie hatten in der Schule alle Spritzen bekommen, verglichen ihre Arme und sprachen über ein jüngeres Mädchen, das in Ohnmacht gefallen war. Mehr als einmal mußte auch er selbst herzlich lachen. Er hörte ihnen zu und strich dabei weiter Putz auf die Innenwände.

»Wir gehen jetzt!« rief eine von ihnen.

»Wohin?« rief er zurück.

»Rüber zu den Spears, um uns Tante Graces alte Kleider anzusehen!«

»Zieht euch zuerst um! Isobel, du gehst nach Hause und ziehst dir ...« Seine Anweisungen hörte niemand mehr. Die

Mädchen waren schon halb durch den Garten. Kopfschüttelnd stand er auf der Veranda und war zu seinem eigenen Erstaunen dankbar für ihre unbekümmerte Freiheit.

Als Roberta um fünf Uhr nach Hause kam – Gabe spülte gerade an der Pumpe sein Reibbrett und seine Werkzeuge ab –, waren sie immer noch nicht zurück. Roberta folgte den Geräuschen, ging durch das stille Haus in den Garten, wo er mit dem Rücken zu ihr neben einem Eimer kniete. Auf den Holzbrettern, die er als Weg zur Pumpe ausgelegt hatte, hörte er sie nicht kommen. Knapp zwei Meter hinter ihm blieb sie stehen und sagte: »Ich bin froh, daß Sie noch hier sind.«

Er fuhr in einer Viertelumdrehung herum; er hatte sie noch nicht erwartet. Dann stützte er sich mit einer tropfnassen Hand auf den Rand seines Eimers. »Na, wie war Ihr erster Tag?«

»Nicht schlecht. Nur drei Kinder sind ohnmächtig geworden.«

»Von einem habe ich bereits gehört.«

»Wo sind die Mädchen?« Sie streckte die Hände aus, um sich einer Hutnadel und ihrer weißen Haube zu befreien. Sein Blick fiel kurz auf ihre Brüste, dann wandte er sich wieder seinem Werkzeug zu, das er abschüttelte und in den Eimer fallen ließ.

»Bei Ihrer Schwester. Wollten sich deren alte Kleider ansehen.«

Im Aufstehen nahm er weitere Einzelheiten an ihr war. Ihre Schürze war hier und da mit winzigen Blutstropfen gesprenkelt und ihre Uniform zerknittert. Eine Haarsträhne hatte sich gelockert, als sie ihre Haube abnahm; jetzt schob sie sie sich hinters Ohr, bevor sie fragte: »Haben Sie's eilig heimzukommen?«

»Nein. Daheim wartet nichts auf mich als ein leeres Haus.«

»Dürfte ich dann kurz mit Ihnen über etwas reden?«

»Na klar«, sagte er, nahm seinen Eimer und ging mit ihr zur Treppe, wo sie sich hinsetzte und die Ellbogen auf die Knie stützte. Er setzte sich neben sie auf die hölzerne Stufe, hielt aber diskret ein wenig Abstand. Sie hatte ihre Haube in der Hand und stach, während sie sprach, immer wieder die Nadel in die harte, gestärkte Baumwolle.

»Würden Sie ganz ehrlich zu mir sein?« fragte sie.

»Kommt drauf an, was Sie fragen werden.«

Sie holte tief Luft. »Elfred und Grace waren gestern hier, um mir zu sagen, daß sie eine Party für mich geben würden, um mich sozusagen der guten Gesellschaft vorzustellen. Grace sagte, sie wolle den braven Bürgern von Camden zeigen, daß sie, auch wenn ich eine Ausgestoßene der Gesellschaft bin, bereit seien, mich trotzdem in ihrem Haus zu dulden, und zwar in der Hoffnung, daß andere dann genauso großmütig wären.«

Erstaunen malte sich in seinen Zügen ab und straffte ihm das Rückgrat. »*Das* hat ihre Schwester gesagt?«

»Nun, nicht genau mit diesen Worten, aber die Quintessenz ist dieselbe.«

»Das hätte sie nicht tun dürfen.«

»Ist es wirklich so schlimm? Wird jeder in der Stadt über mich reden, nur weil ich geschieden bin?« Sie ließ von ihrer Haube ab und sah ihn an.

»Was schert es Sie, was die Leute sagen? Die Menschen sind manchmal dumm und gedankenlos.«

»Das sind sie wirklich.«

Er wandte den Blick ab und betrachtete die Pumpe. »Ich selbst tratsche nicht viel, daher weiß ich nicht genau Bescheid.«

»Ich habe Sie gebeten, ehrlich zu mir zu sein. Bitte, Gabriel.«

Auch er hatte ein Familienmitglied, mit dem er unzufrieden war. Er wünschte, er hätte sich sein Mißfallen über seine Mutter von der Seele reden können, aber damit hätte er Roberta nur noch mehr wehgetan, deshalb schwieg er.

»Warum gibt man der Frau die Schuld, wenn der Mann untreu ist?« fragte sie ihn.

»Ich weiß es nicht, Roberta.«

»Diese Leute kennen mich ja nicht einmal.«

»Nein. Also werden Sie es Ihnen zeigen müssen und beweisen, daß sie durch und durch in Ordnung sind.«

»Das glauben Sie wirklich? Daß ich durch und durch in Ordnung bin?«

»Ja, das glaube ich. Jetzt, da ich Sie näher kennengelernt habe, ganz bestimmt. Und ich komme mir auch ziemlich dumm vor, daß ich genauso war wie die anderen und auf Ihre Kosten Witze gemacht habe, als Sie in die Stadt kamen.«

»Ja, daran erinnere ich mich sehr gut.«

»Ist mir verziehen?«

»Möchten Sie das denn?«

Er hielt es für das Beste, sie nicht anzusehen, während er ihr eingestand: »Meine Familie denkt, da wäre etwas zwischen Ihnen und mir und spart nicht mit Kritik deswegen.«

»Was genau heißt das – spart nicht mit Kritik?«

»Nichts. Vergessen Sie, daß ich es gesagt habe.«

»Was? Ziehen sie Sie auf? Warnen sie Sie vor mir? Was?«

»Vergessen Sie's.« Er stand auf und griff nach seinem Eimer. »Ich hätte überhaupt nichts sagen sollen. Und jetzt gehe ich wohl besser.«

Sie kochte innerlich, weil sie ihn um Ehrlichkeit gebeten hatte und er sich aus Angst vor der Wahrheit zurückzog. Sie war daran gewöhnt, über die Dinge offen zu reden und nichts zu verbergen; sie stellte sich den Problemen statt sie zu verdrängen.

»Na schön. Seien Sie ruhig stur!« fuhr sie ihn an. Dann erhob sie sich ebenfalls, marschierte ins Haus und ließ die Fliegentür hinter sich zukrachen.

Er sah ihr nach; ihre ungewohnte Zurschaustellung schlechter Laune beunruhigte ihn. Nachdem er eine Weile dagestanden und überlegt hatte, wie er die Sache angehen sollte, folgte er ihr ins Haus, hinein in den Geruch nach feuchtem Putz und das Gekrümel von Grahambrot, das die Mädchen auf dem Küchentisch hinterlassen hatten. Sie wischte den Tisch gerade mit schroffen, zornigen Bewegungen ab und weigerte sich, ihn anzusehen, als er ins Zimmer trat.

»Ich habe gesagt, sie sollen keine Unordnung hinterlassen. Tut mir leid, daß sie nicht gehorcht haben.«

Sie warf das Tischtuch auf den Boden und schlug eine Tür zu, die offen gestanden hatte. Unsicher blieb er noch eine Weile stehen, dann ging er ins Wohnzimmer, wo er sein Werkzeug, soweit er es mit nach Hause nehmen wollte, aufgestapelt hatte. Es lag ihm wie ein Ziegelstein im Magen, daß sie böse auf ihn war. Merkwürdig, wie schwer dieser Stein war. Er nahm seine Werkzeuge und seinen Eimer und hielt einen Augenblick sinnend inne. Dann setzte er alles wieder ab und ging zurück zur Küche. Sie stand mit vor der Brust verschränkten Armen am Fenster und blickte hinaus. Ihre Haube lag auf dem Tisch.

»Roberta«, sagte er.

»Was ist?« fuhr sie auf, ohne ihn anzusehen.

»Es spielt keine Rolle, was die Leute sagen.«

Sie fuhr ärgerlich herum und klopfte sich auf die Brust. »Für Sie nicht, aber für mich schon! Meine eigene Schwester! Ihre Familie! Jeder denkt das Schlimmste von mir, obwohl nichts von alledem der Wahrheit entspricht! Gar nichts! Nur weil ich geschieden bin, heißt das nicht, daß ich keine Moral hätte!«

»Das weiß ich«, sagte er leise.

Sie griff nach ihrer Haube und drängte sich an ihm vorbei zur Treppe. »Verschwinden Sie einfach von hier«, befahl sie ihm angewidert. »Ich brauche Sie nicht. Ich weiß nicht, warum ich auch nur auf den Gedanken gekommen bin, ich könnte mit Ihnen reden! Ich habe meine Mädchen, und die sind mehr wert als alle anderen Leute hier in der Stadt zusammen!«

Mit diesen Worten ging sie die Treppe hinauf; er ging hinter ihr her. Als sie die Hälfte der Stufen hinter sich hatte, hielt er sie am Arm fest. Da standen sie nun auf zwei verschiedenen Stufen; sie blickte auf ihn herab und er zu ihr hinauf. Er hielt immer noch ihren Arm fest, und auf einer sehr elementaren Ebene waren sie sich beide der Tatsache bewußt, daß er in den privaten Teil ihres Hauses eingedrungen war, indem er ihr folgte. »Ich hätte das mit meiner Familie nicht sagen sollen. Es ... es tut mir leid.«

Ihre Miene blieb kalt und ausdruckslos. »Vielleicht sollte Ihr Bruder die Arbeit hier oben zu Ende bringen.«

Er verspürte einen merkwürdigen Stich, ein Gefühl des Verlustes. Die Sekunden verrannen, ohne daß er sie losließ. »Ist das Ihr Wunsch?«

»Ja, ich denke schon.« Nach einer kurzen Pause fügte sie sarkastisch hinzu: »Aber nur weil er verheiratet ist, heißt das natürlich nicht, daß die Leute nicht glauben würden, daß ich auch ihn mit meiner Gunst beglücke, nicht wahr? Würden Sie jetzt bitte meinen Arm loslassen?«

Er tat es, wenn auch widerstrebend. »Sie schätzen meinen Bruder vollkommen falsch ein. Er ist der einzige, der für Sie Partei ergreift.«

»Oh, Sie haben also auch mit ihm über mich geredet. Dann hätten wir jetzt Elfred und Ihren Bruder und wie viele andere noch?«

Plötzlich verlor er die Geduld mit ihr; absichtlich verdrehte sie alles, was er sagte. »Jetzt hören Sie aber auf! Das stimmt nicht, und Sie wissen es auch. Na schön, vielleicht habe ich am Anfang mit Elfred geredet, aber dafür habe ich mich entschuldigt. Und ich tuschele auch nicht mehr hinter Ihrem Rücken, nicht, seit ich Sie besser kennengelernt habe.«

Sie zwang sich zu einem trockenen Lachen, griff sich an die Stirn, als wolle sie sich einen klaren Kopf verschaffen und ging die restlichen Stufen hinauf. »Weswegen streiten wir uns eigentlich? Ich weiß es nicht einmal! Sie sind nichts als mein Zimmermann, um Himmels willen, und ich stehe hier herum und verschwende meine Zeit mit Ihnen?« Sie verschwand im oberen Stockwerk. »Sagen Sie Ihrem Bruder, daß ich möchte, daß er diese Arbeit zu Ende bringt!« rief sie ihm aus ihrem Schlafzimmer zu.

Er rief zurück: »Aber ich möchte das nicht!«

Ihr Kopf tauchte wieder auf. »Ach nein? Nun, ich möchte es schon!« und wieder verschwand sie.

»Ich habe die Sache angefangen, ich werde sie auch zu Ende bringen!« brüllte er. Dann fügte er noch lauter hinzu: »Roberta, kommen Sie sofort wieder hierher!«

Sie erschien an der Treppe und knöpfte sich die Schürze am Rücken auf. »Hören Sie auf zu schreien, Farley. Packen Sie Ihr Werkzeug ein und gehen Sie endlich, denn ich weiß nicht, was zwischen uns ist, aber was es auch sein mag, ich brauche nicht noch mehr Probleme in meinem Leben. Ich habe meine Töchter und meine Arbeit und mein Automobil, und ich bin so glücklich wie ein Fisch im Wasser. Und jetzt gehen Sie, und schicken Sie morgen früh Ihren Bruder her!«

Bumms! Ihre Schlafzimmertür krachte ins Schloß.

Als sie endgültig verschwunden war, stützte er sich mit einem Arm an die Wand, ließ den Kopf hängen und fragte sich, warum er eigentlich mit ihr stritt ... mit einer dickköpfigen, besserwisserischen Furie, die, wo sie ging und stand, beweisen mußte, daß sie auch ohne einen Mann zurechtkam. Sie hatte ihm ja schließlich deutlich *gesagt*, daß sie nichts mehr mit Männern zu schaffen haben wollte. Warum lungerte er überhaupt noch hier herum?

Roberta hatte die Tür hinter sich zugeschlagen, aber da das Holz verzogen war, sprang sie gleich wieder auf. Roberta preßte sich mit dem Rücken dagegen und ließ ihren Zorn abklingen. Von ihm kam nur noch Schweigen. Ein langes Schweigen, währenddessen sie sich fragte, was er da unten tat. Dann hörte sie endlich seine Schritte davonpoltern und dann das Geräusch seines sich entfernenden Wagens.

Sie zog ihre Uniform aus und legte sie zum Einweichen in kaltes Wasser, dann spielte sie ein wenig Klavier, um sich zu beruhigen.

Während sie spielte, kamen die Mädchen mit einigen von Graces alten Kleidern herein und verkündeten, daß sie *The Song of Hiawatha* am Sonntag nachmittag auf der Veranda aufführen würden. Roberta sorgte dafür, daß Isobel um sechs nach Hause ging. Anderthalb Stunden später war sie jedoch wieder da und sagte: »Mein lieber Schwan, mit meinem Vater ist heute abend aber nicht gut Kirschen essen! Ich habe ihn bloß gefragt, ob er zu unserer Hiawatha-Aufführung käme, und da hätte er mir fast den Kopf abgerissen! Er meinte, wir würden Sonntag nachmittags immer zu meiner Großmama gehen, und da wurde ich so wütend, daß ich einfach weg mußte!«

Roberta dachte selbstgefällig: *Gut! Er hat mich aufgeregt, soll er sich selbst doch ebenfalls aufregen!*

Er schickte in der kommenden Woche nicht Seth zum Haus, um die Arbeit zu beenden. Statt dessen sorgte er dafür, daß er immer erst kam, nachdem Roberta morgens weggegangen war, und die Arbeit beendete, bevor sie nachmittags zurückkehrte. Sie wußte nicht, wer die Arbeit erledigte, und redete sich ein, es sei ihr egal. Jeden Tag sah sie neue Fortschritte – die Wände waren geglättet und gestrichen, die Holzvertäfelung neu lackiert, ein neuer Türknauf an der Hintertür angebracht worden. Ein Keil steckte unter einer Ecke des Klaviers, so daß es wieder gerade stand. Die Decke war gestrichen, ihre Schlafzimmertür gerichtet, so daß sie wieder richtig schloß. Und spätestens da wußte sie dann Bescheid.

Am Samstag beschlagnahmte sie eins von Graces alten Kleidern aus dem Kostümvorrat, machte es für sich zurecht, brachte ihre abgelaufenen schwarzen Schuhe auf Hochglanz und fuhr zu der Party der Spears.

Und wer lief ihr da als erstes über den Weg? Gabriel Farley!

Er nahm gerade einen Schluck aus einem silbernen Punschbecher, als ihre Blicke sich quer durch den Raum trafen. Er hob seinen Becher; sie warf ihm ein abwehrendes Lächeln zu und machte dann einen großen Bogen um ihn, während man ihr alle anderen Gäste vorstellte. Elfred war ein angesehener Geschäftsmann und jeder, der auf sich hielt, war da: Jay Tunstill von der Bank, Hamlin Young vom Autohaus Boynton, dazu noch viele andere, und alle mit ihren Ehefrauen. Die Frauen neigten dazu, Roberta mit einem sterilen Gruß zu bedenken und sich gleich nach der Vorstellung wieder zurückzuziehen. Die Männer hielten ihre Hand zu lange fest und begafften sie, wenn sie glaubten, sie selbst oder ihre Ehefrauen würden nicht hinsehen. Elfred ergriff jede Chance, die sich ihm bot, und zielte immer auf ihre Taille oder ihren Rücken, stets unter der Maske des höflichen Gastgebers, ob Grace in der Nähe war oder nicht.

Gegen neun war Roberta so weit, daß sie seinen Ellbogen am liebsten mit einem Beil bearbeitet hätte. Da fing die Musik an, und als sie im Gewächshaus neben einer gewaltigen eingetopften Palme stand, trat Farley hinter sie.

»Ich werde Sie nicht wieder weglassen, ohne daß Sie mit mir gesprochen haben.«

Sie sah ihn kühl an. »Hallo Gabriel.«

»Sie sehen sehr gut aus heute abend.«

»Vielen Dank. Sie auch«. Er hatte sich die Haare schneiden lassen und trug einen schwarzen Anzug mit weißem Hemd und Krawatte. Sein frisch rasiertes Gesicht war von der vielen Arbeit im Freien leicht gebräunt. Obwohl seine Augenbrauen sich niemals glatt legen ließen, trug doch gerade ihre Ungebärdigkeit zu seinem Reiz bei. Er war in der Tat ein kräftiger, gutaussehender Mann.

»Sind Sie immer noch böse auf mich?«

»Ja. Arbeiten Sie immer noch in meinem Haus?«

»Ja.«

»Das habe ich mir gedacht. Vielen Dank für den Keil unterm Klavier.«

»Gern geschehen.«

»Und dafür, daß Sie meine Schlafzimmertür fertig gemacht haben, so daß sie jetzt wieder schließt.«

»Das habe ich getan, damit Sie das nächste Mal, wenn Sie sie mir vor der Nase zuschlagen, auch tatsächlich zu bleibt.«

»Sie haben es verdient. Sie haben mich an dem bewußten Tag sehr wütend gemacht.«

»Tja, am Montag bin ich bei Ihnen fertig, dann sind Sie mich endgültig los.«

»Ach«, sagte sie und nahm einen Schluck Punsch. »Tja, sehen Sie zu, daß Sie die Schlüssel zu meiner neuen Hintertür liegenlassen.«

»Natürlich.«

Sie warf einen Blick über die Menge. »Ich dachte, Ihre

Mutter würde vielleicht auch hier sein. Ich hätte sie gern kennengelernt.«

»Ich habe Ihnen doch erzählt, daß sie und die Spears nicht direkt Freunde sind.«

»Ach ja, stimmt. Ich dachte, sie hätte es wegen ihrer Einwände gegen mich vielleicht vermieden, hierher zu kommen.«

Er weigerte sich, etwas darauf zu sagen.

»Ich habe gehört, daß unsere Mädchen am Sonntag nachmittag *Hiawatha* aufführen wollen«, bemerkte sie.

»Das hat Isobel mir auch erzählt.«

»Ich habe auch gehört, daß Sie ihr fast den Kopf abgerissen hätten und gesagt haben, daß sie Sonntag nachmittags immer zu Ihrer Mutter gehen.«

»Zum Teufel mit diesem Mädchen. Muß sie Ihnen denn alles erzählen?«

»Ich fand es sehr komisch. Aber andererseits bin ich sicher, daß Sie Dinge über mich hören, von denen es mir lieber wäre, Sie würden nichts davon erfahren.«

»Ich habe so das eine oder andere gehört. Roberta, ich habe mich gefragt ... Darf ich Sie nach Hause bringen?«

»Nein, dürfen Sie nicht, Gabriel. Ich bin mit meinem Wagen hier.«

»Dürfte ich Sie dann nach Hause fahren? Ich selber bin nämlich zu Fuß hier.«

»Warum um alles in der Welt wollen Sie mich nach Hause fahren?«

Er versuchte, seinen Ärger im Zaum zu halten, aber es gelang ihm nicht. »Bei Gott, Roberta, manchmal weiß ich es *selber* nicht! Wissen Sie eigentlich, daß Sie einen auf die Palme treiben können?«

Wenn sie nicht gelacht hätte, wäre es vielleicht dabei geblieben. Aber seine Ehrlichkeit entlockte ihr einen unerwarteten Heiterkeitsausbruch, der sogar den Pianisten mit seinem Straußwalzer übertönte. Mehrere Leute drehten sich um und blickten in ihre Richtung.

»Oh, na schön«, gab Roberta nach. »Meinetwegen.«

Als die Party endete, erwartete sie, daß er verstohlen in ihren Wagen schlüpfen würde, nachdem sie bereits eingestiegen war. Statt dessen stand er in der Eingangshalle plötzlich neben ihr und nahm ihren Ellbogen, während sie sich bei Grace und Elfred bedankte.

»Vielleicht sollte ich dafür sorgen, daß du sicher nach Hause kommst, Birdy«, erbot sich Elfred.

»Ich bringe Roberta nach Hause, Elfred. Du brauchst dir ihretwegen keine Sorgen zu machen.« Mindestens ein halbes Dutzend Leute hörten seine Worte und sahen, wie Elfred auf Gabes Hand hinunterblickte, die Robertas Ellbogen für sich beanspruchte. Auf dem Weg zum Wagen sagte sie: »Wären Sie nicht besser vorsichtig gewesen? Ihre Mutter wird am Gemeinschaftsanschluß davon erfahren.«

»Roberta«, sagte er freundlich, »würden Sie bitte kein Wort mehr über meine Mutter verlieren?«

Sie lächelte und gehorchte.

Er kurbelte ihren Wagen an und fuhr ihn, ohne daß sie sich deswegen beklagt hätte. Er hatte damit gerechnet, daß sie, sobald er darauf zuging, sagen würde: *Das kann ich selber, Gabriel!* Es freute ihn, daß sie ihm ausnahmsweise einmal gestattete, etwas für sie zu tun. Als sie Robertas Haus erreichten, stellte er den Motor ab und begleitete sie zur Veranda.

»Ich glaube, unser gemeinsamer Aufbruch hat Elfred ganz schön die Suppe versalzen«, bemerkte Gabe.

»Dem hätte ich den ganzen Abend über von Herzen gern weit mehr versalzen als die Suppe.«

»Er hat bei Ihnen gerne seine Hände da, wo sie nichts zu suchen haben, ja?«

»Lädt mich in sein Haus ein und begrapscht mich dann vor den Augen seiner Frau. Ich hätte ihm am liebsten eine Ohrfeige verpaßt.«

»Warum haben Sie's nicht getan?«

»Vielleicht nächstes Mal. Danke, daß Sie mich vor ihm gerettet haben.«

»Gern geschehen.«

»Also darf ich davon ausgehen, daß Sie morgen nicht zur Vorführung kommen werden?«

»Aber natürlich komme ich. Wie könnte ich zu Hause bleiben, wo die Mädchen sich gebärdet haben wie eine berühmte Shakespeare-Truppe? Außerdem, wenn ich nicht käme, würde ich da neben Ihnen nicht einen ziemlich armseligen Eindruck machen?«

Seine Ironie entlockte ihr ein Lächeln.

»Also, dann sehen wir uns ja morgen«, sagte sie, als sie an die Treppe kamen. Er blieb stehen und ließ sie allein hinaufsteigen. Er stand im Mondlicht; sie ging in die Dunkelheit. Die Scharniere der Fliegentür gaben einen leisen Klang ab. »Mir gefällt meine neue Fliegentür«, sagte sie und lehnte sich leicht dagegen, während sie zu ihm hinunterblickte. »Vielen Dank, daß Sie sie besorgt haben.«

»Gern geschehen.«

»Und daß Sie mich nach Hause gebracht haben.«

Er hätte sich umdrehen und gehen sollen. Sie hätte gleich ins Haus treten sollen. Statt dessen blieb er stehen, umflutet von dem milchigen Nachtlicht, und blickte zu ihrer unscharfen Gestalt über sich auf, die sich schwach vor dem weißen Rahmen der Fliegentür abzeichnete. Ein Moment der Reglosigkeit verstrich, bevor sie sagte: »Wissen wir eigentlich, was wir tun, Gabriel?«

Ihre Offenheit überraschte ihn, aber er blieb entspannt stehen, wo er war. »Ich glaube nicht, Roberta«, erwiderte er.

Es war keine Frage, daß sie beide an einen Kuß dachten. Die Szene und die Situation waren geradezu klassisch – eine dunkle Veranda, weißes Mondlicht auf dem Rasen, der Geruch von frühlingshaftem Flieder, der überall in der Nähe blühte, die Straßenlaternen der Stadt, die den Hafen unten umrahmten, ein Mann und eine Frau in Abendkleidung, die sich nach einem Streit versöhnt hatten. Aber der Gedanke war Wahnsinn. Zuviel war gesagt worden, Behauptungen aufgestellt, die sie mahnten, daß jede Intimität zwischen ihnen bestenfalls eine Kapriole, schlimmstenfalls ein Fehltritt sein würde. Wenn sie der Stimmung des Augenblicks nachgaben, würden sie es zweifellos später bereuen.

Also wünschten sie einander Gute Nacht, und Roberta schloß die neue Fliegentür zwischen sich und ihm.

Als er am nächsten Tag in ihr Haus kam, um sich das Theaterstück anzusehen, war ihr Umgang miteinander vielleicht ein klein wenig zu korrekt. Jeder, der sie kannte, hätte die Unterströmungen spüren können. Aber die einzigen, die sie eine Weile miteinander gesehen hatten, waren die Mädchen, und die hatten zuviel zu tun, um etwas zu bemerken. Roberta und Gabriel kamen sich nur ein einziges Mal etwas näher, und das auch nur an den verschiedenen Enden des Klaviers, als sie ihn bat, ihr zu helfen, es durchs Wohnzimmer zu der offenen Tür zu bugsieren, so daß man es im Garten hören konnte.

Die Vorstellung war schlecht besucht. Elfred und Grace fanden, es sei unter ihrer Würde, in Robertas Garten auf dem Rasen zu sitzen und zuzusehen, wie ihre Töchter in Indianerkostümen herumhüpften. An ihrer Stelle hatten sie Sophie, ihr Dienstmädchen, geschickt. Myra hatte sich mit Kopfschmerzen entschuldigt, und Isobels Großmutter, die zwar neugierig genug gewesen war, um in Robertas Abwesenheit einen Blick in deren Haus zu werfen, verzichtete auf einen Besuch – den irgend jemand irrtümlich als Geste der Billigung für die geschiedene Frau auffassen konnte.

Aber ein Elternpaar kam – die DuMosses, die Roberta im Verdacht hatte, nur das Haus sehen zu wollen, in dem ihre Tochter so viel Zeit zubrachte, und sich ein eigenes Urteil zu bilden. Sie waren höflich, aber reserviert, und brachten ihre eigene Decke mit, um sich darauf zu setzen.

Ein paar Kinder aus der Schule kamen ebenfalls, einschließlich der Jungen, die Roberta die Fische geschenkt hatten. Und – überraschenderweise – Rebeccas und Susans Englischlehrerinnen, Mrs. Robertson und Miss Werm.

Die Mädchen waren wirklich einfallsreich gewesen, hatten einige Strophen vertont und ihre Version eines Birkenborkenkanus gebaut, das als Requisite diente, während Marcelyn rezitierte: »Gib mir deine Borke, o Birke!« Für Trudys Kopf hatten sie ein schwarzes Tuch mit einem gelben Schnabel gemacht, das sie nun umdrehten, um das Rot auf der anderen Seite zu enthüllen, während sie den Vers rezitierte, in dem es darum ging, wie der Kopf des Spechts sich rot färbte. Jedes der Mädchen hatte sich ein Stück aus der Legende ausgesucht, das es im Kostüm rezitierte: Es ging um die Frage, was die Schatten auf dem Mond hervorruft und warum der Regenbogen Farben hat und warum die Vögel singen. Rebecca, die die verzauberten Mokassins trug, deren Schritte Meilen maßen, trug die Strophe von *Hiawathas* Werbung am Minnehaha vor. Sie begann:

»Wie die Bogenschnur zum Bogen,
So gehört das Weib zum Manne;
Ob sie ihn auch biegt, sie dient ihm,
Ob sie ihn auch spannt, doch folgt sie;
Keines nützt, fehlt ihm das andere!«

Roberta, die mit ausgestreckten und übereinandergeschlagenen Beinen im Gras saß, stützte sich auf den Händen ab, lehnte sich zurück und bewegte schweigend die Lippen, als die vertrauten Worte erklangen. Sie spürte Gabriels Aufmerksamkeit, wie man das Sonnenlicht spürt, eine konzentrierte, in ihre Richtung zielende Kraft, und als sie den Kopf umwandte, sah er sie ernst und nachdenklich an, als könne er nicht anders.

Bogen und Sehne, Mann und Frau.

Es war ein seltsamer Augenblick, nicht von Verzauberung erfüllt, sondern von der Erkenntnis, daß es Widerstand bei ihnen beiden gab; daß sich außerdem irgendwann im Laufe ihrer Bekanntschaft die *Notwendigkeit* dieses Widerstandes ergeben hatte und allein das schon eine Bedrohung darstellte. Was für eine Ironie, daß sie beide ihre Standpunkte klargestellt hatten – er, daß er immer noch seine Frau liebte, sie, daß sie allen Männern grollte wegen des einen, mit dem sie verheiratet gewesen war – und dennoch nur allzugut spürten, wie die Anziehungskraft, die einer für den anderen hatte, heimtückisch an ihnen zerrte und immer stärker wurde. Aber so viele Dinge komplizierten diese Zuneigung: die Tatsache, daß sie geschieden war, die Meinung, die die Stadt über sie hegte, die Ermahnungen seiner Mutter, die wachsende Freundschaft ihrer Kinder, ihre eigene Freundschaft und ihre Verwundbarkeit durch Klatsch und Tratsch, die Tatsache, daß zwei Lehrerinnen ihrer Kinder sie in eben diesem Augenblick beobachten konnten.

In der Hoffnung, daß niemand ihren Blickwechsel bemerkt hatte, richteten sie beide ihre Aufmerksamkeit wieder auf die Veranda, auf der die Vorführung fortgesetzt wurde.

Ob sie ihn auch biegt, sie dient ihm,
Ob sie ihn auch spannt, doch folgt sie …

Der alte Longfellow wußte, wie es den Männern und Frauen erging, die dieses Stadium erreicht hatten.

Keines nutzt, fehlt ihm das andere.

Aber ich bin nicht nutzlos ohne Gabriel Farley, dachte Roberta. Das habe ich bewiesen. Ich habe die Schwierigkeit gemeistert, von Boston hierherzuziehen, und ich kann meine Mädchen großziehen, für ihren Unterhalt sorgen. Ich kann sie doppelt liebhaben und tue das von Herzen gern. Ich habe ein Haus, ein Automobil und eine Arbeit, die mir Sicherheit und Würde verschafft. Warum sollte ich irgend etwas von dem aufs Spiel setzen, indem ich mich einer armseligen Zuneigung, die ich möglicherweise für diesen Mann empfinde, überlasse?

Genausowenig fühlte Gabe sich nutzlos ohne Roberta. Auch er hatte eine Tochter, die er liebte, ein schönes, sauberes, makelloses Haus, in dem alles wie am Schnürchen lief (anders als in ihrem), eine Familie, die ihm beistand und sich um ihn sorgte, ein blühendes Geschäft und das Ansehen der Stadt. Warum sollte er irgend etwas aufs Spiel setzen, indem er sich mit dieser geschiedenen Frau einließ?

Als das Stück endete, blieben sie höflich, aber distanziert, applaudierten mit den anderen, gesellten sich zu den Lehrern und nahmen Komplimente zu ihren Töchtern entgegen.

Aber während Roberta ihre Töchter ohne Scheu in die Arme nahm, bekam Isobel von Gabriel kaum mehr als ein verlegenes Schulterklopfen, und Roberta fragte sich, ob er überhaupt in der Lage war, Zuneigung zu zeigen.

Als ihre Gäste sich zerstreuten, sagte Roberta ihm bewußt unpersönlich auf Wiedersehen, während sie sich überschwenglich von Isobel verabschiedete. Isobel wurde die gewohnte Umarmung zuteil, das Lächeln und der liebevolle Blick, der sagte, *Du bist uns jederzeit willkommen.*

Am Montag nachmittag war Gabriel bereits fertig, hatte sein Werkzeug aufgeladen und kurbelte seinen Motor an, als Roberta ihren Wagen schlingernd hinter seinem Truck zum Stehen brachte.

»Gabriel! Warten Sie!«

Er ließ die Kurbel los und schlenderte auf sie zu.

»Stimmt was nicht?«

»Nein. Ich hatte nur versprochen, Sie zu impfen, das ist alles. Da ich wußte, daß heute Ihr letzter Tag hier ist, habe ich ein wenig früher Schluß gemacht und bin schnell nach Hause gefahren. Kommen Sie mit rein, dann erledige ich das schnell.«

»Ach, Sie hätten sich nicht die Mühe zu machen brauchen.«

»Es ist keine Mühe. Kommen Sie schon.«

Er hatte kaum eine andere Wahl, als ihr zu folgen, wenn er nicht als Angsthase dastehen wollte.

»Wird es weh tun?« erkundigte er sich mit wachsender Anspannung.

»Hm ... ein bißchen. Aber das ist nicht so wichtig. Wenn wir genug Menschen impfen, können wir die Diphtherie auslöschen. Jeder einzelne zählt. Nächste Woche fahre ich nach Northport, um dort in den Schulen anzufangen.«

Sie führte ihn direkt in die Küche und befahl: »Rollen Sie sich den Hemdsärmel auf.«

Sie ließ ihn stehen, während sie sich die Hände wusch, seinen Arm mit Alkohol abtupfte und sich dann ihre Ausrüstung holte. »Schauen Sie weg, wenn es Ihnen unangenehm ist.« Aber das konnte er nicht. Was sie da in der Hand hielt, sah aus wie eine verdammte Stricknadel, und der Gedanke, daß sie es ihm ins Fell rammen würde, ließ Gabe erbleichen, noch bevor sie seinen Arm ergriff und die Haut straff zog. Als sie im letzten Augenblick aufschaute, sah sie, wie bleich er war. »Sehen sie nicht hin«, sagte sie ruhig. Er wandte sich ab und schloß die Augen. Als die Nadel seine Haut durchbohrte, zuckte er zusammen und flüsterte: »Verflucht noch eins.«

»Alles in Ordnung?«

Er sog die Luft durch seine zusammengebissenen Zähne ein und nickte.

»Ich habe Sie noch nie zuvor fluchen hören.«

»Es tut weh.«

»Es wird noch eine Weile weh tun, und morgen bekommen Sie vielleicht ein klein wenig Fie ...« Sie blickte auf. Er hatte die Augen geschlossen und schwankte leicht.

»Setzen Sie sich, Gabriel«, befahl sie und führte ihn rückwärts zu einem Stuhl.

»Es tut mir leid ... ich ...« Er konnte nicht weitersprechen. Alles wurde plötzlich weiß und rückte in weite Ferne.

»Knie auseinander und ganz tief vornüberbeugen.« Sie legte ihm eine Hand in den Nacken, drückte seinen Kopf herunter und ließ ihre Hand auf seinem dichten, sandfarbenen Haar und der grobporigen Haut seines Halses ruhen. Sie fühlte sich kühl und feucht an. Roberta strich darüber, einmal, zweimal. »So besser?«

Er nickte schweigend und ohne den Kopf wieder zu heben.

Sie konnte allerdings deutlich sehen, daß das nicht stimmte.

»Ich hole einen kalten Umschlag. Bleiben Sie bitte sitzen.«

Er saß immer noch wie ein Geier vornübergebeugt da, als sie mit dem Tuch zurückkehrte. »Hier ... Legen Sie sich das übers Gesicht. Das wird Ihnen helfen.«

Er nahm es mit beiden Händen an, stützte sich auf die Knie und vergrub sein Gesicht in dem feuchten Tuch.

»Atmen Sie ganz tief ein«, sagte sie. »Es wird vorbeigehen.«

Während er ihre Anweisungen befolgte, sah sie, wie seine Schulterblätter sich unter dem straff gespannten, rotkarierten Hemd hoben und senkten. Sie tat, was sie für jedes halb ohnmächtige Kind in der Schule getan hätte, legte ihre Hand dorthin und rieb ganz sanft über die Stelle, zeichnete kleine, tröstende Kreise auf Gabriel Farleys muskulösen Rücken.

Langsam ebbte Gabriels Benommenheit ab, und er wurde sich ihrer rhythmischen Berührungen bewußt. Es war lange, sehr lange her, seit ihn ein menschliches Wesen auf diese Weise getröstet hatte. Mit Carolines Tod war jede menschliche Zuwendung aus seinem Leben verschwunden. Der leichte Schwindel legte sich, aber er blieb in seiner vornübergebeugten Haltung und genoß das sanfte Streicheln. Jedesmal, wenn ihre Fingerspitzen durch das Tal zwischen seinen Schulterblättern glitten, wiegte er sich leicht hin und her. Es war Spätnachmittag, das Sonnenlicht strömte durchs Fenster, und die Rufe der Möwen wehten von draußen zu ihnen herein. Er hatte ein paar schöne Stunden hier mit ihr in ihrer Küche zugebracht. Draußen mähte irgend jemand den Rasen; das Geräusch durchdrang das Haus ebenso wie der frische Duft geschnittenen Grases. Ihm war nicht klar gewesen, daß ihm Berührungen, Liebkosungen überhaupt gefehlt hatten.

»Das tut gut«, murmelte er in das Tuch.

So massierte sie ihn noch ein Weilchen sanft weiter, beobachtete, wie er sich auf dem Stuhl wiegte und so entspannt war, daß er jede Form des Widerstands aufgegeben hatte.

Nach einer Weile beugte sie sich zu ihm herunter und flüsterte ihm ins Ohr: »Sie sind doch nicht eingeschlafen, oder, Gabriel?«

»Hmm.«

»Geht's jetzt besser?«

»Hmhm.«

Als ihre Hand sich von seiner Schulter entfernte, hob er den Kopf. Sein Gesicht war feucht von dem Tuch, und das

Haar, das über seiner Stirn ebenfalls feucht geworden war, war etwas dunkler als der Rest und stand leicht in die Höhe. Sein Blick ruhte offen auf ihr. Als er ihr das Tuch reichte, schlossen seine Finger sich um ihre Hand und zogen.

»Gabriel, ich glaube nicht ...«

»Sagen Sie nichts«, sagte er und zog sie auf seinen Schoß.

»Lassen Sie das, Gabriel.«

»Ist das Ihr Ernst?«

»Ja. Ich lasse mich auf nichts mit Ihnen ein.«

»Ich will mich auch auf nichts mit Ihnen einlassen. Ich habe nur gerade daran gedacht, Sie zu küssen, das ist alles. Ich hatte den Eindruck, daß Sie ebenfalls daran dachten.«

»Das ist ein dummer Gedanke.«

»Sie reden zuviel, wissen Sie das?«

Als er sie küßte, verflog ihr Widerstand. Seine Haut war kühl, immer noch feucht, und um seine Lippen wuchs ein rauher Eintagebart. Seine Zunge war warm und ein klein wenig schüchtern. Sie war so auf seinem Schoß gelandet, daß ein Arm an seiner Brust lag, der andere jedoch frei war, umherzustreifen. Aber sie tat nichts dergleichen, sondern ließ den Arm reglos an seiner Hemdbrust ruhen, während er hinter ihr immer noch den feuchten Lappen in der Hand hielt. Aber er ließ sich Zeit und wurde, während eine Sekunde nach der anderen verstrich, überraschend selbstsicher. Einmal öffnete sie die Augen, um festzustellen, ob seine geschlossen waren. Sie waren es, und der Anblick seiner Wimpern so dicht vor ihr sandte ein unerbetenes Beben durch ihre Gliedmaßen. Seit Jahren hatte kein Mann sie mehr geküßt – die sabbernden Bemühungen ihres Mannes waren schon Jahre vor ihrer Scheidung nur noch ekelhaft gewesen –, und Roberta würde sich jetzt auf keinen Fall dem erstbesten Mann in die Arme werfen und damit zu genau dem werden, was man allen geschiedenen Frauen unterstellte. Daher überließ sie ihm die Initiative und blieb selbst passiv. Als sie sich schließlich aufrichtete, hatte das feuchte Tuch einen Kreis von Stärke auf der Rückseite ihrer weißen Schürze hinterlassen.

Als sie von seinem Schoß aufstand, hatte sie ihre Gefühle absolut unter Kontrolle. Mit dem Rücken zu ihm gewandt sagte sie: »Das war ein ganz dummer Gedanke.«

»Das habe ich mir auch gesagt.«

»Die Schuld trägt nur dieses Gedicht gestern, das ganze Gewäsch über Bogen und Sehnen.«

»Vielleicht. Vielleicht nicht.«

»Wäre das nicht ein gefundenes Fressen für den Gemeinschaftsanschluß, wenn irgend jemand in der Stadt herausfände, was wir gerade getan haben?«

»Nun, ich werde es niemandem erzählen.«

Er richtete sich noch ein Stückchen weiter auf, als sei sein Kopf endgültig klar geworden. »So dumm bin ich nicht.«

»Nein, natürlich nicht.« Sie machte einige Schritte und fand etwas, womit sie ihre Hände beschäftigen konnte: ein paar fettige Messer, die die Mädchen auf dem Rand der Butterschale liegengelassen hatten. »Die Kinder kommen jetzt bald nach Hause. Vielleicht sollten Sie besser gehen.«

»Klar«, sagte er und zog sich von dem Stuhl hoch.

»Ist jetzt alles wieder in Ordnung mit Ihnen? Ist der Schwindel weg?«

»Alles bestens. Tut mir leid, daß ich mich wie ein Wickelkind angestellt habe.«

»Haben Sie nicht. Einige Leute reagieren eben so.«

»Tja, dann muß ich mich wohl noch für die Spritze bedanken ...«

Schließlich drehte sie sich doch zu ihm um. Nach der geschäftsmäßigen Art und Weise, wie sie ihn jetzt behandelte, hätte er nie vermutet, daß er sie gerade geküßt hatte. »Sind Sie ganz fertig hier? Ich meine, Ihre Arbeit ist erledigt?«

»Alles erledigt. Wie ich schon sagte, ich werde Ihnen nicht länger lästig fallen.«

Sie wußte nicht, ob sie ihn bis zur Tür bringen oder bleiben sollte, wo sie war. Am Ende blieb sie, und er ging ohne ein weiteres Wort.

10

Die Abende in seinem Haus waren einsamer für Gabe als früher. Isobel verbrachte jede freie Minute bei den Jewetts. Seine Gefühle bezüglich ihrer Fahnenflucht waren zweischneidig: einerseits konnte er ihr nicht vorwerfen, daß sie viel Zeit in diesem Haus mit all seiner fröhlichen Aktivität zubrachte; andererseits fühlte er sich im Stich gelassen, denn dies war trotz allem ihr Zuhause, er war immer noch ihr Vater, und sie hatte gewisse Verpflichtungen hier. Die sie mehr und mehr vernachlässigte. Die Hausarbeit und das ganze Kochen war ihm überlassen. Seine Mutter – stur bis zum Gehtnichtmehr – stand zu ihrem Wort und weigerte sich, die Keksdose nachzufüllen oder die Bettwäsche zu wechseln. Natürlich brachte sie ihnen auch keine Essensreste mehr herüber.

Eines Abends in der Woche nach seiner letzten Begegnung mit Roberta hatte er sich gerade einen Austerneintopf zum Abendessen gemacht und wartete auf Isobel, als das Telefon klingelte. Zweimal kurz und einmal lang, das war sein Klingelzeichen. Er trat an den Holzkasten und nahm das Ohrstück von der Gabel. »Hallo?«

»Hallo, Mr. Farley? Hier ist Susan Jewett. Wir haben gerade unser neues Telefon bekommen!«

»Nein, wirklich? Na, das ist aber aufregend.«

»Mutter sagte, wir dürften jeder einen Anruf machen, und

ich sagte, ich wollte Sie anrufen, weil ich wissen wollte, ob es in Ordnung geht, wenn Isobel zum Abendessen bei uns bleibt.«

Er dachte: *Was gibt's denn bei euch? Vielleicht komme ich auch rüber.* Er sagte: »Isobel verbringt eine ganze Menge Zeit bei euch.«

»Ja, aber wir haben sie schrecklich gern hier! Nicht wahr, Mutter?« Im Hintergrund hörte er Klavierspiel und stellte sich Roberta an den Tasten vor, während die Mädchen im ganzen Haus herumliefen. Susan sagte: »Mutter sagt, natürlich täten wir das, also *bitte*, Mr. Farley. Darf sie bleiben?«

»Sie hat wahrscheinlich Hausaufgaben auf.«

»Aber es ist Freitag abend, und die Schule ist fast vorbei, und die Lehrer geben uns kaum noch etwas auf. *Bitte*, Mr. Farley, ja? Wir versuchen Mutter zu einem Strandpicknick zu überreden, weil jetzt sehr bald Ebbe ist und es solchen Spaß machen würde!«

»Ich habe schon das Abendessen für uns fertig.«

»Aber darf sie nicht trotzdem bleiben? Mutter, er will ihr nicht erlauben ...«

Susans Stimme wurde quengelig und verlor sich, als hätte sie sich vom Telefon abgewandt. »... Und ich habe ihm von dem Picknick erzählt und alles.«

Das Klavier verstummte, und einen Augenblick später klang Robertas Stimme durch den Apparat. »Gabriel?«

»Oh! Roberta ... hallo.«

»Wir würden uns wirklich freuen, wenn Isobel bleiben dürfte. Haben Sie etwas dagegen?«

Es ist einsam hier, hätte er am liebsten gesagt, aber das war natürlich nicht möglich. »Sie ist so viel bei Ihnen.«

»Weil wir sie gern hier haben. Die Mädchen haben mich zu einem Picknick an der Küste überredet. Sie wollen ein paar Muscheln ausgraben.«

»Nun, in diesem Falle geht es wohl in Ordnung.«

»Gut ... hm ... danke, Gabriel.«

Hastig versuchte er sie davon abzuhalten, schon so bald aufzulegen. »Ich möchte nur nicht, daß sie Ihre Gastfreundschaft ausnutzt.«

»Nein, das tut sie nicht. Und machen Sie sich keine Sorgen, daß sie erst im Dunkeln nach Hause kommen wird. Ich werde sie mit dem Wagen bringen.«

»Das ist sehr nett von Ihnen, Roberta.«

»Keine Ursache. Wir sind ja sowieso mit dem Automobil unterwegs. Tja ...«

Ihr Schweigen vermittelte ihm wieder das Gefühl unmittelbar bevorstehender Einsamkeit, und er redete einfach blindlings drauflos, damit sie nicht auflegte. »Wie ist es denn diese Woche oben in Northport so gelaufen?«

»Gut. Ich war nach einigen Tagen fertig dort und habe dann in Lincolnville weitergemacht.«

»Und sind Ihnen noch mehr Leute ohnmächtig geworden?«

»Ach Gabriel ... Sie sind doch nicht ohnmächtig geworden. Ihnen war nur ein wenig schwindlig.«

»Tja, ich habe mich jedenfalls gefühlt wie ein totaler Idiot.«

»Warum? Sie hatten recht. Es *ist* eine große Nadel.«

Wieder entstand eine Gesprächspause, und er stellte sich vor, daß sie ungeduldig darauf wartete, endlich einen Picknickkorb zu packen und zu ihrem Ausflug aufbrechen zu können. Er wußte, daß er sie freigeben sollte, aber auf ihn warteten nur das stille Haus und sein mitleiderregender Austerneintopf, und er wollte sie noch aus einem Grund am Apparat halten, der tiefere Schichten berührte und den er sich nicht einzugestehen bereit war. »Hören Sie, Roberta.« Er räusperte sich und polierte mit einem Daumen das Eichenholz des Telefonkastens. »Wegen neulich. Ich weiß, Sie waren nicht ganz glücklich mit meinem Verhalten, und ich wollte nur sagen, daß es mir leid tut. Ich hätte nicht darauf drängen sollen.«

»Schon in Ordnung, Gabriel. Alles vergessen.«

»Nein. Nein, ich konnte hinterher sehen, daß Sie ... nun, Sie waren ziemlich distanziert und konnten es gar nicht erwarten, mich loszuwerden. Sie wollten sich von vornherein auf nichts einlassen, und ich hätte es dabei belassen müssen.«

»Gabriel, daß ich mich auf nichts einlassen wollte, hängt damit zusammen, wie diese Stadt mich von vornherein abgestempelt hat. Ich muß vorsichtiger sein als die meisten Frauen, und das wissen wir beide. Also vergessen wir die Sache einfach, denn es war ja ohnehin nicht weiter wichtig.«

Nicht wichtig? Merkwürdig, aber Gabe sah das anders. Ihre Bemerkung verletzte ihn ein wenig in seinem männlichen Stolz.

»Tja, ich habe die ganze Woche daran gedacht, und ich wollte diese Sache nur klarstellen.«

»Gabriel? Darf ich Sie etwas fragen?«

»Natürlich.«

»Isobel sagt, Ihre Mutter hätte aufgehört, Ihre Keksdose zu füllen und Ihnen bei der Hausarbeit zu helfen. Liegt das an mir?«

»Hat Isobel das gesagt?«

»Ja, hat sie.«

»Es gibt hier nicht viel Hausarbeit zu tun, da nur wir beide hier wohnen, und wir sind den ganzen Tag über fort. Und jetzt scheint Isobel die meisten Tage nach der Schule sowieso bei Ihnen zu sein.«

»Sie haben meine Frage nicht beantwortet, Gabriel.«

Er räusperte sich. »Nein, es ist nicht Ihretwegen.«

Am anderen Ende der Leitung war es einige Sekunden lang still, und Gabriel vermutete, daß sie zu dem Schluß kam, daß er log. Dann überraschte sie ihn mit der Frage: »Tja, in diesem Falle – hätten Sie Lust, dieses Gespräch am Strand fortzusetzen? Wenn Sie wirklich ganz allein sind, können Sie genausogut mit mir und den Mädchen Muscheln ausgraben.«

Er vergaß ganz, das Telefonkästchen mit dem Daumen zu bearbeiten.

»Tja, das klingt in meinen Ohren äußerst verführerisch, aber sind Sie sich auch sicher?«

»Mein letztes Strandpicknick liegt Jahre zurück, und ich könnte ein wenig Hilfe mit unseren vier wilden Töchtern gut gebrauchen.«

»Dann gerne, Roberta. Geben Sie mir ein paar Minuten Zeit, um mich umzuziehen, dann bin ich gleich bei Ihnen.«

Eine Viertelstunde später stand er in einer lohgelben Segeltuchhose, Leinenschuhen und einer weiten Norfolkjacke am Gartentor. Pfeifend und mit beschwingtem Schritt durchquerte er Robertas vertrauten Garten. Er sprang die Verandatreppe mit zwei gewaltigen Sätzen hinauf und rief durch die offene Haustür: »Irgend jemand hier?«

Im Haus herrschte ein geradezu groteskes Getöse von klapperndem Porzellan, zuschlagenden Türen, ausgelassenen Mädchenstimmen und einer Roberta, die lauthals Befehle erteilte.

»Ich hab' ganz vergessen, daß ich keinen Spaten habe. Isobel, ruf deinen Vater an und frag ihn, ob er einen mitbringen kann! Und eine Muschelharke auch!«

Er ging hinein und blieb in der Küchentür stehen. »Ich habe einen Spaten und eine Muschelharke und ein paar Körbe im Truck und dazu noch einen Karton mit Holzspänen, um Feuer zu machen. Mich braucht niemand anzurufen.«

Roberta fuhr herum und lächelte ihn strahlend an. »O Gabriel, Sie sind hier!« Das war wieder die Roberta, die er zuerst kennengelernt hatte, ohne die Krankenschwesternuniform und mit wirrem Haar, das nicht von Spangen gehalten wurde. Außerdem trug sie ihre abgelaufenen schwarzen Schuhe und ein sackartiges Kleid aus übergroßen blauweißen Quadraten mit dollargroßen weißen Knöpfen vorne. Das Kleid hätte gebügelt werden müssen, die Schuhe waren eigentlich nicht mehr zu retten, und ihre Frisur hätte dringend eine Überholung nötig gehabt, aber als er da in der Tür stand und den Tumult auf sich einwirken ließ, fühlte er sich lebendig wie seit Tagen nicht mehr.

»Hallo Roberta«, sagte er mit gedämpfter Stimme.

»Sie haben aber nicht lange gebraucht.«

»Nein.«

»Hallo Daddy! Ich kann nicht glauben, daß du wirklich mitkommst!«

Isobel stürzte sich auf ihn und legte ihm beide Arme um die Taille. Er ließ seine Hände auf ihre Schultern sinken, aber Roberta sah, daß spontane Zuneigung nicht sein Element war.

»Mrs. Jewett hat mich eingeladen«, erklärte er Isobel. »Ich hoffe, das geht in Ordnung.«

»Oh, wir werden soviel Spaß haben! Sie sagt, wir können alle Muscheln ausgraben.«

»Ich dachte, du haßt Muscheln.«

»Ja, tu ich auch, aber ...« Sie ließ ihn los und zog ein wenig ratlos eine Schulter hoch. »Meine Güte, ich habe seit Mutters Tod keine mehr gegessen, und seither bin ich ja doch viel älter geworden. Wahrscheinlich find' ich sie einfach herrlich!«

Er sah Roberta an und dachte, daß dies für ihn der schönste Freitagabend seit Jahren werden würde.

Roberta machte sich wieder an die Arbeit und legte ein Muschelmesser, Salz und Pfefferstreuer in den offenen Korb auf dem Tisch. »Mal sehen ... Butter und Zitrone und Salz und Pfeffer. Für Maiskolben ist es noch zu früh im Jahr, aber wir haben ein paar Süßkartoffeln. Rebecca, hol bitte Teller; Susan, du holst Besteck; Isobel, ein paar Gläser bitte; und Lydia, würdest du eine Decke herbringen, Liebes?«

Gabe beobachtete, wie seine Tochter mit den anderen Mädchen hin und her lief, um Robertas Anweisungen zu befolgen. Sie wußte ganz genau, wo die Gläser zu finden waren.

Er trat hinter Roberta und sagte leise: »Sie findet sich ja in Ihrem Haus bestens zurecht.«

»Das liegt an meiner Haushaltsführung, Gabe. Bei uns geht's nicht so steif zu.«

Als die letzten Dinge im Korb untergebracht waren, schloß Roberta den Deckel, und Gabe nahm ihn ihr ab.

»Den nehme ich.«

»Wir brauchen eine Plane«, sagte sie.

»Ich habe eine mitgebracht.«

»Und etwas Süßwasser?«

»Das hab' ich auch im Wagen.«

»Na«, zog sie ihn auf, »das ist aber praktisch, Sie dabeizuhaben. Wie haben Sie das ganze Zeug in fünfzehn Minuten zusammenbekommen?«

»Das liegt an meiner Haushaltsführung«, sagte er mit einem Grinsen. »Alles liegt, wo es hingehört, so daß man es leicht findet.«

»Und dann hatten Sie noch Zeit, sich umzuziehen?«

»Jawoll.«

Sie erwiderte sein Grinsen. »Also, wenn es zwei grundverschiedene Menschen gibt, dann sind wir das wohl, wie, Gabe?«

Grundverschieden oder nicht, sie waren beide bester Laune, als sie die Kinder wie eine richtige sechsköpfige Familie ins Freie scheuchten. Ja, sie taten zwar nur wie eine Familie, aber die gesunde Normalität, zu einem schlichten

Abenteuer davonzumarschieren, das ihnen einen gemeinsamen Abend bescheren würde, fanden sie alle überaus verlockend. Die vier Mädchen kamen hervorragend miteinander aus, als sei Isobel wirklich eine Halbschwester. Roberta und Gabriel fühlten sich jetzt, da die Geschichte mit dem Kuß hinter ihnen lag, wieder wohl in der Gesellschaft des anderen, genau wie zuvor, und freuten sich über einen anderen Erwachsenen, mit dem sie nach Jahren, in denen es für sie nur ihre Kinder gegeben hatte, reden konnten.

Die Maisonne stand immer noch fünfundzwanzig Grad überm Horizont, als sie aufbrachen. Gabe warf Robertas Wagen an, und sie fuhr. Die vier Mädchen hatten sich auf die Rückbank gequetscht und sangen: »*We sail the ocean blue, And our saucy ship; a beauty.*«

Roberta und Gabe konnten einander über das Gejohle von *H. M. S. Pinafore* kaum verstehen.

»Wo ist der beste Platz für Muscheln?« fragte sie.

»Draußen in den Untiefen vor Glen Cove.«

»Ach ja, ich erinnere mich. Unten Richtung Rockport.«

»Waren Sie früher oft dort?«

»Na klar. Als ich noch zur Schule ging. Und Sie?«

»Während der Schulzeit und nach meiner Heirat ... zusammen mit Caroline.«

»Aber seit ihrem Tod waren Sie nicht mehr da?«

Er sah sie kurz an und schüttelte dann den Kopf. »Seit ihrem Tod nicht mehr.«

»Es wird also schwierig für Sie sein?«

»Ich weiß nicht. Ich werde es rausfinden, wenn wir dort sind, nicht wahr?«

Auf dem Rücksitz brüllten die Mädchen: »*... when at anchor we ride, on the Portsmouth tide ...*«

Sie parkte auf dem Hügel über den Muschelbänken vor Glen Cove. Die Mädchen stiegen aus und stolperten über die

Felsen, die eine Million Gezeiten zu einem gezackten Rand um die obere Hälfte der Bucht hatten werden lassen. Roberta und Gabriel standen am Wagen und sahen zu, wie ihre Töchter mit Körben und den Muschelharken davonhüpften. Die Schatten der Berge hinter ihnen strebten dem Meer entgegen und tauchten den Abend in einen blauen Schimmer. Vor ihnen lagen die Untiefen – pilzbraun und trüb, außer an den Stellen, an denen eine schlaffe Brandung träge an dem sandigen Silber züngelte. Die Fußabdrücke der Mädchen zeichneten sich auf der von Kieselsteinen und Treibholz übersäten Oberfläche ab. Zwischen den Felsen und über dem Sand huschten Krebse hin und her, die auf der Suche nach ihrem Abendessen waren. Jedesmal, wenn die Mädchen an ihnen vorbeistürmten, tauchten sie wieder in ihre schützenden Löcher ein.

Gabriel nahm die friedliche Szene in sich auf und sagte: »Sie war nicht direkt verrückt nach Muscheln, aber sie ging sie schrecklich gerne suchen. Vor allem morgens, wenn die Sonne aufs Wasser schien und die Inseln so geisterhaft da draußen im Seenebel lagen. Manchmal überredete sie mich dazu, sie ganz früh rauszubringen, noch vor Sonnenaufgang, damit sie dieses Schauspiel nicht verpaßte.«

Roberta drehte sich um, um sein Profil vor dem Hintergrund der felsigen Küste zu betrachten. Ein schwacher Windstoß wehte ihm das Haar in die Stirn. Das Zwielicht zeichnete Schatten neben seine gerade Nase und seinen ernsten Mund.

»Ich beneide Sie um Ihre glücklichen Erinnerungen. Ich wünschte, ich hätte mehr davon.«

Er riß sich aus seinem Tagtraum los und sah sie an. Reglos stand er da, während die Stimmen der Mädchen zu ihnen hinaufdrangen – »Oh, hier ist eine! Grabt! Grabt!« – und mit ihnen die rauhen Rufe einiger Möwen, die sich in ihrer Mahlzeit gestört fanden. Roberta hatte das Gefühl, daß Gabriel eine andere Frau sah, zu einer anderen Zeit, bevor er sich endlich wieder rührte und zu ihr in die Gegenwart zurückkehrte.

»Ich grabe jetzt die Grube. Suchen Sie etwas Seegras?« Er trat hinaus auf die Felsen, und wieder huschten die Krebse durch den Sand.

Während der nächsten Viertelstunde hatten alle zu tun. Gabe machte das Feuer, Roberta sammelte Seegras, und die drei jüngeren Mädchen suchten in den Untiefen nach winzigen Sandfontänen, unter denen sie Muscheln ausgruben. Rebecca lief barfuß durch das seichte Wasser; sie hatte sich ihre Röcke über den Schenkeln verknotet und zog methodisch die Muschelharke durchs Wasser, während sie nach verräterischen Schlammwolken auf dem Grund Ausschau hielt. Als die Mädchen ihre Schätze ablieferten, wusch Roberta die Muscheln. Die Sonne schob sich hinter den Berg, und die Luft wurde plötzlich kühler und blauer. Die fernen Inseln verloren ihre goldenen Spitzen und schienen sich tiefer in die Penobscot Bay zu schmiegen, so als kuschelten sie sich für die Nacht zusammen.

Als von dem Feuer nur noch glühende Kohle übrig war, kniete Roberta sich neben Gabriel und half ihm, schichtweise Steine, Seegras, Muscheln und Zelttuch übereinanderzulegen. Die Plane wurde schließlich noch an den Ecken mit Steinen beschwert.

»Gut!« sagte Gabriel und hockte sich hin. »In einer Stunde haben wir ein Essen, das eines Königs würdig wäre.«

»Ich bin völlig ausgehungert«, sagte Lydia.

»Ja, ich auch«, fügte Isobel hinzu.

»Laßt uns doch alle zusammen etwas singen«, schlug Roberta vor. »Dann vergeht die Zeit schneller.«

»Mir ist nicht nach Singen«, warf Susan ein. »Versuchen wir lieber, ein paar Sandkrebse auszugraben.«

Sie verschwanden in die immer tieferen Schatten und ließen ihre Eltern allein zurück. Gabriel erhob sich. »Ich mache uns noch ein Feuer, damit wir etwas haben, wo wir drin rumstochern können.«

Er tat es, und sie setzten sich auf schildkrötenförmige Felsen, während sich Abenddämmerung und Feuchtigkeit aufs Ufer herabsenkten. Ihre Rücken wurden kühl, aber ihre Gesichter wurden in der Glut ihres kleinen Feuers so orange wie ein Sonnenuntergang. Die Steine waren hart, aber sie hatten beide ihre Erfahrung mit Strandpicknicks und hätten jeden bequemeren Sitzplatz mit Mißachtung gestraft; schließlich gehörte das Sitzen auf den Felsen ganz einfach dazu. Die Feuergrube brodelte und verströmte ein weiches, warmes Zischen, das ihnen Gesellschaft leistete.

Roberta blickte zum Himmel auf und rezitierte:

»Nun kommt der Abend purpurn sanft heran
und zieht uns in der hellen Sterne Bann;«

Gabriel sah sie an.

»Wer hat das geschrieben?«

»Ich.«

Er dachte einen Augenblick lang nach. »Ihr Jewetts habt wirklich was drauf, wenn es um Dichtung geht. Ihr schafft es jedesmal, daß ich mir ganz dumm vorkomme.«

»Wieso das?«

»Sie wissen so viel, was ich nicht weiß, Roberta.«

»Mag sein, aber ich kann keine Veranda bauen.«

Manchmal gelang es ihr wirklich, ihm alle Befangenheit zu nehmen, dieser Frau in dem zerknitterten Kleid und mit dem wirren Haar. Er war mitgekommen, um ein wenig die viele Zeit mit ihr zu teilen, und er gestand sich langsam auch ein, daß es nicht unbedingt die Kinder waren, die ihn dazu bewegten. »Das hatte ich nicht bedacht«, erwiderte er. Jetzt, wo er darüber nachdachte, kam er sich nicht mehr ganz so unwissend vor. »Geht das Gedicht noch weiter?«

»Nein, aber ich könnte es fortsetzen, wenn Sie das wollen.«

»Einfach so?«

Sie zuckte die Achseln, als sei dies ein ganz alltägliches Talent.

»Sie meinen, Sie sprudeln einfach Verse hervor, die sich reimen, ohne zwei Stunden lang nachzudenken und in Bücher zu schauen und Fehler auszumerzen?«

»Ich hatte schon immer eine Schwäche für Dichtung, Musik und Drama. Meine Töchter haben das geerbt.«

»Also gut, dann dichten Sie noch ein paar Zeilen dazu.«

Sie blinzelte in den aufgehenden Mond. Ihre Lippen bewegten sich eine Weile lautlos, bevor sie die Zeile fertig hatte ...

»die erst, wenn alle Träume schon verblassen,
entgleiten, sinken, uns zu neuem Tag entlassen.«

Er sah sie eine ganze Zeit lang schweigend an, bevor er etwas sagte. »Sie sind wirklich etwas Besonderes, Roberta, wissen Sie das?«

»Und Sie glauben, Sie wären das nicht?«

»Nicht so, nein. Ich habe mich nie gut auf Worte verstanden. Mein Bruder sagte erst neulich, daß ich nicht viel rede.«

»Wenn wir zusammen sind, tun Sie das aber.«

»Sieht so aus. Vielleicht liegt es daran, daß in Ihrem Haus immer geredet wird. Man hat das Gefühl, man muß selber mitmachen oder sich wie ein Mäuschen in seinem Loch verkriechen.«

Sie lachte, griff dann nach einem Stock und stocherte im Feuer herum.

»Haben Sie mit Ihrer Frau viel geredet?«

»Nicht viel, nein. Wir konnten miteinander schweigen und uns immer noch wohlfühlen.«

»Das ist schön. Wenn mein Mann und ich zusammen schwiegen, dann deshalb, weil wir mit der Zeit so wenig voneinander hielten, daß nichts mehr zu sagen war.«

»Je mehr Sie mir von Ihrer Ehe erzählen, um so schlimmer klingt es.«

»Und je mehr Sie mir von Ihrer erzählen, um so besser klingt es. Das ist für mich eine Offenbarung, denn ich habe noch nie jemanden kennengelernt, der glücklich verheiratet war. Ich dachte, alle Ehen wären bestenfalls Lektionen in Sachen Toleranz.«

»Nein, da irren Sie sich. Nicht alle.«

»Jedenfalls alle, die ich je beoachtet habe. Nehmen Sie zum Beispiel meine Eltern. Er war häufiger im Wirtshaus als ihr lieb war; deswegen schimpfte sie ständig. Wenn er dann zu Hause war, ließ sie ihm keine Ruhe; ständig hieß es, bring' dies in Ordnung, reparier' das, aber wenn er es dann tat, war es nie gut genug für sie. Sie kritisierte alles, was er tat, bis ich verstehen konnte, warum es ihm im Wirtshaus besser gefiel. Da hab' ich dann wohl auch gelernt, in meine Literatur und meine Musik zu flüchten, so daß ich ihre Streitereien nicht mehr an mich heranlassen mußte.«

Er ließ sich einige Zeit, um über die Beziehung seiner eigenen Eltern nachzudenken. »Meine Eltern sind ziemlich gut miteinander ausgekommen. Manchmal hat er sich über ihre Tratscherei geärgert, und sie war nicht glücklich über seinen Pfeifenqualm. Sie sagte, davon würden ihre Fenster schmutzig. Mein Vater hatte außerdem eine gewisse Neigung zur Trägheit, und sie erledigte lieber alles gleich an Ort und Stelle, aber ich weiß nicht – sie schienen irgendwie doch immer auf einen Nenner zu kommen.«

Roberta sagte: »Ich glaube, Menschen, die miteinander klarkommen, sind seltener als die, die es nicht tun. Ich hatte mal eine Freundin in Boston namens Irene. Sie und ihr Mann waren richtig verrückt nacheinander. Aber eifersüchtig! Himmlischer Vater, sie konnten sich wegen vollkommen fremder Menschen, die ihnen auf der Straße begegneten, furchtbar streiten. Wenn einer von ihnen einen Gruß erwiderte, beschuldigte ihn der andere, geflirtet zu haben, und schon ging es los. Wenn sie zum Markt ging, um ein Brot zu kaufen, mußte sie sich für jede einzelne Minute, die sie weg war, rechtfertigen, und selbst dann warf er ihr noch die lächerlichsten Dinge vor. Sie liebten einander zwar, aber es schien beiden nicht genug zu sein. Sie kamen sogar an den Punkt, an dem sie nicht einmal mehr ihren eigenen Freunden gegenüber höflich sein konnten, und nach jedem Streit kam Irene zu mir, um sich an meiner Schulter auszuweinen. Ich habe mein Bestes gegeben, um sie zu trösten, bis sie eines Tages *mich* beschuldigte, ihrem Mann schöne Augen zu machen. Damit war unsere Freundschaft zu Ende, und ich fühlte mich ganz schrecklich deswegen.

Dann sind da natürlich Elfred und Grace. Diese Ehe ist ja wohl die reinste Farce.«

»Da muß ich Ihnen zustimmen.«

Sie dachten eine Weile über die Spears nach. Gabriel stand jetzt neben Roberta und schürte ebenfalls das Feuer. Als er fragte: »Hat Elfred Sie noch mal belästigt?« erhoben sich ein paar Funken.

»Nicht seit dem Tag, an dem Sie ihm dazwischengekommen sind.«

»Nun, da bin ich aber froh. Ich muß zugeben, an diesem Tag ist mir doch heiß unterm Kragen geworden.«

»Ach ja?«

»Elfred hält sich für ein Geschenk Gottes an die Frauen,

und bis dahin habe ich nur darüber gelacht. Aber an diesem Tag fand ich es gar nicht komisch.«

Sie saßen, die Füße übereinandergelegt, Seite an Seite und wandten sich nun einander zu, um sich anzuschauen. Sie schürten das Feuer nicht weiter und ließen die Spitzen ihrer Stöcke anbrennen. Der Mond war aufgegangen und breitete einen goldenen Pfad auf dem Wasser aus. Das eingegrabene Seegras verströmte langsam einen Kräuterduft, der sich stark von dem ziemlich muffigen Geruch der warmen, geteerten Plane unterschied. Vom Rand des Wassers kam das leise Klatschen der Wellen, und in der unsichtbaren Ferne kreischte eins der Mädchen auf, was einen Sturm gedämpften Gelächters nach sich zog.

Schließlich fragte Roberta ganz ruhig: »Also, wie ist es, wieder hier zu sein, wo Sie früher mit Caroline waren?«

»Nicht so schlimm, wie ich erwartet hatte. Sehr vergnüglich, um genau zu sein.«

»Sie haben mal den Tag erwähnt, von dem Sie glaubten, er würde sehr schlimm für Sie werden. Der 18. April.«

»Ach, das.«

»Betrete ich geweihten Boden?«

»Überraschenderweise nein. Vor einem Monat wäre das noch anders gewesen, aber – ich weiß nicht –, vielleicht heilen die Wunden endlich doch.«

»Was haben Sie denn dieses Jahr am 18. April getan?«

»Ihre Rosen für sie versorgt, so wie ich es jedes Jahr tue. Sie kletterten draußen vor der Küchentür an einer Pergola hoch, und jedesmal, wenn ich ins Haus will, muß ich unter ihr hindurchgehen.«

»Hilft Isobel Ihnen dabei?«

»Nein.«

»Weil sie nicht will oder weil Sie sie nie darum gebeten haben?«

»Wenn ich die Rosen versorge, ist das immer meine ganz besondere Zeit mit Caroline. Ich … tja, ich rede dann mit ihr.«

Er betrachtete das Feuer. Sie betrachtete ihn. »Seien Sie vorsichtig, Gabriel.«

Er sah sie an. »Weswegen?«

»Sie dürfen Ihre Tochter nicht zu lange ausschließen.«

»Ich habe meine Tochter nicht ausgeschlossen«, fuhr er auf.

»Bei uns zu Hause redet sie. Sie erzählt uns alles mögliche.«

»Was zum Beispiel? Wenn sie sagt, ich hätte sie ausgeschlossen, dann ist das nicht wahr.«

Roberta spürte, daß sie sich auf gefährliches Territorium begeben hatte. »Ich sage nicht, daß Sie es absichtlich tun.«

»Wenn Isobel nicht gewesen wäre, hätte ich nach Carolines Tod den Verstand verloren!«

»Haben Sie ihr das je gesagt?«

»Das brauche ich ihr nicht zu sagen. Sie weiß es.«

»Komisch. Sie denkt manchmal, daß sie Ihnen im Weg steht.«

»Im Weg?«

Roberta warf ihren Stock ins Feuer, wischte sich die Hände ab und schlang die Arme um die Knie. »Zuneigung ist eine merkwürdige Sache. Sie öffnet Münder fast so leicht, wie sie Herzen öffnet.«

»Aber warum sollte ich denken, daß sie mir im Weg steht?«

»Sie nehmen sie niemals in die Arme, Gabriel. Sie berühren sie nie. Ich habe Sie beobachtet und festgestellt, daß Sie gar nicht wissen, wie man das macht. Ich nehme an, als Caroline noch am Leben war, hat sie das für Sie beide besorgt. So ist das sehr oft; die Mutter übernimmt die offenen Liebesbezeugungen. Aber jetzt hat Isobel nur noch Sie, und das Kind muß auch spüren, daß Sie es lieben.«

Gabe sagte nichts. Er blickte einige Sekunden lang in Robertas vom Feuer beschienene Augen, und sie konnte sehen, daß er die Zähne zusammenbiß. »Für einige Menschen ist es sehr schwer, Zuneigung zu zeigen«, sprach sie weiter. »Wenn Sie nicht wissen, wie man es macht, dann beobachten Sie mich.« Er wandte sich ab, so daß sie nicht länger in seinem Gesicht lesen konnte. »Es sind die Kleinigkeiten, die dabei zählen, Gabriel. Wir sagen ›Ich liebe dich‹ auf tausend verschiedene Arten; zu einigen gehören Worte, zu anderen nicht – Berührungen, Lächeln, vielleicht eine kleine Warnung wie: ›Zieh dich warm an‹, ›Paß auf, daß du keine nassen Füße kriegst‹, ›Vorsicht, stoß dich nicht!‹, ›Dein Kleid ist hübsch‹, ›Hast du da ein neues Haarband? Es paßt gut zu deinen Augen‹, ›Ich würde schrecklich gern kommen, um dich in eurer Hiawatha-Aufführung zu sehen‹, ›Warum gehen wir nicht nach draußen und pflücken zusammen ein paar von Mutters Rosen?‹ Haben Sie jemals so etwas zu ihr gesagt?«

Sie steckte mittlerweile zu tief drin, um sich noch zurückziehen zu können. Es gab da einige Dinge, die sie einfach sagen mußte, um Isobels willen.

»Sie hat mir erzählt, daß sie niemals die Kleider ihrer Mutter berühren darf und daß sie, wenn sie es doch einmal tut, ernst dafür getadelt wird. Vielleicht sollten Sie es ihr eines Tages erlauben. Was hätten Sie empfunden, wenn man Ihnen nach Carolines Tod verboten hätte, ihre Sachen zu berühren? Es hätte Ihnen weh getan, Gabriel.«

Endlich begann er zu sprechen, und sie konnte seinen zurückgehaltenen Zorn hören. »Ich wollte nicht, daß sie sich mit ihren Freundinnen daran zu schaffen macht, Sie wissen ja, wie zerstörerisch Kinder sein können.«

»Sie hatte niemals Freundinnen, Gabriel. Das hat sie uns erzählt. Nicht, bevor meine Mädchen kamen, denn Sie haben immer von ihr erwartet, daß sie für ihre Mutter einspringt und den Haushalt versorgt, daß sie ihre Schularbeiten macht, daß sie zuerst und vor allem ihre Pflichten erfüllt. Ich habe immer genau die gegenteilige Einstellung vertreten. Man muß Kindern so viel beibringen, daß sie, wenn nötig, allein zurechtkommen und für sich sorgen könnten, aber man muß ihnen auch ihre Freiheit lassen. Schließlich werden sie *so* schnell erwachsen sein«, Roberta schnippte mit den Fingern, »und dann haben sie eigene Familien und all die Pflichten, die damit verbunden sind. Solange sie Kinder sind, sollen sie noch Kinder sein. Und genau das ist Isobel in unserem Haus. Deshalb ist sie so gern bei uns.«

Er sah sie abrupt an und wandte ziemlich heftig ein: »Aber es war so hart nach Carolines Tod! Sie wissen gar nicht, wie hart!«

»Nein, das weiß ich nicht. Ich kann es nicht wissen, denn die Art, wie ich meinen Mann verloren habe, war ganz anders als die, wie Sie Ihre Frau verloren. Aber ich kann es mir vorstellen, und ich kann sehen, daß Sie immer noch leiden, und das verrät mir viel. Ich möchte Sie nur bitten, zu begreifen, daß es für Isobel genauso hart war und daß Sie diese Gefühle nie mit ihr geteilt haben. Sie haben Ihren Kummer getrennt von dem Ihrer Tochter betrachtet und sie so in dem Glauben gelassen, daß sie Ihnen im Weg stünde. Ich sehe, Sie sind wütend auf mich, weil ich so offen spreche.«

»Das bin ich tatsächlich, verdammt noch mal. Sie werfen mir hier eine Menge Dinge an den Kopf, von denen ich nicht glaube, daß ich sie verdient habe.«

»Ich werfe Ihnen nichts vor.«

»Und ob Sie das tun!« Er sprang auf. »Sie sagen, ich sei Isobel kein guter Vater gewesen, aber wer, bitte schön, hat Sie zum Richter ernannt?«

»Das habe ich nie gesagt.«

»Sie haben alles möglich gesagt! Hinter meinem Rücken in Ihrem Haus – Sie haben es gerade zugegeben! Was tun Sie da, Roberta?«

»Ach, machen Sie sich doch nicht lächerlich, Gabriel.«

»So, jetzt mache ich mich lächerlich, wie? Nun, vielleicht war ich lächerlich, weil ich ihr erlaubt habe, zuviel Zeit bei Ihnen zu vertrödeln.«

»Seht nur, was wir gefunden haben!« Die Mädchen waren mit einem Seestern von beachtlicher Größe zurückgekommen. Isobel sagte: »Wir werden ihn kochen und aufheben, und um Weihnachten herum können wir ihn vielleicht golden anmalen, so daß wir ihn irgendwie für den Baum gebrauchen können.«

»Nicht jetzt, Mädchen!« fuhr er sie an. »Roberta und ich sprechen über etwas Wichtiges.«

Roberta ignorierte ihn und streckte eine Hand aus. »Ein Seestern ... hier, laß mal sehen«, dann untersuchte sie das Exemplar und sagte: »Das ist ja eine richtige Schönheit.«

Abermals schaltete Gabriel sich ein: »Du wirst dieses Ding nicht in unser Haus mitnehmen, Isobel! Es fängt an zu stinken, bevor du Zeit hast, es zu kochen, und außerdem haben wir einen Stern für die Baumspitze, also wirf ihn wieder ins Meer.«

Isobel sah ihn verblüfft an. »Was ist los, Daddy?«

Was sollte er darauf antworten? Er benahm sich ausgesprochen tölpelhaft, und er wußte es.

Roberta schritt ein. »Ich glaube, unser Essen ist fertig. Kommt Mädchen, wir packen es aus.«

»Ich packe es aus!« fuhr er sie an.

Ihr Ausflug war gründlich verdorben. Obwohl es während des Essens immer wieder zu Versuchen kam, ein Gespräch in Gang zu bringen, herrschte zwischen Roberta und Gabriel Schweigen. Es war fast zehn Uhr, als sie den Korb wieder einpackten. Gabriel schaufelte Sand in die Feuergrube, und Roberta schickte die Mädchen mit den Körben und der Muschelharke zum Wagen voraus. Sie sah zu, wie Gabriel die Schaufel in den Boden rammte und mit aufgestautem Zorn Sand auf das kleine Feuer warf. Schließlich waren die Kohlen nicht mehr zu sehen, und nur noch das Mondlicht beschien sie. Gabriel warf noch zwei Schaufeln voll auf die Feuerstelle.

Schließlich mußte sie einfach etwas sagen.

»Sind Sie wirklich böse auf mich? Ich meine, *wirklich?*«

Er beugte sich vor, um etwas wegzufegen – eine überflüssige Geste, dachte sie, nur um sie nicht anzusehen. »Ja, bin ich, Roberta.«

»Gabriel, hören Sie mir zu. Es ist in Ordnung, wenn Sie böse auf mich sind. Nur ... nur lassen Sie es nicht an Isobel aus, ja?«

»Warum sollte ich es an Isobel auslassen! Heiliger Himmel, Roberta, Sie denken wohl, ich bin eine Art Bestie!«

»Das denke ich nicht. Aber manchmal, wenn Sie böse auf mich sind, fangen Sie an, an Ihrer Tochter herumzunörgeln. Vergessen Sie bitte nicht, daß ich es war, die heute abend mit Ihnen geredet hat. Wenn Sie Ihren Zorn also an jemandem auslassen wollen, dann an mir und nicht an Isobel, denn sie hat es nicht verdient.«

Plötzlich drehte er sich zu ihr um und zeigte mit einem Finger nach Norden. »Wissen Sie, die Dinge sind in meinem Haus ziemlich glatt gelaufen, bevor Sie in die Stadt kamen! Ich habe mich um meine Tochter gekümmert, und wir sind gut zurechtgekommen. Also glauben Sie nicht, daß Sie das letzte Wort darüber zu sprechen hätten, wie man Kinder großzieht, denn bei mir hat es vorher ganz gut geklappt. Vielleicht werfen Sie mal einen Blick auf diesen Müllhaufen, in dem Sie leben und fragen sich, ob Sie als Mutter wirklich der Gipfel der Vollkommenheit sind! Während Sie durchs ganze Land kutschieren und Kinder gegen Krankheiten impfen, laufen Ihre eigenen Gefahr, sich wegen der unhygienischen Zustände in ihrem eigenen verdammten Haus mindestens zehn andere zu holen! Und um Himmels willen, warum bügeln Sie eigentlich niemals Ihre Kleider!«

Als er fertig war, schrie er.

In der darauffolgenden Stille starrten sie einander wütend an und spürten, wie das Blut durch ihre Adern schoß. Dann fuhr er herum und ging mit langen Schritten durch die Untiefen davon, den Griff der Schaufel wie einen Speer in der Hand.

Sie stellte sich breitbeinig hin und schrie hinter ihm her: »Sie verdammter, halsstarriger, engstirniger, blöder plebejischer Dummkopf!« Dann trat sie wütend in den Sand, bevor sie hinter ihm herstürmte.

Als sie ihn erreichte, kurbelte er den Wagen an, als wolle er ihn hochheben und nach Hause ziehen.

»Das mache ich selbst«, beharrte sie und stieß ihn beiseite. »Geben Sie her!«

»Gerne«, gab er in demselben schroffen Tonfall zurück, stürmte dann zur Beifahrerseite und stieg ein, so daß sie sich nicht nur mit der Kurbel, sondern auch mit den Karbidscheinwerfern abmühen mußte.

Es ärgerte ihn, daß er nicht seinen eigenen Wagen da hatte und sich von *ihr* durchschütteln lassen mußte! Sie war unabhängiger, als ihr gut tat, verdammt noch mal, und die Tatsache, daß ausgerechnet heute nacht *sie ihn* fuhr, brachte das Faß zum Überlaufen! Außerdem hatte er keine Ahnung, was der Ausdruck *plebejisch* bedeutete ... Auf dem Rücksitz saßen die Mädchen reglos und angespannt da. Jetzt kam von hinten kein Gesang mehr, kein fröhliches Geplapper. Roberta legte den Gang ein, und der Wagen machte einen Ruck nach vorn. Als sie schließlich mühelos dahinrollten, erkundigte sich eine furchtsame Stimme aus dem hinteren Teil des Wagens: »Was ist passiert?«

Sie antworteten beide gleichzeitig:

Gabriel: »Nichts.«

Roberta: »Wir haben uns gestritten.«

»Worüber?« fragte Rebecca.

Gabriel: »Nichts.«

Roberta: »Darüber, was für Eltern wir sind.«

Er warnte sie: »Roberta ...«

»Oh, das ist wieder so typisch!« rief sie. »Verstecken Sie nur alles vor ihnen, als hätten sie kein Recht, es zu wissen!«

»Roberta, ich regle das unter vier Augen mit Ihnen, wenn überhaupt!«

»Wenn überhaupt ... ha!« Sie warf den Kopf in den Nacken. »Ich bezweifle, daß Sie dazu die Gelegenheit bekommen werden, Mr. Farley.«

Rebecca hatte mehr Mut als die anderen. »Was heißt das«, fragte sie, »was für Eltern ihr seid? Ihr seid beide gute Eltern, oder?«

»Es scheint, daß Mr. Farley denkt ...«

»Roberta, halten Sie den Mund!«

»Ich halte nicht den Mund, weil meine Kinder in der Nähe sind, Mr. Farley!« schrie sie ihn an. »So funktioniert meine Familie nämlich! Sagen Sie mir nicht, ich soll den Mund halten! Sie halten den Mund! Sie verstehen sich ohnehin so gut darauf, daß es Ihnen zur zweiten Natur geworden sein müßte! Verschließen Sie all Ihre Gefühle und all die alten Kleider Ihrer Frau und die Wahrheit darüber, was Ihre Mutter und die angesehenen Bürger von Camden von Roberta Jewett und ihren Töchtern denken! Nun, wir sind genausogut wie alle hier in dieser Stadt, und Sie können gerne hingehen und den Leuten das von mir bestellen!«

Gabriel biß die Zähne zusammen und starrte die Gräser am

Straßenrand an, die in dem Karbidlicht grün aufblitzten. Ein Nachtgeschöpf mit bernsteinfarbenen Augen verschwand in einem Graben. Häuser kauerten sich wie schlafende Elefanten hinter dunkle, überwucherte Gartenbäume.

Die Passagiere auf dem Rücksitz schwiegen.

Roberta nahm eine Kurve zu schnell, so daß Gabriel in seinem Sitz nach vorn geschleudert wurde.

»Fahren Sie langsamer«, befahl er.

Gehen Sie zum Teufel, dachte sie, und fuhr mit demselben halsbrecherischen Tempo weiter. Sie holperten nach Camden hinein, über die Straßenbahnschienen, vorbei an der Fabrik und den Hügel hinauf zur Alden Street.

Als Roberta den Wagen bremste und sie alle in ihren Sitzen nach vorn warf, sagte niemand ein Wort. Sie stellte die verschiedenen Hebel richtig ein, stieg aus dem Wagen und stellte die Scheinwerfer aus. In grimmigem Schweigen machten sie sich daran, ihre verschiedenen Besitztümer aufzuteilen. Er brachte die Muschelausrüstung in seinen Truck, aber Isobel, die den Tränen nahe war, blieb zurück.

»Danke für das Picknick«, sagte sie schüchtern zu Roberta, bevor sie im Flüsterton hinzufügte: »Werden Sie und mein Dad jetzt nicht mehr miteinander reden?«

Während Gabriel die Macht hatte, ihren Zorn zu entzünden, bewirkte Isobels Verletzlichkeit genau das Gegenteil. Sie streichelte dem Mädchen über das Kinn. »Ich glaube nicht, mein Schatz.«

»Aber«, Isobel sah ihren Vater an, der seine Scheinwerfer aufleuchten ließ, »kann ich trotzdem weiterhin Ihre Freundin sein?«

Roberta ließ den Picknickkorb fallen und nahm Isobel in die Arme. »Natürlich kannst du das, mein Liebes. Wir werden immer deine Freunde sein.« Isobel klammerte sich an sie, und in Robertas Augen brannten Tränen. Über den Kopf des

Mädchens hinweg sagte sie: »Es tut mir leid, daß der Abend unseretwegen so ein trauriges Ende genommen hat, nachdem doch alles so schön begonnen hatte.«

Von seinem Truck aus befahl Gabriel mit strenger Stimme: »Isobel, komm schon, wir müssen fahren.«

Isobel zog sich widerstrebend zurück. Rebecca, Susan und Lydia folgten ihr.

»Gute Nacht«, sagte Isobel zu ihnen und fügte dann mit einem flehentlichen Tonfall hinzu: »Können wir morgen etwas zusammen unternehmen?«

»Klar ...«, antworteten Lydia und Susan ein wenig lahm, da sie nicht sicher waren, was die Erwachsenen dazu sagen würden.

Gabriels Motor zündete, und über sein lautes Krachen erhob sich die Stimme ihres Vaters: »Isobel, komm endlich!« Dann schlug seine Wagentür zu.

»Wiedersehen«, flüsterte sie, und Roberta hörte Tränen in ihrer Stimme.

Ihre eigenen drei sagten ebenfalls auf Wiedersehen, und Roberta trug den Picknickkorb zum Haus, während Farley davontuckerte. Die Mädchen sahen ihm nach wie ein Vogeltrio, das gerade aus dem Nest gefallen, aber noch nicht soweit war, daß es fliegen konnte.

11

Roberta und Gabriel hatten zuviel Zeit miteinander verbracht, um ihren Streit einfach abzutun, als sei er nicht weiter wichtig. Es war ein Ende, und jedes Ende tat weh. Diese Art von Ende zumindest. Weder Roberta noch Gabriel machten sich etwas vor; sie wußten beide, wie nahe sie einer romantischen Verbindung gewesen waren. Sie waren einander näher gekommen, fanden Gefallen an der Gesellschaft des anderen, und die Versuchung, diese Freundschaft zu einer Art leichter körperlicher Zuneigung zu gestalten, war seit jenem Kuß ganz gewiß in ihren Gedanken aufgeschimmert. Genauso sah Roberta es: als leichte körperliche Zuneigung. Gabriel – das gestand er sich nach ihrem Streit ein – hatte sich und sie gelegentlich als Liebespaar gesehen und den Gedanken dann beiseite geschoben, nur um miterleben zu müssen, wie er mit schöner Regelmäßigkeit wieder an die Oberfläche kam. Diese Frage war jetzt nichtig geworden. Ihre Freundschaft hatte mit einer Note der Bitterkeit geendet, die die ganzen folgenden Tage zeichnete. Wann immer sie sich an den Abend des Strandpicknicks erinnerten, dachte jeder von ihnen, wie schön und angenehm ihr Leben vor ihrem Kennenlernen gewesen war. Dann steigerten sie sich beide in ihren Zorn hinein und dachten an die ungerechte Kritik, die der andere an ihnen geübt hatte.

Roberta dachte: Mein Haus mag zwar unordentlich sein, aber es ist so sauber, wie es mir bei all meiner Arbeit möglich ist – und es ist ganz bestimmt nicht verseucht! Wer ist er eigentlich, die Art und Weise zu kritisieren, wie wir die Dinge regeln – wo wir alle vier doch vollauf zufrieden damit sind? Ich bin jetzt eine Krankenschwester, die aus dem Haus muß und andere Menschen über Hygiene unterrichtet, um Himmels willen! Wie kann er es wagen, anzudeuten, daß ich mich nicht anständig um meine Kinder kümmere? Ich will nicht, daß sie in irgendeinem ... einem *Museum* leben, wo man nichts anfassen darf! Sie sollen zu Hause Spaß haben, und wenn es ein bißchen unordentlich ist, na schön, woran werden sie sich wohl vor allem erinnern, wenn sie älter sind? An die Unordnung oder an den Spaß? Und wenn es ihm bei uns nicht gefällt, dann soll er eben zum Teufel gehen. Soll er sich doch ein anspruchsloses rosafarbenes Spatzenhirn suchen, das nur lebt und atmet, um ihm zu gefallen. Meinetwegen kann sie ihn *haben*!

Gabriel dachte: Sie nimmt ihren Mund wirklich verdammt voll für eine Frau, die mein Haus noch nie gesehen hat! Und darüber zu reden, wie Isobel und ich miteinander auskommen oder wie ich mein Leben ohne Caroline bewerkstellige. Und zu glauben, ich würde meine Tochter nicht lieben – nun, das ist ja wohl der letzte Blödsinn! Der Gedanke, daß Isobel älter wird und mich eines Tages verläßt, erschreckt mich fast zu Tode! Dieses ganze Haus ist wie eine Gefängniszelle ohne sie, und wenn sie für immer geht, weiß ich nicht, was ich tun werde. Na schön, vielleicht scharwenzele ich nicht um meine Tochter herum, wie Roberta es tut, aber das ist eben der Unterschied zwischen einem Mann und einer Frau. Und vielleicht erwarte ich von Isobel, daß sie ihren Anteil an Pflichten im Haushalt übernimmt, aber das ist nur zu ihrem Besten; gute Eltern lassen ihre Kinder nicht wie wilde Eichhörnchen herumlaufen! Roberta Jewett kann ihre Kinder auf ihre Weise großziehen, und ich ziehe meins auf meine Weise groß. Wir werden ja sehen, wer den besseren Eindruck auf die Leute in der Stadt macht. Und falls ich jemals wieder auf die blöde Idee komme, da rüberzugehen, um mit diesem Frauenzimmer anzubändeln, hoffe ich, daß mir jemand rechtzeitig Verstand ins Hirn prügelt!

Eines Abends, ungefähr eine Woche nach dem Strandpicknick, wartete Isobel auf Gabriel, als dieser aus der Werkstatt kam.

»Daddy, rate mal!« Ihr Gesicht glühte vor Aufregung.

»Man hat uns gebeten, *Hiawatha* vor der ganzen Schule aufzuführen!«

»Das ist ja wunderbar, Isobel.«

»Die Rektorin selbst hat uns darum gebeten!«

»Nun, es ist ja auch eine schöne kleine Aufführung. Sie *mußte* euch einfach fragen.«

»Mrs. Robertson und Miss Werm haben ihr davon erzählt und gesagt, daß alle Schüler Gelegenheit haben sollten, das Stück zu sehen, weil es ein amerikanischer Klassiker sei. Und nachdem sie davon gehört hatte, sagte Miss Abernathy, daß es sich einfach perfekt für einen bunten Abend in der letzten Schulwoche eignen würde. Also werden wir es bei dieser Gelegenheit aufführen. Ich bin ja so aufgeregt! Du wirst doch kommen, oder, Daddy?«

Er wollte gerade sagen: Aber ich habe es doch schon gesehen.

Robertas Ermahnung, die wie Quecksilber in ihm aufschoß; hielt ihn davon ab. *Wir sagen ›Ich liebe dich‹ auf tausend verschiedene Arten. Wenn Sie nicht wissen, wie man es macht, beobachten Sie mich.*

Und plötzlich antwortete er, wie sie es getan hätte.

»Natürlich kommc ich. Das würde ich mir doch nicht entgehen lassen.«

Bei seiner unerwarteten Zustimmung weiteten sich Isobels Augen. »Wirklich?« Sie war eindeutig auf Ausreden gefaßt gewesen. »Meinst du es wirklich ernst, Daddy? Du würdest es dir wirklich nicht entgehen lassen?«

Er grinste ein wenig verlegen, denn er war von sich selbst überrascht. »Das habe ich doch gerade gesagt, oder? Wenn ich gesagt habe, ich komme, dann komme ich auch.«

Völlig überwältigt schlang Isobel ihre Arme um ihn und drückte ihn fest an sich. »O Daddy, ich bin ja so froh. Ich hätte nie gedacht, daß du einverstanden wärest, es dir ein zweites Mal anzusehen. Ich bin dir so dankbar dafür, daß du ja gesagt hast!«

Plötzlich hatte er das Gefühl, als sei Roberta zugegen wie ein Schutzengel. Mit mächtigen Schwingen stand sie über

Isobel und wachte über deren verletzlichen Gefühlen. Als sein Instinkt Gabe die Anweisung gab, sich zurückzuziehen, befahl Robertas Geist ihm: Laß dir diese Chance nicht entgehen. Er legte seine Arme um Isobel und drückte die Wange in ihr Haar. Er spürte ihre Überraschung: ein Augenblick der Reglosigkeit, währenddessen sein eigenes Herz einen Trommelwirbel schlug und sich fragte, warum er so lange dazu gebraucht hatte. Sie blieben dicht beieinander stehen, während er spürte, wie er sentimental wurde. Dann zog sie sich zurück und blickte mit einem Lächeln zu ihm auf, in dem solch freudiges Staunen lag, daß er sich auf der Stelle belohnt fühlte.

Der Augenblick der Nähe verging, und ihre alte Schüchternheit überfiel sie wieder. Isobel wurde rot und sagte: »Tja ... ich muß jetzt Susan, Lydia und Rebecca anrufen. In Ordnung, Daddy?«

»In Ordnung«, sagte er, und seine Hände glitten von ihren Schultern.

Als er sie davoneilen sah, spürte er den Nachhall ihrer Umarmung tief in sich, spürte, daß er dadurch wieder ein Stück seiner verlorenen Ganzheit zurückgewonnen hatte. Etwas so Einfaches, eine Umarmung, ein freundliches Wort, ein Ja – aber welch komplexe Reaktion es hervorrief. Vor vielen Jahren, als Isobel noch ein Baby war, hatte er sich jedes Mal so gefühlt, wenn er in ihre Wiege blickte. So voller Leben, daß nur ein winziger Tropfen mehr ihn zum Überfließen bringen würde.

Es erstaunte Gabe, wie oft er an diese Umarmung mit Isobel denken mußte, welch ein Gefühl der Wärme es ihm jedesmal schenkte. Und jedesmal weckte es in ihm Erinnerungen an Caroline. Vielleicht hatte Roberta recht gehabt: er hatte die emotionale Fürsorge seiner Frau überlassen, und als sie starb, hatte er nicht die Geistesgegenwart besessen, in dieser

Hinsicht in ihre Fußstapfen zu treten. Aber hatte er Isobels Eindringen in seine Trauer wirklich *zurückgewiesen?*

Nein ... nein, das war eine ungeheuerliche Anschuldigung, eine Anschuldigung, die immer noch weh tat. Er liebte seine Tochter doch – war diese starke Reaktion nicht Beweis genug? Daß Roberta ihn beschuldigte, sie zurückzuweisen, war eine Verletzung, die Gabe nicht so bald verzeihen würde.

Die Schulaufführung von *Hiawatha* fand um zwei Uhr an einem Donnerstagnachmittag in der letzten Maiwoche statt. Gabriel hatte den ganzen Morgen in der Werkstatt gearbeitet und ging um ein Uhr nach Hause, um sich umzuziehen, sich frisch zu machen, sich zu rasieren und sich das Haar zu kämmen.

Roberta arbeitete inzwischen jenseits des Bald Mountains, und als sie die Barnstown Road hinunterfuhr, hatte sie kaum noch Zeit, an Kleider oder Kämme zu denken.

Er kam zehn Minuten vor Beginn der Aufführung.

Sie kam zehn Minuten zu spät.

Er saß ganz hinten, allein.

Sie saß in der dritten Reihe neben ihrer Schwester und ihrer Mutter.

Er sah reglos wie eine schlafende Möwe zu.

Ihre Lippen formten lautlos die Worte des Stücks.

Die Mädchen machten ihre Sache hervorragend, und als die Vorstellung vorbei war, wurde tosender Applaus laut. Miss Abernathy dankte ihnen und lobte sie, und nach einer letzten Beifallssalve erhob sich das Publikum und schlurfte aus der Schulaula.

Gabriel ging direkt hinaus.

Roberta steuerte direkt auf die Treppe zur Bühne zu, wo sie die Besetzung in Empfang nahm. Die Mädchen waren aufgedreht und redselig und nahmen mit großer Selbstzufriedenheit die vielen Glückwünsche entgegen. Es gefiel ihnen augenscheinlich, von der Menge umschwärmt zu werden, die sich auf den Ausgang zubewegte.

Roberta schaffte es, ihre eigenen drei Töchter und Graces Mädchen zu umarmen und zu guter Letzt auch Isobel, die sie ein wenig fester und länger an sich drückte als die anderen.

»Mrs. Jewett ... meine Güte, wie schön, Sie wiederzusehen.«

»Ich bin ja so stolz auf euch, Mädchen! Ihr wart alle hervorragend!«

»Das waren wir wirklich, oder?«

»Das sagen alle.«

Sie lösten sich voneinander und fanden sogleich zu einer neuerlichen Umarmung zusammen, die ihnen beiden einen Kloß in der Kehle bescherte.

»Ich habe dich bei uns zu Hause vermißt.«

»Ich habe Sie auch vermißt. Aber Daddy möchte, daß ich mehr daheim bin.«

»Ja, das weiß ich. Aber du bist uns immer willkommen, das weißt du doch, oder?«

»Ja ... ich weiß.«

Als sie sich wieder voneinander lösten, sahen die Frau und das Mädchen die Zuneigung in den Augen der anderen, und vielleicht auch einige ungeweinte Tränen.

Gabriel wartete draußen in der Sonne, als Roberta hinauskam. Sie hatte einen Arm um Susan gelegt und den anderen um Isobel; sie war umringt von jungen Leuten und hatte ihre Mutter und Schwester im Schlepptau. Er stand auf dem Schulhof neben einem dreißig Tonnen schweren Steinbrocken namens Conway Boulder, einem Andenken an die Kriegstoten von Camden. Als Roberta die Treppe hinunterkam, trafen sich ihre Blicke, was eine Mischung aus schönen und schlechten Erinnerungen in ihnen wachrief. Wenn ihre

Herzen dabei leicht ins Flattern gerieten, so gab keiner von ihnen etwas davon preis. Er stand genauso reglos da wie der Steinbrocken, und sie hielt sich sorgfältig in der Mitte ihres Gefolges. Sie hätte sich umdrehen und einen anderen Weg zu ihrem Auto wählen können, aber die jungen Leute schoben sie mit sich, und sie konnte sich auf keine würdevolle Art und Weise besinnen, dieser Situation zu entfliehen. Als die Gruppe sich Gabe näherte, machte Isobel sich los und lief auf ihn zu, um ihn zu umarmen.

»Daddy.« Sie blickte mit einem triumphierenden Strahlen zu ihm auf. »Alle treffen sich noch bei den Jewetts auf ein Glas Limonade. Darf ich auch hingehen, bitte?«

Gabe sah erst Roberta an, dann wieder Isobel. Er brachte es einfach nicht über sich, ihre Bitte abzuschlagen.

»Na schön. Aber zum Abendessen bist du wieder zu Hause, ja?«

»Versprochen.«

Sie hüpfte davon und gesellte sich wieder zu den anderen.

Roberta beobachtete mit einiger Überraschung, wie Gabe Isobels Umarmung herzlich erwiderte. Als er den Kopf hob, trafen sich ihre Blicke abermals, aber in beiden Blicken lag nur Kühle. Die Bedrohlichkeit war unleugbar vorhanden – Herz und Willenskraft waren in ernster Gefahr –, aber der Stolz forderte sein Tribut, und jetzt war nicht der rechte Zeitpunkt, nicht inmitten des Tumults eines frühen Schulschlusses und umringt von aufgeregten Fünft- und Sechstklässlern. Außerdem sahen ihre Mutter und ihre Schwester zu. Alle ihre Töchter wußten, wie die Dinge zwischen ihnen standen, und wären ebenfalls neugierig gewesen.

Also hatten sie kein Lächeln füreinander; er nickte nur kurz mit dem Kopf, und sie erwiderte diesen knappen Gruß, bevor sie sich hochmütig abwandte und weiterging.

Grace griff nach Robertas Ellbogen und zischte ihr ins

Ohr: »Das ist das erste Mal, daß ich Gabe Farley bei so einer Veranstaltung sehe.«

Myra bemerkte mit säuerlicher Miene: »Du siehst ihn doch nicht mehr, oder, Roberta?«

Sie unterdrückte eine sarkastische Erwiderung und antwortete pflichtschuldigst: »Nein, Mutter.«

Als die Gruppe weiterging, stellte Gabe fest, daß seine Augen dem X der Schürzenbänder auf Robertas Rücken folgten. Ihre weiße Schwesternhaube warf das Sonnenlicht zurück wie Schnee auf einem Berggipfel. Ihr mahagonifarbenes Haar war im Nacken aufgerollt, und die Frisur, die am Morgen ordentlich gewesen war, wirkte jetzt zerrupft. Ein Stich der Einsamkeit durchzuckte ihn, und im Geiste sah er ihr Haus vor sich. Er wünschte, er könnte ihr dorthin folgen, auf ihrer Veranda sitzen und den jungen Leuten zuhören, wie sie lachten und redeten, wünschte, er könnte sich mit Roberta unterhalten und an einem kühlen Drink nippen.

Als sie ihren Wagen erreichten, stiegen die Kinder eins nach dem anderen ein – es mußten ungefähr ein Dutzend gewesen sein, aber Roberta scherte sich nicht darum. Sie hauchte ihrer Schwester und ihrer Mutter einen Kuß auf die Wange, und gerade als sie den Motor ankurbeln wollte, tauchte plötzlich Elfred auf und erbot sich, es ihr abzunehmen. Gabe war nicht sicher, wo Elfred gewesen war – jedenfalls nicht in der Aula. Anscheinend war er vorbeigekommen, um seine Frau und seine Schwiegermutter abzuholen und nach Hause zu fahren. Und er hielt sich eindeutig lange genug auf, um sich Roberta nützlich zu machen, die (mit augenfälligem Widerwillen) ablehnte und den Wagen selbst ankurbelte. Gegen seinen Willen mußte Gabriel über ihre Gereiztheit lachen. Als sie um den Wagen herumging und die Fahrertür öffnete, hatte er das Gefühl, daß sie eine Sekunde lang innehielt, um zu ihm hinüberzublicken. Aber irgend jemand ging zwischen ihnen hindurch und versperrte ihm die Sicht, und als er wieder etwas sehen konnte, rollte der Wagen bereits davon.

Während der Limonadesitzung an diesem Nachmittag ereigneten sich zwei Dinge, an die Roberta sich später erinnerte. Isobel erzählte ihr: »Mein Dad sagt, er will eine Frau engagieren, die unsere Wäsche besorgt und sich um das Haus kümmert ... endlich.« Und Rebecca – die sich gerade das Haar gerichtet und eine Spur Lippenstift aufgelegt hatte – kam auf die Veranda heraus und setzte sich etwas abseits von den anderen Mädchen hin. Sie redete und lachte mit dem Jungen, der ihnen neulich etwas von seinen zwischen den Felsen gefangenen Fischen abgegeben hatte. Sein Name war Ethan Ogier, und Rebecca bat um Erlaubnis, mit ihm in die Stadt gehen zu dürfen, um im Drugstore eine Eiscremesoda zu trinken.

Das Schuljahr endete am Heldengedenktag, am 30. Mai, und der Sommer nahm mit einer großen Parade und einem Picknick seinen offiziellen Anfang. Bei dem Picknick mußte Roberta sich wieder einmal Elfreds Annäherungsversuchen erwehren, wann immer Grace und Myra nicht hinschauten. Er fing sie an ihrem Wagen ab, aus dem sie eine Decke hatte holen wollen. Sein Angriff war diesmal noch dreister, und am Ende schlug sie ihm heftig genug ins Gesicht, um einen roten Striemen auf seiner Wange zu hinterlassen, bevor er endlich aufgab und zu Grace zurückkehrte. Aber vorher schleuderte er ihr noch eine Drohung entgegen. »Ich kriege dich schon noch, du kleine Schlampe. Glaub' nicht, das würde mir nicht gelingen. Du gibst Farley, soviel er will – da kannst du auch ein klein wenig für mich erübrigen!« Danach kehrte er nicht mehr zu dem Picknick zurück, und obwohl Roberta sich fragte, wie er die Schwellung in seinem Gesicht wohl erklärt haben mochte, fragte sie niemals danach, und Grace erwähnte es auch nicht. Es mußte schon im Juli schneien, bevor Grace zugeben würde, daß sie mit dem berüchtigtsten Schürzenjäger in Knox County verheiratet war. Von allen Menschen, die Roberta je kennengelernt hatte, ließ Grace sich am leichtesten betrügen.

Es wurde Juni, und mit ihm hielten die heißen Tage in der kleinen Hafenstadt Camden Einzug. Der Sommer ergoß sein dichtes Grün über die bergige Landschaft und tauchte die Penobscot Bay in Silber. Wilde Gänseblümchen zogen sich in einem abschüssigen Pfad von den niedrigen Hügeln in die Buchten hinunter. Adlerfarn bildete die Gefolgschaft weißer Birken. Auf geschützten Flecken blühten Blau-, Erd- und Zwergvogelbeeren, und unzählige blühende Kräuter mit ihrem wilden, süßen Duft wiegten sich in der Sommerhitze.

Der Sommer veränderte den Hafen und den belebten Kai ringsum. Die Fischerboote liefen früher aus und kehrten später zurück. Die Sommerurlauber kamen, füllten die Bucht mit Segeln und bezogen die Cottages draußen längs des Dillingliam's Points und unten am Hosmer Pond. Am öffentlichen Strand von Laite zogen die Schwimmer ihre wollenen Badekleider an und strebten zu Dutzenden ins Wasser. Die Mädchenbande von Roberta Jewetts Veranda ging ebenfalls dort schwimmen und verbrachte die Zeit damit, zu rudern und vor Negro Island zu fischen. Außerdem wurden Picknicks auf dem Mount Battie veranstaltet, wo die kühleren Winde die Schwüle vertrieben, die auf Meereshöhe herrschte.

Isobel war oft bei ihnen, denn Gabe hatte eine sechsunddreißigjährige Witwe namens Elise Plowman engagiert; sie versorgte seinen Haushalt, machte seine Wäsche und kochte auch ein wenig. Seine Mutter hielt sich nach wie vor fern, und seine Tochter schien glücklicher denn je, seit sie wieder mit den Jewetts auf der Veranda saß und die Berge erkundete.

Obwohl Robertas Haus sich zum offiziellen Sommertreff für eine große Schar von Mädchen und Jungen entwickelt hatte, hielt sich Rebecca etwas abseits von ihren Schwestern und war viel mit Ethan Ogier zusammen.

Während der Sommer weiter voranschritt, gefiel Roberta ihre Arbeit immer mehr. Sie lernte den Bezirk bis an seine Grenzen kennen, und an manchen Tagen kam sie erst wieder heim, wenn es fast dunkel war. Der noch neue Tätigkeitsbereich der Öffentlichen Krankenpflege gab den Schwestern »die Freiheit der Initiative« und das »Mandat der Erziehung«, und beides nahm Roberta mit Freuden wahr. Während sie kreuz und quer durchs Land fuhr, begann sie Ausschau zu halten nach Häusern, vor denen Windeln auf der Leine hingen. Dort machte sie dann halt, um sich nach dem Wohlergehen von Mutter und Kind zu erkundigen. Sie erteilte Unterricht in Säuglingspflege und erfuhr durch die ländliche Gerüchteküche, wer ein Kind erwartete. Dann besuchte sie diese Häuser, um vorgeburtliche Ratschläge zu geben und Hebammen zuzuweisen. Sie rief ein Programm zur Vorbeuge gegen Typhus und andere ansteckende Krankheiten ins Leben, die als Folge von Unwissenheit und schlechten hygienischen Bedingungen noch verbreitet waren. Sie begann mit Hilfe von Druckschriften, die der Staat zur Verfügung stellte, einen Feldzug gegen die Tuberkulose. Dabei ging es um die Prüfung und Überwachung der Verdachtsfälle. Sie untersuchte Augen und Ohren und sah bei den Kranken vorbei, die gerade aus dem Hospital entlassen worden waren, und bei den Blinden, die nicht wußten, daß es für sie Hilfe gab.

Sie lernte mehr über Wartung und Betrieb des Ford ModelT, als ihr lieb war: wie man die Bodenbretter ausbaute, den Deckel des Getriebekastens abnahm und die Treibriemen nachstellte; wie man Gummikleber auf einen aufgeschnittenen Reifen auftrug, ein Handtuch darum wickelte und es mit Draht festband, so daß man damit noch einmal die nächsten fünfzig Meilen schaffte; wie man mit fast leerem Tank die steilsten Berge hinaufkam, weil dann keine schwerkraftbedingte Übersättigung mit Treibstoff den Motor absaufen ließ. Sie lernte sogar, wie man den Wagen mit dem Schlüssel statt mit der Kurbel startete – indem man auf das spezielle Summen der Zündspule horchte, das anzeigte, daß die Zylinder mit Gas gefüllt und die Kolben gerade in der richtigen Stellung waren. Allerdings wußte man – wenn das Anlassen mit dem Schlüssel überhaupt gelang – nie, ob sich die Tin Lizzie vorwärts oder rückwärts in Bewegung setzen würde.

Am letzten Tag im Juni hatte sie den Auftrag, einen sechs Wochen alten Säugling und seine Mutter zu besuchen, und war dazu eine der schlimmsten Straßen hinaufgefahren, die Knox County zu bieten hatte. Es war ein heißer, dunstiger Tag. Vom Howe Hill aus gesehen schien die Penobscot Bay leise vor sich hinzusimmern. Weißlicher Dampf stieg vom Wasser auf und trübte zusammen mit einer dünnen Wolkenschicht, die sich in träger Bewegungslosigkeit vor die fahle Sonne gelegt hatte, den Meeresspiegel. Das hölzerne Steuerrad lag schweißnaß in Robertas Hand, während sie das ausgewaschene Straßenbett hinunterfuhr. Sie fuhr über einen Stein, federte ab und schlug so hart wieder auf, daß der Motor aussetzte. Sie ratterte das steile Gefälle hinab und blieb auf Kurs, bis sie schließlich an der Einmündung in die Hope Road in bedenklicher Schräglage zwischen den Pflanzen und Steinen der rechten Böschung zum Stehen kam.

»Verdammtes Ding!« Sie schlug aufs Lenkrad und versuchte, ihre Tür aufzukriegen. Da ihr die Schwerkraft entgegenstand, brauchte es schon einen kräftigen Stoß, bevor die Tür nachgab. Dann stieg Roberta aus und stand, die Hände auf den Hüften, entrüstet auf der geschotterten Fahrbahn.

Sie sah sich um: Ein Ford T am Straßenrand, hinter dem sich der Staub langsam legte, ein Graben mit üppigen Beständen von Stinkkohl und Braunauge, Grashüpfer, die sich in den Quecken und dem Löwenzahn rund um das Auto tummelten, und der allgegenwärtige Gesang der in Gräsern und Kräutern versteckten großen Heuschrecken.

Jetzt gaben die Wolken die Sonne frei, und ein Schwall heißer Glut umfing sie, heizte ihren Schädel auf, während sie überlegte, was sie als erstes überprüfen sollte. Den Keilriemen für die Kupplung? An dem lag's wohl kaum, denn der Kühler gab weder ein Zischen noch ein Brodeln von sich. Aber trotzdem klappte sie die Haube auf und spähte in den Motorraum. Die Hitze, die ihr von dort entgegenschlug, war fürchterlich, aber der Keilriemen war da, wo er hingehörte, und alles andere sah ebenfalls genauso aus, wie sie es in Erinnerung hatte. Sie zog an den Drähten der Zündkerzen, sah sich den Zündmagneten an. Alles schien in Ordnung zu sein. Dann konnten es vielleicht die Treibriemen sein, aber die hätten, selbst wenn sie völlig falsch eingestellt gewesen wären, die Maschine eigentlich nicht zum Stillstand bringen können. Sie baute schon den Vordersitz aus, um sie zu überprüfen, als ihr der Gedanke kam, einmal in den Tank zu schauen. Sie nahm den Sitz heraus und stellte ihn ans Trittbrett; dann öffnete sie den Tankverschluß in dem Loch zwischen den Bodenbrettern. Mit dem hölzernen Meßstab fand sie ihr Problem – ein knochentrockener Tank. Als sie den grün-weißen Kanister mit Valvoline-Benzin vom Rücksitz hievte, hörte sie ein anderes Automobil kommen; sie richtete sich auf und wartete. Von Osten her näherte sich ein schwarzer Tourenwagen über den Kamm des Hügels. Das leichte Gefälle nahm er etwas langsamer. Noch bevor er an den Straßenrand fuhr, erkannte sie Elfred.

Er hatte keinen Hut auf, rauchte eine Zigarre und grinste,

als er den Motor abstellte und ausstieg – ohne sie auch nur eine Sekunde lang dabei aus den Augen zu lassen.

»Nun, was haben wir denn hier ... eine Jungfer in Nöten?«

Sie schob sich eine Haarsträhne hinters Ohr und antwortete: »Keineswegs. Ich fülle nur meinen Benzintank nach.«

»Nun, gestatten Sie bitte, Mrs. Jewett«, sagte er und reichte ihr seine Zigarre. »Hier, halt das mal, ja?«

Er hatte seine Anzugjacke zurückgelassen und trug ein weißes Hemd, dazu graue Nadelstreifenhosen und breite, schwarze Hosenträger. Selbst in der Hitze des Nachmittags saßen seine Kragen und seine Krawatte stramm. Obwohl die Stärke unter seinen Hosenträgern sich aufgelöst hatte, war doch offensichtlich, daß sein Hemd an diesem Morgen frisch gewesen war. Elfred hatte ein Faible für Sauberkeit. Sauber nach außen, schäbig im Innern, dachte sie, während sie seinen weißen Hemdrücken beobachtete und er den Benzinkanister aufnahm.

»Das ist sehr nett von dir, Elfred, aber ich hätte das auch selbst geschafft.«

»Unfug. Was wäre das für ein Schuft, der weit weg von jeder Stadt an einer gestrandeten Frau vorbeikommt, ohne ihr Hilfe anzubieten?« Er zog den Holzstöpsel aus dem Valvoline-Kanister und beugte sich in den Wagen, um das Benzin einzufüllen, während sie dastand und den Qualm seiner Zigarre wegwedelte. Die Luft war so reglos, daß ihr dabei nicht die leichteste Brise zu Hilfe kam, und ganz gleich, in welche Richtung sie sich drehte, der Rauch schien ihr zu folgen. Während Elfred das Benzin einfüllte, betrachtete sie die Naht, die über die Rückseite seiner Hose verlief. Eine Welle des Abscheus überkam sie, und sie wandte den Kopf ab. Die Stille und Abgeschiedenheit des Ortes schienen durch den unveränderlichen Gesang der Heuschrecken und die drückende Hitze noch unterstrichen zu werden.

Schließlich fragte sie: »Was tust du eigentlich hier draußen?«

»Ich wollte mir die Farm der Mullens ansehen. Sie hat beschlossen, sie lieber doch zu verkaufen als selbst zu betreiben. Und was tust du hier?«

»Ich hatte einen Krankenbesuch da oben …« Sie zeigte in die Richtung. »Eine junge Mutter mit einem sechswöchigen Baby. Ich habe sie untersucht und ihr ein wenig Unterweisung in Säuglingspflege gegeben. Hier herrscht überall große Unwissenheit. Viele Kinder finden auf diese Weise unnötig den Tod, vor allem Neugeborene.«

Er warf ihr einen schiefen Blick über die Schulter zu und beugte sich dann wieder über das gurgelnde Benzin.

»Ich habe dich seit dem Picknick am Heldengedenktag nicht mehr gesehen.«

»Ich hatte zu tun; ich fahre ständig kreuz und quer durchs Land.«

Er war fertig und wandte sich ihr mit dem Kanister in der Hand zu. »Weißt du, es hat mir gar nicht gefallen, wie du mich an diesem Tag behandelt hast.« Er steckte den Holzstöpsel in den Kanister und schlug einmal mit der gewölbten Hand darauf. »Du hast auf meinem Gesicht ein Zeichen hinterlassen, das ich Grace nur mit Mühe erklären konnte.«

Roberta suchte hastig nach irgend etwas, das sie hätte sagen können, während er den Kanister auf dem Rücksitz verstaute. Dann wischte er sich die Hände an einem weißen Leinentaschentuch ab und schlenderte auf sie zu. Als er schließlich vor ihr stehenblieb, schob er sich das Taschentuch in eine Gesäßtasche und streckte dann die Hände nach ihr aus. Sie machte einen hastigen Schritt nach hinten.

»Du bist ein wenig schreckhaft, Birdy«, sagte er und nahm seine Zigarre mit einem bösartigen Grinsen wieder an sich. »Stimmt's?«

»Ich fahre jetzt besser weiter. Die Mädchen erwarten mich um fünf zu Hause.«

»Mal nicht so eilig.« Seine Hand schnellte hervor und packte ihren Arm. »Kriege ich denn keinen Dank dafür, daß ich dir geholfen habe?«

Sie versuchte, sich von ihm zu befreien, aber er hielt sie fest. »Vielen Dank, Elfred. Darf ich jetzt bitte gehen?«

»Das ist aber kein schöner Dank, Roberta. Ich dachte da an etwas Persönlicheres.«

Elfred konnte mehr Lüsternheit in ein Grinsen legen als jeder andere Mann, den sie bisher kennengelernt hatte.

»Laß mich los, Elfred.« Sie versuchte, seine Finger abzustreifen, aber er schlang hastig den anderen Arm um sie, breitete die Beine aus und preßte sie fest an sich; sein Schnurrbart war nur zwei oder drei Zentimeter von ihren Lippen entfernt.

»Dich loslassen? Und was ist, wenn ich es nicht tue?« Er grinste wölfisch, und sein Gesicht war dem ihren so nahe, daß sie den Zigarrenrauch in seinem Atem und das Benzin auf seinen Händen riechen konnte. »Was ist, wenn ich selber rausfinde, was du da so Kostbares unter deinen Röcken hast, daß du es allein für Farley aufsparst? Was, wenn ich das tue, hm, Birdy?«

Sie schob einen Arm zwischen sich und ihn. »Laß mich los.«

»Diesmal nicht, Birdy. Diesmal ist niemand hier, der mich aufhalten könnte.« Er senkte das Gesicht, aber sie warf den Kopf herum. »Elfred, bitte ... nicht!«

»Zeig's mir, Birdy ... na komm schon.«

»Elfred, ich habe gesagt, nein!« Ihre wachsende Panik schien sein Feuer nur zu schüren.

»Na komm schon, Roberta, sei nicht so geizig.« Der Kampf wurde heftiger. Ihre Furcht ebenfalls.

»Laß das sein, Elfred!« Er zog in die eine Richtung, sie hielt dagegen, und ihr Ringkampf wühlte den Staub auf der Straße auf.

»All diese heißen Sachen, die du auf Armeslänge von mir ferngehalten hast ...« Sie versuchte, ihm das Knie in den Leib zu rammen, aber ihre Röcke behinderten sie, und er war sehr vorsichtig mit seinen Bewegungen und hielt sich entweder zur Seite oder zu dicht vor ihr. »Erzähl mir nicht, daß dir das nicht gefällt ... Ich habe Sachen über geschiedene Frauen gehört ... Es gefällt ihnen, wie auch immer sie es kriegen können, stimmt das nicht, Birdy?«

»Laß mich los!«

Er packte ihr Haar, riß ihren Kopf nach hinten und küßte sie, stürmte mit seiner Zunge gegen ihre fest geschlossenen Lippen an. Ihre weiße Haube fiel auf die Straße. Ihr Schädeldach fühlte sich an, als würde er ihr von den Schläfen gerissen. Der Geruch des Zigarrenrauchs stieg ihr in die Nase, während er versuchte, die Herrschaft über sie zu gewinnen. Sie stemmte sich immer noch gegen seine Brust, während sein Mund ihre Lippen verletzte – drücken! drücken! –, bis er schließlich den Halt verlor und seine Hand ihren Rücken herunterrutschte. Als er versuchte, sie wieder an sich zu ziehen, war ihre Chance gekommen. Ein harter Stoß, ein Tritt. Dann fuhr sie herum, riß sich los und rannte.

Nach fünf Schritten hatte er sie. Sie krachte schreiend mit der Hüfte gegen das Trittbrett des Wagens. Der Sitz, der noch am Trittbrett stand, fiel um, und ihre Schulter schlug auf Metall auf. Sie rutschte weg, halb auf den Schotter, halb auf den ausgebauten Sitz. Schmerz schoß ihr durch die Hüfte und die rechte Schulter.

»Au!« rief sie. »Mein Arm! Elfred ... mein Arm!«

Ihr Arm lag verdreht unter ihr, als er sie mit überraschender Leichtigkeit herumriß.

»Dreh dich um, verdammt noch mal!« Er saß rittlings auf

ihren Schenkeln, während sie sich nach besten Kräften gegen ihn wehrte.

»Elfred, bitte ... nicht ... bitte ... Elfred, mein Arm ...«

Ihr linker Arm war frei. Sie drosch mit der Faust auf ihn ein, so fest, daß er aufschrie, zur Seite taumelte und sie sich befreien konnte. Sie schnellte empor, aber ihre staubige Uniform hatte sich in seinen Hosenbeinen verheddert, und er bekam ihre Röcke zu fassen. Sie zog ihn einen halben Meter über den Schotter, bevor er sie herumriß und zu Boden warf.

Auf den Rücken.

Genauso, wie er sie vorher hatte.

Mit dem Genick zu Boden gedrückt von einer seiner kräftigen Hände. Während er sich drohend über sie aufrichtete, zornentbrannt, vom Kampf gezeichnet.

»Gottverdammt, Birdy! Ich habe das langsam mächtig satt! Du wirst jetzt die Beine breitmachen, und zwar auf der Stelle!« Die Glut seiner Zigarre hatte fast ihr Kinn erreicht. Sie schrie und strampelte wie wild, aber im Schotter fand sie keinen Halt für ihre Füße. Er hielt mit zusammengebissenen Zähnen ihre Kehle umfaßt, das Haar in der Stirn, der Gesichtsausdruck bösartig. Eine scharlachrote Beule wölbte sich neben seinem Auge auf.

»Du wirst jetzt den Kampf beenden, Roberta. Kapiert?«

Ihr entsetzter Blick war die Antwort.

»Ich will dich nicht verbrennen, Birdy, aber ich werde es tun!«

Ihre Nägel gruben sich sinnlos in seine Hand und zerkratzten statt dessen ihre eigene Kehle.

Ich kriege keine Luft, versuchte sie zu sagen, aber sie brachte keinen Ton hervor.

Sein Gesicht lief dunkelrot an, und er zitterte, während sein Zorn sich ins Unermeßliche steigerte. Er packte fester zu und schüttelte sie etwas, so daß ihr Kopf auf den Schotter schlug. »Ich werde dich lehren, mich wie einen Scheißdreck zu behandeln! Du glaubst, du wärest zu gut für mich, verdammt noch mal, ja, Birdy? Nun, ich habe Frauen überall im Land, die es gar nicht erwarten können, ihre Hosen für mich runterzulassen. Also warum du nicht, hm? Was ist so gottverdammt Besonderes an Birdy Jewett?«

Sie lag mit weit aufgerissenen Augen da und umklammerte sein Handgelenk, während der Kies sich in ihren Nacken und in ihre Kopfhaut bohrte.

Ich kriege keine Luft, formten ihre Lippen.

Schließlich ließ er ihre Kehle gerade soweit los, daß sie wieder atmen konnte. Dann nahm er die Zigarre weg. Sein Gesichtsausdruck hatte etwas Wildes, Barbarisches, als er durch zusammengepreßte Lippen sprach. »Jetzt wirst du es tun, Birdy.« Er blickte auf seinen Schoß herunter. »Los.«

»Vorher mußt du mich umbringen«, flüsterte sie heiser.

»Nein, das werde ich nicht.« Seine Zigarre kehrte zurück... näher diesmal. Und sein in den widerlichen Duft eingehülltes Gesicht ebenfalls.

»Zwing mich nicht, dich zu verbrennen, Birdy. Ich hatte das eigentlich nicht vor, aber du mußt lernen, zu tun, was ein Mann sagt, dann kommst du leichter davon. Jetzt tu es. Mach meine Knöpfe auf.«

Sie versuchte mit aller Kraft, ihr Kinn vor der Glut zurückzuziehen. Es ging nicht. In ihren Augen stand wilde Furcht.

»Unterschätz' mich nicht, Roberta. Das war immer dein Problem – du hast mich immer unterschätzt. Jetzt wirst du es tun, Birdy. Los.«

»Bitte, Elfred ...« Tränen rannen ihre Schläfen hinunter und machten feuchte Flecken auf den staubigen Kies.

»Tu es.« Er berührte sie mit der Zigarre, und sie schrie auf. Und knöpfte seine Hose auf.

»Jetzt deine.« Sie schloß vor der Demütigung die Augen,

aber sie spürte, wie er sich erhob und seine Hosenträger abstreifte. Die Zigarre nahm er dabei in die andere Hand. Der Rest war einfach, auch wenn sie sich weigerte, ihm zu helfen. Ein Knie auf ihren Bauch, ein Ruck an ihren Röcken, ein Zerren an ihrem Taillenband und schließlich an seiner eigenen Unterwäsche ... und zu guter Letzt warf er die Zigarre ins Gras. Da bäumte sie sich auf, versuchte ihn abzuwerfen und ihm das Gesicht zu zerkratzen, aber es war sinnlos. Er hielt ihr die Hände überm Kopf fest, drückte sie in den Schotter, während er sich zwischen ihre Knie zwängte, die er mit seinen auseinanderzwang.

Sie spürte heiße Tränen durch ihre bebenden Lider rinnen, während ihr Schwager sie mißbrauchte. Sie ertrug es, indem sie sich über das, was da geschah, hinaus erhob ... über seine Bestialität und sein Grunzen ... und den Geruch seines Zigarrenqualms ... den Geruch des Benzins ... und des Schweißes auf seiner Haut ... jenseits des Schmerzes auf den Steinen, die sich in ihren Rücken bohrten ... und die Ungeheuerlichkeit, daß ein Mann gegen ihren Willen in sie eindrang, die Ungeheuerlichkeit, wie ein belangloses Nichts, das weniger als ein Mensch war, behandelt zu werden. Sie flüchtete sich in den Gesang der Heuschrecken und das Versprechen von kühlem Wasser und das Zwitschern der Vögel und den Klang der Stimmen ihrer Kinder auf der Veranda im abendlichen Zwielicht, wenn sie die Libellen bestaunten und James Russell Lowelis »The Vision of Sir Launfal« lasen.

Ein Tag im Juni – was könnte kostbarer sein?
Wenn je, dann ist jetzt die Zeit vollkommener Tage.

Als es vorbei war und Elfred sich zurückzog, preßte sie sich einen Arm über die Augen und blieb reglos liegen. Er fummelte mit einem Taschentuch an seinen Hemdzipfeln herum und verlagerte dann sein Gewicht. Eine Hand auf ihren Bauch gestützt, hievte er sich hoch, so daß sie unwillkürlich aufstöhnte.

»Dieser verdammte Schotter ist wirklich unangenehm an den Knien«, sagte er, als der Kies unter seinen Schuhen knirschte.

Immer noch mit bedeckten Augen riß sie ihren Rock herunter und zwang sich, unbeweglich liegen zu bleiben, bis er fort war. Wie leicht es ihr gefallen wäre, ihn an Ort und Stelle zu töten. Hätte sie eine Waffe gehabt, hätte sie sie in voller Absicht auf seinen Kopf gerichtet und abgedrückt, ohne auch nur die geringste Reue zu empfinden.

Reptilien wie Elfred verdienten es, abgeschlachtet zu werden.

»Komm schon, Birdy, du stehst jetzt besser auch auf.«

Sie spürte seine Hand auf ihrem Arm.

»Faß mich nicht an«, sagte sie und riß sich aus seiner ekelhaften Berührung los. Sie hatte die Augen immer noch nicht geöffnet, als sie mit tödlicher Ruhe zu sprechen begann: »Faß mich noch einmal an, und ich schwöre, ich werde dich töten, Elfred. Nicht jetzt, aber irgendwann, sehr bald. Ich werde eine Waffe finden, ein Messer oder eine meiner Spritzen mit dem richtigen Medikament darin oder etwas Rattengift, oder vielleicht wird die Bremse in meinem Wagen bequemerweise gerade dann klemmen, wenn du über die Straße gehst, die ich gerade entlangfahre. Oder was auch sonst nötig ist, ich werde es tun, Elfred, um dich zu töten, wenn du mich je im Leben auch nur noch mit einem Finger berührst.«

Sie brauchte nicht zu schreien oder etwas aufzubauschen. Die Gewißheit in ihrer Stimme ließ Elfred in seinen Bewegungen innehalten, gerade als er seine Hosenträger halb hochgezogen hatte.

»Sieh mal, Birdy, es hätte nicht so grob sein müssen, wenn du schon vor Wochen nachgegeben hättest. Ich habe es nett und freundlich bei dir versucht, aber du wolltest einfach nicht hören.«

»Ist das die Art und Weise, wie du das Verbrechen, das du gerade begangen hast, rechtfertigen willst?« Sie weigerte sich, ihren Arm zu bewegen und ihn anzusehen. »Wenn ich wegen dieser Sache schwanger werde, brauchst du nicht damit zu rechnen, daß ich mein Leben in Gefahr bringe, indem ich es von irgendeiner Hebamme rausschneiden lasse. Aber dein Bastard wird in einem Korb auf deiner Schwelle auftauchen, Elfred, mit einem Zettel, der Grace und den Mädchen klarmacht, woher er kommt. Und jetzt geh mir aus den Augen. Schaff deinen widerlichen, schwitzenden, aufgeblähten Wanst von hier weg, bevor ich in mein Auto steige und dich da, wo du jetzt stehst, über den Haufen fahre.«

Als er fort war, lag sie immer noch auf der Straße, wo er sie vergewaltigt hatte, und hielt sich nach wie vor den Arm vor die Augen.

12

Erst als er weggefahren war, rollte sie sich auf die Seite, zog die Knie hoch und schlang sich die Arme um den Leib. Es kamen noch mehr Tränen, und ein wildes Zittern durchlief ihren ganzen Körper, aber sie widerstand der Versuchung, in totale Lähmung zu verfallen. *Ich kann nicht, ich kann nicht*, dachte sie, hielt aber doch soweit ihren Verstand beisammen, daß ihre innere Kraft ihr die zum Überleben notwendige Beherrschung verlieh. Der verspätete Schock schüttelte ihren Leib, ihr Kopf rollte über den scharfen Schotter, aber sie weinte nur ganz leise und ließ die Tränen auf die Steine rollen, die sich unter ihrer Schläfe wie Teeflecken verdunkelten.

Steh auf. Hol Hilfe. Sie hörte die innere Stimme, aber als sie sich erhob, hätten beinahe die Knie unter ihr nachgegeben, daher blieb sie liegen und wartete ab, bis das Zittern sich legte. Es war ein Gefühl, als beobachtete sie einen anderen Menschen, der hier mitten auf dieser entlegenen Straße lag und nach Luft rang, als schaue sie vom Grabenrand aus zu, wie das Opfer der Vergewaltigung an diesem Nachmittag zusammengekrümmt mit vor den Bauch gepreßten Armen dalag und Tränen aus seinen Augen flossen. In der Zwischenzeit sangen die Heuschrecken weiter, und einige Goldfinken flatterten geschwätzig in einen kleinen Bestand purpurfarbener Disteln. Unterschwellig war sie sich der Vögel bewußt, ebenso der Stengel einiger zarter Zichorien, die vor ihrem Horizont aufragten, und dieses Horizontes selbst – eines strahlenden Grüns vor einem strahlenden Blau. Die gleichgültige Natur fuhr unbeirrt in ihrem sommerlichen Treiben fort und überließ es der vergewaltigten Frau, auf der Straße wieder zu Kräften zu kommen.

Die Zeit verging … fünf Minuten oder zehn … Sie konnte es nicht genau sagen, bis die Stimme endlich zu ihr durchdrang.

Steh auf. Hol Hilfe.

Sie zog sich mühsam hoch und saß schließlich auf eine Hand gestützt da; die Unfähigkeit ihres Körpers, sich von ihrem Willen beherrschen zu lassen, entsetzte sie. Ihr Körper zitterte immer noch, als sei er völlig entkräftet, und wie sehr sie sich auch bemühte, vernünftig zu sein, es gelang ihr einfach nicht, ihre Ruhe wiederzugewinnen. Sie starrte wie betäubt ihre schmutzigen Röcke an, ihren linken Schuh, wo das Straßenbett die leuchtend weiße Spitze zerkratzt und nacktes Leder zurückgelassen hatte. Ein paar Krähen flogen flügelschlagend und unter lautem Rufen über sie hinweg. Ihr Kopf schmerzte.

Ich brauche ein Bad ... bitte ... irgend jemand muß mir doch helfen, seinen Schleim von meinem Leib zu bekommen.

Sie erhob sich mühsam; der Schotter bohrte sich in ihre Handflächen wie Edelsteine in eine Fassung aus Fleisch. Einzelne Kiesstücke fielen von ihr ab, während sie ihre Röcke hob und ihre Unterwäsche hochzog. Die ganze Zeit über hielt sie das knopflose Taillenband ihrer Unterhose fest. Sie schlurfte zum Wagen und ließ ihre weiße Haube und einen Perlmuttknopf im zerkratzten Schotter der Straße liegen. Der Vordersitz lag noch da, wo er hingefallen war, neben dem Trittbrett. Sie zwängte ihn mit Mühe in den Ford hinein, stellte dann die Hebel in die richtige Position, warf den Motor an und fuhr auf der Hope Road den Howe Hill hinunter, dann längs des Megunticooks und schließlich durch die Stadt bis zur Belmont Street.

Die Stimme in ihrem Kopf sagte ihr, wohin sie gehen mußte. Sie wollte nicht, daß ihre Kinder sie in diesem Zustand sahen, und auch ihre Mutter nicht – und zu Grace konnte sie erst recht nicht gehen –, aber warum sollte sie ihre Sorgen Gabriel Farley aufhalsen, einem Mann, der keine Störungen in seinem Leben wollte? Die reine Selbsterhaltung trieb sie an seine Tür; ihre Gedanken waren kaum Gedanken zu nennen, sondern der vernunftlose Instinkt, irgendwo Zuflucht zu suchen.

Als sie die Hand hob, um an seine Fliegentür zu klopfen, hörte sie wieder die Stimme in ihrem Kopf: *Laß ihn zu Hause sein ... Laß ihn zu Hause sein ...* Irgendwo in ihren weit entfernten Wahrnehmungen bemerkte sie den Geruch von gebratenem Fleisch und frischem Kaffee, aber die Abendbrotzeit und deren eintönige Routine hatten nichts mit diesem Tag zu tun.

Sie klopfte, und er kam; er hielt noch ein Geschirrtuch in der Hand, das er als Topflappen benutzt hatte. Er erschien ihr wie der Heilige Michael, der Erzengel, der sich mit blauem Tuch und Khaki verkleidet hatte.

»Roberta?«

»Gabriel ... Ich ...«

»Roberta, was ist passiert?«

»Ich wußte nicht, wohin ich sonst gehen sollte.«

»Was ist passiert?« Er ging schnell um die Fliegentür herum, zog besorgt die Augenbrauen zusammen und warf das Geschirrtuch weg.

»Die Mädchen sind zu Hause ... und ... und ... die Mädchen sind zu Hause ... und ... ich möchte nicht, daß sie ... die Mädchen ... oh, Gabriel ...«

»Was ist passiert?« Er griff nach ihren Armen und spürte das Zittern tief in ihr.

»Es tut mir leid, daß ich Ihnen zur Last falle.« Sie benahm sich seltsam, benommen, wie eine Schlafwandlerin.

»Sie fallen niemandem zur Last, Roberta. Jetzt sagen Sie mir, was passiert ist.«

Sie starrte eine Weile seinen Hals an, als begriffe sie selbst ihre Anwesenheit hier nicht, dann wandte sie mit mechanischer Gewandtheit den Kopf zur Seite und betrachtete die krakelierte weiße Mauer neben der Hintertür. Beinahe teilnahmslos sagte sie zu ihm: »Elfred hat mich vergewaltigt.«

»Oh, mein Gott«, flüsterte er, gerade als ihre Knie unter ihr nachgaben. Er fing sie in seinen Armen auf und trug sie ins Haus.

Seine Küchenwände huschten an ihr vorbei, als sie schließlich Einwände erhob: »Ist Isobel hier? Isobel darf mich nicht sehen, Gabe, bleiben Sie stehen.«

Er lief durch sein Haus, die Treppe hinauf, um die Ecke und in ein Schlafzimmer, wo er sie auf ein weiches Bett legte.

»Dieser Hurensohn«, sagte er und füllte ihr ganzes Gesichtsfeld aus, wie er so, die Hände an ihre Schultern gelegt, dasaß. *»Er hat Sie vergewaltigt?«*

»Ich habe versucht, ihn aufzuhalten, aber es hatte keinen Sinn. Er war so stark, Gabe, und ich ... ich ...« Ein Schluchzen unterbrach ihre Worte.

»Wo ist es passiert?«

»Draußen auf dem Howe H-Hill.« Sie schluckte und versuchte, ihr Schluchzen unter Kontrolle zu bekommen. »Mir ist das Benzin ausgegangen, und er hielt an, um mir zu helfen, es nachzufüllen, und dann hat er ... er ...« Sie versuchte, nicht zu weinen, aber die Erinnerungen sprangen wieder auf und spulten sich in ihrem Kopf zurück, und mit der Erinnerung kam auch das Zittern wieder. Sie warf sich einen Arm über die Augen und spürte, wie Gabriel ihren schmutzigen Ärmel berührte.

Er sah offenkundige Beweise – die Kiesel, die sich in ihr Handgelenk gebohrt hatten, ihre schmutzigen Kleider, die purpurnen Schwellungen an ihrer Kehle.

»Hat er das getan?«

Immer noch hinter ihrem Arm verborgen, sagte sie: »Ich habe nichts getan, um ihn zu ermutigen, Gabriel ... wirklich ... Sie müssen mir glauben.«

»Ich glaube Ihnen, Roberta.« Er berührte sanft eine Schwellung an ihrer Kehle und wiederholte: »Hat er das getan?«

»Ich habe mich gewehrt, und ich habe geschrien, aber er war stärker, als ich dachte, und ich konnte nichts tun. Zuerst hat er mich auf dem Boden festgehalten, und als ich nicht aufhören wollte, mich zu wehren, hat er mich mit seiner Z – Zigarre verb – brannt.«

»Oh, Gott ...« Er zog sie hoch und hielt sie im Arm, während sie weinte, während Mitleid und Zorn in ihm einen

Mahlstrom der Gefühle schufen. Er drückte sie fest an seine Brust, so daß ihre Stirn an seiner Kehle lag. Er hatte die Augen geschlossen und wagte kaum, sie zu fragen, wo Elfred sie verbrannt hatte. Sein Herzschlag überschlug sich, während er sich das Schlimmste ausmalte. Aber er zwang sich, zu fragen: »Wo?«

Sie zog sich ein Stück von ihm zurück und fuhr sich mit den Kanten ihrer schmutzigen Hände über die Augen. »Unter meinem Kinn.«

Unter ihrem Kinn. Gütiger Gott. Er würde diesen gottverdammten Hurensohn töten. Er faßte sie an den Schultern und drängte sie: »Legen Sie sich hin, Roberta. Lassen Sie mich mal sehen.«

Als er die rot umrandete Blase sah, bebte er vor Zorn. Aber er zwang sich, an erster Stelle an sie und erst an zweiter Stelle an Rache zu denken.

»Ich muß etwas Salbe daraufstreichen.«

Er machte Anstalten, sich zu erheben, aber sie umklammerte seinen Ärmel. »Nein, Gabe, bitte. Isobel kommt sicher gleich zum Essen nach Hause, und sie darf mich nicht so finden. Ich möchte auch nicht, daß meine Mädchen etwas erfahren.«

Er legte eine Hand über ihre und drückte sie fest. »Isobel ist bei Ihnen zu Hause. Ich rufe dort an und sage ihr, sie soll noch eine Weile bleiben. Sie ruhen sich aus, und ich bin gleich wieder da.« Er stand von dem Bett auf und streckte die Arme aus, um ihre Berührung noch ein wenig in die Länge zu ziehen. »Ich bin gleich wieder da, Roberta.« Seine Hand glitt weg, und sie hörte ihn die Treppe hinunterrennen, als sei jemand mit einer Axt hinter ihm her. Sie schloß die Augen und lauschte auf das Klingeln des Telefons, als er die Vermittlung anwählte. Dann konnte sie undeutlich seine Stimme hören, als er die Nummer nannte. Von dem Gespräch mit Isobel fing sie nur Bruchstücke auf. »Mrs. Jewett und ich reden ... Würdest du ... Ja ... Bei uns zu Hause ... Du, später ...« Dann nichts mehr.

Sie lag und tastete über den Flor der Tagesdecke, die wahrscheinlich unzählige Male von seiner Frau gewaschen und unter die Kissen geschoben worden war. Seltsam, aber der Gedanke an diese tote Frau, die sie nie kennengelernt hatte, gab Roberta Kraft und Mut.

Sie setzte sich unsicher auf und hielt sich mit beiden Händen im Gleichgewicht, bevor sie sich mit trübem Blick die Decke ansah. Eine Flickendecke. Die Wände waren grau tapeziert, die Tapete mit gelben Rosen gesprenkelt.

So fand er sie; sie saß auf dem Bett und sah ein wenig kräftiger aus.

»Ich habe etwas Borsäure und Pineoline mitgebracht, aber Sie sollten sich von einem Arzt untersuchen lassen.«

»Nein«, sagte sie mit überraschendem Nachdruck. »Kein Arzt! Es würde die Runde in der ganzen Stadt machen, und meine Mädchen würden davon erfahren. Wenn ich das gewollt hätte, wäre ich auf direktem Weg nach Hause gegangen.«

»Aber Sie sind verletzt, Roberta, zerkratzt und verbrannt.«

»Die Brandwunde ist gar nichts.« Sie nahm ihm die Dose ab und versuchte, sie zu öffnen, kam aber mit ihren zitternden Fingern nicht zurecht. »In einer Woche ist alles wieder verheilt. Die eigentliche Verletzung sitzt viel tiefer, als daß irgendein Arzt da etwas ausrichten könnte.«

Er nahm die Dose wieder an sich, öffnete sie und sagte: »Legen Sie sich hin. Ich mache das.«

Sie befolgte seine Anweisung und hob das Kinn, während er die Brandwunde mit Borsäure bestäubte und dann mit dem Pineoline-Gelee betupfte. Sie zuckte zusammen, aber er nicht minder, denn es war ihm verhaßt, ihr nach allem, was sie bereits durchgemacht hatte, auch noch weh zu tun. »Es tut mir leid«, sagte er, aber sie biß die Zähne zusammen und ließ seine Maßnahmen mit bewundernswerter Ruhe über sich ergehen.

Als sie hörte, wie er die Pineoline wieder zuschraubte, öffnete sie die Augen und sah ihn direkt an. Er erhob sich von der Bettkante, und sie setzte sich ebenfalls auf. Dann schwang sie die Beine über den Rand und griff sich mit einer schmutzigen Hand ins Haar. Er stand vor ihr, in einer Situation, in der er überhaupt nicht wußte, was er tun sollte, aber doch begriff, daß sie immer noch nicht in der Verfassung war, aufzustehen und sein Haus zu verlassen.

»Sind Sie sicher, was den Arzt betrifft?«

Mit gesenktem Blick nickte sie.

»Was soll ich dann jetzt tun?«

»Ein Bad«, sagte sie leise zu ihren Knien. »Ich würde gern ein Bad nehmen.«

Ihre Antwort überhäufte ihn mit ungewollten Bildern und einem schärferen Begreifen des schmutzigen Gefühls, das zurückblieb, selbst nachdem der eigentliche Akt vorüber war.

»Natürlich«, sagte er und wandte sich der Ankleidekommode zu.

Sie betrachtete den blauen Stoff auf seinem Rücken, während er durchs Zimmer ging und eine Schublade öffnete.

»Ich mache Ihnen solche Mühe«, sagte sie.

»Ja, tun Sie. Aber nicht auf die Art, wie Sie glauben. Nicht heute.« Er suchte etwas aus, ging dann weiter zu einem Schrank. Sie ließ ihn nicht aus den Augen. Wenige Sekunden später trat er wieder ans Bett und legte ein paar Kleidungsstücke neben Roberta. »Das sind ein paar Sachen von Caroline. Sie war viel dünner als Sie, aber das ist ein Kleid, das sie trug, während sie Isobel erwartete, daher müßte es eigentlich gehen. Ich bringe etwas Wasser rauf.«

Er ging davon und ließ sie mit der kostbaren, unantastbaren Kleidung seiner Frau allein. Als sie danach griff, überwältigte sie seine Großzügigkeit. Wie weit er in diesem ereignisvollen Sommer seit ihrer ersten Begegnung doch gekommen war. Sie hielt das Kleid an den Schultern hoch. Es ergoß sich über ihre Knie, ein Regenschirm violett getüpfelten Musselins, an dessen vorderer Passe immer noch zwei kleine, dauerhafte Flecken zu sehen waren. Die Flecken – Beweis realen Lebens in der realen Welt – ließen Robertas Tränen von neuem fließen. Sie legte ihr Gesicht in Caroline Farleys Schwangerschaftskleid und erzählte ihr lautlos: ich liebe deinen Mann. Ich will es nicht, aber ich tue es, und er will mich auch nicht lieben, aber ich glaube, er tut es. Siehst du, ich bin überhaupt nicht wie du, und das macht ihm Angst, und er kämpft gegen seine Gefühle für mich an, weil er glaubt, dir untreu zu sein. Ich weiß ganz genau, wenn er jemals zusammenbricht und es mir erzählt, wird es niemals so sein wie bei dir. Aber er ist ein guter Mann, und du hattest großes Glück. Ich danke dir, daß du mir erlaubst, deine Kleider zu borgen.

Gabe, der eine Abwaschschüssel mit heißem Wasser in Händen hielt und sich ein Handtuch über die Schulter geworfen hatte, blieb in der Tür stehen. Roberta hob ihr Gesicht aus Carolines Kleid, das sie mit beiden Händen festhielt. In ihrer Haltung lag etwas Andächtiges, das ihm ans Herz griff.

»Das Wasser im Boiler ist noch warm.« Er trat ein und stellte die Schüssel mitten auf einen dicken Teppich. »Ich habe Ihnen auch Seife, einen Waschlappen und ein Handtuch mitgebracht.« Er legte alles auf einen Stuhl in der Nähe, dann drehte er sich um. Sie saß da und beobachtete ihn; ihre Hände waren auf ihren Schoß gesunken, in den Musselin.

»Vielen Dank, Gabriel«, sagte sie.

»Wenn Sie angezogen sind, rufen Sie mich, dann trage ich die Schüssel runter.«

»Mache ich. Sie sind sehr aufmerksam.«

Nach einer verlegenen Pause machte er noch einmal eine Bewegung, blieb dann aber abrupt stehen.

»Sind Sie sicher, daß Sie allein aufstehen können?«

Sie tat es, um es ihm zu beweisen. »Sehen Sie? Ich komme schon zurecht.«

»Na gut. Lassen Sie sich Zeit.« Er hob die Hände. »Kein Grund zur Eile.«

Sie schenkte ihm ein schwaches Lächeln, und er ging zur Tür.

»Gabriel, da ist noch etwas, worum ich Sie bitten muß.« Er fuhr auf dem Absatz herum. »Alles, was Sie wollen.«

»Es ist eine unappetitliche Sache, aber ich sehe keine andere Möglichkeit, als darum zu bitten. Verstehen Sie ... Ich möchte sein Baby nicht haben. Falls es aus Versehen passiert sein sollte, möchte ich es nicht bekommen. Sie verstehen, was ich meine?«

Er errötete und verlagerte sein Gewicht auf den anderen Fuß. Mit auf den Teppich gesenktem Blick sagte er: »Schätze schon.«

»Könnten Sie mir etwas Borsäure in einen viertel Liter warmes Wasser rühren und mir meine Tasche aus dem Wagen bringen? Da ist etwas drin, das ich gebrauchen kann.«

Er räusperte sich und war immer noch außerstande, ihr in die Augen zu sehen. »Natürlich. Bin gleich wieder da.« Als er mit den Dingen, um die sie gebeten hatte, zurückkehrte, war die Schlafzimmertür geschlossen. »Ich lasse die Sachen hier draußen stehen, Roberta«, rief er.

»Vielen Dank, Gabriel«, sagte sie aus dem Zimmer.

»Hören Sie, ich muß für eine Weile weg. Kommen Sie kurze Zeit ohne mich zurecht?«

»Ich komme schon klar.«

Er verlagerte sein Gewicht auf die andere Hüfte, fuhr sich hinter seinem rechten Ohr durchs Haar und fand, daß er – unappetitliches Thema hin oder her – genauso tapfer sein konnte wie sie.

»Der Nachtstuhl steht unterm Bett, Roberta. Sie können ihn gern benutzen.«

Von der anderen Seite seiner Schlafzimmertür kam nur Schweigen. Er stellte sich vor, wie sie ein paar Meter von ihm entfernt dastand und sich fragte, was sie benutzen würde und sich dann wie ein verdammter Perverser vorkam, weil er in einem Augenblick wie diesem neugierig sein konnte. Aber, zum Teufel auch, er war acht Jahre lang mit Caroline verheiratet gewesen, hatte eine Hochzeitsnacht, eine Schwangerschaft und eine Geburt mit ihr erlebt, ohne daß er jemals derart mit diesen Dingen konfrontiert worden wäre. Sein Gesicht brannte, genau wie an dem Tag, an dem er die dicke Dame auf dem Jahrmarkt gesehen hatte, die ihre Beine nicht schließen konnte. Aber das war nicht der richtige Augenblick für Heuchelei. Roberta war vergewaltigt worden, und sie mußten sich der Wirklichkeit stellen. Bemerkenswert, wie sie sich allem, was das Leben ihr antat, stellte und um so stärker daraus hervorging.

Er legte eine Hand an den Türrahmen und sagte zu ihr: »Sie warten hier auf mich. Gehen Sie nicht nach Hause, verstanden?«

»Das werde ich nicht. Aber Gabriel? Wo gehen Sie hin?«

»In meine Werkstatt«, log er. »Geht ganz schnell. Bin gleich wieder da.«

»Warten Sie! Gabriel, darf ich Sie noch um einen weiteren Gefallen bitten, da Sie ohnehin aus dem Haus gehen?«

»Was Sie wollen.«

»Meine Schwesternhaube ... Ich muß Sie oben auf der

Straße liegengelassen haben, wo es passiert ist. Ich möchte nicht, daß irgend jemand sie findet, und ich brauche sie für morgen früh. Würde es Ihnen etwas ausmachen, raufzufahren und sie für mich zu holen?«

»Sagen Sie mir nur, wo ich sie finde.«

»Am Fuß des Howe-Hill, wo er auf die Hope Road trifft.«

»Ich weiß, wo das ist. Ich werde ungefähr zwanzig Minuten brauchen. Sie sind wirklich in Ordnung?«

»Ich komme bestens zurecht ... und vielen Dank, Gabriel.«

»Na gut, dann ... Ich bin gleich wieder da.«

Als er die Treppe hinunterstürmte, machte er dabei genug Krach, um ihr zu sagen, daß er fort war und sie das Haus absolut für sich hatte. Draußen nahm er, ohne darüber nachzudenken, ihren Wagen. Er stand vor dem Haus, und als er ihn ankurbelte, konzentrierte er sich mit solchem Zorn auf Elfred, daß er beinahe die Vorderreifen vom Boden abgehoben hätte. Er fuhr direkt zu Elfreds Haus, hielt das Steuerrad umklammert und blickte finster durch die Scheibe, während sein Puls sich mit jedem Meter beschleunigte, bis sein Adrenalin süße Rache durch seinen Blutkreislauf pumpte. *Auge um Auge ist nicht genug,* beschloß er ... *In Elfreds Fall werden wir ungefähr zwanzig für eins verlangen.*

Die Haustür der Spears stand offen, und aus dem hinteren Teil des Hauses kamen Stimmen. Bei den meisten Familien war das Abendessen gerade vorüber und Elfred beendete wahrscheinlich eben seine Mahlzeit.

Gabe hämmerte mit der Faust an die Fliegentür und rief: »Elfred, komm her! Ich will mit dir reden!«

Die Stimmen tief im Haus verstummten.

Gabe schlug abermals auf die Fliegentür ein. »Elfred, beweg deinen Arsch sofort hierher, oder ich komme rein und zerre dich heraus!«

Weiter Schweigen, dann leises Flüstern.

»Elfred, du weißt, worum es geht. Ich kann die Sache da drin vor deiner Familie regeln oder hier draußen im Garten! Die Wahl liegt bei dir, aber du solltest dich besser schnell entscheiden, sonst komme ich rein!«

Drinnen im Flur erschien Elfreds Kopf in der Tür des Speisezimmers. Irgendwo hinter ihm murmelte Grace: »Elfred, was ist da los? Ist das Gabriel Farley?«

Elfred sagte: »Farley, bist du übergeschnappt?«

Gabe öffnete die Fliegentür und befahl: »Schwing deinen Hintern hier raus, du gottverdammter Scheißkerl! Ich bin hergekommen, um dir zu geben, was keine Frau dir geben kann, und mein Blut schießt schon recht schnell durch meine Adern, Elfred, also zwing mich nicht, reinzugehen und dich zu holen, denn damit machst du es nur um so schlimmer für dich selbst!«

Elfred, der sichtbar erschrocken war, tupfte sich mit einer Leinenserviette den Mund ab und versteckte sich dann einen Augenblick dahinter.

Gabe trat hinein und ließ die Tür mit lautem Krachen zuschlagen.

Elfred zeigte mit dem Finger auf ihn und sagte: »Du verschwindest hier, Farley, oder ich schicke dir die Polizei auf den Hals.«

Gabe marschierte durch den Flur. »Ich werde von hier verschwinden, wenn ich mit dir fertig bin, du Bastard.« Er packte den überraschten Hausherrn am Kragen, nahm ihn in den Schwitzkasten und zerrte ihn durch den Flur. Dann öffnete er mit Elfreds Kopf die Fliegentür, dessen Füße strampeln mußten, um Schritt zu halten. Sämtliche Spears kamen aus dem Speisezimmer, und einige von ihnen schrien auf, als sie sahen, wie das Familienoberhaupt unsanft als Rammbock benutzt wurde.

»Elfred! Oh, lieber Gott!« rief Grace, die hinter ihnen herlief.

Gabe zerrte Elfred immer noch im Schwitzkasten vier Stufen herunter und erwürgte ihn fast mit seiner Krawatte. Jedes Wort, das Gabe sagte, kam mit einem klaren, blaffenden Bariton. »So, damit es auf gar keinen Fall irgendwelche Fragen gibt – das ist für die Frau, die du vergewaltigt hast, Elfred, weil sie es nicht selbst tun kann. Aber das wußtest du natürlich, als du sie vergewaltigt hast, nicht wahr?«

Seine ersten Schläge prasselten auf Elfreds Kopf ein, während dieser immer noch an Gabriels Hüfte festgehalten wurde, vier insgesamt – *rumms, rumms, rumms, rumms* – damit war Elfreds hübsche kleine Nase gebrochen und das Auge, das Roberta verfehlt hatte, erhielt einen zu dem anderen passenden Erdbeerton. Gabriel ließ ihn schließlich frei, indem er kurz mit seinem Knie nach oben stieß und ihn auf seine eigene Treppe schleuderte. Dabei brach eine Rippe, und Elfred schrie auf. Seine Kinder und seine Frau standen schluchzend und weinend am Eingang, aber Gabe war noch nicht fertig, sondern zerrte ihn wieder und wieder auf die Füße, bevor Elfreds zu Gummi gewordene Beine ihn tatsächlich nicht länger trugen. Dann ließ Gabe ihn wie einen benutzten Sattel fallen, und Elfreds Gliedmaßen gaben nach wie Strapse von Steigbügeln. Gabe beugte sich über ihn und durchsuchte seine Westentaschen. Er zog eine Zigarre heraus, biß das Ende ab, spuckte aus, entzündete mit dem Daumennagel ein Streichholz und blies vier stinkende Rauchwolken in den lavendelduftenden Abend, bevor er sein Opfer an den Haaren packte und seinen schlaffen Kopf zurückriß.

»Eine letzte Sache noch, Elfred. Auge um Auge, und eine Brandwunde um eine Brandwunde … Nur wollen wir sie nicht verstecken. Setzen wir sie an eine Stelle, wo jeder sich danach erkundigen wird.«

Elfred hatte immer noch genug Furcht übrig, um laut zu schreien, als die glimmende Zigarre sich dem Mittelstück seines Schnurrbarts näherte. Am Ende bäumte Gabes gesunder Menschenverstand sich auf und hielt ihn zurück, so daß er lediglich Elfreds Schnurrbart soweit versengte, daß er endgültig ruiniert war.

»So, du Scheiße fressende Made«, sagte Gabriel angewidert, bevor er Elfred beiseite stieß, so daß er dalag, wie Roberta dagelegen hatte, als Elfred sie niederwarf. Gabe stand über ihm, reichlich Adrenalin durchströmte immer noch seinen Leib, aber seine kräftigen Zimmermannsmuskeln spürten kaum etwas von den anderthalb Minuten, die es ihn gekostet hatte, den Mann zusammenzuschlagen, der seit Jahren den Frauen nachstellte. »Das hattest du schon lange verdient, Elfred, und ich bin glücklich, daß ich derjenige sein durfte, der die Sache endlich in die Hand nahm. Falls jemand wissen möchte, wo ich zu finden bin, ich werde zu Hause sein und darauf warten, auszusagen, warum ich dich zu Hühnerfutter zermalmt habe. Hörst du mich, Elfred? Falls die Polizei danach fragt, schick sie zu mir.« Er tippte sich an den Rand seiner Mütze, die nicht einmal auf seinem Kopf verrutscht war, und sagte noch: »'n Abend, Elfred«, bevor er sich zu Robertas Wagen umdrehte, dessen Motor immer noch lief.

Nachdem Gabe gegangen war, wusch Roberta sich in seinem Schlafzimmer innen und außen und schauderte gelegentlich bei der Erinnerung an das Vergangene. Sie schrubbte ihr Fleisch, bis es schmerzte, konnte aber nichts gegen das schmutzige Gefühl von Elfreds Händen und seinen männlichen Teilen, die sie mißbraucht hatten, ausrichten. Manchmal wurde sie von Tränen unterbrochen, aber sie wischte sie wütend fort, denn sie war nicht bereit, sich von jemandem, der so schmutzig und viehisch war wie Elfred Spear, unterkriegen zu lassen.

Laß mich nicht schwanger sein, laß mich nicht schwanger sein, betete sie stumm. Manchmal murmelte sie die Worte vor sich hin, aber wenn sie sich dabei ertappte, biß sie jedesmal stur die Zähne zusammen, denn sie hatte nicht die Absicht, sich zu einem wahnsinnigen Häufchen Schluchzen herabwürdigen zu lassen.

Einmal sagte sie laut und deutlich: »Elfred, das wirst du bezahlen! Hörst du, das wirst du bezahlen!« Ohne zu wissen, daß Elfred bereits gezahlt hatte.

Als sie sich mit dem Handtuch trockengerieben hatte, streifte sie Caroline Farleys Schwangerschaftskleid über. Das Mieder saß ein wenig stramm, aber es bedeckte sie und roch nach dem Lavendel aus Carolines Kommodenschubladen. Das Hemd, das Farley ihr gegeben hatte, war zu kurz, daher ließ sie es auf dem Bett liegen. Ihre eigene schmutzige Unterwäsche, die sie zu einem Ball zusammengerollt und mit den Beinen ihrer Unterhosen verknotet hatte, wollte sie jedoch auch nicht anziehen. Auf der Kommode lagen ein Kamm und ein Handspiegel, genau da, wo Caroline sie zurückgelassen hatte. Sie zog die wenigen Nadeln, die noch in ihrem Haar verblieben waren, heraus und kämmte es mit entschlossenen Bewegungen durch; kleine Kiesel fielen dabei zu Boden. Während sie sich kämmte, betrachtete sie Carolines Bild. Eine zarte Rose von einer Frau, die jede Anmut besaß, die ein Mann sich wünschen konnte, während Robertas eigenes Spiegelbild breite Wangenknochen und kühne Gesichtszüge zeigte, die nur wenig aufwiesen, was sie empfehlen konnte, abgesehen von unleugbarer Stärke, die die meisten Männer jedoch nicht schätzten. Davon hatte sie jede Menge. Der Kamm bewegte sich beinahe trotzig durch ihr Haar, und als sie fertig war, legte sie ihn auf das Häkeldeckchen auf der Kommode zurück und sagte: »Vielen Dank, Caroline. Ich werde bei Gelegenheit etwas Nettes für deine Tochter tun. Wie wär' das?«

Dann setzte sie sich auf den Stuhl, um auf Carolines Mann zu warten, der furchtbar lange zu brauchen schien. Sie hatte weniger als eine Minute dort gesessen, als eine zottelige, braune Katze unter dem Bett hervorkam, »Mrrr ...« sagte und auf ihren Schoß sprang.

Sie kannte ihren Namen, obwohl sie einander nie begegnet waren.

»Hallo, Caramel«, sagte sie, als das Tier in geduckter Haltung inne hielt, ihr Kinn beschnupperte, dann kurz kreiste und sich einen Platz neben ihrem Kleiderbündel suchte.

»Hm ... Du bist also Caramel«, sagte sie und hob eine Hand, um dem Tier den Nacken zu kraulen. »Was denkst du, was deinen Herrn so lange aufhält?«

Als Gabe endlich klopfte, war Roberta mit auf die Brust gesunkenem Kinn eingenickt.

»Roberta?« rief er leise, und ihr Kopf schnellte hoch.

»Hm?« erwiderte sie ein wenig desorientiert.

»Darf ich reinkommen?«

»Oh, Gabriel ... Ja ... Ja, kommen Sie rein.«

Er öffnete die Tür ein kleines Stück und spähte ins Zimmer. Die Sonne war untergegangen, aber Roberta hatte kein Licht gemacht. In dem dunkel gewordenen Zimmer wurde sie nur schwach durch ein Nordfenster beleuchtet, dessen Scheibe violett geworden war. Ihr Haar fiel ihr glatt den Rücken hinunter. Sie hatte ihre nackten Füße in ihre weißen Schuhe geschoben und hielt ein Kleiderbündel auf dem Schoß, das sie mit Caramel teilte, deren Augen sich zu schmalen Schlitzen schlossen, nachdem sie ihren Herrn erkannt hatte. Carolines Kleid wirkte an Robertas viel breiteren Schultern deplaziert, aber er stellte fest, daß er bereit war, es dort zu akzeptieren.

»Es tut mir leid«, sagte sie und setzte sich ein wenig aufrechter hin. »Ich bin eingeschlafen.«

Er drückte die Tür vollends auf und trat ins Zimmer, wo noch immer ein Hauch von guter Seife in der Luft lag. »Schon gut. Wirklich, das ist gut. Ich habe mir Sorgen gemacht, daß Sie vielleicht noch weinen würden ... oder Angst haben ...«

Er blieb vor ihr stehen, und sie blickte auf. »Ich bin weitgehend zu dem Schluß gekommen, daß Tränen und Angst wertlos sind. Was geschehen ist, ist geschehen, und ich werde mich nicht davon zerstören lassen.«

»Es war mir furchtbar, Sie allein zu lassen, aber ich mußte.«

»Sie waren sehr nett zu mir heute abend, Gabriel. Netter als Sie hätten sein müssen, vor allem wenn man bedenkt, wie schlimm unser letztes Zusammensein ausgegangen ist.«

Er stand ganz in der Nähe ihres Stuhls, blickte auf ihr zu ihm emporgewandtes Gesicht hinunter und fragte sich, was aus ihnen beiden werden sollte.

»Hier ist Ihre Haube«, sagte er.

Als sie danach griff, hielt ihre Hand plötzlich inne. »Knipsen Sie das Licht an, Gabriel.«

»Warum?«

»Bitte.«

Er versteckte die Hand mitsamt dem Hut hinterm Rücken. »Warum?«

»Ihre Hand ... Was haben Sie getan?«

»Sie wissen, was ich getan habe. Ich habe Elfred Spear windelweich geschlagen.«

»Oh, Gabriel.« Und nachdem es ihr endlich gelungen war, ihren Tränenstrom zum Versiegen zu bringen, füllten ihre Augen sich abermals. Sie ließ den Kopf sinken, hob eine Hand ans Gesicht und versuchte, ihre Gefühle für ihn zu verbergen, weil dies wieder einmal weder die rechte Zeit noch der rechte Ort war, um sie zu offenbaren.

Er hockte sich vor sie hin und legte die Haube neben dem Stuhl auf den Boden. Statt sie zu berühren, berührte er die Katze und rieb mit einem schwieligen Finger über ihr Fell. »Es tut mir leid, Roberta, aber ich konnte das nicht einfach hinnehmen. Jetzt wird jeder davon erfahren – ihre Kinder, Elfreds Frau, seine Kinder. Aber ein Bastard wie der, muß irgendwann einmal aufgehalten werden, und wenn ich es nicht getan hätte, wer dann?«

Sie nickte hinter vorgehaltener Hand und sagte: »Ich weiß. Es ist nur so unerwartet ... daß Sie für mich kämpfen. Niemand hat je für mich gekämpft. Ich mußte immer für mich allein kämpfen.«

Er streckte seine große, derbe Hand aus und berührte ihr Haar. Er spürte ihr stummes Weinen und erhob sich auf die Knie, um auch seine andere Hand auf ihr Haar zu legen und sie zu sich heranzuziehen, bis ihre Stirn gegen sein Schlüsselbein fiel und sein Mund in ihrem mahagonifarbenen Haar ruhte.

So blieben sie lange Zeit sitzen. Bis das Fenster dunkler wurde und Caramel aufwachte und sich von zu vielen Leuten umgeben fand. Lautlos sprang sie auf den Boden und verzog sich auf leisen Sohlen in das dunkler gewordene Haus.

Dann flüsterte Gabriel mit belegter Stimme: »Ich bin hingefahren, um Ihre Haube zu holen, und habe da oben auch einen Knopf gefunden. Und ich habe die Abdrücke im Schotter gesehen, wo er Sie zu Boden geworfen hat, und, so wahr mir Gott helfe, ich wäre am liebsten noch einmal zu Elfred gefahren und hätte ihn umgebracht. In meinem ganzen Leben habe ich noch nie jemandem etwas antun wollen, aber heute abend hätte ich Elfred am liebsten getötet. Ich glaube, wenn Sie mich darum gebeten hätten, hätte ich es getan.«

Roberta hob den Kopf, konnte aber nur die Umrisse von

Gabes Gesicht sehen. »Wie schlimm haben Sie ihn verprügelt?«

»Ziemlich schlimm. Ich habe ihm ein paar Knochen gebrochen.«

»Oh, Gabe. Glauben Sie, man wird Sie dafür verhaften?«

»Ich weiß nicht. Möglich wäre es. Aber so oder so wird die ganze Stadt davon erfahren.«

Sie seufzte und ließ sich wieder gegen die Stuhllehne fallen. Sie schloß die Augen.

Er saß auf den Fersen, ganz in ihrer Nähe, berührte sie jedoch nicht. »Sie denken an Ihre Töchter?« fragte er.

»Und an Ihre ... und an Sie. Denn Sie wissen doch, was die Leute über mich sagen werden, nicht wahr? Ich bin geschieden. Ich muß es herausgefordert haben.«

»Aber ich kenne die Wahrheit. Ich habe die Beweise gesehen!«

»Und Sie wissen auch, was die Leute als nächstes sagen werden, nicht wahr? Daß ich zuerst zu Ihnen gekommen bin. Was hat mich dazu veranlaßt, in einem solchen Zustand das Haus eines alleinlebenden Mannes zu betreten? Warum bin ich nicht zu meiner Mutter gegangen? Aber wollen Sie wissen, warum ich nicht zu ihr gegangen bin? Weil sie das gleiche sagen wird wie alle anderen auch. Daß es meine Schuld war.«

»Nein, Roberta ... Das würde sie nicht tun.«

»Und ob sie das würde. Genauso denkt sie nämlich. Es sind immer die Frauen schuld.«

Er dachte eine Weile nach und sagte dann: »Roberta, es tut mir leid, wenn ich durch mein Verhalten alles nur noch schlimmer gemacht habe.«

Sie hatte plötzlich Mitleid mit ihm und berührte seinen Kragen. »Ist schon gut, Gabriel. Und wenn Sie einen Augenblick darüber nachdenken, ist es doch irgendwie ausgleichende Gerechtigkeit, zu wissen, daß endlich Elfreds wahrer

Charakter ans Licht gekommen ist. Wie könnte Grace es jetzt noch ignorieren, da man es ihr so direkt vor Augen geführt hat?«

»Aber seine Töchter wissen es jetzt auch, und das haben sie nicht verdient. Ich hätte es nicht vor ihnen tun sollen.«

»Nein, Gabriel, das hätten Sie nicht. Aber Sie haben es getan, und sie werden, wie wir anderen auch, einfach mit dem, was sie über ihren Vater wissen, leben müssen. Vielleicht wird das die größte Strafe für Elfred sein – daß er mit dem Verlust ihres Respektes und ihrer Liebe zahlen muß.«

»Sie haben also nicht die Absicht, ihn dafür anzuzeigen, was er Ihnen angetan hat?«

Sie ließ die Hand von seinem Kragen sinken und schüttelte langsam den Kopf. »Absolut nicht.«

»Das hatte ich auch nicht erwartet.« Er seufzte und erhob sich, so daß er sie wieder überragte. »Aber es ist so ungerecht. Er sollte wie jeder andere Verbrecher dafür zur Rechenschaft gezogen werden.«

»Gabriel, reden wir nicht mehr darüber.« Es war jetzt vollends dunkel, und er sah nur die Silhouette ihres Gesichts, als sie es zu ihm emporhob. »Ich bin sehr müde und möchte nach Hause gehen.«

»Ich bringe Sie hin.«

»Nein, bitte ... Die Mädchen ...«

»Die Mädchen wissen, was zwischen uns los ist. Denen machen wir nichts vor.«

»Was ist denn zwischen uns, Gabe? Ich glaube, ich weiß es selbst nicht recht.«

»Sie sind müde, sagten Sie, und Sie haben sehr viel durchgemacht. Das ist nicht der richtige Zeitpunkt, darüber zu reden. Also Kopf hoch, Mrs. Jewett. Ich werde jetzt etwas tun, das ich nur einmal in meinem Leben getan habe, in meiner Hochzeitsnacht.«

Eine Sekunde später lag sie in seinen Armen wie ein kleines Mädchen, das ins Bett gebracht werden sollte.

»Gabriel, setzen Sie mich ab. Ich bin nicht Caroline.«

»Ich weiß, daß Sie nicht Caroline sind. Das weiß ich schon seit einer ganzen Weile«, erklärte er und ging auf die Treppe zu. »Knipsen Sie dieses Licht an. Der Schalter ist unten an Ihrer Hüfte.«

Einen Augenblick später knackte der Schalter, und sie blinzelten beide in das helle Licht, bevor er sie die Treppe hinuntertrug.

»Sie hören aber nicht gut zu«, sagte sie. Sie hatte beide Arme um seinen Hals gelegt, denn anders ließ sich der Transport kaum überstehen. »Ich sagte, Sie sollen mich absetzen.«

»Hab's gehört.«

Er trug sie durch die Küche, öffnete mit ihren Füßen die Fliegentür und trat durch den starken Duft der Rosen ins Sternenlicht hinaus.

»Sie haben mich unter Carolines Rosengang hindurchgetragen.«

»Jawoll«, sagte er.

»Und wenn Sie mich in meinem Wagen nach Hause fahren, müssen Sie zu Fuß zurückgehen.«

»Jawoll«, sagte er. »Wär' nicht das erste Mal in meinem Leben.«

»Und wenn zufällig jemand seine Katze für die Nacht aus dem Haus läßt und uns sieht, müssen wir beide die Stadt verlassen.«

»Scheiß was auf die Leute.«

Sie konnte ein Lächeln nicht unterdrücken; er hatte heute abend eindeutig seine gewohnte Wohlerzogenheit abgelegt. Als sie an ihrem Wagen standen, setzte er sie auf die Füße und öffnete die Beifahrertür für sie, bevor er sie in den Wagen verfrachtete. Er brauchte einen Augenblick, um die Hebel in die richtige Position zu bringen, die Scheinwerfer zu entzünden und den Motor anzuwerfen. Als er einstieg, saß er ein paar Sekunden lang da, bevor er das Automobil in Gang setzte.

»Hören Sie mir zu, Roberta. Sobald Sie sich dem gewachsen fühlen, sollten wir beide uns einmal unterhalten.«

»Worüber?«

»Über einiges von dem, das wir uns neulich abends bei diesem Picknick gesagt haben.«

»Auch das.«

Sie holperten vom Bordstein los die dunkle Straße hinunter, und ihre Scheinwerferstrahlen hüpften bei jedem Häufchen Pferdemist und jedem Schlagloch, das sie durchfuhren.

»Meinen Sie nicht, wir sollten darüber reden?«

»Doch, ich denke schon.«

»Na schön. Lassen Sie mich wissen, wann Sie so weit sind. Ich komme rüber, wann immer es Ihnen paßt, und wir stellen diese Sache klar.«

»Glauben Sie, wir können das?«

»Keine Ahnung, aber versuchen müssen wir's wohl, wie?«

»Ja, ich denke schon.«

»Also gut«, sagte er, als sie sich ihrem Haus näherten.

»So – was wollen Sie den Mädchen erzählen?«

»Die Wahrheit. Was könnte ich anderes tun, nachdem ich Carolines Kleid trage? Außerdem hatte ich jede Menge Zeit zum Nachdenken, während Sie fort waren, und ich bin zu der Ansicht gekommen, daß ich noch nie zuvor die Wahrheit vor meinen Mädchen verborgen habe, und wir sind immer gut damit gefahren. Ich werde mir überlegen, wie ich es Ihnen sagen kann, ohne daß es ihnen für immer nachhängt.«

Er bremste, schaltete den Motor aus, brachte die Hebel in die richtigen Positionen und sagte: »Also gut, Roberta, wir regeln das auf Ihre Art und Weise. Nichts als die Wahrheit.«

»Was ist mit Isobel?«

Er dachte einen Augenblick lang nach und antwortete dann: »Sie ist genauso alt wie Susan.«

»Aber sie hat ein viel behüteteres Leben geführt. Außerdem ist es im Grunde genommen nicht ihr Problem, nicht wahr? Ich bin nicht ihre Mutter.«

Er erwiderte nichts darauf, denn er wußte nicht, was er dazu sagen sollte.

Roberta legte eine Hand auf den Sitz, ganz in der Nähe seines Schenkels. »Ich werde Ihnen etwas beichten. Ich weiß wirklich nicht, was ich sagen werde, wenn ich da reingehe. Diese Mädchen sind alle vollkommen unschuldig. Sie verdienen es nicht, zu erfahren, daß die Welt Grausamkeiten kennt, wie Elfred sie mir angetan hat, und wenn ich daran denke, daß sie es erfahren werden, dann verabscheue ich ihn nur um so mehr. Er ist ihr Onkel, Gabe ... ihr Onkel! Stellen Sie sich das nur vor.«

Schweigend stellten sie es sich eine Zeitlang wirklich vor.

Zu guter Letzt seufzte Gabe. »Also, gehen wir einfach rein und stellen wir fest, was sie sagen. Ich warte auf Ihr Stichwort.«

»Vielen Dank, Gabriel«, sagte sie.

Sie stiegen aus dem Wagen, und sie wartete, bis er die Karbidzufuhr der Scheinwerfer unterbrochen hatte. Dann gingen sie aufs Haus zu, um gemeinsam ihren Kindern gegenüberzutreten.

13

Das Haus roch stark nach Schokolade. Im Wohnzimmer war es dunkel, aber durch die beleuchtete Küchentür sah Roberta alle vier Mädchen. Sie saßen auf die Ellbogen gestützt um den Tisch herum und aßen etwas aus einer flachen Schüssel. Sie unterhielten sich laut, und Lydia schien etwas zum Besten gegeben zu haben, denn plötzlich sprang sie von ihrem Stuhl, sauste im Kreis herum und warf ihre Arme durch die Luft, als sei sie ein Derwisch.

Als Roberta und Gabriel den Raum betraten, brachen die anderen gerade in Gelächter aus.

»Hallo, Mädchen. Hier sind wir«, erklärte sie.

Sie alle blickten zur Tür, und ihre Gesichter leuchteten auf, als sie Roberta und Gabriel wieder zusammen sahen.

»Ihr seid *beide* hier!« rief Rebecca.

»Wir sind beide hier.«

»Heißt das, ihr habt euch wieder vertragen?« fragte Lydia.

»Darauf läuft es wohl hinaus. Was ist in der Schüssel da?«

»Schokosahnekaramel. Becky hat ihn zum Abendessen gemacht.«

»Karamel? Zum *Abendessen?*«

»Tja, du warst nicht da, also wußten wir nicht, was wir sonst essen sollten. Und außerdem hatten wir gerade Lust darauf.«

Susan hatte ihre Mutter neugierig betrachtet. »Was trägst du da für ein Kleid?«

Isobel antwortete: »Das ist ein Kleid von meiner Mutter.«

»Warum trägst du ein Kleid von ihrer Mutter?«

Roberta blickte an dem abgetragenen Kleidungsstück hinab. »Weil ich einen Notfall hatte und schnell etwas zum

Anziehen brauchte, und Gabriel hat mir angeboten, mir dies hier zu leihen.«

»Das hat er getan?« Isobel drehte sich mit weit aufgerissenen Augen zu ihrem Vater um. »Du hast ihr *gesagt*, sie könne Mutters Kleider anziehen?«

»Das stimmt«, sagte er, heuchelte Lässigkeit und bediente sich mit einem Stück Karamel.

»Aber das ist ein Umstandskleid!«

Roberta schaltete sich ein. »Ich bin größer als deine Mutter. Das war das einzige, was mir paßte.«

Rebecca hatte sich bisher zurückgehalten, obwohl sie argwöhnischer war als die anderen. »Was ist mit *deinem* Kleid passiert?« fragte sie, und ihre ganze Haltung verriet, daß sie sich mit diesen oberflächlichen Erklärungen nicht zufriedengab.

»Es ist schmutzig geworden.«

Gabe biß in seinen Karamel, und Isobel fragte: »Was ist mit deiner Hand los?«

»Faustkampf.«

Alle vier Mädchen sprachen gleichzeitig.

»Was!«

»Ein Faustkampf!«

»Wegen Mutter?«

Alle waren plötzlich sehr aufgeregt, und das Geplapper klang wie eine ganze Herde Pelikane. Rebeccas Frage übertönte schließlich alle anderen: »Was ist hier los?«

Robertas Augen suchten Gabes Blick. »Ich glaube, wir sollten es ihnen besser erzählen und die Sache hinter uns bringen.«

»In Ordnung, ganz wie Sie wollen.« Er legte seinen Karamel weg und sagte: »Susan, hol deiner Mutter einen Stuhl. Sie hat heute abend eine Menge durchgemacht.«

Susan ging ins Wohnzimmer und kehrte mit dem Klavierhocker zurück. Als Roberta saß, überraschte Gabriel alle Anwesenden, indem er sich hinter sie stellte und ihr die Hände auf die Schultern legte.

»Was ich zu sagen habe, wird außerhalb dieses Raumes niemand erfahren. Habe ich mich klar ausgedrückt?«

Robertas Augen glitten über den Kreis ernster Gesichter. Zwei der Mädchen nickten. »Ihr werdet es weder bestätigen, noch es leugnen, ganz gleich, was ihr in der Stadt hört, ganz gleich, was eure Freunde oder andere Leute zu euch sagen.«

Rebecca sprach für alle. »Du hast unser Wort, Mutter.«

Roberta suchte in Gedanken nach der richtigen Stelle für einen Anfang. Sie streckte die Hände nach den beiden Mädchen aus, die ihr am nächsten standen und sagte: »Ich glaube, ich muß jetzt ein paar Hände halten. Das wird schwierig für mich.«

Während sie Lydia und Susan an den Händen hielt, erzählte sie ihre Geschichte, wobei sie übermäßig realistische Beschreibungen vermied und nach möglichst indirekten Ausdrücken suchte.

»Gabriels Hände sind deshalb so zerschunden, weil er euren Onkel Elfred, der mich überfallen hatte, verprügelt hat. Mir war draußen außerhalb der Stadt das Benzin ausgegangen. Elfred kam zufällig vorbei und erbot sich, meinen Tank nachzufüllen, und dann dachte er, ich sollte ihn zum Dank küssen. Als ich mich weigerte, wurde er sehr grob mit mir und versuchte, mich zu einem Kuß zu zwingen. Er hat mir sehr weh getan und meine Kleider wurden schmutzig, und ich hatte sehr, sehr große Angst.«

Es war offensichtlich, daß nur Rebecca das ganze Ausmaß von Robertas Worten begriff. Ihr Gesicht verriet es. Obwohl sie mit den übrigen am Tisch saß, hatte sie eine Bewußtseinsebene erwachsener Spekulationen erreicht, die sie jetzt deutlich von den drei jüngeren Mädchen unterschied.

Sie stellte keine Frage, aber Roberta wußte, daß sie ihr durch den Kopf schossen.

»Euer Onkel Elfred ist kein netter Mann. Er ist ein nun … wie soll ich es ausdrücken?«

»Weiberheld«, schlug Gabriel vor.

»Ja, so kann man es wohl auch ausdrücken. Wißt ihr alle, was dieses Wort bedeutet?«

Die jüngeren Mädchen sahen einander an und zuckten ein wenig einfältig die Achseln; sie hatten die Hände unterm Tisch zwischen ihren Knien gefaltet.

»Er flirtet mit anderen Damen außer Tante Grace. Nur geht es manchmal über einen Flirt hinaus, und er stellt Forderungen. Das ist mir passiert.«

Lydia fragte unschuldig: »Hat er dich geschlagen, Mami?« Sie hatte Roberta schon seit langer Zeit nicht mehr *Mami* genannt, aber jetzt, da sie das Wohlergehen ihrer Mutter bedroht sah, schlich es sich in ihren Wortschatz zurück.

»Hm … nein.« Roberta dachte eine Sekunde lang nach und sagte dann etwas energischer: »Aber ich habe ihn geschlagen. Und zwar ziemlich fest.«

»Wirklich?« Lydias Augen leuchteten auf. »Klasse!«

Bevor eines der Mädchen sich nach Einzelheiten des Überfalls erkundigen konnte, lenkte Roberta das Gespräch in eine andere Bahn. »Jetzt hört mir mal zu, denn das ist wichtig. Eure Cousinen waren dabei, als Gabriel ihren Vater verprügelt hat, und Tante Grace ebenfalls. Ich bin mir also nicht sicher, ob sie weiterhin hierherkommen oder irgend etwas mit euch unternehmen wollen.«

»Können wir sie nicht einladen?« wollte Susan wissen.

»Fürs erste nicht. Lassen wir ein wenig Gras über die Sache wachsen. Und was Besuche im Haus eurer Cousinen betrifft, fürchte ich, wird das von jetzt an gegen die Regeln verstoßen.«

Lydia machte ein unglückliches Gesicht, und Roberta machte sich auf einige Quengelei gefaßt. Wie erwartet fing Lydia auch sofort an damit: »Aber Sophie macht die besten Pralinenplätzchen. Wir alle lieben ihre Pralinenplätzchen, Mutter.«

»Trotzdem, ich will nicht, daß ihr noch einmal dorthin geht.«

Rebecca saß da und starrte Gabriels Hände an, die immer noch auf Robertas Schultern lagen. Ihre Sorgen gingen über das Versiegen der Pralinenquelle weit hinaus.

Roberta holte tief Luft und setzte sich aufrechter hin. »Gabriel und ich dachten, ihr solltet wissen, was passiert ist, aber es geht mir jetzt wieder gut, also braucht ihr euch keine Gedanken zu machen. Ich bin zu ihm gegangen, und er hat gut für mich gesorgt, also brauchen wir nur noch über vier Kinder nachzudenken, die nichts als Karamel zum Abendessen gegessen haben, stimmt's?«

Obwohl Roberta versuchte, das Gespräch mit einem fröhlichen Tonfall enden zu lassen, war eines der Mädchen auffällig düsterer gestimmt als die anderen, als die beiden Farleys sich schließlich verabschiedeten. Rebecca, deren Zuneigung zu Ethan Ogier sie bereits von ihren Geschwistern trennte, zog sich in ihr Schlafzimmer zurück, während die anderen Isobel und Gabriel Gute Nacht wünschten. Sie alle gingen hinaus auf die Veranda, wo Isobel Roberta zum Abschied umarmte und sagte: »Es tut mir leid, daß Mr. Spear so gemein zu Ihnen war.«

»Ich danke dir, Isobel. Aber mach dir meinetwegen keine Sorgen. Gute Nacht, mein Herzchen.« Als die drei Mädchen vorgingen, blitzten Libellen im Gebüsch auf. Das Viertel lag still unter einem mondüberfluteten Himmel, und in der Luft spürte man die Kühle des Taus, der den angestrichenen Verandaboden am Morgen mit Feuchtigkeit überziehen würde.

Gabriel blieb mit Roberta auf der Veranda zurück; sein Beschützerinstinkt war erwacht, und es widerstrebte ihm, sie allein zu lassen. Dort im Dunkeln legte er noch einmal die Hände auf ihre Schultern und fragte: »Kommen Sie auch wirklich zurecht?«

Diese Bekundung von Zuneigung hatte lange auf sich warten lassen, dachte sie, und er hatte immer noch einen weiten Weg vor sich. »Mir geht es gut. Ich brauche nur etwas Ruhe.«

Ein Moskito umsummte sie, und Gabriel schlug ihn von seinem Ohr weg. »Glauben Sie, Sie können morgen zu Hause bleiben?«

»Ich brauche jeden Cent, den ich verdienen kann. Ich werde arbeiten.«

»Auf dem Land?«

»Morgen früh in Rockport. Wo ich nachmittags arbeite, weiß ich erst, wenn ich meine Anweisungen bekomme.«

»Ich werde mir von jetzt an immer Sorgen um Sie machen, wenn Sie mit Ihrem Wagen umherfahren.«

»Das hat doch keinen Sinn.« Auch sie verscheuchte eine Mücke. »Niemand stellt hier eine Bedrohung für mich dar – abgesehen von Elfred, und um den haben Sie sich ja gekümmert.«

»Ich werde mir trotzdem Sorgen machen.«

»Ich gehöre nicht zu der Sorte, die den Kopf einzieht und sich versteckt, Gabriel. Ich muß einfach tun, was ich tun muß, und wenn ich durch diese Berge fahren muß, um meine Mädchen großziehen zu können, dann soll es eben so sein. Ich sage nicht, daß mir nicht manchmal das Herz im Halse sitzen wird, wenn ich einen Mann auf mich zukommen sehe, aber ich muß einfach lernen, damit zu leben, nicht wahr?«

Er ergriff eine ihrer Hände und legte seine eigenen darüber. Es war immer noch hell genug für Roberta, die Umrisse seiner Nase und seines Kinns sehen zu können, und stecknadelgroße Pünktchen reflektierten Licht von seinen Augen, als er leise sagte: »Sie sind eine erstaunliche Frau, Roberta, wissen Sie das?«

»Ich glaube eigentlich, daß ich eine ganz gewöhnliche Frau bin, aber es ist trotzdem schön, Sie das sagen zu hören. Vielen Dank, Gabe. Und danke dafür, daß Sie Elfred verprügelt haben. Ich hoffe sehr, daß Sie deswegen nicht in Teufels Küche kommen werden.«

Er benutzte ihre ineinander verschränkten Hände, um eine Mücke von seiner Schläfe zu verscheuchen. »Ich glaube nicht, daß das passiert, denn tief drinnen ist Elfred ein Feigling, und wenn er mich öffentlich anklagt, wird er erklären müssen, warum er das tut – öffentlich. Ich glaube nicht, daß er dazu den Mumm hat.«

Gerade in diesem Augenblick rief Isobel: »Dad, komm schon! Die Mücken stechen mich!«

»Mich auch«, sagte er zu Roberta und ließ ihre Hand fallen. »Tja, dann Gute Nacht. Ich komme morgen abend wieder vorbei, um nach Ihnen zu sehen.«

»Ich werde hier sein«, sagte sie und ging die Treppe hinauf, während er die Stufen hinunterging. Auf dem Weg zum Wagen kam er an den Mädchen vorbei, die ebenfalls von Mücken gejagt wurden und aufs Haus zusprangen.

»Nacht, Mr. Farley!« riefen sie im Chor.

»Gute Nacht, Mädchen. Paßt gut auf eure Mutter auf.«

Die Mädchen stiegen mit zwei Sätzen die Treppe hoch, und Susan kreischte: »Kommt rein, schnell ins Haus, bevor sie uns bei lebendigem Leibe auffressen!«

Zehn Minuten später hängte Roberta Caroline Farleys abgetragenes, fleckiges Umstandskleid aus lavendelfarbenem Musselin an einen Haken hinter der Tür. Überall im Zimmer verstreut lagen ihre eigenen achtlos weggeworfenen Kleider, die sich im Laufe von mindestens einer Woche angesammelt hatten. Aber die Sorgfalt, die sie bei ihren eigenen Besitztümern fehlen ließ, war für sie bei dem Kleid der toten Frau etwas Selbstverständliches. So pflichtbewußt, als schaute Caroline persönlich zu, schob sie das Kleidungsstück sorgfältig auf einen Kleiderbügel und berührte noch einmal ganz sanft die Flecken, bevor sie die Hand wegzog.

O Gabe, dachte sie, *was sollen wir nur tun?*

Nachdem Roberta das Kleid ausgezogen hatte, stand sie nackt da. Sie legte sich eine Hand auf den Unterleib und schloß die Augen. Sie haßte Elfred Spear. Als sie auf ihre Nacktheit hinunterblickte, verspürte sie eine Woge der Verzweiflung und unterdrückten Drang, um ihretwillen Tränen zu vergießen. Sie war nie eitel gewesen, nicht einmal im entferntesten. Für Roberta war der Körper lediglich das Gefäß, das die Seele, den Verstand und den Geist beherbergte. Der Körper brauchte Brennstoffe, um Seele, Geist und Verstand zu nähren, und gelegentlich auch Wartung, aber darüber hinaus maß Roberta dem äußeren Leib der Menschen wenig Wert bei. Als sie nun an sich hinabblickte, sah sie ihre Mittelmäßigkeit ganz deutlich – Größe, Beschaffenheit, Form. Alles zeigte die Geschichte einer Frau, die drei Kinder geboren und ein Leben lang hart gearbeitet hatte, ohne viel Zeit für sich selbst erübrigen zu können. Aber ihr Fleisch – so unförmig und wenig fest es auch war – gehörte ihr selbst, und kein Mann durfte es benutzen, wie es ihm gefiel.

Sie hatte keinen bodenlangen Spiegel im Zimmer, nur einen kleinen rechteckigen mit einem angeschlagenen Gipsrahmen, der über einer Kommode hing. Als sie daran vorbeiging, erhaschte sie einen flüchtigen Blick auf ihre Brüste und beeilte sich, sie mit einem Nachtgewand zu verhüllen, als könnte Elfred immer noch irgendwo auf sie lauern.

Selbst als sie ihr verblichenes Sommernachthemd übergestreift hatte und versuchte, an morgen zu denken statt an heute, spürte sie noch immer den Kloß in der Kehle, der sie zum Weinen drängte. Zwei widerstreitende Impulse bestürmten sie. Der eine sagte: *Weine.* Der andere sagte: *Weine nicht.* Sie kämpfte gerade mit diesen beiden Impulsen und zog ihr ungemachtes Bett zurecht, als Rebecca anklopfte und sagte: »Mutter, darf ich reinkommen?«

Roberta griff nach den Laken und rieb sich beide Augen, bevor sie rief: »Natürlich, Becky. Komm nur.«

Becky schlüpfte hinein und blieb zögernd an der Tür stehen, eine Zurückhaltung, die ganz untypisch für sie war. Gegen den Türrahmen gelehnt, sah sie ihre Mutter an und versuchte sich an einer Andeutung eines Lächelns, die aber kläglich scheiterte.

Roberta setzte sich auf die Bettkante und versuchte gefühlsmäßig unbeteiligt zu wirken. »Immer noch auf?«

»Ich habe gewartet.«

O Becky; ich hatte gehofft, du würdest es nicht begreifen. Ich wollte dir das so gern ersparen. Robertas Züge wurden weicher und ließen die Traurigkeit, die sie verspürte, sichtbar werden. Zu leise gab sie zu: »Ich nehme an, ich wußte es.«

Eine Weile des Schweigens brachte die Nacht näher und machte das Bedürfnis nach Wahrheit deutlicher. Was sollten sie jetzt tun – eine Frau von sechsunddreißig Jahren, die zuviel über die Welt wußte, in der Männer und Frauen aufeinanderprallten; eine Sechzehnjährige, die nur ahnen konnte. Eine, die beschützen wollte, eine, die wissen wollte.

Rebecca fand den Mut, als erste zu sprechen. »Du hast uns nicht alles gesagt, nicht wahr?«

Wieder bildete sich dieser furchtbare Kloß in Robertas Kehle, und mit ihm überfiel sie ein überwältigender Kummer. Ihre Lippen formten das Wort *nein*, aber sie vermochte es nicht laut auszusprechen, sondern schüttelte nur traurig den Kopf.

Rebecca ging leise durchs Zimmer und setzte sich auf die andere Seite des Bettes schräg gegenüber von ihrer Mutter. Sie war barfüßig und trug ein weißes Nachthemd. Sie hatte sich das Haar an diesem Tag zu einem Kranz geflochten – seit Ethan Ogier ihr den Hof machte, experimentierte sie mit ihrem Haar herum. Als sie sich hinsetzte, preßte sie sich unbewußt gegen das Fußende, so wie vorher gegen die Tür, aber ihre Mutter verstand: Heute abend würde ihre Tochter auf eine Art und Weise erwachsen werden, die sie beide lieber vermieden hätten.

Es dauerte eine Weile, bevor Becky sagen konnte: »Du glaubst nicht, daß ich darüber Bescheid wüßte, aber ich tue es. Was die Sache betrifft, die Onkel Elfred dir angetan hat.« Die Gewißheit des Begreifens weitete ihre Augen. »Er hat es doch getan, oder?«

Von diesem Augenblick an würde Rebecca nie wieder das unschuldige Mädchen sein, das sie gewesen war, aber Roberta konnte und wollte ihre Tochter nicht belügen. Sie nickte langsam, zweimal.

»Ich weiß auch, wie man es nennt. Ich habe die Jungen darüber reden hören.« In Beckys Stimme schwangen sowohl Trotz als auch Angst mit.

»Es ist ein furchtbares Wort.«

»Ich wußte, daß es das sein mußte, denn die Jungen flüsterten, als sie davon sprachen, und als sie feststellten, daß wir Mädchen lauschten, wurden sie böse und sagten uns, wir sollten verschwinden.« Tränen traten ihr in die Augen, und sie blickte auf ihr Nachthemd und den Umriß ihres Knies darunter hinab. Plötzlich trat heißer Zorn an die Stelle des entsetzten Staunens, und sie ballte die Faust. »Wie konnte Onkel Elfred dir das antun? Es ist so schrecklich.«

»Ja, das ist es. Das war es. Aber ich wollte nicht, daß die jüngeren Mädchen davon erfuhren.«

Rebecca nickte traurig.

»Elfred stellt mir nach, seit ich hierher gekommen bin. Er ist ein hinterhältiger, bösartiger Wüstling von der allerschlimmsten Art. Er tut es nur dann, wenn Grace ihm den Rücken zukehrt. Arme Grace, mit einem solchen Heuchler verheiratet zu sein.«

»Weiß sie, was er dir angetan hat?«

»Gabriel sagt es. Er hat nicht versucht zu verbergen, warum er Elfred in seinem eigenen Garten zu Brei schlug. Und Grace stand direkt daneben und hat alles mit angesehen. Sie hat gehört, wessen Gabe ihn beschuldigt.«

»Wird sie sich jetzt von ihm scheiden lassen, wie du es mit unserem Vater gemacht hast?«

»Das weiß ich nicht, Becky. Ich befürchte, sie wird denken, ich hätte ihren armen geplagten Ehemann verführt, daß alles meine Schuld war, nur weil ich geschieden bin. Sie und Großmama stecken in dieser Sache unter einer Decke.«

»Aber wie könnte sie das glauben?« fragte Rebecca mit wachsender Empörung. »Sie weiß doch, daß du so etwas niemals tun würdest! Du bist ein guter Mensch, und du hast uns immer gelehrt, auch gut zu sein.«

»Ah, Becky ...« Roberta ließ sich zurücksinken, teils in ihre Kissen, teils gegen das Kopfende des Bettes. »Wenn nur der Rest der Welt einen so starken Gerechtigkeitssinn hätte wie du.« Sie schloß die Augen für einen Moment. »Aber so ist es leider nicht.« Sie öffnete sie wieder und wirkte ein wenig entspannter. »Und das ist auch der Grund, warum ich den Mädchen gesagt habe, daß sie mich nicht in Schutz nehmen dürfen, denn es wird Leute in dieser Stadt geben, die sich auf Elfreds Seite stellen. Er ist schließlich ein Mann, und irgendwie entschuldigen die Menschen solche bösartigen Verbrechen bei Männern. Den Frauen wird die Schuld in die Schuhe geschoben – so funktioniert das eben. Vor allem bei geschiedenen Frauen.« Sie drehte den Kopf, um Rebecca anzusehen. »Aber du und ich, wir kennen die Wahrheit, und Gabriel kennt sie, und das ist alles, was für mich wirklich zählt. Alles, was die anderen sagen können, bedeutet mir wenig oder gar nichts. Ich wäre nur traurig, wenn es euch Mädchen verletzen würde, vor allem, wenn deine Schwestern begreifen sollten, was genau da passiert ist.« Sie richtete sich wieder auf. »Das ist eine der Nachwirkungen dieses plötzlichen Ereignisses, für die ich Elfred nur um so mehr hasse. Weil er meinen kleinen Mädchen ihre Unschuld geraubt hat. Sieh mal«, sie hob eine Hand und ließ sie wieder sinken, »da sitzt du und redest mit mir über solche Dinge, wo du doch gar keine Ahnung davon haben solltest, wo du dein junges Leben leben solltest, ohne von solchen Erinnerungen gequält zu werden. O Becky ... ich wünschte, ich könnte es um deinetwillen ungeschehen machen.«

Bei dem plötzlichen Gefühlsausbruch ihrer Mutter stand Becky auf und lief um das Bett herum. »O Mutter, ich wünschte, *ich* könnte es um deinetwillen ungeschehen machen.« Als sie nun neben Roberta saß, umarmte Rebecca sie, als sei sie die Mutter und Roberta die Tochter.

Roberta gestattete sich ein paar Tränen ... aber nur wenige. Sie und Rebecca hatten einander immer nahe gestanden, aber seit ihrer Scheidung standen sie sich noch näher. Als die Älteste hatte Becky ohne Klagen die Verantwortung übernommen, die ihr zugefallen war, und oft hatte sie in Robertas Abwesenheit die Ersatzmutter gespielt. Heute abend schenkte ihre liebevolle Fürsorge ihrer Mutter Frieden und Heilung; das sanfte Streicheln ihrer Hand auf Robertas Schulter half ihnen beiden, und nach einer Weile fühlten sie sich deutlich besser.

Schließlich murmelte Rebecca in das Haar ihrer Mutter: »Isobels Vater war nett zu dir, nicht wahr, Mutter?«

Roberta rückte ein Stück von Becky weg und griff nach den schlanken Händen ihrer Tochter.

»Ich war so froh, ihn da zu haben. Er ist wirklich ein sehr liebenswerter Mann.«

»Es war mir schrecklich, als ihr beide euch gestritten habt.«

»Mir auch.«

»Und ich bin so froh, daß ihr wieder zusammen seid.«

»Ich auch.«

»Und Isobel auch!«

Sie brachten immerhin soviel Unbekümmertheit zustande, daß sie einander zulächeln konnten, dann offenbarte Rebecca ihrer Mutter: »Isobel hat mir erzählt, daß sie sich wünscht, ihr Vater würde dich heiraten.«

»Ach ja?« Roberta lächelte sanft und dachte an Isobel, die sie ebenfalls liebte. »Aber ich fürchte, das wird nicht passieren. Wir sind einfach zu verschieden.«

»In welcher Hinsicht?«

»Ach, du weißt schon. Er ist penibel, ich bin unordentlich. Er lebt nach festem Zeitplan, ich hasse Uhren. Er denkt, man muß mit Messer und Gabel an einem Tisch sitzen, und ich denke, daß Tische dazu da sind, die Füße draufzulegen. Außerdem hat seine Familie etwas gegen mich, weil ich geschieden bin.«

»Oh.« Ein Herzschlag verstrich, bevor Rebecca fragte: »Aber würdest du ihn trotzdem heiraten, wenn er dich fragte?«

»Ich weiß nicht. Würdest du wollen, daß ich das tue?«

»Nun ... nicht für uns – ich meine, wir kommen auch ohne ihn sehr gut zurecht, und wir haben jede Menge Spaß zusammen, nur wir vier. Aber du scheinst glücklicher zu sein, wenn du mit ihm zusammen bist.«

»Das war mir gar nicht bewußt.« Nach einigem Nachdenken fügte Roberta hinzu: »Nun, vielleicht war es mir doch bewußt, denn als ich ihm an diesem Tag in der Schule begegnete und er nicht mit mir sprach, fühlte ich mich einfach furchtbar. Und danach konnte ich nicht mehr aufhören, an ihn zu denken. Ich weiß nicht, Becky ... Wenn man erst mal verheiratet war und die Sache nicht funktioniert hat, bekommt man irgendwie Angst, es noch einmal zu versuchen, und wie du schon sagtest, wir vier Jewetts kommen auch allein verdammt gut zurecht, nicht wahr?«

Becky streckte die Hand aus und schloß zwei Knöpfe an Robertas Kragen. »Aber er hat Onkel Elfred für dich verprügelt und dir erlaubt, ein Kleid seiner Frau anzuziehen, und Isobel darf wieder hierherkommen, wann immer sie will. Ich glaube, er liebt dich, Mutter. Ich glaube, er liebt dich sogar sehr. Er weiß es nur noch nicht.«

Mit diesen Worten erhob Rebecca sich feierlich und küßte ihre Mutter auf den Kopf. »Mach du dir mal keine Sorgen wegen dieser ganzen Sache. Ich werde von jetzt an besonders gut auf dich aufpassen, und ob er dich heiratet oder nicht, ich glaube, Mr. Farley wird es auch tun.«

Gerade in diesem Augenblick dachte Mr. Farley über just dasselbe Thema nach: Wie er auf Roberta Jewett aufpassen konnte. Er stand in seiner Sommerunterwäsche in seinem Schlafzimmer und entdeckte etwas Kies auf der Tagesdecke, wo ihr Kopf gelegen hatte. *Dieser gottverdammte Elfred Spear, man sollte ihm die Eier abschneiden!* Gabe rieb die steinigen Körnchen zwischen den Fingern, ließ sich dann schwer auf die Bettkante fallen, wo er eine Weile dasaß und darüber nachdachte, was dieser Bastard Roberta angetan hatte. Ausgerechnet ihr, die so viel Mut hatte und so voller Leben war, die niemals einer Fliege etwas zuleide tat. Sie war tatsächlich einer der liebenswertesten Menschen, die er je kennengelernt hatte. Gut zu ihren Kindern. Gut zu seinem Kind. Gut zu ihm. Wahrscheinlich auch sehr gut zu den kranken Menschen, um die sie sich überall in der Umgebung kümmerte. Es war einfach so verdammt unfair, daß eine Frau wie sie einem Dreckskerl wie Elfred zum Opfer fallen sollte. Man konnte jeden fragen, der ihn kannte, und würde zu hören bekommen, daß Elfred sicher ein guter Geschäftsmann war und ein großes, schönes Haus besaß und daß er eine wirklich nette Familie hatte. Und wie dieser Mann sich darauf verstand, Geld zu machen, als sei das ein Kinderspiel! Abgesehen davon kicherten die Leute vielleicht über seine nimmer endenden kleinen Sünden. Aber hielten sie ihn auf? Versuchte jemals jemand, Männer wie Elfred aufzuhalten?

Nein. Statt dessen tratschten sie über Frauen wie Roberta, weil sie ein kleines weißes Stück Papier besaß, auf dem stand, daß sie nicht mehr mit einem Taugenichts und Schnorrer verheiratet zu sein brauchte, der sich nicht einmal um sie oder seine Kinder gekümmert hatte! Hatte ihr Mann sie je geliebt? Schwer vorstellbar, daß ein Mann dieser Art viel Liebe in sich haben sollte. Wenn ja, wäre er öfter zu Hause gewesen und hätte sie glücklich gemacht, statt sich mit anderen Frauen einzulassen und sie zu zwingen, allein für die Kinder zu sorgen.

Arme Roberta, sie hatte ein furchtbares Leben hinter sich, hatte immer jeden Cent dreimal herumdrehen müssen und sich niemals darüber beklagt. Aber jetzt was, wenn sie noch eins bekam? Was, wenn dieser Hurensohn Elfred sie geschwängert hatte? Würde das den braven Matronen von Camden nicht für die nächsten zwanzig Jahre genug Futter für Klatsch und Tratsch geben? Und diese drei netten Mädchen, ihre Töchter, würden ebenfalls dafür zahlen. Lieber Gott, es war einfach nicht fair.

Gabe war kein Experte, aber er hatte versucht, sich ungefähr auszurechnen, wieviel Zeit verstrichen war von dem Augenblick, in dem Elfred sie vergewaltigte, bis zu dem Augenblick, in dem er sie allein ließ, damit sie sich waschen konnte. Und es schien Gabe, daß die Natur, ganz gleich, was Roberta hinter dieser verschlossenen Tür getan hatte, reichlich Zeit gehabt hatte, ihren Lauf zu nehmen.

Er vermutete, daß sie eben jetzt in ihrem Bett lag und sich über genau dieselbe Sache sorgte. Was wenn? Was wenn?

Er seufzte und stand auf wie ein alter Mann; straffte einen Muskel nach dem anderen und zog dann die Tagesdecke von seinem Kissen. Er knipste das Licht aus, streckte sich für die Nacht und verschränkte die Hände unterm Kopf.

Aber er konnte nur an Roberta denken, Roberta, Roberta, Roberta, an seiner Seite, wo sie für den Rest ihres Lebens vor Männern wie Elfred sicher wäre.

Das Klingeln des Telefons drang in ihren unheimlichen Traum ein. Sie setzte sich jäh auf, spürte, wie ihr Puls raste, und versuchte herauszufinden, warum die Schulglocke zu Hause erklang und wo die Mädchen am Samstag waren. Oh! Es war Freitag, und nach dem Stand der Sonne zu urteilen, hätte sie eigentlich schon auf dem Weg zur Arbeit sein müssen.

Das Telefon klingelte abermals.

»Ach herrje«, murmelte sie, mühte sich aus dem Bett und bemerkte, daß der Wecker halb acht zeigte. Sie ging unsicher die Treppe hinunter, stützte sich zu beiden Seiten mit den Händen an der Wand ab und riß den Hörer von der Gabel, als die Glocke zum fünften Mal schrillte.

»Hallo?«

»Morgen, Roberta.«

»Oh ... Gabe.« Sie fuhr sich durchs Haar und blinzelte zu dem hell erleuchteten Küchenfenster hinüber.

»Wieso rufen Sie zu dieser frühen Stunde an?«

»Ich wollte nur wissen, was Sie heute tun.«

»Ich bin gerade aufgewacht und werde zu spät zur Arbeit kommen, aber ansonsten geht es mir gut, Gabe. Wirklich.«

»Hm, na schön. Da ist etwas, worüber ich mit Ihnen reden möchte, aber nicht, während die Zentrale zuhört. Meinen Sie, wir könnten uns gegen Mittag irgendwo treffen?«

»Gegen Mittag?«

»Oder wann immer es Ihnen am besten paßt. Ich dachte, Sie könnten vielleicht für ein Weilchen wegkommen, nachdem Sie sich bei Ihrem Büro in Rockport gemeldet haben. Ich habe da unten selbst eine Sache zu erledigen, und wir könnten uns, hm, sagen wir ... draußen am Südende von Lily Pond hinter der Chestnut Street treffen?«

»Ja, ich denke, das würde gehen.«

Er gab ihr eine genaue Wegbeschreibung, und sie einigten sich auf halb zwölf.

»Na, dann bis später«, sagte sie.

»Jawoll«, sagte er, »wir sehen uns dann«, und hängte auf. Sie hielt den Hörer noch ein paar Sekunden in der Hand, bevor sie ebenfalls auflegte. Was er wohl von ihr wollte? Sie erinnerte sich an seine gestrige Besorgnis, seine Fürsorge, aber das würde jeder in einer solchen Situation tun. Das jetzt war nicht der normale Gabriel. Nun, sie würde es ja bald erfahren. In der Zwischenzeit war ihre Verspätung jedenfalls noch größer geworden.

Als sie zu ihrem Treffpunkt kam, stand sein Truck schon abseits der Straße im Schatten an einer Lichtung, die runter zum Teich führte. Am Rand des Teichs breiteten sich Wasserlilien mit tellergroßen Blättern und ungezählten großen gelben Blüten auf der Oberfläche aus. Am anderen Ufer konnte man Häuser sehen, aber die Wohnhäuser des diesseitigen Ufers waren von Wäldern abgeschirmt. In der offenen

Fläche zwischen dichtem, grünen Wald auf beiden Seiten war ein Steinhaufen die einzige Erhebung. Jemand hatte die wilde Wiese gemäht und das Gras zum Trocknen in der Sonne liegen lassen. Der berauschende Duft frischen geschnittenen Klees machte die Luft zu Ambrosia. Zu Robertas Linken war zwischen Wald und Weide ein leichter Holzzaun gesetzt worden, hinter dem einige Schwarzbunte wiederkäuten und mit ihren Schwänzen schlugen. Zwei von ihnen beäugten Roberta, als sie aus ihrem Wagen stieg, eine Hand über die Augen legte und Gabe zuwinkte.

Er lehnte etwa fünfzehn Meter von ihr entfernt an einem hüfthohen Felsbrocken. Er trug einen Strohhut und kaute an einem Grashalm. Als sie ihm zuwinkte, stieß er sich ab und kam auf sie zu. Ihr gefielen seine schlaksigen Bewegungen, der entspannte Schritt seiner Beine in den blauen Jeanshosen und der leichte Windhauch, der seine aufgerollten Hemdsärmel kräuselte. Sie trafen sich in der Mitte der Lichtung, wo Grashüpfer vom Saum ihrer Uniform abprallten und auf den Spitzen seiner abgetretenen Lederstiefel landeten.

»Riecht gut hier draußen«, sagte sie, als sie noch zehn Schritte voneinander entfernt waren.

»Klee«, sagte er.

»Und so friedlich.«

Sie standen voreinander und verhielten ihren Schritt. »So friedlich, daß mir zu spät bewußt wurde, daß Sie vielleicht nicht allzu begierig darauf sein könnten, sich hier mitten im Nichts, wo keine anderen Menschen sind, mit einem anderen Mann zu treffen.«

»O Gabe, ich habe doch vor Ihnen keine Angst.«

»Nun, das hoffe ich.«

Ihre weißen Kleider reflektierten die strahlende Mittagssonne, so daß sie, obwohl sie mit dem Rücken zur Sonne stand, blinzeln mußte.

»Ziemlich heiß hier draußen in der Sonne«, bemerkte er. »Kommen Sie, setzen wir uns in den Schatten neben dem Truck.«

»Einverstanden.«

Sie drehte sich um und ging neben ihm her durch die Mahd von Klee und Gras. Eine der Kühe brüllte, als fragte sie, was die beiden da trieben. Der Wald, auf den sie zugingen, ragte wie eine gewellte, grüne Wand vor ihnen auf.

»Ich habe die Frösche beobachtet …«, sagte er.

»Hmm …«

»… wie sie Fliegen fressen.«

»Hmm …« Sie lächelte auf ihre Füße herab, während sie an Gabriels Seite weiterging; sie machte etwas längere Schritte und er etwas kürzere als gewöhnlich, so daß sie Gleichschritt halten konnten.

»Waren auch noch ein paar Schildkröten in dem Teich.«

»Das müssen wir den Mädchen erzählen. Dann sind sie gleich hier draußen, um sich eine zu holen.«

»In meiner Kindheit haben wir Schildkröten gegessen. Meine Mutter hat Suppe davon gekocht.«

Sie erreichten den kühlen, willkommenen Schatten neben seinem Truck, und Roberta drehte sich zu ihm um.

»Haben Sie mich deshalb hierherkommen lassen, Gabriel? Um sich über Frösche und Schildkröten zu unterhalten?«

Unter dem Rand seines Strohhuts sah er sie ohne zu lächeln an. Sein weißer Hemdkragen stand offen und war nach der morgendlichen Arbeit innen schmutzig geworden. An seinen Schultern klebten Sägespäne. Sein Hals war von dem rötlichen Braun eines Mannes, der selten seinen obersten Kragenknopf schließt. Seine Augen waren graublau wie frischer Rauch und sehr ernst.

»Nein, das war es nicht. Haben Sie in der Stadt zu Mittag gegessen?«

»Nein.«

»Oh, natürlich nicht. Es ist auch noch nicht Mittag. Natürlich, ich weiß, Sie legen nicht viel Wert aufs Mittagessen, aber ich habe uns trotzdem ein paar Sandwiches gekauft, und ich dachte, wir setzen uns einfach hier aufs Trittbrett und essen sie, falls Sie Hunger haben.«

Gabriel, der nie ein Wort zuviel verlor, redete einfach drauflos. Sie fragte sich, warum.

»Was für ein Sandwich? Schildkröte?«

»Nee. Rind.« Er öffnete seine Wagentür, um die Brote zu holen. »Genau genommen bin ich, auch wenn Sie es mir nicht glauben werden, heute morgen zu meiner Mutter gegangen und habe sie gebeten, die Brote zu machen.«

»Ihre Mutter – nun, da hat sie wohl nicht gewußt, mit wem Sie sie teilen wollten.«

»Doch, hat sie. Ich hab's ihr gesagt.« Dann holte er aus der Werkzeugkiste hinten im Truck eine Stahlbürste und säuberte damit das Trittbrett.

»Setzen Sie sich, Roberta.«

Sie setzte sich, und er setzte sich ebenfalls. Er stellte die Butterbrotdose zwischen sie und sich. Dann holte er eine Flasche mit Eistee heraus, schraubte sie auf und stellte sie ins Gras. Nachdem er die Dose geöffnet hatte, hielt er ihr sie hin.

»Vielen Dank.«

Sie begannen zu essen und schwiegen eine Weile behaglich, bevor Gabriel sagte, was er zu sagen hatte. »Was Ihnen gestern passiert ist – das macht mir furchtbar zu schaffen. Ich konnte letzte Nacht nicht schlafen, weil ich ständig darüber nachdenken mußte und mir Sorgen um Sie gemacht habe.«

»Aber ich bin nicht Ihre Sorge, Gabriel.«

»Vielleicht nicht, aber Sorgen mache ich mir trotzdem. Was, wenn ... nun, was, wenn das, was Sie danach getan haben, nichts genutzt hat? Ich habe nachgerechnet, Roberta, und soweit ich mir das ausrechnen kann, ist ungefähr eine Stunde vergangen zwischen dem Zeitpunkt, zu dem Elfred sein schmutziges Werk verrichtete, und dem Augenblick, in dem ich sie mit dieser Wasserschüssel in meinem Schlafzimmer alleingelassen habe. Einmal angenommen, die Zeit habe gereicht, was immer Sie da drin getan haben sei zu spät gekommen – und Sie wären trotzdem schwanger. Wenn das so ist, möchte ich Sie heiraten, Roberta. Das ist der Grund, weshalb ich hier mit Ihnen reden wollte.«

Ihr wäre beinahe das Stück Brot aus dem Mund gefallen. Sie schloß die Lippen und schluckte und starrte Gabriels Profil an, während er weiterhin das sonnige Feld gemähten Klees betrachtete.

»Das würden Sie tun?«

Er sah ihr ins Gesicht und nickte.

»Wenn ich schwanger wäre.«

»Das stimmt.«

»Um mich vor Klatsch zu bewahren.«

»Etwas in der Art.« Er nahm noch einen Bissen von seinem Fleischsandwich.

»Was ist mit den Dingen, von denen Sie meinten, wir müßten darüber reden? Ich dachte, deshalb wollten Sie mich hier draußen treffen.«

»In einem Fall wie diesem – ich meine, mal angenommen – müßten wir unsere Unterschiede eben übersehen.«

»Sie meinen, Sie wollen meine Unordnung übersehen, und ich soll Ihre Furcht, Ihre Gefühle zu offenbaren, übersehen?«

Sie beobachtete ihn sorgfältig, und wie erwartet errötete er denn auch schließlich. Er aß sein Sandwich auf, nahm dann einen langen Schluck Eistee aus der Flasche und machte sich wieder an die Betrachtung der gegenüberliegenden Wälder. Schließlich setzte er die Flasche ab und wischte sich mit dem Handrücken über den Mund.

»Ich dachte, das würde Ihnen vielleicht aus der Klemme helfen.«

Sie schwieg so lange, daß er sich schließlich zu ihr umdrehte und feststellte, daß sie den unberührten Teil ihres Sandwiches wieder in die Dose packte.

»Was ist los?«

»Sie glauben wirklich, ich würde eine zweite katastrophale Ehe eingehen, nachdem die erste so endete?«

»Katastrophal?«

Sie setzte ihre Füße flach auf den Boden und umfaßte ihre Knie, als wären es Baseball-Bälle, die sie gerade gefangen hatte. »Eine Vernunftehe ist nicht direkt mein Stil, Gabriel. Das müßten Sie doch mittlerweile eigentlich wissen. Ich mag nicht zierlich und vollkommen und feminin sein wie Caroline, aber ich habe trotzdem Gefühle, genauso wie Caroline sie hatte. Und wenn ein Mann mich wollte, würde ich von ihm erwarten, daß er es mir zeigt, indem er mir ernsthaft den Hof macht – es sei denn, Sie würden, was Sie gerade gemacht haben, als ernsthafte Werbung betrachten. Aber nach meinen Maßstäben ist es das nicht. Die Sache ist die, Gabriel, ich glaube, Sie haben Angst. Ich glaube, Sie lieben mich, und sie fürchten sich zu Tode, das auch zu sagen, also haben Sie sich statt dessen diesen Vorwand ersonnen, weswegen Sie mich heiraten wollen. Aber darauf werde ich nicht hereinfallen; ich werde nicht noch einmal mit einem Mann zusammenleben, der nicht die leiseste Ahnung davon hat, wie ein Ehemann sein sollte. Lieber bringe ich einen Bastard zur Welt und ziehe ihn selbst groß, als daß ich mich an einen Mann kette, der immer noch seine erste Frau liebt. Also, ich weiß die Idee zu schätzen, und unter der Oberfläche ist es wahrscheinlich ein sehr selbstloses Angebot von Ihnen, Gabriel, aber trotzdem, nein danke. Es sei denn, Sie lieben mich.« Sie erhob sich auf die Knie und stand auf, bevor sie mit einer Spur von Erbitterung hinzufügte: »Vielen Dank für das Sandwich. Tut mir leid, daß mir nicht danach zumute war, es aufzuessen, aber vielleicht nächstes Mal.« Sie ging mit langen Schritten auf ihren Wagen zu, während er hinter ihr auf die Beine sprang.

»Roberta, warten Sie!«

»Ich muß heute nachmittag noch bis nach Bangor. Tut mir leid.«

»Das ist eine schöne Art und Weise, einem Mann seinen Antrag ins Gesicht zu schleudern!« rief er ihr nach.

»Ich habe Ihnen doch gedankt, Gabe, oder?« Sie warf ihm noch einen flüchtigen Blick über die Schulter zu, woraufhin er noch wütender wurde. Dann sah er ihr nach, wie sie auf ihren Wagen zuging und sich daran machte, ihn anzulassen. Er stampfte über sechs oder acht Meter Wiese und holte sie ein. Dann nahm er ihr mit Gewalt die Kurbel aus der Hand.

Sie standen einander in dem fleckigen Mittagsschatten und mit einer Kuhherde als Publikum gegenüber, er wütend und sie mit steinerner Ruhe.

»Was soll ich denn tun Ihrer Meinung nach?« rief er mit einem Zorn, den nur diese Frau in ihm entfachen konnte.

»Das habe ich Ihnen bereits gesagt.«

»Roberta, wir sind erwachsene Menschen und haben unsere Jugend lang hinter uns, um Himmels willen!«

»Was ein Umwerben ausschließt? Was Gefühle ausschließt? Verliebtheit? Gabriel, wenn Sie das wirklich glauben, sind Sie schlimmer dran, als ich gedacht hätte.«

»Ich dachte, ich würde Ihnen einen Gefallen tun, indem ich Ihnen einen Ausweg anbiete.«

»Ja, ich weiß, daß Sie das dachten. Es tut mir leid, daß ich nicht annehmen kann, und ich danke Ihnen noch einmal für Ihren Großmut. Aber zu diesen Bedingungen ...« Sie schüttelte den Kopf und ließ den Gedanken unausgesprochen in der Luft hängen. »Ich habe genug lieblose Jahre mit einem Mann verbracht. Ich bin die Art Frau, die in dieser Angelegenheit keine Kompromisse mehr schließt. Ich brauche alles, was dazugehört«, sie machte eine weit ausholende Geste, »die ganze flammende Leidenschaft, und ich glaube nicht, daß Sie dafür schon bereit sind. Ich glaube wirklich, daß Sie noch nicht über Caroline hinweggekommen sind. Verstehen Sie mich nicht falsch, Gabriel. Ich würde Sie niemals bitten, Ihre Erinnerungen an Caroline aufzugeben. Aber Sie würden mich genau sosehr lieben müssen, wie Sie sie geliebt haben, sonst würde es nie funktionieren. Ich würde für alle Zeit in ihrem Schatten stehen, und der Schatten wäre zu kalt für mich, um ihn zu ertragen.«

Sie riß ihm die Kurbel aus der Hand und warf den Motor an. Einen Augenblick lang waren sie eingehüllt in den Lärm des stotternden Motors.

»Roberta!« schrie er dagegen an. »All unsere Kinder wollen, daß wir heiraten, sehen Sie das denn nicht?«

Sie schrie zurück: »Natürlich sehe ich das! Prüfen Sie Ihre Motive, Gabriel, und wenn es die richtigen sind, fragen Sie mich noch einmal!«

Als sie zur Wagentür ging, hätte er sie am liebsten zurückgerissen und handgreiflich zur Unterwerfung gezwungen. Aber genau das hatte Elfred gestern getan, und so benahm sich ein Gentleman einfach nicht.

Also ließ er sie einsteigen und die Hebel umlegen, die umgelegt werden mußten. Dann setzte sie zurück, wendete den Wagen und ließ ihn im Schatten stehen, allein mit der Frage, was er falsch gemacht hatte.

14

Myra Halburton gehörte zu einer Organisation namens Tee-, Näh- und Wohltätigkeitsgesellschaft der Damen von Camden. Ein weiteres Mitglied war Tabitha Ogier, die Großmutter von Ethan Ogier. Außerdem war da noch Maude Boynton, deren Mann die Automobilgesellschaft gehörte. Und Jocelyn Duerr, eine Nachbarin von Gabriel, sowie Ellen Barloski, eine Großtante von Sophie, der Haushälterin der Spears. Hannah Mary Gold war eine Cousine ersten Grades von Seth Farleys Frau, und Niella Wince wohnte nur einen Steinwurf von den Spears entfernt. Sandra Yances Tochter war Krankenschwester bei dem jungen Dr. Fortier III. ...

Es war eine sehr lange Namensliste.

Zwei Tage nachdem Elfred Spear Prügel bezogen hatte, kam die Wohltätigkeitsgesellschaft zu ihrem größten Ereignis des Jahres zusammen, einem Gartenlunch unter den Ulmen im Garten ihrer Präsidentin, Wanda Libardi. Wanda gehörte außerdem zu einem Musiktrio namens Sweethearts of Song, das den Lunch mit dem Lied »Beautiful Dreamer« eröffnete. Zu diesem Zwecke stellten die Damen sich unter den Rosengang vor mannshohen Eibisch in Wandas üppigem Garten.

Die eigentliche Kurzweil begann jedoch erst, sobald Wanda und ihre Mitstreiterinnen aufgehört hatten zu trällern und die Gruppe als Ganzes sich niederließ und ihrer Art *Wohltätigkeit* widmete.

Maude Boynton brachte das Thema zur Sprache, das in allen Köpfen herumgeisterte. »Myra, stimmt es, was wir alle über Elfred gehört haben?«

»Das weiß ich nicht, Maude. Was habt ihr denn gehört?«

»Daß Gabriel Farley ihn halbtot geschlagen hat.«

»Ich nehme an, es hat keinen Sinn zu versuchen, es zu verheimlichen. Aber Gabriel Farley wird dafür bezahlen! Denkt an meine Worte!«

Sandra Yance sagte: »Meine Susan hat Elfred gesehen, als er in Dr. Fortiers Praxis kam. Sie sagte, er hätte ausgesehen wie jemand, der als Amboß benutzt worden ist.«

Ellen Barloski schaute bekümmert drein. »Oh ... dieses hübsche Gesicht völlig zerschunden ... was für eine Schande. Die arme Grace muß doch todunglücklich sein.«

Jocelyn Duerr fragte: »Deine geschiedene Tochter hat sich oft mit Gabriel getroffen, nicht wahr?«

Myra fuhr die Stacheln aus. »Ich führe keine Strichlisten darüber, was Roberta tut. So, wie sie mit diesem Automobil kreuz und quer durchs Land fährt – wie soll eine Mutter da über das Benehmen ihrer Tochter auf dem laufenden bleiben?«

Während Myra die Hauptfrage abwehrte, tauschten die anderen Frauen wissende Blicke aus, die besagten: *Später.*

Die Gruppe verbrachte zwei angenehme Stunden damit, durch den Garten zu schlendern, die Beete zu bewundern, ihre Teller an einem Buffettisch zu füllen und delikate kleine Törtchen und Sandwiches ohne Kruste zu essen. Wann immer Myra außer Hörweite war, setzte heimliches Tuscheln ein, das so beharrlich war wie der Kaffeeduft, der aus dem Haus drang. Myra, die spürte, daß die Unterströmungen durch den Tumult in ihrer Familie verursacht wurden, entschuldigte sich und ging schon früh.

Sämtliche, noch verbliebenen Mitglieder der Camdener Wohltätigkeitsgesellschaft blieben unter den Ulmen stehen, bis Myras Röcke raschelnd durch das Gartentor verschwunden waren. Die Gastgeberin persönlich eröffnete den Tratsch.

»Nun, jetzt, wo sie weg ist, muß ich sagen ... ich bin überrascht, daß sie nicht mehr gesagt hat. Sie hat immer so viel, womit sie prahlen kann – Elfred und sein Geld, Grace und ihre schönen Sachen. Aber jetzt, wo der Klatsch in die andere Richtung geht, kriegt sie den Mund nicht auf, wie?«

»Was auch immer Myra Halburton sagt, hinter dieser Rivalität zwischen Gabriel und Elfred steckt ihre jüngere Tochter. Warum sonst sollten zwei erwachsene Männer, die jahrelang Freunde gewesen sind, sich auf solche Weise prügeln?«

»Und das im Garten, wo jeder es sehen konnte!«

Tabitha Ogier sagte: »Mein Enkel hat diesen Sommer eine Menge Zeit bei den Jewetts verbracht. Sieht so aus, als hätte er ein Auge auf das älteste Mädchen geworfen. Einige von den Dingen, die er da drüben gehört hat ... nun, laßt euch gesagt sein, euch würden die Haare zu Berge stehen.«

»An dem Abend, als er Elfred verprügelt haben soll, habe ich diese Jewett drüben bei Gabriel Farleys Haus gesehen. Hat ihren Wagen da ganz dreist geparkt, und ich weiß zufällig, daß seine Tochter gerade nicht zu Hause war.«

»Nun, ich habe ja bisher nichts gesagt – aus Respekt für Myra –, aber ich habe den Kampf mit eigenen Augen gesehen.« Niella Wince schürzte in dem vollen Bewußtsein um ihre Wichtigkeit die Lippen.

»Nein wirklich!«

»Das meiste jedenfalls. Aus meinem Schlafzimmerfenster. Barmherziger, man konnte ja gar nicht anders als hinzusehen, so, wie die sich angebrüllt haben. Was Gabe geschrien hat, kann eine Dame unmöglich wiederholen, aber laßt euch eins gesagt sein, es hat keinen Zweifel daran gelassen, daß diese geschiedene Frau jeden Mann für Freiwild hält, ob er verheiratet ist oder nicht.«

Daran hatten sie alle eine Weile zu kauen, dann bemerkte jemand: »Arme Grace.«

»Ach herrje, ja, arme Grace.«

»Und arme Caroline. Was würde sie wohl denken, wenn sie noch lebte?«

»Und diese Kinder. Um Himmels willen, stellt euch doch nur vor, was sie mit einer solchen Mutter alles durchmachen müssen.«

»Myra Halburton wollte mir ja nicht zuhören, aber ich habe es schon vor Jahren gesagt, als Roberta Camden verließ, weil es hier nicht *gut* genug für sie war – ich sagte: ›Denk an meine Worte, diesem Mädchen wird es nicht bekommen, so aus der Stadt zu gehen.‹ Und was passiert? Achtzehn Jahre später kommt sie geschieden und haltlos wieder zurück und denkt, sie kann ihre Indiskretionen auf unseren Türschwellen ausleben, als wären wir blind und dumm.«

»Gabriel Farley war ziemlich oft bei ihr drüben, das kann ich euch sagen. Es heißt, es hätte gleich an ihrem ersten Tag hier in der Stadt angefangen. Er und Elfred sind beide wie die streunenden Kater zu ihr raufgelaufen. Und sie waren seither ganz schön oft da oben.«

»Was ist mit den Jewett-Mädchen? Sollte sich nicht jemand mal drum kümmern und dafür sorgen, daß sie aus diesem Haus weggebracht werden, wenn es wie ein Bordell betrieben wird?«

»Wer?«

»Nun, ich weiß nicht, aber irgend jemand sollte es tun.«

»Nun, ich werde das jedenfalls nicht sein.«

»Aber sind wir nicht die Wohltätigkeitsgesellschaft? Heißt das nicht, daß es unsere Pflicht wäre?«

»Also, einen Moment mal. Ich weiß nicht, ob die Tatsache, daß wir die Wohltätigkeitsgesellschaft sind, uns das Recht gibt, uns in die persönlichen Angelegenheiten irgendeines Menschen einzumischen.«

»Ach nein? Wer soll sich denn dann um das Wohlergehen

dieser Kinder kümmern? Schließlich sind es die Enkelkinder einer unserer Damen.«

»Dann soll doch Myra Halburton sich um ihr Wohlergehen kümmern.«

»Seht ihr denn nicht, daß die arme Myra viel zu sehr unter den Aktivitäten ihrer jüngeren Tochter leidet, um zugeben zu können, was da los ist? Sie kann einem ja nur leid tun. Schließlich – welche Mutter möchte ihr eigenes Kind beschuldigen, seine Elternpflichten zu vernachlässigen?«

»Ich mag zwar gesagt haben, daß sie oft bei Gabriel Farley war, aber das heißt noch nicht, daß sie ihre Elternpflichten vernachlässigt.«

»Was heißt es dann? Sie ist ein Flittchen, durch und durch. Erst verheiratet, dann geschieden, und jetzt wackelt sie vor dem nettesten unverheirateten Mann, den diese Stadt zu bieten hat, mit dem Hintern und zieht ihn ins Verderben. Und dann versucht sie auch noch, die Ehe ihrer eigenen Schwester zu zerstören. Ich sage euch, das ist ein Flittchen. Außerdem läßt sie ihre Kinder unbeaufsichtigt zu jeder Tages- und Nachtstunde allein zu Hause, und es heißt, in ihrem Haus sähe es aus wie in einem Schweinestall. Ich bin dafür, daß wir uns an die Behörden wenden und dafür sorgen, daß sich jemand mal dort an Ort und Stelle umschaut und feststellt, was da los ist. Diese Kinder sind vielleicht besser dran, wenn man sie woanders unterbringt.«

»Aber wer soll das tun?«

»Du bist unsere Präsidentin, Wanda. Ich finde, du solltest es tun.«

Nur ein einziges Mitglied der Wohltätigkeitsgesellschaft hatte während dieses ganzen selbstgerechten Geredes geschwiegen. Aber jetzt ergriff die sonst so sanftmütige Elizabeth DuMoss mit einer Wildheit das Wort, die ihre Clubfreundinnen erschreckte.

»Also, einen Augenblick mal, alle wie ihr da seid! Ich habe hier gesessen und zugehört, wie ihr euren kleinen Krieg gegen eine Frau plant, die nicht hier ist, um sich zu verteidigen, daher werde ich es für sie tun. Zuerst einmal möchte ich sagen, daß ich mich für jede einzelne von euch schäme! Myra dreht uns kaum den Rücken, und schon zerreißt ihr euch das Maul über ihre Familie. Ihr nennt euch Wohltätigkeitsgesellschaft, aber ich fürchte, heute habt ihr schon das bloße Wort verhöhnt, und ich kann nicht länger schweigend dasitzen und euch mit dieser Scharade weitermachen lassen.

Ich bin ein Clubmitglied der vierten Generation hier, und ich bin sicher, meine Urgroßmutter wäre entsetzt, wenn sie wüßte, daß diese einstmals so barmherzige Institution sich anmaßt, über das Schicksal von Menschen zu entscheiden. Ich weiß, meine Stimme ist nur eine gegen viele, aber ich könnte mir selbst nicht mehr in die Augen sehen, wenn ich nichts sagen würde, und was ich zu sagen habe, handelt hauptsächlich von Elfred Spear, nicht von Roberta Jewett.

Jede Frau in diesem Garten hat bequemerweise die Tatsache übersehen, daß Elfred Spear ein schamloser Verführer ist, der bei jeder sich bietenden Gelegenheit Frauen, auf die er kein Recht hat, in den Po kneift, ihre Brüste begafft oder sie auf andere Weise mit unerwünschten Aufmerksamkeiten bedenkt. Er hat uns auf öffentlichen wie privaten Zusammenkünften in Verlegenheit gebracht, indem er viele von uns angefaßt hat, obwohl nur wenige von euch es zugeben werden. Er verhöhnt seine Frau, sobald sie ihm den Rücken zukehrt, und zieht seine Ehe mit seinen zahllosen Seitensprüngen in den Schmutz. Er hat nicht mal genug Respekt gegenüber seinen eigenen Kindern, um seine Lüsternheit im Zaum zu halten, wenn sie zugegen sind, sondern läßt ihr direkt vor den Augen seiner Töchter die Zügel schießen, als wäre es sein gottgegebenes Recht, jedes weibliche Wesen im Universum zu beleidigen. Wir alle wissen, daß er das tut – er macht sich, wann und wo es ihm gefällt, an die Frauen heran und schreckt auch vor hinterhältigen Anzüglichkeiten über das, was sich unter ihren Röcken befindet, nicht zurück.

Also, ich frage euch, warum gebt ihr alle Schuld Roberta Jewett, wo der wahre Schurke hier wahrscheinlich Elfred Spear ist? Ich habe ruhig dagesessen, während ihr sie gekreuzigt habt, einfach weil sie eine Frau und geschieden ist. Kein Wort ist über Elfreds Hurerei gefallen. Nun, ich rede davon, weil er nun lange genug damit durchgekommen ist. Das ist unsere Chance, Elfred Spear aufzuhalten. Alles, was wir tun müssen, ist, uns hinter Mrs. Jewett zu stellen und die Gerüchte im Keim zu ersticken, statt sie noch weiter zu verbreiten. Ist das so schwierig? Im Zweifelsfalle mal einer Frau zu glauben? Was ist denn ihr größtes Verbrechen? Besteht es darin, daß sie geschieden ist oder daß sie hier ihr Leben lebt, auf eine Weise, wie viele von uns es sich vielleicht wünschten – sie lebt, wo es ihr gefällt, fährt ihr eigenes Automobil, versorgt ihre drei Kinder, wie sie es für richtig hält, übt eine Arbeit aus, die ihr die Befriedigung verschafft, und verdient einen Lohn, den sie benutzen kann, wie es ihr gefällt, ohne einen Mann um Taschengeld bitten zu müssen.

Ich frage jede Frau hier – verabscheut ihr Roberta Jewett wirklich oder seid ihr eifersüchtig auf sie?«

Als Elizabeth DuMoss aufhörte zu sprechen, saßen die Frauen unter den Ulmen so still da, daß man aus dem Gesumme der Bienen im Eibisch jedes einzelne Tier herauszuhören glaubte. Einige Gesichter waren vor Verlegenheit gerötet, andere weiß vor Zorn, aber keins ausdruckslos. Einige Frauen sahen Elizabeth wütend an, andere schauten einfältig auf ihre im Schoß verschränkten Hände. Einige versteckten sich hinter ihren Kaffeetassen, andere hinter ihrer stummen Selbstgerechtigkeit.

Elizabeth griff nach ihren Handschuhen und ihrem Sonnenschirm. »Ich werde euch jetzt mit einer Geste alleinlassen, die euch überzogen erscheinen mag, die jedoch für meine Selbstachtung von allergrößter Wichtigkeit ist. Ich trete hiermit offiziell von meinem Amt als Schatzmeisterin der Wohltätigkeitsgesellschaft zurück und beantrage meine Entlassung aus dem Club. Es ist mir unmöglich, einer Organisation anzugehören, die ihre Zeit und Mühe – und wahrscheinlich auch einige ihrer finanziellen Mittel – darauf verwendet, eine Frau wie Mrs. Jewett unverdientermaßen emotional unter Druck zu setzen. Indem ich dies tue, folge ich nicht nur dem Diktat meines eigenen Herzens, sondern auch dem meiner weiblichen Vorfahren, von denen eine Gründungsmitglied dieser Gesellschaft war. Um ihretwillen und um meinetwillen möchte ich mich jetzt von euch verabschieden.«

Elizabeth DuMoss hatte gesagt, was sie zu sagen hatte – und das mit allergrößter Überlegenheit –, öffnete ihr Schirmchen und verließ die Versammlung. Bevor sie das Gartentor erreichte, hörte sie den Aufruhr hinter sich losbrechen.

Sie ging geradewegs zur Werkstatt von Gabriel Farley auf der Bayview Street. Da er dienstlich unterwegs war, ging sie zu seinem Haus, wo sie an seine Fliegentür klopfte. Als daraufhin nichts geschah, öffnete sie die Tür und ließ einen Zettel auf seinen Flickenteppich fallen.

Mr. Farley, stand auf dem Zettel, *ich muß Sie unverzüglich sprechen. Die Wohltätigkeitsgesellschaft wird versuchen, den Ruf von Roberta Jewett zu unterminieren und dafür zu sorgen, daß man ihr ihre Kinder wegnimmt. Das dürfen wir nicht zulassen. Bitte rufen Sie mich unter der Nummer 84 an oder kommen Sie heute abend so bald wie irgend möglich bei uns vorbei. Elizabeth DuMoss.*

Elizabeth DuMoss war eine hübsche Frau mit sanften braunen Augen, freundlichem Wesen und einem überaus reichen Ehemann, dem eins der größten Häuser in Camden gehörte, auf der Pearl Street, und nicht nur das, sondern auch die Kalksteinbrüche in Rockport. Elizabeth war ein Jahr jünger als Gabriel Farley und seit der vierten Klasse in ihn vernarrt. Sie liebte ihren Mann auf mannigfaltige Weise und hatte eine treue, funktionierende Ehe aufgebaut. Aber er war schon ein wenig dick geworden und knauserig mit seinem Geld, und obwohl sie um nichts in der Welt mit irgend jemandem getauscht hätte, gab es doch mehrere Punkte, um die sie Roberta Jewett trotzdem beneidete.

Ihre unerwiderte erste Liebe war einer davon.

Als er an diesem Abend um Viertel nach sechs an ihrer Haustür klingelte, erhob sie sich vom Essenstisch und sagte dem Mädchen: »Ich mache selbst auf, Rosetta. Servier du bitte weiter.« Sie ging mit der Anmut einer Gastgeberin, die es gewohnt war, Besucher zu empfangen, durch ihr Haus und näherte sich der Tür mit dem Bewußtsein einer Frau, die um ihren unanfechtbaren Platz an der Spitze einer kleinstädtischen Gesellschaft wußte.

»Hallo Gabriel«, sagte sie, öffnete die Fliegentür und ließ ihn in ihre üppig tapezierte Eingangshalle ein.

»Hallo Elizabeth.« Er hielt ihr die Hand hin, und sie reichte ihm die ihre. »Wie geht es dir?«

»Ach, danke gut. Wenigstens ging es mir gut bis zu der Versammlung der Wohltätigkeitsgesellschaft heute nachmittag.«

Sie hielten sich eine Sekunde länger als nötig bei den Händen, und ihr beiderseitiges Wissen um ihre alte Zuneigung zu ihm verlieh dem Augenblick eine Intimität, die bei jeder ihrer Begegnungen zu spüren war. Aber gleichzeitig war da auch immer die gegenseitige Achtung vor ihrer Ehe und der Tatsache, daß sie die Mutter von vier Kindern war.

Er ließ ihre Hand los und sagte: »Ich habe deinen Brief bekommen.«

Sie hob einen Finger und sagte: »Einen Moment, Gabriel.« Er sah sie durch den Flur zum Eßzimmer gehen und hörte, wie sie mit ihrer Familie sprach. »Entschuldige mich bitte, Aloysius, Gabriel ist jetzt hier. Kinder, ihr eßt bitte weiter. Es wird nicht lange dauern.«

Ein Stuhl scharrte über den Boden, und Aloysius DuMoss brachte seine beträchtliche Körperfülle und seinen Schnauzbart hinaus in den Flur. Als er auf Gabriel zuging, hielt er ihm die Hand hin und sagte: »Gehen wir in den Salon, da können wir ungestört reden.«

Das, was im Salon der DuMosses gesprochen wurde, trieb Gabriel Farley binnen fünf Minuten nach diesem Treffen direkt vor Robertas Haustür.

Die Mädchen waren auf der Veranda, als er ankam, lagen in Hängematten und Liegestühlen, lasen und verscheuchten mit verwelkten Fliederzweigen die Mücken. Auch Ethan Ogier war da; er saß mit dem Rücken gegen das Geländer gelehnt und spielte mit sich selber Ball; er warf einen Hartgummiball immer wieder gegen die Wand unter dem Wohnzimmerfenster.

Sie alle sagten: »Hallo, Mr. Farley«, waren aber zu sehr in ihre Trägheit versunken, um besondere Notiz von ihm zu nehmen.

»Ist eure Mutter zu Hause?« fragte er, als er mit zwei gewaltigen Schritten die Treppe hinaufsprang.

»Sie ist in der Küche.«

»Kann ich einfach reingehen?«

»Mom!« brüllte Susan Richtung Haustür. »Mr. Farley kommt rein!«

Er öffnete die Fliegentür, und Susan versenkte sich wieder in ihre Lektüre.

Roberta kam ihm an der Küchentür entgegen und wischte sich gerade die Hände an einem Geschirrtuch ab, das genauso grau aussah wie die Werkstattlumpen, die Gabe für sein Werkzeug benutzte.

»Hm ... das ging aber schnell!« sagte sie. »Sind Sie gekommen, um mir den Hof zu machen?«

Er drehte sie am Arm um und schob sie in die Küche, wo man sie durch die Tür nicht sehen konnte.

»Wenn es das ist, was Sie wollen, dann werden Sie es kriegen, Roberta, denn ich will Sie heiraten.«

»Meine Güte, das ist aber eine ziemliche Veränderung gegenüber heute nachmittag. Da haben Sie noch angedeutet, daß Sie mich nicht wirklich heiraten *wollen,* sondern es tun würden, wenn es sein müßte, um mich vor Schande zu bewahren. Also, was stimmt denn nun, Gabriel?«

»Ich schwöre bei Gott, ich habe noch nie in meinem Leben so ein freches Frauenzimmer kennengelernt. Würden Sie jetzt bitte den Mund halten und mir zuhören?«

»Den Mund halten ... na also, wenn das nicht poetisch ist. Puh!« Sie fächelte sich mit dem Geschirrtuch Luft zu. »Da rast das Frauenherz mit vierzig Meilen die Stunde, wenn der Mann solches Süßholz raspelt. Wer hat Ihnen das wohl beigebracht ...«

Gabe brachte sie mit einem Kuß zum Schweigen.

Er legte seinen sehr ungeduldigen Mund über ihren sehr ungeduldigen Mund und drückte sie flach gegen die Speisekammertür. Als er sie wirkungsvoll hatte verstummen lassen, nahm er auch seine Arme zu Hilfe. Diese langen, muskulösen Zimmermannsarme legten sich um ihren Leib, zogen sie von der Tür weg zu ihm hin, und als ihre Körper sich fanden, schmolzen all ihre Frechheit und all seine Ermahnungen dahin. Sie stellte sich auf die Zehenspitzen, und er brachte seinen Kopf in die richtige Position. Sie paßten wunderbar zusammen, wie Zapfloch und Zapfen, die er für eine Haltbarkeitsdauer von mindestens zweihundert Jahren angefertigt hatte. Einen Arm um ihre Taille gelegt und eine offene Hand in ihrem zerzausten Haar, hielt er sie da fest, wo sie beide sich so oft in ihrer Phantasie gesehen hatten, und küßte sie, bis ihr die Luft weg blieb.

Ihr Kuß war wild und ausdauernd und erfüllt von dem Bewußtsein, daß jeden Augenblick eine Horde junger Leute ins Haus gestürzt kommen konnte.

Was sie natürlich verflixt noch mal auch tat.

Mitten in dieser wichtigen ersten bereitwilligen Unterwerfung, während sie sich über seinen Arm zurückgebeugt hatte und seine staubigen Zimmermannshosen sich in den Falten ihrer weißen Schwesternschürze verfingen, tauchten zwei Mädchen in der Tür auf. Da standen sie, umschlungen wie zwei Liebende, die einander lange entbehrt hatten, als sie plötzlich Susan flüstern hörten: »Meine Mom küßt deinen Dad«, und dann ein zweistimmiges Kichern, bei dem Gabes Kopf herumfuhr, während er über die Schulter gewandt den Befehl gab: »Raus mit euch beiden!« Ein wenig verspätet fügte er dann hinzu: »Hallo Isobel.«

Roberta lugte um Gabe herum und unterstützte den Befehl. »Ja, raus. Und kommt nicht eher zurück, bis wir euch rufen.«

Gabe sagte noch einmal: »Kinder ... husch, husch«, bevor Roberta verwegen seinen Kopf herunterzog, um sich noch einmal dasselbe zu holen.

Ihre Küsse wurden jetzt besser – die Kinder wußten Bescheid und würden nicht mehr hereinplatzen, und die Hürde war endlich genommen. Sie nahmen einander ... und jede Menge Zeit ... und erkundeten den anderen, während eine Mücke um sie herumsurrte, ohne jedoch Beachtung zu finden. Sie kostete seinen Mund und er den ihren, und sie benutzten ihre Hände zu allem, was erlaubt war. Als die elementaren Triebe sich unerbittlich zu Wort meldeten, wölbte er seine Leibesmitte ein kleines Stück zurück, preßte seine Unterarme gegen die Tür und blieb so stehen, während er heftig gegen ihren Nasenrücken atmete. Seine Augen waren geschlossen. Ihre ebenfalls. Ihre Herzschläge vollführten immer noch einen Freudentanz, und Roberta hatte einen Mückenstich auf der Wange.

»Sie hat mich erwischt«, sagte sie lächelnd.

»Wer?«

»Die Mücke.«

»Wo? Ich werde die Stelle küssen.«

»Genau hier.« Sie tippte auf ihre Wange, und er beugte sich vor und küßte sie.

»Vielen Dank«, murmelte Roberta.

»Noch mehr?« erkundigte er sich. »Hier?« Seine Lippen strichen über ihre Augenbrauen. »Hier?« Und über ihre Nase. »Hier?« Und über ihre Lippen.

»Hmm ... ja, da.«

Während er ihren Mund küßte, als sei er eine Scheibe Wassermelone, kratzte sie den Mückenstich auf ihrer Wange. Da Gabriel immer noch von seinen amourösen Unternehmungen in Anspruch genommen war, zog er ihre Hand weg.

»He, laß das. Das macht es nur schlimmer.«

»Laß das Reden, wenn du mich küßt. Ich habe zu lange ohne Küssen gelebt, um das zu akzeptieren.«

»Mann-o-Mann, du bist aber eine Xanthippe«, sagte er, befolgte ihren Befehl jedoch aufs Wort.

Einige Zeit später tauchten sie auf, um Luft zu schnappen, und sie schlang die Arme locker um seine Schultern.

»O Gabriel«, sagte sie und blickte in seine Augen. »Was hat dich so lange aufgehalten?«

»Wie meinst du das, was mich so lange aufgehalten hat?

Erinnerst du dich an das erste Mal, als ich dich geküßt habe? Du hast meinen Kuß nicht mal erwidert, sondern einfach nur wie ein Klumpen Teig dagesessen. Nach so einer Behandlung braucht ein Mann eine Weile, um neuen Mut zu fassen.«

»Ich habe nicht wie ein Klumpen Teig dagesessen.«

»O doch, Mrs. Jewett. Du hast dagesessen, als analysiertest du das Geschehen. Und dann hast du mich aus deinem Haus herauskomplimentiert, als wolltest du sagen: ›Der Mohr hat seine Pflicht getan, der Mohr kann gehen.‹«

»So habe ich die Sache aber nicht in Erinnerung. Ich fand nur, daß es eine schlechte Idee war.«

Er grinste. »Da bist du jetzt offensichtlich anderer Meinung.«

»Ganz recht, Mr. Farley, das bin ich.«

»Gut, denn du mußt mir jetzt zuhören. Du mußt mich heiraten, weil die ...«

Sie schob seinen Arm beiseite, als handle es sich um ein Drehkreuz.

»Nein. Hör mir zu ...« Er griff nach ihrem Arm und hielt sie zwischen sich und der Wand fest. »Du mußt es tun, weil die Wohltätigkeitsgesellschaft der Damen darüber redet, dich bei den Behörden als schlechte Mutter anzuschwärzen, und sie machen ein großes Geschrei, daß sie versuchen wollen, dich irgendwie dazu zu zwingen, deine Kinder wegzugeben. Und es ist meine Schuld, verstehst du das denn nicht? Weil ich Elfred eine verpaßt habe und die Leute jetzt denken, wir hätten um dich gekämpft. Sie vermuten, daß du mit uns beiden etwas hattest, und irgend jemand hat danach deinen Wagen vor meinem Haus gesehen, und wenn diese Leute sich an die Behörden wenden, wirst du erzählen müssen, was Elfred dir angetan hat, und ich glaube nicht, daß du das möchtest.«

Sie preßte die Hände hinter sich an die Wand und sah ihn fassungslos an.

»Wer hat dir das alles erzählt?«

»Elizabeth DuMoss.«

»Shelbys Mutter?«

»Ja. Sie gehört auch zu dieser Gesellschaft. Gehörte – um genau zu sein. Sie ist heute ausgetreten, als die anderen Frauen diese ungeheuerlichen Vorschläge machten. Hat ihnen auch ganz schön die Meinung gesagt. Dann kam sie zu mir, um mich davor zu warnen, was die Frauen vorhätten.«

Ohne ihn eine Sekunde aus den Augen zu lassen, sagte sie: »Meine Mutter ist ebenfalls Mitglied bei der Wohltätigkeitsgesellschaft.«

Er schloß die Augen und flüsterte kaum hörbar: »O Gott.« Sie drückte gegen seinen Arm, und er ließ die Hände sinken und gab Roberta frei. »Es tut mir leid, Roberta.«

Sie ging auf die Spüle zu und wandte ihm den Rücken zu.

»Warum ist Elizabeth DuMoss für mich eingetreten?«

»Weil sie weiß, was für eine Schlange Elfred ist.«

Sie warf ihm einen kurzen Blick zu. »Hast du ihr erzählt, was er mir angetan hat?«

Es verstrich ein Herzschlag, bevor er antwortete: »Nein, nicht eigentlich.«

»Was dann? ... Eigentlich.«

»Ich habe es ihr nicht erzählt. Ich glaube, sie hat es sich aus dem, was sie über meine Prügelei mit ihm gehört hat, zusammengereimt. Roberta, sieh mal«, er trat dicht hinter sie und versuchte sie dazu zu bewegen, sich zu ihm umzudrehen, »das Ganze ist meine Schuld. Wenn ich meinen Kopf benutzt und Elfred irgendwo draußen auf dem Land zur Rede gestellt hätte, dann hätte niemand erfahren, daß ich derjenige war, von dem er seine Prügel bezog, und diese Sache wäre nie passiert. Es tut mir leid. Es war dumm und egoistisch von mir, denn ich habe nur an mich selbst gedacht und daran, wie wütend ich war. Ich habe keinen Augenblick darüber nachgedacht, welche Konsequenzen das für dich haben würde. Bitte, Roberta ...« Sie hatte seinen Bemühungen, sie herumzudrehen, widerstanden, daher legte er ihr nun einen Arm übers Schlüsselbein und zog sie an sich.

»Bitte, behandele mich nicht wieder so. Du darfst mich nicht wieder aus dem Haus werfen und so furchtbar unabhängig und hochnäsig tun. Laß uns die Sache zusammen ausfechten.«

»Warum solltest du das tun wollen, Gabriel?« fragte sie und umfaßte mit beiden Händen seinen Arm. »Warum? Ich muß es wissen. Wenn es die Wahrheit ist, dann nur zu, sprich es aus, damit wir beide wissen, wo wir stehen.«

Die rechte Seite seines Mundes lag auf ihrem Haar. Sein Herz hämmerte gegen ihren Rücken. Aber er stürzte sich kopfüber hinein und flüsterte: »Weil ich dich liebe, Roberta.«

Sie umfaßte seinen Arm noch fester, als hätte sie Angst, er könne ihr entschlüpfen und seine Meinung ändern.

»Ich liebe dich auch, Gabriel, ich hoffe, das glaubst du mir. Aber wenn ich dich nicht Hals über Kopf in ein oder zwei oder drei Wochen heirate, darfst du dich davon nicht entmutigen lassen. Ich habe dich heute erst das zweite Mal geküßt, und die Hälfte der Zeit, die wir uns kennen, standen wir nicht gerade auf freundschaftlichem Fuß. Davon abgesehen kennst du mich. Du weißt, daß ich meine eigenen Schlachten schlagen und auf meine eigene Art und Weise gewinnen muß, ganz gleich, ob es sich darum handelt, einen treulosen Ehemann loszuwerden oder meine geliebten Töchter zu behalten. Also muß ich das auf meine Weise ausfechten.«

»Und mich zu heiraten, das wäre nicht deine Art?«

»Nein.«

Er drehte ihr Gesicht zu sich um und hielt sie an den Armen fest. »Roberta, bitte ...«

»Nein, denn wenn ich das täte, würde sich nichts an dem

Gerede über mich ändern, und ich bin eine gute Mutter. Eine gute! Ich werde nicht zulassen, daß irgend jemand etwas anderes behauptet!«

»Aber wenn du mich heiraten würdest, würden sie dich überhaupt nicht angreifen, also warum willst du dich all dem aussetzen?«

»Bisher wissen wir nicht, ob es wirklich dazu kommen wird. Im Augenblick ist es noch ein reines Gerücht.«

Ihm war klar, daß er sie heute abend nicht mehr überzeugen würde, daher nahm er sie sanft in die Arme, und so standen sie in lockerer Umarmung zusammen.

»Gabriel?« sagte sie nach einer Weile leise.

»Was denn, mein Liebes?«

»Ich danke dir, daß du mir einen Antrag gemacht hast und daß du mir gesagt hast, daß du mich liebst, und ich danke dir dafür, daß du hier bist, um mir Mut zu machen. Das tust du, seit ich nach Camden gezogen bin, und ich habe dir noch nie gesagt, wie dankbar ich dir dafür bin.«

»Gern geschehen. Du hast mir auch Mut gemacht.«

»Ich habe dich vor allem wütend gemacht.«

»Das auch. Aber irgendwie bin ich immer wieder zurückgekommen, um mir noch eine Portion zu holen, also muß es mir wohl gefallen haben.«

Sie lehnte sich gegen seinen kräftigen Körper. Es tat gut, dort zu sein. In Robertas Leben hatte es zu wenige Momente gegeben, in denen sie an dem kräftigen Körper eines Mannes Ruhe finden konnte.

»Weißt du, wie du mich gerade genannt hast?« sagte sie nach einer Weile.

»Wie habe ich dich gerade genannt?«

»Liebes. Du hast gesagt: ›Was denn, mein Liebes?‹«

»Das hab' ich gesagt?«

Sie lächelte an seinen Hals geschmiegt und sagte: »Es

könnte noch Hoffnung für uns bestehen. Deshalb und weil du dich sehr gut aufs Küssen verstehst.«

Er lächelte. »'türlich tue ich das. Und du bist selbst auch nicht so schlecht, wenn du dich erst mal dazu durchgerungen hast.«

Sie gönnte sich noch ein Weilchen in seinen Armen, bevor sie in eine härtere Wirklichkeit zurückkehrte.

»Ich habe eine Entscheidung getroffen«, sagte sie.

»Und die wäre?«

»Mit meiner Mutter zu reden und festzustellen, was sie über diese Wohltätigkeitsgesellschaft weiß.« Roberta trat einen Schritt zurück und blickte Gabriel in die Augen. »Denn wenn sie mit an dieser Sache beteiligt ist ... wenn sie eine der Frauen ist, die wollen, daß man mir meine Kinder wegnimmt, dann kann ich nicht in dieser Stadt bleiben, Gabe. Das mußt du einfach verstehen.«

Dieser Gedanke war ihm bisher noch nicht gekommen. Wieder griff er nach ihren Armen. »Du darfst mich nicht so erschrecken. Jetzt, da ich endlich meine Angst überwunden habe, dich zu lieben, darfst du mich nicht so erschrecken, Roberta.«

»So bin ich nun mal, Gabriel. Ich sehe die Dinge sehr klar – welchen Weg ich nehmen sollte, welchen ich meiden muß. Dann zeichne ich meine Route auf und folge ihr. Ist das die Art Frau, die du heiraten willst?«

»Also ... ja. Aber nicht in Boston oder Philadelphia oder irgendeiner anderen Stadt, in der ich noch nie im Leben gewesen bin. Camden ist mein Zuhause. Hier will ich bleiben.«

Sie löste sich langsam aus seiner Umarmung, bis sie einander nicht mehr berührten. »Dann sollten wir besser abwarten, was passiert, nicht wahr, Gabe?«

Er seufzte, und die bösen Vorahnungen machten ihm das Herz schwer. Obwohl es ihm widerstrebte, ihr zuzustimmen, wußte er, daß sie in diesem Augenblick viel klarer dachte als er selbst.

»Ja, das stimmt wohl«, gab er ihr schließlich recht. »Wir sollten besser abwarten.«

Und mit diesem traurigen Schlußton gingen sie hinaus, um in die strahlenden Augen ihrer Kinder zu blicken, für die sie noch keine Antworten hatten.

15

Der Weg nach Hause hätte ihr bei weitem reizvoller erscheinen sollen, dachte Roberta, als sie sich Myras Haus näherte. Der Schritt in die Küche der eigenen Mutter sollte eine willkommene Ruhepause sein, wie ein warmes Eintauchen in liebevolle Sicherheit, die das Erwachsen- und Unabhängigwerden, das Fortziehen und die Geburt der eigenen Kinder überdauert haben sollte.

Statt dessen weckte der Anblick von Myras Gartentür in ihr nur Furcht.

Roberta klopfte an, und schon diese Geste hatte etwas Trauriges für sie: Sie hatte es nie fertiggebracht, einfach die Tür zu öffnen und hineinzugehen, wie selbst Isobel das in ihrem Haus tat.

Statt *Roberta, mein Liebes, komm herein, geht es dir gut, laß uns reden,* hörte sie: »Ach, du bist es.«

Sie trat ungebeten ein.

Myras Küche war in einem stumpfen Moosgrün gestrichen und roch nach trocknender Kamille und Gänsefingerkraut für die Tees, die ihre Mutter den ganzen Winter hindurch braute. Im Zentrum des Raumes stand immer noch derselbe lackierte Holztisch, und auf den offenen Regalen standen immer noch dieselben Holzschalen und Steinguttöpfe wie früher. Und dieselbe Mißbilligung furchte Myras Gesicht.

»Hallo Mutter«, sagte Roberta resigniert. »Darf ich mich setzen?«

»Bist du bei Grace gewesen?«

»Nein, Mutter. Warum hätte ich zu Grace gehen sollen?«

»Hm, ich weiß nicht. Um die Dinge in Ordnung zu bringen, hatte ich gehofft.«

Roberta betrachtete ihre Mutter lange Zeit, schweigend, niedergedrückt und getrieben von dem Gedanken: *Ich werde meine Kinder nie so behandeln. Niemals. Ganz gleich, was sie getan haben.* Schließlich setzte sie sich hin, zog sich den Stuhl heran, den man ihr nicht angeboten hatte, während Myra auf der anderen Seite des Tisches stehenblieb.

»Nein, Mutter, ich bin *hier*hergekommen, um die Dinge in Ordnung zu bringen.«

»Nun, *ich* bin nicht diejenige, der du weh getan hast! Du solltest deine Schwester mal sehen. Sie weint jetzt seit drei Tagen!«

»Worüber?«

»Worüber!« Myras Augen traten hervor, während sie sich aufrecht wie ein Adler auf den Stuhl setzte, der von Roberta am weitesten entfernt war. »Wie kannst du es wagen, hierherzukommen und etwas Derartiges zu sagen. Möge Gott dir für das, was du deiner Schwester angetan hast, vergeben.«

»Was habe ich meiner Schwester angetan?«

»Du hast sie vor dieser ganzen Stadt zum Narren gemacht, das hast du getan!«

»Möchtest du vielleicht meine Seite der Sache hören, Mutter? Nur dieses eine Mal? Denn ich meine, du solltest es hören. Ich meine, du solltest meine Seite zu einer Sache hören, über die eine Horde verschrumpelter alter Klatschweiber bei der Wohltätigkeitsgesellschaft tratscht!« Während sie sprach, wurde ihre Stimme kräftiger, und ihr Kinn schob sich ein Stück vor. »Ich meine, wir sollten endlich aussprechen, was wir beide über Grace und Elfred wissen und über ihre *miserable* Ehe«, sie schlug hart auf den Tisch, »und über Elfreds Seitensprünge ... und darüber, daß du diese Tatsache nicht wahrhaben wolltest seit – ja, wie lange jetzt? Seit zehn Jahren? Zwölf? Solange, wie sie verheiratet sind?« Bei jedem Satz schlug sie mit den Knöcheln auf den Tisch. »Hier. Jetzt. Ich will, daß alles endlich ans Tageslicht kommt, denn so kann ich nicht weiterleben. Ich will endlich wissen, warum du mich so sehr verabscheust!«

Myra klappte den Mund zu. Ihre Augen standen nicht mehr vor.

»Mach dich nicht zum Narren. Ich verabscheue dich nicht.«

»Nein? Nun, vielleicht hast du ja mich zum Narren gemacht!«

»Ich bin deine Mutter, um Himmels willen«, sagte Myra, als würde das alles erklären.

»Mütter stehen für gewöhnlich hinter ihren Kindern. Das hast du nie getan, seit ich denken kann nicht. Es war immer Grace, Grace, Grace! Mit mir wärst du nicht zufrieden gewesen, auch wenn ich den König von Siam geheiratet hätte! Also, warum nicht?«

»Roberta, du bist überreizt.« Myra sprang auf.

»Da hast du verdammt recht, das bin ich! Setz dich, Mutter! Vor dieser Sache wirst du nicht weglaufen.«

Myra setzte sich. Roberta faßte sich wieder und senkte die Stimme auf eine vernünftigere Lautstärke.

»Als ich in der siebten Klasse war, habe ich einen Poesiepreis gewonnen und in der Schule eine Urkunde bekommen, aber du warst nicht da, um der Zeremonie beizuwohnen. Erinnerst du dich, warum?« Myra saß mit weit aufgerissenen Augen und schweigend da, als beobachte sie eine Kobra. »Weil Gracie krank wurde, darum. Die arme kleine Gracie hatte eine von ihren zehn Erkältungen im Jahr oder Ohrschmerzen oder etwas ähnlich Unwichtiges. Du hättest sie mit Daddy allein lassen können, aber das hast du nicht getan. Du bist zu Hause geblieben und hast dich um Gracie gekümmert und hast mich meine Auszeichnung empfangen lassen, ohne daß einer meiner Eltern im Publikum gesessen hätte. Als ich nach Hause kam, rannte ich gleich zu dir, um dir meine Urkunde zu zeigen, und weißt du, was du damit gemacht hast?« Myra wußte es natürlich nicht. »Ich habe dich ein oder zwei Tage später gefragt, wo sie geblieben wäre, und du sagtest: ›Ach, die muß wohl mit ein paar Zeitungen verbrannt worden sein.‹ Und ich bin in mein Zimmer gegangen und habe mir die Augen ausgeweint.

Aber aus dieser Erfahrung habe ich etwas gelernt. Ich habe gelernt, daß ich mich nicht darauf verlassen kann, daß meine Mutter mich liebt oder mich unterstützt, denn das hast du nie getan. Was immer ich erreichte oder erreichen wollte, du hast es auf die eine oder andere Weise in den Schmutz gezogen, wußtest du das? Als ich mit Auszeichnung meinen Abschluß machte, dachtest du, ich hätte bleiben und in der Fabrik arbeiten sollen. Als ich sagte, ich würde nach Boston ziehen, war dein Kommentar dazu: ›Das wirst du noch bereuen.‹ Als ich sagte, ich wolle heiraten, sagtest du: ›Ist er reich?‹ Als Grace sagte, sie wolle heiraten, hast du in der ganzen Stadt damit geprahlt, wie gut Elfred aussehe und wie erfolgreich er eines Tages sein würde. Ich habe dir geschrieben und dich gebeten, zu mir zu kommen, als ich meine Kinder bekam – nun, wenigstens bei den ersten beiden. Danach hatte ich begriffen, daß ich dich nicht fragen brauchte, weil du ohnehin nicht kommen würdest. Natürlich bist du nie gekommen. Als meine Kinder älter wurden und ich dir von ihren

Leistungen schrieb, hast du in deinem Antwortbrief unweigerlich Graces Kinder über den grünen Klee gelobt. Als George seine Affären begann und ich so dringend jemanden gebraucht habe, was hast du mir da angeboten? Nichts. Nicht, zu mir zu kommen oder mich irgendwie zu trösten. Das war wahrscheinlich zu dem Zeitpunkt, als Grace ihre Gürtelrose bekam und du rübergehen und für sie kochen mußtest. Und als ich schließlich Georges Weibergeschichten nicht mehr ertragen konnte, als ich es satt hatte, mir jeden Penny von ihm aus der Tasche ziehen zu lassen, habe ich mich seiner auf die einzige Art und Weise entledigt, die ich kannte, aber – was hätte ich auch sonst von dir erwarten sollen, Mutter? – du hast mir die Schuld an der Scheidung gegeben. Du hast tatsächlich *mir* die Schuld gegeben! Und jetzt!«

Robertas Zorn schwoll an, und sie erhob sich und beugte sich über den Tisch. »Jetzt hat diese Bande besserwisserischer alter Heuchlerinnen, mit der du Tee trinkst, beschlossen, daß ich nicht zur Mutter tauge, und sie reden darüber, sich an die Behörden zu wenden, damit man mir meine Kinder wegnimmt. Und wenn du Anteil an dieser Sache hast, Mutter, solltest du besser zuerst die ganze Geschichte hören!«

Myra keuchte. »Wie konntest du glauben ...«

»Ich konnte es glauben, weil du nicht ein einziges Mal in meinem Leben für mich eingetreten bist. Es heißt, ich hätte eine Affäre mit Gabriel gehabt. Das stimmt nicht. Es heißt, ich hätte auch mit Elfred eine Affäre gehabt. Das stimmt nicht. Aber laß dir etwas von deinem kostbaren Elfred erzählen. Von dem Augenblick, in dem ich einen Fuß in diese Stadt setzte, hat er es versucht. Ich bin ja schließlich nur eine geschiedene Frau, ein lockeres Frauenzimmer, nicht wahr? Ich muß eine leichte Beute für einen feschen, gutaussehenden Teufel wie ihn sein, nicht wahr? Schließlich hat er eine Frau nach der anderen verführt, und das auch, wenn seine eigene Frau mit im Zimmer war – die ganze Stadt macht Witze darüber, aber Grace tut so, als gäbe es dergleichen überhaupt nicht. Deshalb kriegt sie die Gürtelrose, Mutter! Weil ihr Mann mit jeder, die er kriegen kann, außereheliche Affären anfängt, nur daß diese Frau«, Roberta schlug sich auf die Brust, »nicht auf ihn reinfiel. Diese Frau«, Robertas Stimme verlor langsam ihre Angriffslust, und sie ließ sich wieder auf den Stuhl sinken, »diese Frau hat nein gesagt und ihm ins Gesicht geschlagen und ihm ihr Haus verboten ... bis ...« Die Unterarme flach auf dem Tisch griff Roberta die Tischkanten. »Bis mir vor drei Tagen draußen auf dem Land auf der Hope Road das Benzin ausging und Elfred vorbeikam und mich sah.« Dann fragte sie sehr leise: »Und was glaubst du, was er getan hat, Mutter?«

Myra hatte sich, soweit es ging, gegen die Lehne ihres Stuhls gepreßt und eine Hand über den Mund gelegt.

Ein Augenblick tiefen Schweigens verstrich, bevor Roberta sagte: »Er hat mich vergewaltigt.«

Hinter vorgehaltener Hand flüsterte Myra: »O nein.«

»Deshalb hat Gabriel ihn zusammengeschlagen, und deshalb hat Grace sich versteckt, und deshalb hat man meinen Wagen noch spät an diesem Abend vor Gabriels Haus gesehen – er hat getan, was meine Mutter hätte tun sollen, hat sich um mich gekümmert, hat mich im Arm gehalten, während ich weinte, hat mich in seinem Haus ein Bad nehmen lassen und meine Ängste beschwichtigt. Zu dir konnte ich ja nicht kommen – ist das nicht traurig, Mutter? Ich konnte zu dir nicht kommen, weil du mir die Schuld gegeben hättest, wie du es immer getan hast. Du hättest gesagt, daß ich irgend etwas getan haben müsse, um Elfred in Versuchung zu führen. Wahrscheinlich denkst du das sogar in diesem Augenblick, nicht wahr?«

Myra zitterte hinter ihrer Hand.

»Nun, ich habe nichts dergleichen getan. Und weil ich es nicht getan habe, hat er mir dies angetan.« Roberta legte den Kopf in den Nacken. »Es ist eine Brandwunde, und sie stammt von einer Zigarre. Auf diese Weise hat er dafür gesorgt, daß ich mich nicht mehr wehre.«

Als Roberta das Kinn wieder senkte und sich müde in ihrem Stuhl zurücklehnte, hatten sich tatsächlich Tränen in Myras Augen gebildet. Aber Roberta war fast so tief gefühlsmüde wie in der Nacht, in der sie vergewaltigt worden war. Myra dagegen hielt ihre Reaktionen strikt unter Kontrolle, versteckte sich hinter einer seltsamen tranceartigen Haltung und verriet kaum mehr als das Glitzern von Tränen in ihren Augen.

Roberta, die sie betrachtete, machte keinen Hehl aus ihrer eigenen Müdigkeit und sagte schließlich leise: »Ich muß es jetzt wissen, Mutter. Gehörst du zu den Frauen von der Wohltätigkeitsgesellschaft, die dafür sorgen wollen, daß man mir meine Kinder wegnimmt?«

Myra brauchte sehr lange, um ihr Gleichgewicht wiederzufinden und zu flüstern: »Nein. Ich hatte bis zu diesem Augenblick keine Ahnung davon.«

Roberta stieß einen lautlosen Seufzer aus. »Nun, das ist endlich einmal etwas Gutes.« Sie wartete darauf, daß ihre Mutter Trauer oder Sorge um ihren Zustand äußern würde, so wie Gabe es getan hatte, aber Myra war zu verstrickt in ihre Selbstsucht, um so weit zu gehen. Statt dessen saß sie da und betrachtete durch den Tränenschleier in ihren Augen eine Stelle links von Robertas Schulter und betrauerte vielleicht das Ende ihrer Illusionen über Elfred und Grace.

»Vielleicht habe ich Grace tatsächlich bevorzugt«, sagte sie zum Fensterrahmen. »Ja, ich ... ich nehme an, daß ich es getan habe. Aber das hatte einen Grund.« Sie hielt inne und wich Robertas Blick nach wie vor aus.

»Nun, erklär ihn mir«, sagte Roberta ungeduldig. »Ich warte.«

Myra sammelte sich mit einer dramatischen Geste, stieß einen übertriebenen Seufzer aus und ließ Kiefer und Schultern sinken, während sie sich in den Anblick ihrer gefalteten Hände vertiefte. »Ich wurde in einem sehr strengen Haushalt groß – jeden Sonntag ging es in die Kirche und jeden Abend vorm Schlafengehen mußten wir auf den Knien die zehn Gebote aufsagen. In diesem Haus gab es kein Fluchen, kein Gelächter und nur sehr wenig Spaß. Spaß war gottlos, Arbeit brachte einen dem Himmel näher, predigten meine Eltern, und ich glaubte ihnen. Es war eine düstere Erziehung, aber ich habe sie geliebt, meinen Vater und meine Mutter. Sie waren von Dänemark hergekommen und erzählten uns immer von dem Land dort und von unseren Großeltern.

Nun, jedenfalls, sie arrangierten eine Ehe für mich mit einem ziemlich ernsten jungen Mann namens Carl Halburton. Es gab keine große Werbung, nein ... nun ja, weißt du ... nichts von der Torheit und dem Anhimmeln, das man heute damit in Verbindung bringt. Aber wir heirateten, und er war ein guter Mann. Sehr verschlossen und nicht sehr herzlich, aber ein harter Arbeiter und ein guter Versorger. Als Grace geboren wurde, war er sehr stolz.

Aber ich hatte nie ... Carl und ich ... wir ... es war nicht ...« Myra blickte auf ihre Finger hinab, die ein Zierdeckchen durchkneteten wie einen Teigkloß. Sie räusperte sich und begann von neuem. »Nun, ich will es so erzählen ... Die Stadt sollte eine Bahnstrecke erhalten, und eine Mannschaft kam, die die Schienen verlegen sollte. Diese Schienen wurden direkt hinter unserem Garten verlegt, und dieser spezielle junge Bursche sah mich dann immer draußen, wenn ich die Kleider aufhängte, und er winkte mir zu, und einmal kam er rüber und fragte, ob er aus der Pumpe in unserem Garten einen Schluck trinken dürfe. Und dann besuchte er mich immer wieder, sogar nachdem die Mannschaft weitergezogen war. Er war ein sehr hübscher Kerl, immer voller Lächeln und Schelmerei und Scherzen, ganz anders als Carl. Er brachte mich zum Lachen ... und er sagte mir, ich sei hübsch.«

Es war sehr still im Zimmer geworden. Sogar Myras Finger hatten aufgehört, das Zierdeckchen durchzukneten.

Roberta wußte es, noch bevor die Geschichte weiterging. »Wie war sein Name, Mutter?«

Verträumt antwortete Myra: »Sein Name war Robert Coyle.«

»Er war mein Vater, nicht wahr?«

»Ja.«

Es war ein seltsamer Augenblick, um sich ihrer Mutter nahe zu fühlen, dieser Augenblick, in dem Roberta erfuhr, daß man sie ihr ganzes Leben lang belogen hatte. Trotzdem hatte sie noch nie zuvor diese Spur Weichheit in Myra gesehen. Sie glättete ihre gefurchte Stirn und entspannte ihre alternden Augen, so daß Roberta sich fragte, was für ein Mensch ihre Mutter gewesen wäre, wäre Robert Coyle geblieben.

»Er ging natürlich mit der Eisenbahnmannschaft weg. Und Carl wußte gleich, daß das Baby nicht von ihm war. Er und ich haben nicht ... nun, du weißt schon. Nicht oft. Und dann, nachdem Robert weg war, überhaupt nicht mehr. Nie wieder. Carl behandelte mich höflich, wie einen Gast in seinem Haus. Und als du geboren wurdest, erklärte er, daß dein Name Roberta sein sollte, als ständige Erinnerung an die Sünde, die ich mit einem anderen Mann begangen hatte. Ich brauchte nicht lange, um zu begreifen, was für einen guten Mann ich in Carl hatte – ausgeglichen, verläßlich, jemanden, den ich liebte ... aber da war es zu spät. Er hat sich bis zu seinem Todestag von mir ferngehalten.

Grace war seine Tochter. Du nicht. Das hat er mich nie vergessen lassen, daher wollte ich wohl einen Teil meines Bedauerns an dich weitergeben.«

Obwohl Roberta weiter wartete, folgten auf Myras Seelenentblößung keinerlei Entschuldigungen.

»Aber Mutter ... ich war doch trotzdem ... dein Kind.«

Myra rutschte auf ihrem Stuhl hin und her, drückte das zerknitterte Zierdeckchen auf den Tisch und sagte: »Ja hm ... es war hart.«

Es wäre nicht sehr würdevoll gewesen, an dieser Stelle um Krumen zu bitten, und Myra mochte zwar für einen Augenblick milde genug gewesen sein, um die Geschichte zu erzählen, aber es sah nicht so aus, als würde sie Liebe für ihre Tochter bekunden oder sich dafür entschuldigen, daß sie ihr diese vorenthalten hatte. Was geschehen war, war geschehen.

Roberta lehnte sich zurück und sah sich in dem Zimmer um, als käme sie nach einer Séance wieder zu Bewußtsein. »Nun, du hast mich eines gelehrt, Mutter.«

»Und was wäre das?«

»Meine eigenen Kinder niemals um Liebe zu betrügen.«

Myras Wangen färbten sich rosa, und ihr Mund verzog sich zu einer sturen Linie. »Ich habe mir wirklich alle Mühe mit dir gegeben, Roberta, aber du warst immer so halsstarrig ... und so anders. Was auch immer ich dir zu tun befahl, du hast das Gegenteil getan. Das ist nicht leicht für eine Mutter, weißt du.«

Manche Menschen können nie zugeben, daß sie etwas falsch gemacht haben, begriff Roberta, und ihre Mutter war einer davon.

»Weiß Grace das alles?«

»Nein. Ich habe es ihr nie erzählt.«

»Du hättest es auch mir nicht erzählt, wenn ich nicht darauf bestanden hätte.«

»Nein ... wahrscheinlich nicht.«

»Also, was ist mit dieser Wohltätigkeitsgesellschaft, die mir meine Kinder nehmen will – du sagst, du hast keine Ahnung davon?«

»Nein! Nicht die geringste!«

»Wer führt diese Gesellschaft an?«

»Oh, Roberta, du wirst doch dort keinen Krawall machen, oder?«

»Mutter, hör nur, was du redest! Es geht hier um meine Kinder, für die ich kämpfe. Wenn du es mir nicht sagen wirst, werde ich es woanders herausfinden.«

»Also, gut, es ist Wanderly Bardy, aber sie ist eine Freundin von mir, also lauf nicht rum und bezichtige sie einer Sache, die nicht wahr ist.«

Es war typisch für Myra, daß die verletzten Gefühle ihrer Freundin sie mehr interessierten als das Wohlergehen ihrer eigenen Enkelkinder und ihrer Tochter, aber mittlerweile war Roberta immun gegen ihre Gefühllosigkeit. Nicht ein einziges Wort des Mitleids wegen der Vergewaltigung oder der Brandwunde war ihr über die Lippen gekommen, kein Ausdruck des Entsetzens, keine Kritik an Elfred. Es war, als hätte sie das Ganze nach diesen wenigen, mageren Tränen aus ihren Gedanken ausgesperrt. Würde sie tatsächlich so tun, als hätte sie es nie gehört?

»Mutter, du glaubst mir doch, was diese Vergewaltigung betrifft, oder?«

»Oh, bitte, Roberta.«

»Warum sollte ich eine solche Geschichte erfinden? Und was glaubst du, woher diese Brandwunde stammt, wenn ich gelogen habe?«

»Du und Grace, ihr seid beide meine Töchter ... Was erwartest du von mir?«

Daß du mich in deine Arme schließt.

In Wirklichkeit wäre eine solche Reaktion so untypisch gewesen, daß Roberta sie kaum hätte akzeptieren können. Da ihre Mutter ihr niemals körperliche Zuneigung gezeigt hatte, wollte Roberta, das wußte sie jetzt, auch heute nichts Derartiges mehr von ihr. Als sie am dringendsten Trost gebraucht hatte, hatte sie Gabriel gehabt. Und die Kinder, vor allem Rebecca. Diese Menschen würden auch weiterhin ihr Anker im Sturm sein.

»Nichts«, antwortete Roberta schließlich und akzeptierte tief im Herzen, daß dies auch wahrhaftig ihre Überzeugung war. Sie erwartete nichts von ihrer Mutter, und sie bekam nichts. Aber sie stand zu dem, was sie früher gesagt hatte, daß Myras Kälte eine wertvolle Lektion für sie gewesen war und daß sie ihr in den sechzehn Jahren, die sie selbst Kinder hatte, gut zustatten gekommen war. Ihren Kindern würde es nie an Zuneigung mangeln, nicht solange sie atmete.

Überraschenderweise waren Robertas Gefühle für Myra, jetzt, da sie ihrem Zorn Luft gemacht hatte, freundschaftlicher. »Ich meinte das wirklich ernst, Mutter. Ich erwarte nichts von dir. Ich mußte nur einmal meinen Gefühlen Luft machen. Ich denke, wenn du weiterhin gut zu Grace bist, ist das richtig; sie braucht das dringender als ich. Ich bin meinen untreuen Ehemann losgeworden, und ich ruhe fest in mir. Beide Probleme muß Grace erst noch lösen. Nun, hör mir zu …« Roberta rückte ihren Stuhl vom Tisch ab und erhob sich. »Ich gehe jetzt wohl besser. Ich habe mir freigenommen, um hierher zu kommen und mit dir zu reden und muß die Arbeit nachholen. Ich bin die einzige Bezirksschwester, die in diesem Gebiet tätig ist.«

Myra schien erleichtert darüber, daß der Besuch vorbei war. Sie erhob sich ebenfalls und blieb nach wie vor auf der anderen Seite des Tisches stehen. »Bist du böse auf mich, weil ich dir das mit deinem Vater erzählt habe?«

»Nein. Es ändert nichts an meinen Gefühlen für Carl. Er wird immer der Daddy sein, an den ich mich erinnere, und wenn er auch kein liebevoller Vater war, sorgte er doch dafür, daß wir alles hatten, was wir brauchten. Das war genug.«

»Nun, dann«, Myra machte eine vage Handbewegung, »dann ist es ja gut.«

Ein verlegenes Schweigen senkte sich herab. Roberta konnte es gar nicht erwarten, fortzukommen und der Sache ein Ende zu machen. Mit sechsunddreißig Jahren hatte sie heute einen gewaltigen Schritt auf dem Weg zum Erwachsenwerden getan, und es war ein gutes Gefühl, das hinter sich zu wissen.

Sie hatte keine Zeit mehr, zu Wanderly Bardy zu gehen und sie auf den Kopf zu zu fragen, was die Wohltätigkeitsgesellschaft im Schilde führte. Sie mußte arbeiten und Versäumtes nachholen, hatte noch etliche Meilen zu fahren und noch eine ganze Reihe von Krankenbesuchen auf dem Programm.

Und so vieles, worüber sie nachdenken mußte.

Ihre Töchter. Gabriel. Gabriels widerstrebende Familie. Die erschreckende Möglichkeit einer Schwangerschaft. Was in der Stadt über sie geredet wurde. Was Grace zu Elfred sagte. Wie Elfred sein zerschundenes Gesicht erklärte. Elfreds Töchter, und was sie über ihren Vater gehört haben mochten. Ob sie Gabriel heiraten sollte oder nicht. In wessen Haus sie leben würden. Wie sie, Gegensätze, die sie nun einmal waren, miteinander zurechtkommen würden. Die Wohltätigkeitsgesellschaft. Elizabeth DuMoss, die ihr eine Warnung zukommen ließ. Gabe und Isobel, die heute abend zum Essen kamen. Die Anweisungen, die sie Susan und Lydia gegeben hatte, die den Braten zubereiten sollten. Rebecca und der halbwüchsige Ogier, die heute nachmittag zum Segeln rausgefahren waren. Wie wunderbar Gabriels Küsse sich angefühlt hatten. Was für eine Ironie es war, daß sie und Rebecca fast gleichzeitig neuen Beziehungen entgegensteuerten. Die Tatsache, daß sie darüber wohl einmal mit Rebecca reden mußte.

Sie kam sehr spät nach Hause, und die anderen waren bereits alle versammelt. Gabes Truck parkte auf dem Grünstreifen, und auf der Veranda hing eine neue Schaukel; Susan, Lydia und Isobel hatten sich alle gleichzeitig darauf gezwängt. Rebecca und Ethan Ogier streichelten eine fremde Katze, die dem Garten einen Besuch abstattete, und Gabriel saß auf der Treppe vorm Haus und las eine Zeitung.

Er legte sie weg und stand sofort auf, als sie die Tür ihres Fords zuschlug. Dann kam er ihr durch den Garten entgegen. Ein herrlicher und unerwarteter Freudenstrom bemächtigte sich bei seinem Näherkommen ihres Herzens. Gabriel war frisch gebadet und gekämmt, trug gewöhnliche Khakihosen und ein weißes Hemd, das seine neue Waschfrau gestärkt und gebügelt haben mußte. Es hatte Bügelfalten und war für einen Kragen gemacht, aber Gabriel hatte keinen angeknöpft. Der Abend war warm, und er hatte sich die Ärmel bis zu den Ellbogen aufgerollt, so daß seine gebräunten Unterarme zu sehen waren. Als sie auf ihn zukam, lächelte er entspannt, und sie dachte, wie seltsam es für ihre Nachbarn aussehen mußte, daß ein Mann wartete, während die Frau von der Arbeit nach Hause kam. Aber er wartete tatsächlich, und all ihre Kinder hatten sich neben ihm auf der Veranda versammelt. Dankenswerterweise setzten sie ihre Beschäftigungen mit einem Einverständnis fort, das Roberta absolute Freiheit gewährte, ihm mit einem freudigen Lächeln auf ihrem müden Gesicht entgegenzugehen.

»Hallo«, sagte sie und war erstaunlich glücklich darüber, daß er auf sie gewartet hatte.

»Hallo.«

»Wo kommt denn die Schaukel her?«

»Hab' ich für euch gemacht.«

»Rebecca und Ethan werden sich darüber freuen.«

»Ich auch. Wenn es dunkel ist.«

Ihr Blick fiel auf seine Lippen, und sie ließ einen Herzschlag verstreichen, bevor sie erwiderte: »Und ich. Vielen Dank. Die Schaukel ist sehr schön.«

Sie waren in der Lücke der Spierstrauchhecke stehengeblieben, wo die langen Schatten von den Bäumen ihrer Nachbarn goldene und grüne Streifen über den Garten zogen. Vom anderen Ende des Häuserblocks hörte man das Geräusch von Pferdehufen, und auf der Veranda quietschte die Schaukelkette. Gabriel stand mit dem Rücken zum Haus da, Roberta mit dem Rücken zur Straße.

»Weißt du, was ich mir wünsche?« sagte er.

»Nein. Was denn?«

»Daß ich dich küssen könnte.«

»Das wünschte ich auch. Ich habe mich heute ziemlich oft dabei ertappt, wie ich darüber nachdachte, dich zu küssen.«

»Das ist ein gutes Zeichen. Heißt das, daß du mich heiraten wirst?«

»Nicht unbedingt. Aber ich habe auch darüber nachgedacht, vor allem, nachdem ich mit meiner Mutter geredet hatte.«

»Ja?«

»Sie sagte, sie wisse nichts darüber, daß die Wohltätigkeitsgesellschaft mir meine Kinder wegnehmen will.«

Er nickte dreimal und sehr langsam, als seien seine Gedanken anderswo. Ein Anflug eines Lächelns ließ seine Augen, die auf ihrem Gesicht und Haar weilten, schmaler erscheinen. »Ich hab's dir noch nie gesagt, aber du gefällst mir sehr in deiner Uniform.«

»Ach, ja? Und warum?«

»Die Art, wie du dein Haar über den Rand deiner Haube rollst, so gepflegt und ordentlich. Die Art, wie sich deine Schürzenbänder im Rücken überkreuzen. Deine sauberen, weißen Schuhe.«

»Du hättest mich gern die ganze Zeit so gepflegt und ordentlich, nicht wahr?«

»Ich schätze ja.«

»Was, wenn ich das nicht bin? Was, wenn unser Haus das nicht ist? Was, wenn meine Kinder es nicht sind und du mit mir verheiratet bist? Würden wir uns dann deswegen streiten?«

»Ich weiß es nicht.«

Sie drehte sich um, taxierte ihn kurz und mochte, was sie sah.

»Wenn wir verheiratet wären – wo würden wir dann wohnen?«

»Das weiß ich auch nicht.«

»Wo würdest du wohnen wollen?«

»Dein Haus ist zu klein.«

»Und dein Haus ist zu sehr Carolines.«

»Wirst du eifersüchtig auf sie sein?«

»Das bezweifle ich. Ich habe sogar mit ihrem Bild gesprochen, als ich allein in deinem Zimmer war.«

»Was hast du gesagt?«

Vom Haus her hörte man Susan mit lauter Stimme rufen: »He, wollt ihr zwei die ganze Nacht da rumstehen und reden? Wir sind halb verhungert!«

Gabriel warf einen Blick über die Schulter und rief: »Sind gleich da«, und drehte sich dann zu Roberta um, um gelassen seine Frage zu wiederholen. »Was hast du zu ihr gesagt?«

Sie mochte seine Unerschütterlichkeit, genauso wie seine blauen Augen und seine Lippen, seine dichten Augenbrauen und seine in jeder Hinsicht ansehnliche Gestalt.

»Ich habe ihr gesagt, daß ich dich liebe.«

»Nicht möglich.«

»Doch, das habe ich gesagt. Ich habe gesagt: ›Ich liebe deinen Mann, Caroline Farley.‹ Und das tue ich wirklich, Gabriel.«

Sie sah deutlich, daß sie ihn mit ihrer Erklärung von neuem überrascht hatte. Er wirkte leicht atemlos und öffnete die Lippen, als wollte er den Kopf senken, die Augen schließen und gleich dort auf der Veranda tun, wonach sie beide sich sehnten.

»Roberta, ich verstehe dich nicht. Du liebst mich, aber du willst mir nicht versprechen, mich zu heiraten.«

»Na, kommt endlich, ihr zwei!« brüllte Isobel. »Es ist fast halb acht, und der Braten ist fertig!«

Diesmal war es Roberta, die zur Veranda hinaufschaute.

Sie beugte sich vor, um um Gabe herumzuschauen, richtete sich dann aber wieder auf, ohne Isobel zu antworten.

»Laß uns dieses Thema gegen elf auf der neuen Schaukel besprechen«, meinte sie.

»Das ist aber noch lange hin.«

»Nun, vielleicht kann ich die Mädchen um zehn ins Bett bekommen. Ich werde mein Bestes tun. Jetzt wollen wir mal sehen, ob Isobel den Tisch hübsch ordentlich gedeckt hat, oder ob meine Mädchen vorhatten, den Braten einfach mit den Händen auseinanderzureißen.«

Er ließ sie zum Haus vorangehen, und als sie an ihm vorbeiging, sagte er hinter ihr: »*Ich* habe den Tisch hübsch säuberlich gedeckt.«

»Oh.« Sie lächelte bei sich. »Nun, wer weiß? Vielleicht finden wir ja doch noch eine Art ehelichen Kompromiß.«

Das Abendessen zog sich endlos dahin. Eine weitere Ewigkeit schien zu verstreichen, bis die Mädchen mit dem Abwasch fertig waren. Dann beschlossen sie, sich an ein paar Origami-Muster zu versuchen, und als es Roberta endlich gelungen war, sie dazu zu bewegen, die Papierschnipsel aufzuheben, war es schon ein ganzes Stück nach zehn. Danach fühlte Gabriel sich verpflichtet, Isobel nach Hause zu fahren. Und da er nicht wollte, daß um viertel vor elf Uhr abends jeder auf der Alden Street hörte, wie sein Truck zu Robertas Haus zurückfuhr, war es schon elf, als er zu Fuß wieder den Hügel hinaufkam.

Sie hatte sich schnell etwas frisch gemacht, sich mit Mandelcreme eingerieben, ein wadenlanges Kleid und einen Pullover angezogen. Als er endlich die Verandatreppe hinaufkam, wartete sie hinter der Fliegentür im dunklen Wohnzimmer.

»Hallo«, flüsterte sie, öffnete verstohlen die Tür und trat hinaus.

»Hallo«, flüsterte er zurück.

»Ich habe gedacht, sie würden nie mehr zu Bett gehen.«

»Ich auch.«

»Weiß Isobel, daß du zurückgekommen bist?«

»Nein. Sie braucht nicht alles zu wissen.«

»Meine Mädchen auch nicht. Ich kann einfach nicht glauben, daß ich in meinem Alter durchs Haus schleiche, um mich mit meinem Freund zu treffen.«

»Ich auch nicht, aber irgendwie macht das doch Spaß.«

»Ja, schon – wenn nur die Mücken nicht wären.«

»Als ich zurückkam, waren sie gar nicht mehr so schlimm. Vielleicht lassen sie uns ja in Ruhe. Komm.«

Er nahm ihre Hand, und auf Zehenspitzen gingen sie zur Schaukel hinüber. Sie setzten sich hin, und er legte einen Arm locker um ihre Schultern. Sie sprachen nur im Flüsterton.

»Du trägst dein Haar offen.«

»Um die Mücken von meinem Hals fernzuhalten.«

Er streckte die Hand aus und legte sie auf ihr Haar …

schob sie hinein … »Also, worüber haben wir geredet, als die Mädchen uns zum Abendessen reinriefen?«

Genau darauf hatten sie den ganzen Tag lang gewartet, auf diesen Augenblick des Aufeinanderzugehens, des Berührens, des Auskostens, sein Kopf über ihren gesenkt. Er war sehr spontan, dieser erste Kuß, und sie hatten ihn sich mit einem langen Tag des Wartens wahrlich verdient. Von dem Augenblick an, indem sie einander berührten, waren sie voller Leidenschaft, die die Stunden der Erwartung geschürt hatte und die tintenschwarze Intimität der Dunkelheit unter dem Verandadach voll entfachte. Wie gehemmt Gabriel Farley im Tageslicht auch sein mochte, in der Ungestörtheit jener Veranschaukel streifte er seine Hemmungen ab. Die Küsse, die Roberta während der letzten Jahre ihrer Ehe vermißt hatte, wurden ihr jetzt in einem Rondo süßer Wiederholung zuteil. Eine Mücke kam herbeigeflogen und stach sie durch ihren Baumwollstrumpf in den Knöchel. Daraufhin zog sie die Beine hoch und bedeckte die Füße mit ihrem Rock. Sein offener Mund war über ihrem, sein Atem streifte ihre Wange, und seine Hand auf ihrem Rücken schien alles zu durchdringen – Jacke, Kleid, Haut – mit ihren kreisenden Bewegungen, dem vorläufigen Ersatz für intimere Liebkosungen.

Ihr verwüstetes Herz war einem Ansturm von Fragen ausgesetzt, und schließlich riß sie ihren Mund los, um diese Fragen zu stellen.

»Wie lange ist es her, seit du das getan hast?«

»Seit Caroline.«

»Wieviele Jahre?«

»Sieben.«

»George hat schon vor Jahren aufgehört, mich zu küssen, es sei denn, er wollte Geld. Ich habe ihn schließlich so sehr gehaßt … aber ich habe es vermißt … oh, ich habe es vermißt.«

Sie küßten sich wieder, entschädigten sich für verlorene Zeit und schmiegten sich in einer ungeduldigen Umarmung aneinander. Dann stachen ihn zwei Mücken gleichzeitig – eine in den Hals, die andere ins Handgelenk. Er schüttelte eine weg und schlug nach der anderen und sagte ganz dicht an ihren Lippen: »Gehen wir rein, Roberta.«

»Nein, ich kann nicht.«

»Wir werden ganz leise sein. Niemand wird es merken.«

»Ich weiß es. Du weißt es. Und ich werde dieser Stadt diese Befriedigung nicht gönnen.«

Er zog den Kopf zurück und sagte: »Aber das ist doch töricht. Wir brauchen doch nur hinter die Fliegentür des Wohnzimmers zu gehen, wo die Mücken uns nichts anhaben können. Ich verspreche es. Das ist alles, was wir tun werden.«

»Ich kann nicht, Gabriel. Wenn ich nicht geschieden wäre, wäre es anders, aber genau das erwartet diese Stadt doch von mir – daß ich nachts, wenn meine Töchter schlafen, Männer mit in mein Haus nehme.«

Ein weiterer Stachel bohrte sich in seinen Kiefer. Gabriel schlug zu, verfehlte die Mücke aber und sagte: »Dann hol uns eine Decke.«

»Gabriel, das kann doch nicht dein Ernst sein.« Er hörte das Beben eines Kicherns in ihrer Stimme. Aber genau in diesem Augenblick zerschlug sie eine Mücke auf ihrem Gesicht.

»Roberta, das ist doch einfach lächerlich. Geh, und hol uns eine.«

Roberta schwang die Füße von der Schaukel und sagte: »Na schön, ich tu's.«

Während sie auf Zehenspitzen über die Veranda ging und ohne einen Piepser die Tür öffnete, zerschlug er weiter die Mücken, die ihn attackierten. Dann trat Roberta ins Haus und kehrte kurz darauf genauso geräuschlos zurück, wie sie verschwunden war.

»Hier«, flüsterte sie und warf, während sie sich wieder neben ihn setzte, die Decke über sie beide. »Wohin mußtest du gehen, um sie zu holen?« fragte er und zog und zupfte an der Decke, bis sie genau richtig lag.

»Bis nach oben, in mein Schlafzimmer.«

»Glaubst du, sie haben dich gehört?«

»Na, und wenn schon. Ich habe das Recht, hier auf meiner eigenen Verandaschaukel zu sitzen, oder?«

Er gluckste und setzte Roberta und sich so hin, wie es ihm am besten gefiel. Die Decke hüllte sie bis auf die Köpfe vollkommen ein.

»He … das gefällt mir«, murmelte er und ließ eine Hand unter ihren Arm gleiten, wo er nur knapp ihre Brust verfehlte. »Komm her.«

Es gibt Möglichkeiten, den Anstand zu verletzen und ihn gleichzeitig zu wahren … und er fand sie. Er lehnte sich in eine Ecke der Schaukel zurück und zog Roberta mit sich, bis ihre Gliedmaßen gestreckt und genauso ausgerichtet waren wie die Falten der Decke, die sie einhüllte. Einen Sechsminutenkuß später, als ihre Lippen sanfter wurden und die Mücken ihre nackten Gesichter gefunden hatten und sich nicht länger leugnen ließ, daß seine leeren Hände beschäftigt werden müßten, zog er die Decke über ihre Köpfe. In dem Zelt totaler Dunkelheit, wo der Duft seines Pimentöls sich mit dem ihrer Mandelcreme mischte, sagte Roberta tadelnd: »Gabriel!« und kicherte.

»Psst …«, flüsterte er und wölbte eine Hand um ihre Brust. Und brachte ihren Atem für diesen einzigartigen Augenblick zum Stillstand, bevor er wieder einsetzte … schneller.

Fünf Minuten später waren ihre Lippen angeschwollen und nicht nur die. Da hörten sie plötzlich eine Stimme draußen vor ihrer Decke sagen: »Mutter? Bist du das da drunter?«

Gabe und Roberta verwandelten sich in zwei Tonsäulen.

Nur daß diese Säulen aussahen, als hätte der Bildhauer sie nur halbfertig bekommen, bevor er zum Mittagessen gegangen war. Da saßen sie nun – oder lagen vielmehr, um genau zu sein –, zwei Höcker unter einer dunklen Decke, wie ein halbvollendetes Kunstwerk. Von draußen schien es Rebecca, als versuche ihre Mutter, sich hochzuziehen und so zu tun, als hätte sie nicht zwischen Mr. Farleys geöffneten Beinen gelegen, denn eines ihrer Beine hing mitten in der Luft, während sie gegen die Schwerkraft ankämpfte.

»Mr. Farley? Sind Sie auch da?«

Es folgte einiges Geflüster unter der Decke, und schließlich schafften es die vier Beine, sich zu entwirren. Den beiden Körpern gelang es, sich Seite an Seite aufzurichten, und zu guter Letzt hob Roberta die Decke weit genug an, um hinauszuspähen. Rebecca hatte die Wohnzimmerlampe angeknipst, und ihre fernen Strahlen enthüllten zwei sehr zerzauste Haarschöpfe und vier Augen, die ein wenig töricht dreinblickten, wie ein Waschbärenpärchen, das im Scheinwerferlicht eines Wagens gefangen saß.

»Ja, Rebecca?« sagte ihre sechsunddreißig Jahre alte Mutter, die um Würde rang, wo keine zu haben war.

»Mutter? Was um alles in der Welt macht ihr da drunter?!«

»Wir reden.«

Ein paar sehr peinliche Sekunden verstrichen, bevor Gabriel in die Bresche sprang.

»Ah … die Mücken«, erklärte er lahm und faltete die Decke zusammen.

»Hm, warum kommt ihr denn dann nicht ins Haus?« fragte Rebecca vernünftig. »Da drin sind keine Mücken.«

»Gute Idee«, sagte Farley und streifte Robertas Rock von seinem linken Hosenbein. »Gehen wir ins Haus, Roberta.«

Er hatte keine Ahnung, daß sie sich kaum noch beherrschen konnte, bis ihr das Gelächter von den zusammengekniffenen Lippen kam und ein »Ppppppt« hörbar wurde, das wie das Schnauben eines Zugpferds klang. Als sie anfing zu lachen, konnte er auch nicht länger an sich halten und fiel ebenfalls ein.

Rebecca wurde langsam ungehalten und stemmte die Fäuste in die Hüften. »Mutter, um Himmels willen geht sofort rein, bevor die Nachbarn euch hier mit dieser lächerlichen Decke überm Kopf sehen! Gütiger Himmel, man sollte doch wirklich denken, ihr zwei wäret keine zwölf Jahre alt!«

Sie stürmte ins Haus, knipste das Licht aus und ließ die beiden auf der Veranda zurück, wo sie sich Deckenzipfel vor die Lippen preßten, um ihr Gelächter zu ersticken. Roberta war so außer Atem, daß sie kaum etwas herausbrachte.

»Oh, auf mein Wort ... wenn wir heiraten ... müssen wir diese Geschichte unseren Enkelkindern erzählen. Oh, Gabe ... du hättest d-dich mal s-sehen sollen, wie du unter dieser Decke hervorkamst.«

Er fuhr sich mit seiner großen Tatze durch die Haare, was den Zustand derselben noch verschlimmerte. »Ach, na ja, was soll's. Sie wissen es doch sowieso.«

Roberta lachte immer noch und saß dann so lange neben ihm, bis ihr Atem wieder regelmäßiger ging. Sie sah Gabriel an. »Besser, wir sagen uns jetzt Gute Nacht. Wir sind sowieso zu alt für so etwas.«

»Wofür sind wir zu alt?« fragte er vielsagend.

Sie flüsterte: »Dafür nicht. Nur für das da eben.« Sie stand auf und zog einen Deckenzipfel hinter sich her. Auf dem anderen Ende der Decke saß jedoch noch immer Gabriel, und er zog an der Decke, bis sie Roberta zu ihm zurückbrachte. Sie kniete sich mit einem Bein auf die Schaukel und fiel gegen ihn, wodurch die Schaukel mit ihnen beiden nach hinten schwang. Seine kräftigen Hände schlossen sich um ihre Rippen und seine Daumen lagen direkt unter ihren Brüsten.

»Heirate mich, Roberta«, sagte er ernsthaft und blickte zu ihr auf, während sie auf ihn hinunterblickte.

Er bemühte sich ehrlich, ihr zu gefallen, und diese Veränderung gefiel ihr, die Art, wie er zu ihr gekommen war, um ihr den Hof zu machen, genau wie sie es von ihm gewollt hatte – auf einer Verandaschaukel unter einer Decke, nichts Geringeres. Und er war, was Isobel betraf, sehr viel lockerer geworden; außerdem stand fest, daß die Mädchen seine Werbung mit großer Freude verfolgten. Aber die Zeit der Werbung war eine Sache und das alltägliche Leben eine andere – mit Müttern und Schwägern und Damengesellschaften.

»Vielleicht«, erwiderte sie und gab ihm einen Gutenachtkuß.

16

Am nächsten Morgen, als es bereits dämmerte, erlebte Roberta die Vergewaltigung in einem Alptraum noch einmal. Sie wachte von ihrem eigenen Schrei auf und merkte, als sie wieder bei Bewußtsein war, daß sie sich am Kopfende ihres Bettes zusammenkauert hatte. Sie schwitzte und weinte, und das Herz schlug ihr bis zum Halse.

Rebecca kam aus ihrem eigenen Schlafzimmer herbeigerannt. Sie trug ein zerknittertes Nachthemd und war aus tiefem Schlaf aufgeschreckt worden.

»Mutter, was ist passiert?«

»Oh, Becky … oh … oh …«

Rebecca war sofort bei ihr und nahm sie fest in die Arme. »Hast du geträumt?«

»Es war schrecklich.« Robertas Stimme zitterte, während sie sich an ihre Tochter klammerte. »Es war wieder Elfred, der mir das Furchtbare angetan hat, nur, daß er diesmal, kurz bevor er es tat … er hob den Kopf und es war Gabriel, nicht Elfred, und ich war so todunglücklich, daß er mich betrogen hatte und daß er nicht die Art Mann war, für die ich ihn hielt. Ich habe wieder und wieder versucht, mich gegen ihn zu wehren, und ich habe mich gegen ihn gestemmt und ihm gesagt, er sei ein Lügner, nur daß ich die Worte nicht herausbekam. Oh, Becky, es war einfach schrecklich.«

Becky strich Roberta übers Haar und hielt sie ganz fest. Ihr eigenes Herz hämmerte, als hätte sie selbst den Alptraum gehabt.

»Es war nur ein Traum, Mutter. Sieh mal, es ist fast Morgen, und die Mädchen schlafen noch, und alles ist einfach wunderbar. Hab' keine Angst.«

Roberta begann sich zu beruhigen und löste langsam die Arme von ihrer Tochter.

»Warum habe ich nur so etwas von Gabriel geträumt?«

Becky lehnte sich zurück, nahm die Hände ihrer Mutter und rieb mit den Daumen über Robertas Knöchel.

»Ich weiß nicht, aber letzte Nacht hast du mit ihm auf der Schaukel gesessen, und für mich sah das nicht so aus, als hättest du versucht, dich auch nur im geringsten gegen ihn zu wehren.«

»Ach, du liebe Güte …« Roberta sah zum Fenster hinüber. Die bleiche, lavendelfarbene Dämmerung ergoß sich über das abgestoßene Fensterbrett; und das filigrane Blätterwerk ruhte reglos an den Zweigen des Ahornbaums. Als sie an die letzte Nacht dachte, verebbte ihr Entsetzen, und ihr Herzschlag verlangsamte sich. »Du warst sehr unzufrieden mit uns.«

»Ach, eigentlich nicht. Du hast mich geweckt, als du die Treppe raufgeschlichen bist, wahrscheinlich um diese Decke zu holen. Dann hab' ich dagelegen und mich gefragt, warum du so spät in der Nacht noch auf warst und ob bei dir alles in Ordnung war. Ich konnte es einfach nicht glauben, als ich auf der Veranda nachsah und euch beide mit dieser Decke überm Kopf dasitzen sah. Aber ich bin nicht unzufrieden mit euch, nicht wirklich. Ich bin froh darüber, daß du Mr. Farley gefunden hast.«

»Wirklich?«

»Warum sollte ich nicht froh sein, wenn du selber so glücklich bist?«

»Ja, das bin ich doch, oder?«

»Er hat dir einen wunderbaren Sommer geschenkt, uns allen im Grunde genommen – unseren ersten Sommer in Camden, von dem wir so viele schöne Erinnerungen zurückbehalten werden. Ich meine, du solltest ihn heiraten, Mutter.«

»Er hat mich gestern nacht noch einmal gefragt.«

»Wirst du es tun?«

»Zu guter Letzt wahrscheinlich schon.«

»Ich muß immer daran denken, wie sicher du bei ihm sein wirst. Dann können dir Männer wie Onkel Elfred nichts mehr anhaben, und die Klatschbasen dieser Stadt müssen sich jemanden anderen suchen, über den sie tuscheln können. Und ich habe auch viel darüber nachgedacht, wie bald Susan, Lydia und ich erwachsen sein werden, und wenn wir heiraten und von zu Hause wegziehen, wirst du einsam sein. Ich fände es wunderbar, zu wissen, daß du bei Mr. Farley bist. Und in den Ferien würden wir alle nach Hause kommen – wir drei und Isobel auch –, und denk nur, wieviel Spaß wir dann haben werden. Wenn wir alle zurück nach Camden kommen, um einen weiteren Sommer am Meer zu verleben, wahrscheinlich mit einer ganzen Horde Kinder. Oh, Mutter, du mußt ihn heiraten, du mußt es einfach.«

Roberta zog ihre Tochter fest an sich. Sie war jetzt ganz ruhig, und ihr Herz quoll über vor Zuneigung zu dieser bemerkenswerten jungen Frau, deren liebevolle und fürsorgliche Eigenschaften sie zu etwas ganz Besonderem machten.

»Habe ich dir in letzter Zeit mal gesagt, wie lieb ich dich habe, Becky?«

»Natürlich hast du das.«

»Nun, dann möchte ich es dir noch einmal sagen.« Sie drückte Becky einen kräftigen Kuß auf die Wange. »Ich habe dich lieb, Becky, du Licht meines Lebens. Ich weiß nicht, was ich in den letzten zwei Jahren ohne dich angefangen hätte. Je älter du wirst, um so lieber wirst du.«

Becky sah ihrer Mutter direkt in die Augen und sagte ganz einfach: »Heirate Mr. Farley, Mutter. Ich glaube, du liebst ihn mehr, als dir bewußt ist, und manchmal bist du unabhängiger, als es dir selber gut tut.«

»Ach, bin ich das?« schalt Roberta gutmütig und tippte sich an den Kopf.

»Ja, bist du ... Also, denk darüber nach.« Becky stand auf und tapste barfüßig auf die Tür zu. Dort angekommen, blieb sie stehen und sagte über ihre Schulter gewandt: »Außerdem, wenn du ihn heiratest, braucht ihr zwei euch nicht mehr auf der Verandaschaukel unter einer Decke zu küssen. Ihr könnt ins Haus kommen, wo ihr hingehört.«

Weniger als eine Stunde später rief Roberta Gabe an.

»Guten Morgen, Gabriel«, begrüßte sie ihn.

»W ...« Seine Überraschung war augenscheinlich, bevor er es aussprach. »Wirklich, das ist eine Überraschung.«

»Ich habe dich doch nicht geweckt, oder?«

»Nein, ich habe mir gerade Kaffee gekocht und wollte mich dann an die Arbeit machen.«

»Hast du gut geschlafen?«

Er räusperte sich. »Um ehrlich zu sein, nein, habe ich nicht, Roberta.«

»Ach?« sagte sie und legte einen koketten Unterton in diese eine Silbe. »Und warum nicht?«

Er stieß ein tiefes, kehliges Prusten aus, ein Geräusch, das ein angenehmes Beben durch ihren Körper sandte.

Sie lachte mit ihm.

»Ich habe nachgedacht«, fuhr Roberta fort. »Im Opernhaus tritt heute abend eine Bostoner Truppe auf. Sie geben ein Stück von Oscar Wilde, und ich habe den Mädchen versprochen, sie mitzunehmen. Hättest du Lust, mit Isobel ebenfalls hinzukommen?«

»Oscar Wilde?« sagte Gabe.

»Ernst sein ist alles.«

»Oh.«

Sie konnte spüren, daß er nichts über Oscar Wilde oder seine Stücke wußte.

»Warst du früher schon mal da?«

»Im Opernhaus? Ah ... nein, nein, war ich nicht.«

Sie lächelte und stellte sich vor, wie fremd ihm das alles war. »Das ist schon gut, Gabriel. Ich habe auch noch keine Veranda gebaut oder irgendwelche Rosenbüsche angepflanzt, aber das heißt nicht, daß wir nicht beide dazulernen könnten.«

In seinem Schweigen erkannte sie die Rückkehr der Sinnlichkeit zwischen ihnen und wünschte – zu ihrem eigenen Erstaunen –, daß er da wäre, daß sie ihn, wenn auch nur kurz, sehen könnte, daß er sie küssen würde und sie die Resonanz seiner Gegenwart spüren würde, die sie reinigen und von den letzten Schatten ihres Alptraums befreien würde. Bis zum Abend schien es ihr noch lange hin zu sein.

»Gabriel? Was hast du gesagt?«

»Ich werd's mal versuchen.«

Sie lächelte und fühlte sich jung. Und voller Energie. Und voller Ungeduld!

»Gabriel?« sagte sie und begriff plötzlich, daß romantische Sehnsucht nicht nur den ganz Jungen vorbehalten ist.

»Was, Roberta?«

»Bis heute abend scheint es mir noch sehr lange hin zu sein.«

Sie hatte an diesem Tag einen hektischen Arbeitsplan und jede Menge medizinischer Aufgaben, die sie ganz in Anspruch nahmen. Aber auch Gabriel nahm ihre Gedanken in Anspruch, und das trotz der Mannigfaltigkeit ihrer Pflichten.

Sie holte eine Bohne aus der Nase eines fünfjährigen Jungen, dessen Mutter die Sache noch verschlimmert hatte, indem sie versuchte, die Bohne mit einem Stiefelknöpfer herauszuholen. Sie schickte einen Mann zum Arzt, dessen Zeh seinen Fuß auf doppelte Größe hatte anschwellen lassen, nachdem er sich mit einer Axt den Schuh durchgehauen und das Zehgelenk durchtrennt hatte. Sie legte einem Fuhrmann einen neuen Verband an, der sich die Rippen gebrochen hatte, als sein Leitpferd beim Tuten einer Dampfpfeife unten am Hafen durchgegangen war und ihn gegen die Wand eines Fischschuppens gepreßt hatte. Sie stellte einen Ausbruch der Masern auf einer Farm südwestlich der Stadt fest und behandelte nicht nur die drei Kinder der Familie, sondern auch ihr Hausschwein, bei dem die Bläschen zur gleichen Zeit aufgetreten waren wie bei den Kindern.

Sie mußte für ihre Arbeit von Ort zu Ort fahren, und zwar ganze fünfundsechzig Meilen. Und während sie über trockene Kiessteine holperte und hüpfte und schaukelte, während ihr Haar sich löste und ihre Uniform schmutzig wurde, dachte sie an Gabriel und malte sich aus, wie sie sich am Ende des Nachmittags ein Vollbad gönnen, das Haar waschen und es auf die Art aufstecken würde, die ihm so gefiel. Es würde ihr nicht schaden, ihm dieses eine Mal an dem Abend, an dem sie seinen Heiratsantrag annehmen wollte, nachzugehen und zu Gefallen zu sein. Sie würde ihr einziges gutes Leinenkleid mit den Glockenärmeln und der Stickerei auf dem Mieder anziehen, und sie würde zu ihm sagen: »Gabriel, ich nehme deinen Antrag an. Ich wäre sehr stolz, deine Frau zu werden.«

Aber als sie am späten Nachmittag nach Hause kam, saß eine fremde Frau auf ihrer neuen Verandaschaukel. Sie trug einen Hut, der aussah, als würden die Bienen Nektar hineintragen. Ihr gerade geschnittenes Sommerkostüm und die braunen Schnürschuhe machten einen sehr gestrengen Eindruck. Dasselbe galt für ihre steifen, weißen Handschuhe.

Sie schaukelte nicht, sondern saß schicklich mit übereinandergelegten Füßen da. Die Riemen ihrer Handtasche hatte sie sich über den Arm geschlungen. Als Roberta vorfuhr, erhob sie sich und erwartete sie oben an der Verandatreppe.

»Mrs. Jewett?« fragte sie, als Roberta näherkam.

»Ja?«

»Mein Name ist Alda Quimby. Ich bin ein Mitglied der Camdener Schulpflegschaft, und unser Vorsitzender, Mr. Boynton, hat mich gebeten, herzukommen und mit Ihnen zu sprechen.«

»Worüber?«

»Können wir uns irgendwo unter vier Augen unterhalten?«

»Nein, das können wir nicht. Die Veranda wird reichen müssen. Setzen Sie sich wieder hin, wo Sie gesessen haben, und ich bleibe stehen. Aber einen Augenblick bitte, ich muß erst meinen Mädchen Hallo sagen.« Sie ging ins Haus und rief: »Mädchen! Ich bin wieder zu Hause!«

An diesem Tag waren zufällig fünf Kinder da – Ethan Ogier und sein jüngerer Bruder Elmer hatten sich zu ihren

Töchtern gesellt. Sie waren alle im Garten hinterm Haus; einige von ihnen sortierten eine Muschelsammlung, und einige lümmelten sich auf der Hintertreppe herum, während Elmer sich mit den Kniekehlen kopfunter an einen Wäschepfahl gehängt hatte, um die jüngeren Mädchen zu beeindrucken.

Roberta ging durch die Küche und rief durch die Hintertür: »Hallo, ihr alle, ich bin wieder zu Hause!«

Susan stellte sich auf die andere Seite der Fliegentür und flüsterte: »Wer ist diese Frau, Mutter?«

»Ich weiß nicht. Ich erzähl's euch später. Pump mir doch bitte etwas Badewasser ein, Susan, ja? Vielen Dank.«

Als Roberta in ihrer staubigen Uniform wieder auf die Veranda hinaustrat, stand Alda Quimby immer noch an derselben Stelle.

»Also, Mrs.Quimby ... Was kann ich für Sie tun?«

»Ich komme in einer offiziellen Angelegenheit, Mrs. Jewett, die für Sie nicht angenehm ist.«

Roberta wußte genau, worum es sich handelte und heuchelte keine Geduld.

»Nun, dann raus damit. Diese Horde vertrockneter alter Schachteln, die als Wohltätigkeitsgesellschaft bekannt ist, ist der Meinung, daß ich als Mutter nichts tauge, nicht wahr?«

Mrs. Quimbys Kiefer klappte herunter und schnappte dann wie eine Muschelschale wieder zu. Ihr Hut war mit Kohlröschen von der Farbe ihrer Brustwarzen besetzt – *falls sie überhaupt welche hat,* dachte Roberta. Die Blumen zitterten geradezu auf ihrem selbstgerechten Kopf.

»Mr. Boyntons Frau ist ein Mitglied dieser Gesellschaft, und sie hat ihrem Mann Dinge zu Gehör gebracht ...«

»Die mit mir persönlich zu besprechen er zu feige war, wahrscheinlich weil er glaubt, daß ich meinen nächsten Wagen dann nicht bei ihm kaufen werde, und recht hat er. Das werde ich tatsächlich nicht!«

»Es ist uns zu Gehör gekommen, daß ihre Kinder sich fünf Tage die Woche selbst überlassen sind und daß sich in Ihrer Abwesenheit eine Reihe von anderen Kindern aus der Stadt hier in Ihrem Haus versammelt, und zwar ohne jegliche Aufsicht durch einen Erwachsenen. Ist das korrekt?«

»Ich arbeite, um meine Kinder zu ernähren – *das* ist korrekt!« brauste Roberta auf.

»Einige davon sind in eben diesem Augenblick hinten in ihrem Garten.«

»Das stimmt.«

Mrs. Quimby schürzte die Lippen, als wolle sie einen Schluck heißen Tees trinken. »Sie sind geschieden, glaube ich.«

»Ja, Gott sei Dank. Und ich bin eine staatlich geprüfte Krankenschwester und die Besitzerin dieses Hauses und die Besitzerin dieses Automobils und durchaus in der Lage, meine Kinder allein großzuziehen.«

»Mrs. Jewett, ich werde uns beiden Zeit sparen und mich so deutlich wie möglich ausdrücken. Es sind Beschwerden bei uns eingegangen, wonach Sie die Ursache eines Faustkampfs zwischen zwei Männern dieser Stadt waren, von denen einer verheiratet ist und – was die Schändlichkeit dieses Zwischenfalls noch unterstreicht – Ihr eigener Schwager. Man hat mir berichtet, daß seine eigene Frau und seine Kinder diesem Tumult beiwohnten und daß sie – so lauten die Gerüchte – an diesem Abend die übelste Sprache mitangehört haben, daß sie Dinge über Sie mitanhören mußten, die keinem Kind je zu Ohren kommen sollten und die, wenn ich das hinzufügen darf, von einem Ende der Stadt bis zum anderen auf Erstaunen gestoßen sind. Einer der *angesehensten* Geschäftsleute von Camden ist in der Folge beklagenswert verunstaltet worden, und man hat Ihr Automobil noch spät an diesem Abend vor dem Haus des anderen Mannes parken sehen. Er ist darüber hinaus so häufig auf ihrer Veranda gesehen worden, daß man auch um das Wohlergehen seiner Tochter eine gewisse Besorgnis zum Ausdruck gebracht hat. Jemand hat gehört, wie Ihre Kinder erzählten, daß sie zum Abendessen Karamel hatten, weil ihre Mutter erst nach Einbruch der Dunkelheit nach Hause gekommen war, so daß sie zur Essenszeit auf sich allein gestellt waren. Und *heute* macht das Gerücht die Runde, daß Sie und Mr. Farley gestern um Mitternacht auf eben dieser Schaukel Zärtlichkeiten ausgetauscht haben!

Mrs. Jewett, ich bin sicher, Sie werden verstehen, daß die Mitglieder der Schulpflegschaft sich um das Wohlergehen eines jeden Kindes kümmern müssen, das durch einen Mangel an ganz normaler Elternfürsorge in Gefahr gebracht wird und dessen Zuhause wie ein Bordell betrieben wird.«

Roberta wagte es kaum, auf der Veranda zu bleiben, weil sie fürchtete, daß sie sonst Alda Quimby rückwärts die Treppe hinunterwerfen würde, damit sie auf ihrem besserwisserischen, hochtrabenden Hintern landete.

»Ihr hochgelehrten Schwachköpfe habt ja nicht den leisesten Schimmer, was es bedeutet, eine gute Mutter oder ein guter Vater zu sein!« rief sie. »Wenn ihr das wüßtet, wäret ihr in diesem Augenblick an Elfred Spears Tür. Ich bitte Sie jetzt, zu gehen, Mrs. Quimby, und wenn Sie meine Moral oder meine Fürsorge für meine Kinder hinterfragen wollen, bereiten Sie sich besser darauf vor, das auf gesetzlichem Wege zu unternehmen, denn ich werde Sie bekämpfen, bis ich tot umfalle, bevor ich Ihnen erlaube, meine Mädchen wegzuholen. Und jetzt verschwinden Sie von meiner Veranda, und setzen Sie nie wieder einen Fuß darauf!«

»Die Schulpflegschaft hat mich gebeten, Sie ...«

»Verschwinden Sie, habe ich gesagt!«

»Mrs. Jewett, bei der nächsten Zusammenkunft der Schulpflegschaft ...«

»Verschwinden Sie!« Roberta half Mrs. Quimby ein wenig nach. »Und sagen Sie dieser halben Portion von Boynton, daß er nächstes Mal seine Schmutzarbeit selbst erledigen soll, statt eine *Frau* vorzuschicken!«

Sie brauchte Mrs. Quimby nicht noch einmal zu stoßen. Ein Schritt in ihre Richtung, und die Frau huschte davon, daß ihre Kohlröschen nur so bebten.

Als Gabriel an diesem Abend kam, fand er Roberta in einem Zustand extremer Erregung; sie trug immer noch ihre schmutzige Uniform und hatte auch ihr Bad noch nicht genommen. Sie erzählte ihm, was geschehen war und tobte dann: »Wie können sie es wagen!«, während sie in ihrem Wohnzimmer auf und ab lief. »Gabriel, ich bin so böse, daß ich jemanden umbringen könnte! Ich schwöre es, wenn ich eine Waffe hätte, täte ich es auch! Sie haben diese Klugscheißerin mit ihren weißen Handschuhen Marke Jungfrau Maria und ihren abscheulichen Kohlröschen hergeschickt, um *mir* zu sagen, ich wüßte nicht, wie ich meine Kinder großziehen soll!«

Die Mädchen liefen alle um sie herum und schienen genauso erzürnt zu sein wie ihre Mutter.

Rebecca sagte es: »Also, dieser Schulpflegschaft werde ich das eine oder andere erzählen!«

»Ja, unsere Mutter ist die beste Mutter auf der Welt!« fügte Susan hinzu.

Isobel sagte: »Ich werde denen auch was erzählen! Diese Idioten!«

»Können sie uns wirklich wegnehmen?« fragte Lydia, die mit ihren zehn Jahren noch jung genug war, um mehr Angst als Zorn zu verspüren.

»Das glaube ich nicht«, sagte Gabe. »Roberta, es tut mir so leid.«

Dann geschah etwas einfach Wunderbares: Gabriel nahm

Roberta, gleich dort mitten in ihrem Wohnzimmer und obwohl all ihre vier Töchter zusahen, in die Arme. Und niemand dachte sich etwas dabei. Sie legte ihr Gesicht an seine Schulter, schlang die Arme um seinen Hals, und einen Augenblick lang spürten sie alle sechs, während Roberta von Gabriels Kraft zehrte, daß sie zusammengehörten.

»O Gabe«, sagte sie so laut zu ihm, daß die Mädchen es mithören konnten: »Gerade im Augenblick bin ich so froh, daß ich dich habe.«

»Mach dir keine Sorgen, Roberta, ich werde niemandem erlauben, dir *irgend etwas* wegzunehmen – niemals.«

Sie hatte die Augen geschlossen, und Tränen hingen in ihren Wimpern. »Ich war eigentlich nie eine Heulsuse, aber ich muß zugeben, seit diese Frau weg ist, bin ich ziemlich nah dran.«

»Nun, das ist doch völlig verständlich. Also, hör mal, ich bin nicht der einzige, der hinter dir steht ... die Mädchen tun es auch ... das stimmt doch, Mädchen?«

Er trat etwas zurück, und es bildete sich ein Kreis aus sechs Menschen, als ihre Töchter sich ihnen beiden anschlossen. Wenn es je einen Augenblick gab, in dem die beiden Familien das Band spürten, das sie zusammenhielt, dann war es dieser. In demselben Haus, das Roberta und Gabriel zusammengeführt hatte, wo sie ihre erste Abneigung zueinander überwunden, wo sie sich gestritten, versöhnt, ihren ersten Kuß geteilt und wo ihre Kinder schnell Freundschaft geschlossen hatten, eben dort bildeten sie nun einen Ring der Zusammengehörigkeit.

»Also hört mal«, sagte Gabe, »das soll uns doch wohl nicht davon abhalten, ins Theater zu gehen, oder?«

»O Gabe«, rief Roberta verzweifelt, »ich habe mich nicht mal umgezogen, und ich wollte doch noch baden und mein Haar in Ordnung bringen.«

Gabe schaute auf seine Uhr. »Na, dann mach mal schnell. Wir werden warten, nicht wahr, Mädchen? Außerdem ist es nicht fair, daß die Mädchen auf ihren Spaß verzichten sollen, nur weil Alda Quimby und ihre Bande Haarknäuel im Kropf haben. Was meint Ihr?«

Alda Quimby hatte Robertas wunderbaren Tag verdorben und ihren Jubel in Ärger verwandelt; und nun versuchte Gabriel tapfer, die Situation zu retten. Er und Roberta hatten ausnahmsweise einmal die Rollen getauscht.

»Na schön«, gab sie nach, »aber ich brauche vielleicht etwas Hilfe. Becky, kannst du mit mir nach oben kommen und mir eine Schale Wasser bringen?«

Während die anderen auf die Veranda hinausgingen, um zu warten, lief Roberta die Treppe hinauf, um sich zurechtzumachen.

Gegen halb acht an diesem Abend war Maude Farley in ihrem Gemüsegarten beschäftigt, als ihr Sohn Seth ums Haus herum kam und sich bis zum Ende der Reihe grüner Bohnen vorkämpfte. Wenn Maude schwitzte, hatte sie immer ihre liebe Not mit den Stechmücken. Gegen Abend war es besonders vertrackt, daher hatte sie sich ein Geschirrtuch um den Kopf gebunden, um sie wenigstens von ihrem Haar fernzuhalten.

»Hallo Ma«, sagte er.

Maude warf eine Quecke in einen Korb und drehte sich um. Ihr Gesicht unter dem großen, weißen Knoten war glänzend und gerötet. »Hallo Seth, was tust du denn hier?«

»Ich wollte mit dir über was reden.«

»Hast du was dagegen, wenn ich währenddessen weiterarbeite?«

»Aurelia hat dir Apfelauflauf mitgeschickt, Rest vom Abendessen. Warum wäschst du dir nicht die Hände und machst dich drüber her, und wir setzen uns auf die Treppe hier drüben und reden?«

Maude hatte sich gebückt und zupfte weiter Unkraut. Als sie sich aufrichtete, um ihren Sohn prüfend anzusehen, hielt sie es in ihren schmutzigen Fingern. »Hm, na schön«, sagte sie, warf das Unkraut zu dem übrigen und lehnte ihre Hacke dann gegen den Korb.

Sie hatte eine Gartenpumpe. Seth betätigte den Schwengel, während seine Mutter sich die Hände wusch und sich dann vorbeugte, um das überschüssige Wasser ins Gras zu kippen. Dann ging sie auf die Gartentreppe zu und sagte. »Apfelauflauf, hm?«

»Sie weiß, daß du alles magst, wo Äpfel drin sind.«

»Aurelia ist eine gute Frau. Du kannst von Glück sagen, daß du sie hast. Würdest du wohl eben reingehen und mir einen Löffel holen?«

Sie setzten sich auf die Gartentreppe, und Maude aß den Apfelauflauf, während sie beide ihre Gemüse- und Blumenbeete betrachteten, die einen großen Teil ihres Gartens ausmachten. Die Abendsonne warf lange Schatten neben die Tomatenbüsche und die Gurkenreben. Maude hätte eigentlich nicht mehr so viel Gemüse anzupflanzen brauchen, aber sie gab ihren Kindern gern etwas mit. Eine Zaunkönigsfamilie zog in einem kleinen weißen Häuschen, das am niedrigen Ast eines Buchsbaums hing, gerade ihre zweite Brut hoch. Das Männchen flog mit einem Wurm herbei, schob ihn durch das Loch, hockte sich dann draußen hin und brachte seinem Weibchen ein Ständchen dar.

»Ma, ich bin hergekommen, um mit dir über Gabe und Roberta Jewett zu reden.«

Sie hielt einige Sekunden lang im Essen inne. »Er sieht sie ziemlich oft?«

»Ziemlich.«

»Hmhm.« Sie fing wieder an zu essen.

»Ich weiß, du magst sie nicht, aber du solltest dich besser wappnen, denn er hat sie gebeten, ihn zu heiraten, und wenn du mich fragst, bist du, was diese Frau betrifft, reichlich stur. Zum Teufel, Ma, du hast sie nicht mal kennengelernt.«

»Wie sollte ich auch? Er hat sie ja nicht hergebracht, um sie mir vorzustellen, oder?«

»Warum sollte er das tun, wo du doch so deutlich deine Meinung zu dieser Frau geäußert hast?«

»Sieht so aus, als hättet ihr zwei 'ne Menge miteinander geredet.«

»Er erzählt mir viel. Und wenn du's genau wissen willst – je länger er sie kennt, um so redseliger wird er.«

»Weiß er, daß du hier bist und mir Vorträge hältst?«

»Nee. Das nehme ich auf meine Kappe. Dachte, du könntest es brauchen.«

»Jeder in der Stadt redet davon, daß die Wohltätigkeitsgesellschaft und die Schulpflegschaft in hellem Aufruhr darüber sind, wie sie ihre Kinder großzieht, und meine Enkeltochter lebt praktisch in ihrem Haus. Und Gabriel auch.«

»Nein, das tut er nicht. Er macht ihr den Hof- und würdest du nicht auch erwarten, daß ein Mann, der einer Frau den Hof macht, ab und zu auf ihrer Veranda sitzt?«

Maude aß ihren Apfelauflauf auf und stellte die Schüssel weg. Sie rieb sich die Mundwinkel sauber und sagte: »Wie kommt es, daß du in dieser Sache Partei ergreifst?«

»Weil Gabe so glücklich ist. So glücklich habe ich ihn seit Carolines Tod nicht gesehen, und wenn du mehr mit ihm zusammen wärest, würdest du das ebenfalls sehen.« Maude blickte in die Ferne. Schließlich seufzte sie und nahm sich das Geschirrtuch vom Kopf. Dann knotete sie es, die Ellbogen auf die Knie gestützt, auf und sagte: »Du hast wohl recht. Ich bin wirklich sehr stur gewesen. Mir gefiel einfach der Gedanke nicht, daß mein Junge sich mit einer geschiedenen Frau einläßt.«

»Hm, ich sag' dir was – wenn du so weitermachst, wirst du nicht mehr viel von ihm zu sehen bekommen, denn wenn er sie heiratet, wird seine Loyalität ihr gelten, und es wäre doch einfach töricht, wenn ihr zwei Frauen nicht miteinander auskämet, nur weil Roberta schon einmal verheiratet war.«

»Sie hat also noch nicht ja gesagt?«

»Soweit ich weiß, nein. Aber wenn ich mir ansehe, wie ihre Töchter und Isobel ständig zusammenhocken, und nach dem, was Gabe sagt, denke ich, daß sie es tun wird.« Maude blickte das Geschirrtuch in ihren Händen an. »Ah, du hast wahrscheinlich recht. Stur zu sein, ist ein einsames Geschäft. Ich habe ihnen immer so gern Plätzchen gebracht, und was soll ich mit den ganzen Gurken und Tomaten hier im Garten anfangen? Du und Aurelia, ihr könnt alleine nicht dagegen anessen.«

Er legte eine Hand zwischen ihre Schulterblätter und küßte sie auf die Schläfe.

»Rate mal, wo sie ihn heute abend hinschleppt«, sagte er.

»Wohin?«

»In die Oper.«

Sie zog eine Grimasse, rückte ein Stückchen von ihm weg und versetzte ihm einen leichten Stoß. »Nun erzähl mir doch nichts«, sagte sie.

»Nein! Wirklich. In die Oper.«

Sie schnaubte kurz und lachte: »Hm, wenn das kein Wunder ist – in die Oper.«

»Er hat sich verändert, unser Gabe.«

»Aber was ist mit all diesen Gerüchten, daß er Elfred zusammengeschlagen hat und daß Roberta sich mit beiden getroffen haben soll?«

»Ach, Ma, komm schon, was weißt du über Elfred Spear?

Setz' all diese Tatsachen zusammen, füge noch eine frisch geschiedene Frau, die gerade in die Stadt gekommen ist, hinzu und überleg' dir, was Elfred versuchen würde.«

»Bei seiner eigenen Schwägerin?«

»Das würde Elfred nicht aufhalten.«

Sie dachte einen Augenblick lang nach. »Also hat Gabriel sie verteidigt.«

»Dasselbe, was ich für Aurelia getan hätte, wenn sie es gewesen wäre. Und ich sag' dir was – von ihr läßt Elfred besser die Finger, denn ich würde ihn nicht am Leben lassen. Ich würde diesen geilen Bastard ein für allemal erledigen.«

Sie saßen eine Weile da, bildeten sich ein Urteil über Elfred und Roberta Jewett. Zu guter Letzt stemmte Maude sich hoch und sagte: »Hmm, vielleicht gehe ich morgen mal rüber und stecke ein paar Ingwerplätzchen in Gabriels Keksdose. Und vielleicht kann seine Haushälterin ja was Frisches für sein Abendessen gebrauchen.«

Seth sah seine Mutter an, als diese sich aufrichtete und versuchte, ihre Schürze auf dem Rücken aufzuknüpfen. »So, jetzt ist es wohl langsam zu spät zum Unkraut zupfen«, sagte sie. »Die Stechmücken sind zwar kein Problem mehr, aber die Moskitos dafür wohl um so mehr.«

Der Jewett-Farley-Clan zog an diesem Abend in der Oper reichlich neugierige Blicke auf sich. Während der Pause holte Gabriel ihnen allen Limonade, und sie standen unter den Kronleuchtern in der Lobby, nippten an ihren Gläsern und beobachteten, wie die Leute angestrengt versuchten, an ihnen vorbei in eine andere Richtung zu blicken.

Ein Paar kam zu ihnen, um sie zu begrüßen: Elizabeth und Aloysius DuMoss. Sie durchquerten die Lobby, und Elizabeth reichte Gabriel und Roberta mit demonstrativer Freundlichkeit die Hand.

»Guten Abend, Mrs. Jewett ... Gabriel ... ich sehe, ihr seid beide heute abend mit eurer Familie hier. Hallo, Mädchen.«

Die Mädchen sagten im Chor Hallo, und Elizabeth DuMoss bemerkte: »Mrs. Jewett, könnte ich kurz ein Wort mit Ihnen sprechen?«

Sie führte Roberta beiseite und kam gleich auf den Punkt. »Verzeihen Sie mir, daß ich Sie heute abend so anspreche, aber ich dachte, sie sollten wissen ... Es ist da etwas im Gange. Man will diese unangenehmen Dinge über Sie am Montag abend bei der Versammlung der Schulpflegschaft zur Sprache bringen. Ich höre, Sie haben heute nachmittag Alda Quimby von Ihrer Veranda geworfen, daher sind die Frontlinien wohl markiert.«

»Das hat sich aber schnell herumgesprochen. Ich habe sie doch erst vor drei Stunden rausgeworfen.«

»Der neue Gemeinschaftsanschluß.«

»Oh ... der.«

Elizabeth umfaßte mit ihrer behandschuhten Hand flehentlich Robertas Unterarm. »Hören Sie mir zu. Lassen Sie sich nicht einschüchtern, auf gar keinen Fall. Sie haben nicht die Macht, so etwas zu tun. Die Ursache des Ganzen ist eine Handvoll klatschender Frauen, die sich auf ihre Männer stützen und ihnen Flöhe in die Ohren setzen. Sie haben kein Recht dazu! Nicht das geringste!«

Mrs. DuMoss' wilde Entschlossenheit in dieser Sache verblüffte Roberta.

»Vielleicht nicht, aber sie werden es trotzdem tun, und ganz gleich, womit ich gedroht haben mag, ich habe nicht genug Geld, um einen Anwalt zu engagieren, der mich über meine Rechte belehrt.«

»Sie brauchen kein Geld. Wenn es wirklich dazu kommen sollte, habe ich Geld, und ich wäre die erste, die Ihnen zu Hilfe kommen würde.«

»Sie? Warum, Mrs. DuMoss?«

»Bitte … Elizabeth.«

»Elizabeth. Nun, ich bin sprachlos. Warum sollten Sie mir ein solches Angebot machen? Und was würde Ihr Mann dazu sagen?«

»Er wäre der erste, der sagen würde: ›Nur zu, Elizabeth.‹«

»Aber warum? Sie kennen mich doch kaum.«

Elizabeth drückte Robertas Arm noch ein wenig fester und ließ ihn dann wieder los. »Ich kenne Sie gut genug. Und wir werden diese Frauen nicht einfach gewähren lassen.«

Vom letzten Akt des Stückes bekam Roberta nichts mehr mit. Sie mußte immer wieder an Elizabeth DuMoss' Worte denken und fragte sich, was in aller Welt wohl dahinterstecken mochte. Sie dachte auch über die Versammlung der Schulpflegschaft nach, ob man sie wohl vorladen würde oder einfach weiter über sie tratschen, ohne daß sie überhaupt zugegen war. Genau das war das alles nämlich – Klatsch und Tratsch –, wenn Elizabeth recht hatte und diese Leute überhaupt keine Befugnis hatten, ihr damit zu drohen, die Kinder wegzunehmen.

Als das Stück vorbei war, fuhren sie alle in Robertas Automobil nach Hause. Die Mädchen waren wie gewöhnlich ausgehungert, so daß Roberta Popcorn machte und, um der Veranda aus dem Weg zu gehen, vorschlug: »Wir gehen am besten in den Garten. Komm mit, Gabriel.«

Das Gras draußen war schwer von Tau, und die Lichter aus dem Küchenfenster fielen quer über den Rasen. Sie konnten die Stimmen der Mädchen hören, die um den Küchentisch herumsaßen, und als sie an der Pumpe vorbeigingen, rochen sie die Ringelblumen, die dort wuchsen. Schließlich traten sie in die Dunkelheit unter den Ulmen.

Gabe zog an Robertas Hand und drehte sie zu sich um. »So, jetzt erzähl mal, was Elizabeth gesagt hat.«

»Sie sagte, ich solle keine Angst haben, und sie würde Seite an Seite mit mir gegen die Schulpflegschaft kämpfen. Und sie sagte, diese Leute hätten kein Recht, zu tun, was sie tun, und daß sie, falls ich einen Anwalt brauche, diesen selber bezahlen würde, um sie aufzuhalten. Aber sie hat mir nicht erzählt, warum. Gabe, sie kennt mich doch kaum.«

»Elizabeth ist absolut in Ordnung. Ihr Wort wiegt in dieser Stadt schwer.«

»Aber warum sollte sie so etwas tun?«

»Ich weiß es nicht.«

Er zog sie an sich, und sie schlang ihm die Arme um die Schultern. »O Gabe, was für ein verworrener Tag das war. Den ganzen Tag habe ich mir ausgedacht, wie ich nach Hause kommen und mich hübsch machen würde, so wie du es gerne hast. Dann wollte ich dir sagen, daß ich dich heiraten möchte, bloß als ich dann tatsächlich nach Hause kam, saß dieses Quimby-Weibsbild auf meiner Veranda, und ich konnte weder baden noch mir die Haare waschen, und jetzt hat dieses ganze Gerede über die Schulpflegschaft diesem Abend seinen ganzen Zauber geraubt.«

»Einen Moment mal. Ich möchte noch mal zurück zu dem Teil, wo du gesagt hast, daß du mich heiraten willst.« Er drückte sie an sich und schloß sie in seine Arme. »War das dein Ernst?«

»O Gabe, wie könnte ich dich heiraten wollen? Wir sind ja praktisch schon verheiratet, so wie die Mädchen ihre Zeit miteinander verbringen und so wie wir ständig im Haus des anderen ein und aus gehen. Außerdem hat Rebecca mir heute morgen erzählt, daß ich viel verliebter in dich sei, als mir selber klar wäre, und daß ich unabhängiger sei, als mir gut täte.«

»Also wirst du mich nun heiraten oder nicht?«

»Ja, das werde ich.«

»Nun ...« Er atmete tief durch. »Das hat aber lange gedauert.«

»Aber ich möchte nicht, daß diese verdammte Schulpflegschaft davon erfährt. Wenn aus dieser Nachforschung über mich irgend etwas entsteht, möchte ich aus eigener Kraft und als Mutter gegen sie kämpfen, nicht, indem ich angekrochen komme und diese Leute um Gnade bitte, weil ich heiraten werde, und zwar einen Mann, der sich von jetzt an um mich kümmern wird.«

»Rebecca hat recht. Du bist tatsächlich zu unabhängig, als dir selber gut tut.«

»Zuerst schlage ich die Schulpflegschaft, dann geben wir es bekannt, ja?«

»Roberta«, sagte Gabe frustriert, »welche Rolle spielt das denn?«

»Es spielt eine Rolle, Gabe. Mittlerweile solltest du mich gut genug kennen, um zu wissen, daß es für mich eine Rolle spielt.«

»Aber warum mußt du so stur sein?«

»Ich verspreche dir, daß ich nicht in jeder Angelegenheit so stur sein werde. Nur in dieser. Bitte, Gabriel.«

Er seufzte und sagte: »Na schön, Roberta, wir machen es auf deine Art.« Er ließ die Hände sinken, und sie fühlte sich um den romantischen Geist betrogen, der diese letzten Minuten hätte erfüllen sollen.

»Gabriel«, sagte sie und griff, als er sich von ihr löste, nach seiner Hand. »Es tut mir leid, daß ich den Augenblick, in dem ich deinen Antrag annahm, verdorben habe. Ich hatte ihn ganz anders geplant.«

Er schien ein wenig zu schmollen, daher hob sie seine Hand an die Lippen und küßte sie. »Gabriel«, flüsterte sie, »na komm schon ... sei nicht böse auf mich. Willst du mich nicht einmal küssen?«

»Nun, verflixt noch mal, wir wollen doch nicht, daß die Schulpflegschaft etwas merkt«, sagte er.

In der Dunkelheit grinste sie über seinen kindlichen Trotz und faßte die Sache als Herausforderung auf.

Sie zog an seiner Hand und sagte mit sehnsüchtiger Stimme: »Gabriel?«

Er ließ es zu, daß sie ihn an sich zog, nahm sie aber immer noch nicht in die Arme. Mit dem Rücken zum Haus gewandt, sagte er: »Wie viele Gesichter blicken gerade aus den Küchenfenstern?«

»Kein einziges. Aber wenn du mich nicht küssen willst, küsse ich dich. Ist schon gut ... Du brauchst einfach nur passiv dazustehen, und ich zeige es dir. Die kommt dahin ...« Sie legte seine rechte Hand in ihre Taille. »Und die dahin ...«, und seinen linken Arm um ihre Schultern. »Und die kommen dahin.« Sie drückte ihre Lippen auf seine, stellte sich auf die Zehenspitzen und umarmte ihn melodramatisch.

Er befreite seinen Mund, um zu sagen: »Roberta, ich schwöre ...«

»Schwören kannst du später«, sagte sie dicht an seinem Mund. »Im Augenblick möchte ich dieser Schulpflegschaft ein bißchen Stoff zum Reden geben.«

17

Roberta bekam keine Einladung zu der Versammlung der Schulpflegschaft, aber wenn diese Leute über sie reden wollten, würde sie dort sein. Ein schwächerer Geist wäre vielleicht davor zurückgeschreckt, aber das wäre für Roberta eine noch größere Schande gewesen als die öffentliche Kritik an ihrer mütterlichen Fürsorge.

Um halb acht, als die Schulpflegschaft zu ihrer letzten Versammlung vor dem Herbsthalbjahr in der Aula zusammenkam, war Roberta anwesend. Auch Gabriel und sein Bruder waren da, Seths Frau, Aurelia, die meisten Mitglieder der Wohltätigkeitsgesellschaft, eine Anzahl von Lehrern sowie Elizabeth und Aloysius DuMoss, deren wohltätige Beiträge im Jahre 1904 den Bau der Schule, in der sie sich nun versammelten, erst ermöglicht hatten. Andere neugierige Stadtbewohner, die Wind von den Streitigkeiten zwischen der Schulpflegschaft und Roberta Jewett bekommen hatten, waren ebenfalls anwesend, weil sie hofften, ihrem Leben mit zusätzlichem Futter für Klatsch und Tratsch ein wenig mehr Würze zu geben.

Aus einem für Roberta nicht erfindlichen Grund fungierte Alda Quimby als Sprecherin für die Pflegschaft. Nachdem Mr. Boynton die Versammlung für eröffnet erklärt hatte und irgendeine unbedeutende Schulangelegenheit diskutiert worden war, machte der Vorsitzende leise Mrs. Quimby Platz, die die Hände auf dem Tisch zusammenkrampfte und an Robertas Schulter vorbeiblickte, ohne ihr auch nur in die Augen zu schauen. »Mrs. Jewett ... also, wenn wir Ihnen ein paar Fragen stellen dürften bezüglich der Angelegenheit, die gewisse Mitglieder der Wohltätigkeitsgesellschaft unserer Aufmerksamkeit anempfohlen haben ...«

Alda räusperte sich, und Gabriel drückte Robertas Hand.

»Fragen Sie, was Sie wollen«, erwiderte Roberta aus der zweiten Reihe. »Möchten Sie, daß ich da raufkomme und in den Zuschauersaal schaue, als würde ich eine Aussage vor Gericht machen?«

Auf den Stühlen auf dem Podium rutschte man ebenso ausgiebig wie verwirrt hin und her.

»Das wird nicht nötig sein. Sie können bleiben, wo Sie sind.«

Hinten öffnete eine Gruppe junger Leute, denen ihre Eltern ausdrücklich verboten hatten, an der Versammlung teilzunehmen, leise die Tür und schlüpften hinein, um sich an der hinteren Wand aufzustellen. Robertas Kinder waren dort und natürlich Isobel; ferner Shelby DuMoss und die Orgier-Jungen und eine Reihe anderer Kinder zwischen neun und sechzehn Jahren, die sich verschiedentlich auf der Veranda der Jewetts eingefunden hatten, zu Naturspaziergängen auf den Mount Battie mitgekommen waren, die im Garten der Jewetts gekochten Hummer gegessen oder Theaterstücke aufgeführt, die mit den Jewetts zusammen Muscheln ausgegraben oder mit ihnen um das Klavier versammelt gesungen hatten, während Roberta oder eines der Mädchen in die Tasten griff. Die letzten drei, die eintraten – später als die anderen –, waren Marcelyn, Trudy und Corinda Spear.

Alda Quimby bemerkte ihr Erscheinen und erstarrte einen Augenblick lang. Dann sah sie ihre Mitstreiter von der Schulpflegschaft an, die bequemerweise den Blick abgewandt hielten.

Alda schürzte die Lippen und begann von neuem. »Mrs. Jewett, Sie sind, glaube ich, letztes Frühjahr hierhergezogen.«

»Das stimmt«, sagte Roberta laut und deutlich, so daß jeder in der Aula sie hören konnte.

»Und Sie kamen aus Boston, wo Sie kurz zuvor eine Scheidung erreicht hatten.«

»Das stimmt. Ist das im Staat Maine ein Verbrechen?«

Mrs. Quimby sah ihre Auftraggeber an, aber keiner von ihnen zeigte sich irgendwie hilfreich. Sie alle studierten aufmerksam die Tischfläche.

»Nein, das ist es nicht. Also, als Sie hierherzogen, kauften Sie das alte Haus Breckenridge und haben es mit Hilfe von Mr. Farley instand gesetzt.«

»Ja.«

»Und Sie haben eine Arbeit als mobile Krankenschwester gefunden, und zwar als Staatsangestellte.«

»Das stimmt. Ich bin auf dem Simmons College in Boston als Krankenschwester ausgebildet worden.«

»Sie reisen also kreuz und quer durchs Land in einem Automobil, das ...«

»Das ich von Mr. Boynton hier gekauft habe. Guten Tag, Mr. Boynton, schön, Sie zu sehen.«

Boynton wurde so rot wie ein gekochter Hummer und sah aus, als würde ihm gleich der Kragen springen.

»Ihre Arbeit als Bezirksschwester führt Sie also manchmal vom frühen Morgen bis zum späten Abend von zu Hause fort.«

»An manchen Tagen, ja.«

»Während dieser Zeit sind Ihre Kinder sich selbst überlassen.«

»Meine Kinder sind sechzehn, vierzehn und zehn und zu Selbständigkeit erzogen. Ja, wenn nötig, versorgen sie sich selbst.«

»Ihr Haus, Mrs. Jewett, hat sich zu einem recht beliebten Treffpunkt für andere junge Leute in Camden entwickelt, nicht wahr?«

»Ich schätze, das könnte man so sagen.«

»Wo sie bis über die Abendessenszeit hinaus und bis in die späten Stunden des Abends bleiben durften, sei es mit oder ohne Aufsicht.«

Aus dem hinteren Teil der Aula rief eine junge Stimme: »Warum fragen Sie das nicht uns?« Andere junge Stimmen meldeten sich nun ebenfalls zu Wort: »Ja, warum fragen Sie uns nicht, was wir dort machen?«

»Und was Mrs. Jewett mit uns macht.«

»Und wieviel Spaß wir diesen Sommer auf ihrer Veranda

hatten, wo wir Sachen gemacht haben, die niemand sonst in dieser Stadt uns je beizubringen versucht hat.«

Roberta hatte sich ebenso wie Gabe und alle anderen im Raum jäh nach hinten umgedreht.

»Ich habe Ihnen gesagt, daß sie nicht kommen sollen«, flüsterte Roberta.

»Es geht auch um ihr Leben, Roberta«, erwiderte Gabe mit leiser Stimme.

»Aber was ist, wenn das Thema Elfred zur Sprache kommt?«

»Das weiß ich nicht. Wir müssen einfach abwarten.«

Die Kinder marschierten nun mutig durch den Mittelgang zwischen den Reihen hölzerner Klappstühle hindurch. Angeführt wurden sie von Rebecca. »Bevor diese Versammlung weitergeht, möchten wir einige Dinge klarstellen. Wenn die Erwachsenen hier ihre Stimme erheben können, können wir das ebenfalls.«

»Kinder sind bei Versammlungen der Schulpflegschaft nicht zugelassen!« rief Mrs. Quimby über das Scharren der Schritte, als die Kinder schnurstracks nach vorne zur Bühne gingen.

»Bei uns zu Hause ist es zugelassen, daß wir etwas sagen. Warum sollten wir das hier nicht tun, wo meine Mutter diejenige ist, die Sie anklagen?« Becky führte ihre Legion furchtlos in die Schlacht und sprach mit einer volltönenden Stimme, die durch all die Theaterstücke, die sie von Kindesbeinen an aufgeführt hatte, eine dramatische Note erhalten hatte. »Jeder in diesem Raum könnte sich glücklich schätzen, eine Mutter zu haben wie ich, dann hätten wir vielleicht in eben diesem Augenblick hier mehr offene Geister und weniger Scheinheiligkeit. Glauben Sie nicht, wir wüßten nicht, was hinter dem Rücken meiner Mutter getuschelt wird, nur weil sie geschieden ist. Nun, der beste Teil unseres Lebens begann, als sie sich unseren Vater vom Hals schaffte.«

An dieser Stelle ergriff Lydia das Wort. »Er ist immer bloß wochenlang weggewesen und war abends nie zu Hause.«

Susan fügte hinzu: »Er ist nur nach Hause gekommen, wenn ihm das Geld ausging. Dann hat er es ihr weggenommen und ist wieder fortgegangen.«

»Also waren wir alle sehr glücklich, als meine Mutter sich scheiden ließ«, sagte Becky. »Und sie hat eine Arbeit, auf die wir alle ebenfalls sehr stolz sind.«

»Sie ist Krankenschwester, und sie hilft den Leuten«, erzählte Lydia allen Anwesenden.

»Und sie hat ihr eigenes Automobil, das sie selber fährt, wovor die meisten Frauen Angst hätten.« Das war Susan. »Aber unsere Mutter hat vor gar nichts Angst.«

»Nicht mal vor Ihnen. Sie hätte heute abend nicht herzukommen brauchen, um Ihre Fragen zu beantworten, und wir auch nicht ...« Rebecca umfaßte mit einem Blick ihre kleine Kampftruppe. »Aber wir fanden, Sie sollten wissen, was wir in unserem Haus tun.«

Isobel trat vor. »Bevor Mrs. Jewett hierherkam, war ich sehr einsam und hatte weder viele Freunde noch Hobbys, die mich interessierten. Sie alle wissen, daß meine Mutter tot ist, daher hatte ich nach der Schule und während der Sommerferien niemanden zu Hause. Dann lernte ich Susan, Becky und Lydia und ihre Mutter kennen ... und alles hat sich verändert. Ich glaube, das erste, was wir zusammen unternahmen, war die Aufführung von *Hiawatha.* Mrs. Jewett hat uns erlaubt, ihre Veranda zu benutzen, und das Klavier bis direkt vor die Haustür zu schieben ...«

»Und wir durften alle Kostüme machen, die wir haben wollten ...« Shelby DuMoss führte ein Rondo von Bemerkungen an, in das jeder einfiel, der etwas sagen wollte. Sogar die drei Spear-Mädchen meldeten sich zu Wort.

»Und Kulissen ... puh, meine Mutter hätte uns nicht erlaubt, unsere Veranda dermaßen in Unordnung zu bringen!«

»Dann hat sie uns erlaubt, das Stück für unsere Eltern aufzuführen.«

»Nur daß nicht viele gekommen sind.«

»Aber wir haben es dann auch in der Schule aufgeführt, nicht wahr, Mrs. Robertson?« Becky drehte sich um und suchte ihre Lehrerin zwischen den Zuschauern.

In Reihe vier erhob sich Mrs. Robertson. »Das haben sie tatsächlich getan. Miss Werm und ich haben sie dazu aufgefordert, weil wir fanden, daß die ganze Schülerschaft das Stück sehen sollte. Und es war tatsächlich sehr gut gemacht. Falls irgend jemand von Ihnen glaubte, die Vorführung sei hier in der Schule entstanden und geprobt worden, dann möchte ich diesen Irrtum aufklären. Das Ganze war ausschließlich ein Ergebnis der Fähigkeit der Kinder selbst. Miss Werm und ich haben die Vorführung auf Mrs. Jewetts Veranda gesehen und sofort begriffen, daß die Kinder dort ermutigt wurden, an sehr gesunden Aktivitäten teilzunehmen.«

Miss Werm stand auf. »Es waren nicht nur Schauspiele, sondern auch Musik. Und ich glaube, ich habe etwas über Naturwanderungen gehört, die Mrs. Jewett organisiert hat.«

»O ja! Sie hat uns auf den Mount Battie mitgenommen, und wir haben Bäume bestimmt und Insekten gesammelt, und sie hat Gedichte rezitiert.«

»In der Schule hatten wir nie etwas übrig für Gedichte, aber wenn Mrs. Jewett über Gedichte spricht, dann sind es immer Sachen, die wir verstehen.«

»Wir haben immer sehr viel Spaß in ihrem Haus, weil dort so viel gelacht wird.«

»Und niemand sagt uns, daß man Kinder sehen und nicht hören soll.«

»Und es gibt immer etwas zu tun.« Diese Bemerkungen kamen von den Spear-Mädchen.

»Sie hat mir erklärt, wie man eine Seeschwalbe von einer Möwe unterscheidet.«

»Manchmal hatten wir furchtbaren Hunger, dann durften wir selber Hummer kochen, gleich draußen im Garten über einem offenen Feuer.«

»Und ich lese ein Buch von Robert Louis Stevenson ...«

»Und wir werden daraus wahrscheinlich unsere nächste Aufführung machen.«

»Wenn Mrs. Jewett es uns erlaubt.«

Schweigen senkte sich über die Aula, ein tiefes, denkwürdiges Schweigen, in dem Roberta Jewetts Ruf in ein neues Licht gerückt wurde. Inmitten dieses Schweigens ließ Gabriel Robertas Hand sinken und erhob sich gelassen von seinem Sitzplatz. Seinen Schlapphut in der Hand, sah er Alda Quimby direkt in die Augen und begann mit seiner tiefen, selbstsicheren Stimme zu sprechen.

»Und ich habe in diesem Sommer meine Tochter zu einem lebhaften jungen Mädchen erblühen sehen. Was Isobel Ihnen erzählt hat, ist die Wahrheit. Sie war einsam und gelangweilt, bis die Jewetts in die Stadt zogen. Dann öffnete Mrs. Jewett ihr ihr Herz und ihr Heim und nahm Isobel wie ein eigenes Kind bei sich auf«, er blickte auf Roberta hinunter, »und dafür werde ich ihr ewig dankbar sein.«

Ohne jedes theatralische Gehabe setzte Gabriel sich wieder hin.

An dem Tisch oben auf der Bühne versuchte Alda Quimby immer noch, nicht wie ein Esel dazustehen.

»Mr. Farley«, drang sie weiter in Gabriel, »da ist noch eine Sache, die wir nicht angesprochen haben, und es ist eine ziemlich ... nun, sagen wir, eine delikate Angelegenheit, in der Sie, wie es scheint, eine wesentliche Rolle spielen. Aber in Anbetracht der Gegenwart dieser Kinder ...«

Auf der rechten Seite der Aula stand Elizabeth DuMoss auf. Sie war von Kopf bis Fuß hochelegant gekleidet und strahlte gesellschaftliches Ansehen aus.

»Ich glaube, ich weiß, um welches Thema es hier geht, und wenn die Schulpflegschaft einverstanden ist, glaube ich, etwas Licht auf die Sache werfen zu können. Sie alle kennen mich und meinen Mann Aloysius.« Dieser nickte. »Und das ist unser Anwalt aus Bangor, Mr. Harvey. Wenn die Kinder gesagt haben, was sie zu sagen hatten, wäre zu diesem Zeitpunkt eine kurze private Unterredung angebracht. Herr Vorsitzender, Mrs. Quimby, wären Sie einverstanden, wenn wir uns in einen anderen Raum zurückzögen, so daß wir diese Sache so schnell wie möglich hinter uns bringen können?«

»Natürlich, Mrs. DuMoss.«

»Ich glaube, Mrs. Jewett und Mr. Farley sollten ebenfalls zugegen sein.«

»Aber gewiß, Mrs. DuMoss.«

»Aloysius ...« sagte sie, und als er aufstand, nahm sie seinen Arm. »Mr. Harvey.« Harvey erhob sich und folgte ihnen.

Als sie in einem der Klassenzimmer angelangt waren und die Tür sich hinter ihnen schloß, stellte Aloysius DuMoss Mr. Daniel Harvey vor. Harvey, ein großer, gepflegter Mann von freundlichem Wesen, schlug vor, daß sie sich alle an die Schultische setzten. Die anderen folgten seinem Vorschlag, und die Mitglieder der Schulpflegschaft setzten sich in die zweite und dritte Reihe, während Roberta und ihre Anhänger in der ersten Reihe Platz nahmen, die nur aus Stühlen bestand und keine Schreibflächen aufwies.

Mr. Harvey stand wie ein Lehrer vor ihnen. Er ließ seinen

Blick über alle Anwesenden im Raum gleiten, bevor er sie ansprach. Seine Stimme war eher auf Beruhigung denn auf Erregung gezielt.

»Verehrte Mitglieder der Schulpflegschaft, Mrs. Jewett, Mr. Farley ... Mr. und Mrs. DuMoss haben mich gebeten, heute abend zugegen zu sein, um Sie und Mrs. Jewett – falls sich die Notwendigkeit ergeben sollte – zu vertreten, und zwar in der Hoffnung, daß wir auf diese Weise all diese Anschuldigungen auf der Stelle verstummen lassen können. Wir sprechen jetzt von den Anschuldigungen bezüglich unkorrekten Verhaltens seitens Mrs. Jewetts, eine Angelegenheit, in die Mr. Farley ebenfalls verstrickt ist, nicht wahr?«

Die Mitglieder der Schulpflegschaft, die durch die unerwartete Anwesenheit eines Anwalts aus Bangor eingeschüchtert waren, tauschten ein paar hastige Blicke aus, dann räusperte Mr. Boynton sich umständlich und erwiderte: »Ja, das tun wir.«

»Vielen Dank, Mr. Boynton. Mrs. DuMoss hat einige Informationen zu diesem Thema, an denen sie Sie teilzuhaben lassen wünscht. Zuerst jedoch haben die DuMosses mich gebeten, daß die Mitglieder der Schulpflegschaft diese Vertraulichkeitsvereinbarung durchlesen und unterzeichnen, um sicherzustellen, daß das, was in diesem Raum zur Sprache kommt, auf immer vertraulich bleiben wird.« Mr. Harvey zog ein maschinengeschriebenes Blatt Papier aus der Tasche und reichte es dem Vorsitzenden der Pflegschaft.

Mr. Boynton beklagte sich: »Mr. Harvey, das ist höchst ungewöhnlich. Es handelt sich hier doch nur um eine inoffizielle Untersuchung.«

»Ja, und es geht anscheinend um einige höchst heikle moralische Fragen, die, wenn sie öffentlich ausgesprochen würden, den Ruf eines jeden derart zerstören könnten, der im Mittelpunkt einer solchen Untersuchung steht. Mrs. Du-

Moss hat mich informiert, daß die Kinder eines gewissen Mr. Spear heute abend in der Aula zugegen waren. Da das, was sie zu sagen hat, ihn betrifft, meint sie, die Kinder sollten um jeden Preis davor bewahrt werden, etwas Derartiges zu hören, sei es aus erster Hand oder aus zweiter. Zu diesem Zweck hat sie verlangt, daß jedes Mitglied der Schulpflegschaft die Vertraulichkeitsübereinkunft, die ich notariell beglaubigen und die Mr. DuMoss unter Schloß und Riegel halten wird, unterzeichnet.«

»Aber«, Mr. Boynton warf einen Blick auf das Papier, »Sie bitten uns, ein Papier zu unterzeichnen, das es uns verbietet, uns bezüglich unseres Entschlusses in dieser Angelegenheit zu verteidigen.«

»Genau. Aber die Entscheidung wird trotzdem bei Ihnen liegen, und sobald Sie gehört haben, was Mrs. DuMoss zu sagen hat, werden Sie ihre Gründe verstehen.«

Die Schulpflegschaft hatte sich noch nie zuvor einer so bizarren Bitte gegenübergesehen. Andererseits hatte Mr. Boynton kaum eine Wahl, wenn man an Aloysius DuMosses frühere Großzügigkeit gegenüber den Schulen des Bezirkes dachte und an die zukünftigen Geldmittel, die sie vielleicht verlieren würden, wenn sie sich ihm in diesem kritischen Augenblick entgegenstellten.

»Hm, na gut. Wir unterschreiben und bringen die Sache hinter uns.«

Mr. Harvey holte einen silbernen Füllfederhalter und ein Tintenfäßchen hervor, tauchte die Spitze hinein und reichte sie zuerst Mr. Boynton. In dem Raum war es so still, daß das Kratzen der sechs Unterschriften wie Hundegebell vor einer Tür klang. »Vielen Dank.« Als alle unterschrieben hatten, schraubte Mr. Harvey sein Tintenfäßchen zu und ließ den Füllfederhalter wieder in das Lederfutteral gleiten. »Ich werde jetzt Mrs. DuMoss das Wort überlassen.«

Elizabeth stand auf und betrat, gefolgt von ihrem Mann, das Podium, wo sie sich den Stuhl hervorzog und setzte. Mr. Harvey nahm auf einem der Sitze in der ersten Reihe Platz. Aloysius DuMoss stand hinter seiner Frau, die ihre Gedanken sammelte. Nachdem sie ihre Finger auf dem Tisch verschränkt hatte, begann sie mit zurückhaltender, kultivierter Stimme zu sprechen.

»Was ich Ihnen heute abend erzähle, habe ich lange Zeit für mich behalten. Diese Sache hat mir Jahre und Jahre großen Kummer bereitet. Sie alle kennen mich … haben mich mein ganzes Leben gekannt und wissen, daß ich keinen Grund habe, zu lügen. Was ich Ihnen erzählen werde, ist die Wahrheit, und mein Mann wird sich dafür verbürgen, denn er weiß ebenfalls seit vielen Jahren davon.

Seit die Telefonleitung nach Camden gekommen ist, hören wir alle über unseren Gemeinschaftsanschluß Dinge, die wir lieber nicht hören würden. Es gibt Leute, die Neuigkeiten verbreiten, als sei es ihr gottgegebenes Recht. Ich schätze es nicht, aber es ist unvermeidlich, daß Klatschbasen reden, und ich höre Gerüchte genau wie alle anderen auch.

Letztens habe ich ein Gerücht über einen Faustkampf zwischen Gabe Farley und Elfred Spear gehört. Jeder in diesem Raum weiß, daß dieser Kampf tatsächlich stattgefunden hat, denn wir alle haben Elfred schwer ramponiert herumlaufen sehen. Am Abend dieses Kampfes hat Gabe Elfred in dessen Garten etwas ins Gesicht geschrien, das zu wiederholen niemand in diesem Raum den Mut hatte, das aber, wie ich glaube, ausgesprochen werden muß. Das Wort war ›Vergewaltigung‹, und ich weiß darüber Bescheid, weil es mir ebenfalls zugestoßen ist.«

Aloysius legte eine Hand auf die Schulter seiner Frau, die sich sichtbar bemühte, sich nicht von ihren Gefühlen überwältigen zu lassen. Man sah die Muskeln an ihrem Hals arbeiten, und die Knöchel ihrer verschränkten Hände wurden weiß.

»Als ich siebzehn Jahre alt war, hat Elfred Spear mich vergewaltigt.« Plötzlich glitzerten Tränen in Elizabeths Augen, und sie konnte nicht weitersprechen. Ihr Mann senkte den Kopf dicht neben den ihren und gab ihr mit einem geflüsterten Wort und dem festen Druck seiner Hand auf ihrer Schulter neue Kraft. »Es ist schon gut, Liebster«, flüsterte sie und berührte seine Hand. »Ich schaffe es schon.«

Sie räusperte sich und fuhr fort. »Die Einzelheiten sind nicht wichtig, nur die Tatsache, daß ich als unschuldige Jungfrau eines Abends mit meinen Freunden auf dem Heimweg war, als ich mich von einem jungen Mann, den ich zu kennen glaubte, mitnehmen ließ. Einem Mann, dem ich vertraute. Die indirekten Folgen jener Nacht haben mir für den Rest meines Lebens zu schaffen gemacht. Meine Ehe mit Aloysius begann in Furcht. Nur seine geduldige Liebe hat mir durch die Alpträume geholfen, die zu vertreiben viele Jahre gedauert hat. Seit die Wohltätigkeitsgesellschaft Mrs. Jewett zum Ziel ihrer Angriffe gemacht hat, sind meine Alpträume zurückgekehrt.«

Elizabeths Blick suchte den Robertas, und ihre ähnlichen Erlebnisse in der Vergangenheit brachten das Glitzern von Tränen in beider Augen.

An alle Anwesenden gerichtet, fuhr Elizabeth nun in überaus damenhaftem Tonfall fort: »Ich verfluche Elfred Spear wieder und wieder für das, was er mir antat. Ich habe es nicht verdient. Ich habe nichts getan, um ihn zu ermutigen – nichts! Ich war eine Frau, und für Elfred war das genug. Wir alle wissen, daß das für Elfred immer genug war. Aber wie viele von Ihnen – vor allem von den Männern – lachen über seine Mätzchen, als seien es nichts anderes als kindische Streiche, während die Frauen, denen er nachstellt, zu ewigem Schweigen verdammt sind, denn wenn sie ihre Stimme erheben würden, würde man ihnen die gleichen Vorwürfe machen, die man jetzt gegen Mrs. Jewett erhebt. Und sagen Sie nicht, Sie hätten das nicht getan, denn ich war bei der Versammlung dieser Wohltätigkeitsgesellschaft zugegen, als das abscheuliche Gerücht zu dieser Farce aufgeblasen wurde, mit der Sie eine Frau verfolgt haben, deren einziges Verbrechen darin bestand, als geschiedene Frau in ihre Heimatstadt zurückzukehren.

Aus diesem Grunde haben Sie sie abgestempelt, und genau *darum* geht es doch bei dieser Untersuchung, nicht wahr?«

Elizabeth ließ einen Augenblick des Schweigens verstreichen, um ihren Anklagen das volle Gewicht zu geben, bevor sie weitersprach.

»Es ist so viel einfacher, mit dem Finger auf eine geschiedene Frau zu zeigen als auf eine Säule der Gesellschaft unserer Stadt, nicht wahr? Vor allem, wenn es um jemanden geht, mit dem Sie jeden Tag Geschäfte machen. Nun, Sie machen auch Geschäfte mit meinem Mann, und ich segne sein liebendes Herz dafür, daß er mich in meinem Wunsch bestärkt, Sie alle heute dringend zu ersuchen, Roberta Jewett nicht länger zu schikanieren. Wenn Sie meinem Wunsch jedoch nicht nachkommen, sollten Sie wissen, daß wir mit unserem beachtlichen Vermögen hinter Mr. Harvey stehen werden, der Mrs. Jewett in jeder notwendigen Art und Weise verteidigen wird. Es wird auch Zeitungsreporter hier geben, die Ihre Motive hinterfragen – ganz zu schweigen von der Frage, mit welcher Vollmacht und Berechtigung Sie in dieser Sache überhaupt tätig geworden sind, um Mrs. Jewett zur Befragung vor dieses Gremium zu zitieren. Und währenddessen werden Elfred Spears Frau und seine Kinder durch den Schmutz seiner Untaten gezerrt werden. Ich selbst bin Mutter von vier Kindern. Ich glaube einfach nicht, daß Kinder etwas Derartiges durchleiden sollten. Daher habe ich Sie gebeten, die Vertraulichkeitsübereinkunft zu unterzeichnen. Meine Herren ... und meine Dame.. ich überlasse es Ihnen, zu entscheiden, wie wir in dieser Sache weiter verfahren.« Dann fügte Elizabeth noch hinzu: »Da wäre noch etwas. Ich bin von meinem Amt als Schatzmeisterin der Wohltätigkeitsgesellschaft zurückgetreten, weil ich nicht guten Gewissens weiter Mitglied einer Gruppe sein kann, die ihren bloßen Namen verhöhnt. Vielen Dank.«

Elizabeth setzte sich wieder und legte ihre Hände entspannt in den Schoß. Ihr Mann strich ihr liebevoll über die Schulter, und sie blickte zu ihm auf. Man mußte es Elizabeth hoch anrechnen, daß sie keinen Augenblick damit gedroht hatte, in Zukunft keine finanziellen Mittel mehr für die Schule zur Verfügung zu stellen, und sie hatte auch nicht unmißverständlich festgestellt, daß Roberta Jewett vergewaltigt worden war. Aber die Stimmung im Raum machte schnell klar, daß die Schulpflegschaft nicht die Absicht hatte, sie weiter zu verhören.

Mr. Boynton sagte: »Wenn wir uns darüber kurz beraten dürften ...«

Fünf Leute verließen den Raum: die DuMosses und ihr Anwalt sowie Roberta und Gabe. Draußen im Flur, als die Schulzimmertür hinter ihnen geschlossen wurde, standen die beiden Frauen in einem Augenblick vielsagenden Schweigens da, bevor sie einander so fest in die Arme zogen, daß ihre Mieder zerknitterten.

»Wie kann ich Ihnen jemals dafür danken, Elizabeth?«

»Vielleicht haben Sie das bereits getan. Ich habe es endlich ausgesprochen, und nach all diesen Jahren tut das so gut. Wäre Ihr eigenes Mißgeschick nicht gewesen, hätte ich das nie getan.« Elizabeth trat einen Schritt zurück und sagte: »Ich hatte Angst, daß ich Dinge über Sie preisgäbe, zu denen ich nicht wirklich das Recht hatte, aber ich dachte, wenn ich sie dazu brächte, diese Übereinkunft zu unterzeichnen ...«

»Sie brauchen nicht mehr zu sagen. Sie waren ungeheuer taktvoll, und ich wollte auch, daß diese Leute über Elfred Bescheid wissen, daher haben Sie für uns beide gesprochen.«

»Eines kann ich Ihnen sagen«, sagte Elizabeth, die eine fröhliche Miene aufgesetzt hatte. »Alda Quimby wird den Preis dafür bezahlen, daß sie diese Nachforschung ins Leben gerufen hat. Es wird sie verrückt machen, daß sie nicht jeder Frau in der Wohltätigkeitsgesellschaft von dieser Geschichte erzählen kann.«

Die Tür des Klassenzimmers öffnete sich, und Mr. Boynton stand an der Spitze seiner Behördenmitglieder, die allesamt jeden Blickkontakt mit den Leuten draußen im Flur mieden.

»Die Nachforschungen werden fallengelassen«, sagte er schlicht. »Es tut uns leid, Mrs. Jewett.«

Die sechs Mitglieder der Schulpflegschaft gingen schweigend und im Gänsemarsch davon und ließen fünf Menschen zurück, die jeden Grund hatten, zu lächeln.

Gabriel umarmte Roberta. Dann Elizabeth. Ganz dicht an ihrem Ohr sagte er: »Vielen Dank, Elizabeth, von uns beiden.«

»Gern geschehen, Gabriel«, sagte sie und wurde das erste Mal in ihrem Leben von ihm umarmt, bevor sie sich wieder neben den Ehemann stellte, der sie genug liebte, um in diesem Martyrium und in vielen anderen an ihrer Seite zu stehen.

Daniel Harvey hielt Roberta die Hand. »Mrs. Jewett, wie nett, Sie endlich kennenzulernen. Ich muß sagen, ich bewundere Sie jetzt schon, nachdem ich diesen Kindern zugehört habe. Man hat mich hierhergeholt, damit ich Sie verteidige, aber die Kinder haben die Sache so hervorragend gemacht, daß ich nicht einmal im Traum daran gedacht hätte, einzugreifen. Außerdem ist da in den Gesetzbüchern von einer Kleinigkeit namens *Ehrabschneidung* die Rede, und ich dachte, wenn ich diese Schulpflegschaft eine Weile reden ließe, würden die Leute uns vielleicht einen Gefallen tun, falls wir sie jemals vor Gericht bringen müßten. Was ja glücklicherweise nicht der Fall ist.«

»Vielen Dank, Mr. Harvey.«

Sie bedankte sich auch bei Mr. DuMoss, dann schlug Elizabeth vor: »Warum gehen wir nicht alle auf ein Glas Sherry zu uns und feiern? Roberta, ich würde Sie gern besser kennenlernen. Gabriel, was meinst du dazu?«

Er überließ die Entscheidung Roberta.

»Das klingt wunderbar«, meinte sie. »Aber ob ich es wage, meine Töchter alleinzulassen?« Sie lachten alle, noch bevor Elizabeth erwidern konnte: »Wahrscheinlich wird die Schulpflegschaft davon erfahren und eine neue Untersuchung anberaumen.«

Draußen auf der Treppe des Schulgebäudes trafen sie ihre Kinder, die in der Aula gewesen waren, als die Versammlung zu einem abrupten Ende kam.

Roberta öffnete die Arme und zog alle drei an sich und Isobel. »Hier sind sie ja, unsere gehorsamen Kinder, die zu Hause geblieben sind, genau wie wir es ihnen befohlen hatten.«

Sie sprachen alle gleichzeitig.

»Wir haben es geschafft!«

»Wir haben dich gerettet!«

»Mutter, ich war ja so stolz auf dich.«

»Oh, Mrs. Jewett, Sie haben gewonnen! Sie haben gewonnen!«

Mitten in dem fröhlichen Trubel wurde Roberta plötzlich ernst, als sie aufschaute und ganz in ihrer Nähe ihre drei Nichten sah. Sie ging auf sie zu und nahm auch sie in die

Arme. »Marcy, Trudy, Corinda, vielen Dank für das, was ihr heute abend gesagt habt.« Sie fragte sich, wieviel die Mädchen eigentlich über ihren Vater wußten, und hoffte, daß sie von seinen schlimmsten Verfehlungen nichts ahnten, denn ihre Unschuld war weit wichtiger als seine Schuld. »Wie geht es eurer Mutter?« fragte Roberta.

»Bestens.«

»Würdet ihr sie von mir grüßen?«

»Natürlich.«

»Und sagt ihr, daß ich bald heiraten werde.«

Corindas Augen weiteten sich vor Erstaunen. »Wirklich, Tante Birdy?«

»Mr. Farley. Aber psst! Ich möchte nicht, daß irgend jemand heute abend hier davon erfährt. Wartet bis morgen, ja? Wir haben es den Mädchen auch noch nicht gesagt.«

Corinda kicherte, als sie sich trennten. Roberta ließ ihre Hand mit einem Gefühl der Melancholie noch einen Augenblick auf der Schulter ihrer Nichte liegen. Dann trat Gabriel hinter sie. Er spürte ihre Traurigkeit über den irreparablen Bruch zwischen ihr und ihrer Schwester. Er legte eine Hand um ihre Taille und sagte: »Es ist schlimm, wenn man mit der eigenen Familie nicht zurechtkommt. Ich weiß das, weil meine Mutter den ganzen Sommer lang sehr unnahbar war, und ich habe sie wirklich vermißt. Aber jetzt darfst du dreimal raten.« Sie blickte zu ihm auf und sah sein gewinnendes Lächeln. »Sie war gestern bei uns, während ich arbeitete, und hat meine Keksdose gefüllt.«

»O Gabriel, wirklich?«

»Jawoll.«

»Ich bin ja so glücklich für dich.«

»Ich auch, um ehrlich zu sein. Ich denke, sie ist nun bereit, dich kennenzulernen. Und wo wir gerade davon reden, da ist noch jemand hier, der dich gern kennenlernen würde.«

Es war seine Schwägerin Aurelia, die gemeinsam mit ihrem Mann Seth zu dem Umtrunk drüben bei den DuMosses eingeladen worden war. Roberta spürte die offene Freundlichkeit, mit der Aurelia und Seth ihr gegenübertraten, genau wie die DuMosses. *Wie passend,* dachte sie, *an diesem Abend, an dem mein Leben eine wichtige Wende nimmt, lerne ich endlich ein paar Mitglieder von Gabriels Familie kennen.*

Die Kinder schlenderten langsam davon, um alle nach Hause zurückzukehren, und die Erwachsenen brachen mit Automobilen zum Haus der DuMosses auf.

Dort, im Salon der DuMosses, wurde zunächst ein Toast auf Robertas siegreichen Abend ausgebracht, dann hob Gabriel zum zweiten Mal das Glas. »Auf meine zukünftige Frau«, sagte er und ließ den Rand seines Bleiglaskelchs gegen den Robertas klirren. »Vor drei Tagen hat Roberta sich einverstanden erklärt, mich zu heiraten.«

Inmitten von Glückwünschen und Umarmungen kam eine scheinbar vernünftige Frage von Seth. »Warum habt ihr das denn nicht vorhin schon angekündigt und euch all dieses unnötige Theater heute abend erspart?«

»Sie wollte es nicht«, erwiderte Gabriel.

»Ich bin eben von Natur aus stur«, erklärte Roberta.

»Das kann man laut sagen«, murmelte Gabe in sein Sherryglas. Als das Gelächter verebbt war, sah er ihr in die Augen, während er zu den anderen sprach. »Seht ihr, sie wollte aus eigener Kraft über die Schulpflegschaft triumphieren, nicht, weil sie demnächst einen Mann haben würde, der sich um sie kümmert. Aber sie wird trotzdem einen bekommen.«

»Ich kann für mich selbst sorgen, Gabriel Farley«, sagte sie sehr bestimmt.

»Ich weiß, daß du das kannst. Ich habe dich ja den ganzen Sommer dabei beobachtet. Aber zu zweit können wir das besser.«

Sie feixte und sagte: »Das gebe ich zu.« Dann stieß sie mit ihm an, während die anderen im Zimmer zusahen. Die beiden verband eine Kameradschaft, die über das gewöhnliche Herzflattern und die feuchten Hände der meisten verliebten Paare hinausging. Und was die strenge Rollenverteilung Hausfrau-Versorger betraf, die in den meisten Ehen vorherrscht ... nun, jeder im Zimmer konnte sehen, daß die Ehe dieser beiden nicht in diese Richtung gehen würde. Roberta würde weiter in ihrem schicken Automobil mit einer weißen Uniform kreuz und quer durchs Land fahren. Und er würde wahrscheinlich oft sich selbst überlassen sein, und das in einem Haus, das nicht so oft geputzt wurde, wie es das vertragen könnte. Und er würde spät am Abend ein hastig zusammengestoppeltes Essen vorgesetzt bekommen oder selber Kochen lernen müssen.

Elizabeth hob ihr Glas zu einem offiziellen Trinkspruch. »Auf die zukünftigen Eheleute, Mr. und Mrs. Gabriel Farley!«

Und während die vielen Gläser aneinanderklirrten, wurde Roberta klar, daß sie in Elizabeth DuMoss ihre erste Freundin in Camden gefunden hatte.

18

Als Roberta und Gabe an diesem Abend wieder zum Haus der Jewetts zurückkehrten, war es halb zwölf. Das Licht in der Küche brannte noch, und alle vier Mädchen aßen Baiserteig mit Löffeln.

»Wir haben versucht, es dicker zu kriegen, aber unsere Arme wurden beim Schlagen lahm«, erklärte Isobel. »Aber es ist wirklich super geworden. Wollt ihr auch was?«

»Was machst du denn immer noch hier?« fragte Gabe. Neuerdings klang es, wenn er Isobel auf diese Weise befragte, beinahe heiter.

»Ich wohne hier, wußtest du das nicht?« antwortete sie frech und leckte einen Löffel ab.

Gabe legte einen Arm locker um Robertas Hals und sagte zu seiner Tochter. »Weißt du was? Das wirst du wirklich. Sag's ihnen, Roberta.«

Sie umfaßte mit entspanntem Griff sein Handgelenk. »Dein Vater und ich werden heiraten.«

»Verdammt, das wußten wir doch schon«, erwiderte Isobel, die immer noch an ihrem Löffel nuckelte.

»Klar wußten wir das«, pflichtete Becky ihr bei.

»Wir wußten nur noch nicht, wann«, fügte Susan hinzu.

»Wann denn, Mutter?« wollte Lydia wissen.

Roberta sah Gabe an. »Wann, Gabe?«

»Wann willst du denn?«

»Wann sollten wir?«

Isobel antwortete: »Je eher, desto besser. Dann können wir alle zusammen wohnen.«

Roberta wandte sich wieder an Gabe. »Wo werden wir wohnen?«

»Hier«, erwiderte er, als hätte er das schon die ganze Zeit gewußt. »Ich werd' ein Loch in diese Wand da drüben hauen und ein Schlafzimmer für uns anbauen, und die Mädchen können die beiden Räume oben unter sich aufteilen.«

»Ich nehme Isobel in mein Zimmer!« erklärte Susan.

»Mutter, darf sie das?« quengelte Lydia. »Ich will sie in meinem Zimmer haben.«

Rebecca tauchte zwei Löffel in ihren Eierschneeteig und reichte sie den Erwachsenen. »Hier, probiert mal. Besser, Sie gewöhnen sich gleich dran, Mr. Farley, weil wir manchmal hier zum Abendessen nämlich nichts anderes kriegen.«

»O Becky, wirklich«, schimpfte Roberta belustigt. »Erzähl' ihm doch nicht so etwas. Er wird dir noch glauben.«

»Und nenn mich nicht mehr Mr. Farley. Wie wär's mit Gabe?«

»Na schön, Gabe. Wie ist der Baiserteig?«

»Hmm ... nicht schlecht.«

»Wer wird deine Brautjungfer, Mutter?«

»Wer möchte denn?«

Drei Hände fuhren in die Höhe. »Ich möchte, ich möchte, ich möchte!« Susan schalt ihre jüngere Schwester sofort aus. »Sei nicht dumm, Lydia, du bist zu klein, um Brautjungfer zu sein.«

»Nein, ist sie nicht«, verteidigte Becky sie. »Warum kann sie nicht genausogut Brautjungfer wie du sein?«

»Ich habe eine Idee. Wir ziehen Pinnchen«, entschied Roberta.

»Ich habe noch eine bessere Idee«, sagte Rebecca. »Ziehen wir Löffel. Jeder leckt seinen Löffel ab, und nur einer von uns taucht seinen in den Teig. Dann legen wir sie alle in den sauberen Topf, du hältst ihn dir hoch über deinen Kopf, Gabe, und wir nehmen jede einen Löffel heraus. Und diejenige mit dem Teig dran wird Mutters Brautjungfer.«

Gabe sagte zu Roberta: »Wird unser Leben von jetzt an ständig so sein, wenn wir mit euch Vieren zusammen sind? Wird da aus allem ein Spiel gemacht?«

»Es wird immer gespielt«, antwortete sie ihm. »Wir holen soviel Spaß wie möglich aus dem Leben raus, damit wir, wenn wir erst zwei Meter tief in der Erde liegen, viele gute Erinnerungen haben.« An die Mädchen gewandt sagte sie: »Also, eine von euch tunkt jetzt diesen Löffel ein.«

Lydia übernahm die Sache. Gabe stand auf. Und alle zogen. Rebecca bekam den Baiserlöffel, und Roberta verspürte einen geheimen Funken Freude: Es war richtig, daß Becky sie zum Altar führte; immerhin hatte sie diese Vereinigung seit einiger Zeit vorhergesehen und ermutigt. Trotzdem bekam jedes der Mädchen seine Umarmung und dazu die Aufforderung, etwas ganz Besonderes für die Hochzeitszeremonie zu planen und mitzuüberlegen, wo sie stattfinden sollte. Es schien ihr nur natürlich, ja zu sagen, als die Mädchen fragten, ob Isobel über Nacht bleiben dürfe, so daß sie mit dem Planen gleich anfangen konnten.

Wenige Minuten später standen Gabe und Roberta wieder auf der Veranda im Dunkeln, um sich Gute Nacht zu sagen.

»Du wirst den Mädchen wirklich erlauben, deine Hochzeit zu planen?«

»Hm, natürlich ... zumindest einen Teil davon. Wir machen alles zusammen.«

Er griff nach ihren Armen und zog sie zu sich. »Roberta, du bist wirklich etwas Besonders«, sagte er und senkte den Kopf.

Es war etwas anderes, sich als verlobtes Paar zu küssen. Die Verlobung setzte gewisse Einschränkungen außer Kraft. Seine Hände bewegten sich über sie, als wäre sie ein schönes Stück Holz, das er abgeschmirgelt und poliert hatte und das er nun auf seine Glattheit untersuchte. Er stand zwischen ihr und dem Garten in der tiefsten Dunkelheit gegenüber der Schaukel, und während sich Sekunden zu Minuten dehnten, wurde er immer verwegener, seine Lippen nahmen die ihren in Besitz, und seine Hüften preßten sie an die Wand.

Sie hatte die Arme hochgehoben, ihre Hände lagen auf seinem Hals und in seinem Haar, bis sie beide atemlos waren und er die ersten Übergriffe auf ihre Kleidung wagte. Das hatte er noch nie zuvor getan.

Sie drückte ihn mit Mund und Händen weg und flüsterte: »Hör auf, Gabe.«

Er gab sie abrupt frei, denn er spürte ihre aufflammende

Angst. Er konnte ihr Gesicht in dem blauschwarzen Schatten kaum erkennen.

»Ich bin nicht Elfred, Roberta. Ich werde dir nicht weh tun.«

»Ich weiß …«, flüsterte sie und fügte dann, als müsse sie sich selbst davon überzeugen, hinzu: »Ich weiß.«

»Aber du hast immer noch Angst?«

»Ein bißchen. Vielleicht.«

Er dachte eine Weile nach, verfluchte Elfred und fürchtete sich plötzlich vor dem bösen Einfluß, den dies auf ihrer beider Zukunft haben konnte.

»Na schön, hm, hör zu …« Er trat einen Schritt zurück, nahm ihre Hände in die seinen und hielt sie fest. »Du hast recht. Am besten warten wir mit allem ab und beweisen der Wohltätigkeitsgesellschaft, daß sie im Unrecht ist, wie?«

Sie küßte ihn auf den Mundwinkel und sagte: »Vielen Dank, Gabe, daß du mich verstehst.«

Obwohl sie versuchten, so zu tun, als wäre nicht ein kleiner Keil zwischen sie getrieben worden, war es doch passiert. Obwohl sie versuchten, so zu tun, als würde dieser Keil in ihrer Hochzeitsnacht nicht noch tiefer getrieben werden, wußten sie, daß das durchaus möglich war. Es war eine Sache, auf der Verandaschaukel zu schmusen oder hoch zugeknöpft im Schatten unter den Bäumen verstohlene Küsse auszutauschen; der Gedanke an das Ehebett war etwas anderes. Gabe fragte sich, ob sie die Hochzeit endlos hinauszögern würde, um sich ihren eigenen Ängsten nicht stellen zu müssen.

»Also, wann können wir heiraten?« fragte er.

»Oh …« Sie stieß einen langgezogenen Atemzug aus. »Ich weiß nicht. Wie lange wird es dauern, bis du den Anbau an das Haus fertig hast?«

»Bist du damit einverstanden, wenn ich das tue? Wir haben nicht mal darüber geredet.«

»Natürlich bin ich damit einverstanden. Ich würde schrecklich gern hierbleiben, und dein Plan ist absolut vernünftig. Schließlich hat Isobel soviel Zeit hier verbracht – und du auch –, daß es fast so scheint, als wäre dies bereits unser Zuhause.«

Er dachte über seine Termine nach. »Seth und ich haben ein paar Aufträge bereits angenommen, daher kann ich erst in ein paar Wochen hier anfangen.«

»Hm.« Sie dachte einen Augenblick lang nach. »Wie wär's mit Mitte November? Wir könnten da schon gleich ein Datum festlegen.«

Der November schien ihm Lichtjahre weit entfernt zu sein, aber Gabe verbarg seine Enttäuschung und sagte: »Das wär' wohl vernünftig.«

»Also abgemacht. Mitte November.«

»Roberta, ich würde dir gern etwas schenken – einen Verlobungsring oder eine Brosche. Ich hätte es heute abend für dich bereit haben sollen, aber ich dachte, du würdest dir vielleicht gern etwas aussuchen.«

Ihnen war beiden klar, was sich seit dem Abend auf der Schaukel geändert hatte, als ihre atemlose Erwartung sie völlig ungetrübt überkommen hatte, als ihre Vorschläge noch unter dem Vorbehalt der Schicklichkeit gemacht worden waren. Sie fragten sich, was aus dem sorglosen Paar geworden war, das vor weniger als einer halben Stunde so unbekümmert ins Haus getreten war, um seine Absichten kundzutun.

Dieses Paar kam am Freitag wieder zum Vorschein, als sie den Verlobungsring kaufen gingen – einen bescheidenen Diamanten, der von vier noch kleineren Diamantsplittern umringt war – und Robertas Haus, als sie zurückkehrten, ausnahmsweise einmal leer vorfanden. Er führte sie zum Sofa im Wohnzimmer und fing an, sie zu küssen, dann zog er sie auf seinen Schoß und drückte sie sanft auf ein Kissen.

Diesmal hielt sie ihn sofort auf; sie zog seine Hand von ihren Brüsten weg, sobald er sie dorthin gelegt hatte, und umarmte ihn so eng, daß er die Arme um ihren Rücken legen mußte. Gleichzeitig versuchte sie, ihr Begehren mit Gewalt zurückzudrängen.

Während sie sich so wie zwei Ertrinkende umarmten, zählten sie die Wochen bis zu ihrer Hochzeit und fragten sich, ob sie bis dahin ihre Abneigung gegen Berührungen dieser Art überwunden haben würde.

Bei dieser und anderen Gelegenheiten bis zu ihrer Hochzeit dachte er oft darüber nach, welchen nicht wiedergutzumachenden Schaden Elfred wohl angerichtet haben mochte, denn sie würde immer nur so weit gehen, bis aus der offensichtlichen Hemmung echte Angst wurde. Es erfaßte sie manchmal, wenn er es am wenigsten erwartete, und irgendwann wurde ihm klar, daß ihm als Bräutigam beim zweiten Mal eine viel schwierigere Braut gegeben worden war als beim ersten Mal. Roberta würde ungeheuer viel Geduld und Verständnis in ihrer Hochzeitsnacht brauchen und vielleicht auch noch in vielen, vielen weiteren Nächten.

Die Mädchen hatten zu dem geplanten Hochzeitstermin Mitte November einiges zu sagen. Sie wollten, daß die Hochzeit auf der Veranda stattfand, und es war nicht unwahrscheinlich, daß sie bis Mitte November mit Schnee bedeckt sein würde.

Daher verlegten sie das Datum auf den 14. Oktober vor, und Gabe machte sich an den Anbau. Als der Hochzeitstag kam, war dar Schlafzimmerflügel zwar wetterfest, aber immer noch weit von seiner Vollendung entfernt.

Roberta erwachte früh und drehte sich im Bett zum Fenster herum, wo eine vollkommene, rosenfarbene Dämmerung in einen Himmel von makellosem Blau hinaufstieg.

Wir müssen es richtig miteinander machen, dachte sie. *Es wird ein vollkommener Tag für eine Hochzeit werden.*

Trotzdem kroch sie tiefer in ihr zerknittertes Doppelbett, starrte in die Morgendämmerung draußen und mußte daran denken, daß sie in dieser Nacht mit Gabe das Bett teilen würde. Bei dieser Vorstellung unterdrückte sie ein Schaudern und preßte sich dann eine Hand auf ihren zitternden Bauch.

Roberta Jewett, du liebst Gabe, und er ist nicht Elfred, und du bist einfach dumm, also schlag dir diese lächerlichen Ängste aus dem Kopf und benimm dich wie eine erwartungsvolle Braut.

Wie konnte ein Mensch etwas wollen und gleichzeitig fürchten?

Manchmal schien sich dieser Tag förmlich dahinzuschleppen, und manchmal raste er auf die vier Uhr zu. Als sie sich ankleidete – die Mädchen liefen in ihrem Zimmer ein und aus, verlangten in der letzten Minute noch nach irgendwelchen wichtigen Dingen oder äußerten ihr Entzücken über ihr Kleid und ihr Haar und heischten Zustimmung zu ihrer eigenen Aufmachung –, waren ihre Nerven so angespannt, als wäre sie siebzehn und noch Jungfrau.

Die Mädchen hatten alle neue Kleider bekommen, und obwohl sie eine wie die andere hinreißend aussahen, wirkte Rebecca in einem sehr fraulichen, knöchellangen Kleid aus aprikosenfarbenem Satin einfach atemberaubend. Und so erwachsen! dachte Roberta.

Kurz vor vier rief Lydia: »Gabe und Isobel sind da!« Dann hörte sie sie unten auch schon anklopfen. Sie hätte nie gedacht, daß sie einmal, nur weil ein Mann vor ihrer Tür stand, Schmetterlinge im Bauch haben würde, aber an ihrem Hochzeitstag war es so.

Als sie ihn auf der Veranda stehen sah in seinem todschicken, neuen schwarzen Wollanzug und die Spitzen seiner neuen Stiefel wie Onyx funkelten, dachte sie: *Wirklich, ich liebe ihn mehr als ich George geliebt habe. Ganz gewiß kenne ich ihn besser. Nicht in einer Million Jahren hätte ich irgend etwas von ihm zu befürchten.*

Sie konnte sofort sehen, daß er alles andere als ruhig war. Seine frisch rasierten Wangen waren so rosig, wie die Dämmerung es gewesen war, und er schien nicht zu wissen, wohin mit seinen Händen.

Er sagte: »Hallo, Roberta.«

Und sie sagte: »Hallo, Gabriel.« Beide wirkten sehr steif. Dann lachten sie nervös, und Roberta drückte die Fliegentür auf.

Isobel sagte: »Meine Güte, Roberta, du siehst so hübsch aus!«

Ein wenig verspätet meinte Gabe dann: »Ja ... ja, das tust du.«

Ihr Kleid war ganz in Elfenbein gehalten, fiel unter der Brust in mehreren Würfen und gab ihre hochhackigen Schuhe frei. Sie hatte sich das Haar um eine weiße Seidenrose geschlungen, etwa so, wie sie es mit ihrer Krankenschwesternhaube trug.

»Und du siehst sehr elegant aus. Du hast dir einen neuen Anzug gekauft.«

Er räusperte sich und schaute kurz an sich herab. Sein Kinn drückte sich gegen den hohen, weißen Kragen und die dicke, schwarze, geknotete Krawatte. »Ah ... ja.«

Nicht einmal bei ihrer ersten Begegnung waren sie so förmlich und steif miteinander umgegangen. Aber so lächerlich es schien, konnte keiner von ihnen seine Nervosität bezwingen, so daß die Kinder anfingen zu tuscheln.

»Ich dachte, wir sollten draußen auf der Veranda warten«, meinte Roberta.

»O ja, sicher!« erwiderte Gabe, als wäre es ein Fehler von ihm gewesen, ins Wohnzimmer zu gehen.

Schon kamen die ersten Gäste: Seth, der Gabe zum Altar führen würde; Aurelia und ihre Kinder; Gabes Mutter, Maude, die Roberta bei zwei Gelegenheiten getroffen hatte und mit der sie einen beklommenen Frieden geschlossen hatte; die DuMoss und ihre Kinder; Mrs. Robertson und Miss Werm; Eleanor Balfour vom Bezirksbüro für Öffentliche Gesundheitspflege und Clarence Hall, der Angestellte der Gebrüder Farley.

Und natürlich Myra.

Grace glänzte durch Abwesenheit, obwohl Roberta nicht wirklich erwartet hatte, daß sie kommen würde: Grace lebte in ihrer Inselwelt und tat immer noch so, als sei der Rest der Welt irregeleitet und ihre Ehe im Himmel geschlossen.

Elfred kam natürlich auch nicht zur Hochzeit. In der Stadt hieß es, daß seine Geschäfte nicht besonders gut gingen. Jemand hatte gehört, daß er eine zweite Hypothek auf sein Haus hatte aufnehmen müssen.

Der Pfarrer der Kongregationalisten schlug vor, anzufangen.

Weil es eine sehr informelle Hochzeit sein sollte, gab es keinen Hochzeitsmarsch, sondern nur ein Füßescharren, während die Hochzeitsgesellschaft auf der Veranda Platz nahm.

Während die Mütter der Braut und des Bräutigams zusahen, wie die Hochzeitsgesellschaft sich versammelte, bemerkte Maude: »Deine Tochter sieht heute wirklich reizend aus.«

Myras Lippen verzogen sich mißbilligend. »Ich habe Roberta gesagt, sie solle auf keinen Fall Weiß tragen, aber sie hört ja nie auf mich. Grace hat mir gesagt, daß Roberta genau *das* tun würde, und tatsächlich – sehen Sie sie sich an! Eine Frau trägt bei ihrer zweiten Hochzeit niemals Weiß!«

»Ich würde es elfenbeinfarben nennen.«

»Nun, es ist weiß genug, um unschicklich zu sein!«

Maude warf dieser Frau, die bald die Schwiegermutter ihres Sohnes sein würde, einen überraschten Blick zu und kam zu dem Schluß, daß er von seiner eigenen Mutter all die warmherzige und aufmerksame Mütterlichkeit bekommen mußte, die er benötigte, wenn er von Robertas Seite mit einer Myra Halburton geschlagen war.

Die Zeremonie entsprach in jeder Hinsicht dem Üblichen, bis auf die Tatsache, daß die Braut ihre Töchter zu einem Klavier begleitete, das man an die Wohnzimmertür gerollt hatte. Dann sang das Trio dreistimmig: »O Promise Me«, und Rebecca rezitierte einen indianischen Vers.

Als sie sich am Geländer der Veranda einmal umschaute, sah sie auf der anderen Seite der Straße die drei Spear-Mädchen stehen, ihre Cousinen, denen ihre Mutter befohlen hatte, zu Hause zu bleiben. Sie beobachteten von dort aus die Hochzeit. Rebecca stand stolz und hoch aufgerichtet da und ließ ihren volltönenden Alt klar und deutlich erschallen, so daß ihre Cousinen sie gut hören konnten.

»Wie die Bogenschnur zum Bogen,
So gehört das Weib zum Manne;
Ob sie ihn auch biegt, sie dient ihm,
Ob sie ihn auch spannt, doch folgt sie;
Keines nützt, fehlt ihm das andere!«

Ethan Ogier, der mit seinem Fahrrad gekommen war, stand neben den Mädchen der Spears und flüsterte ehrerbietig: »Meine Güte, sieht Becky heute nicht hinreißend aus?« Und in seinem sechzehnjährigen Herzen schwor er sich: *Ich werde sie eines Tages heiraten.*

Auf der Veranda fragte Reverend Davis den Bräutigam:

»Nehmen Sie diese Frau?« und als Gabe antwortete: »Ja, das tue ich«, formten vier junge Mädchen mit den Lippen dieselben Worte wie er. Als Roberta ihr Jawort gab, war es nicht anders. Und als Gabriel seine Braut küßte, warfen die drei jüngeren Mädchen sich ein Lächeln zu, während Becky Ethan auf der anderen Straßenseite einen langen Blick sandte.

Der Kuß war auf Gabriels Seite kurz und gehemmt. Er fühlte sich schon weit wohler als früher, was die Zurschaustellung von Zuneigung betraf, aber ein Kuß vor Publikum war ihm eindeutig zu viel. Als er den Kopf hob, sah Roberta, daß sein Gesicht rot war wie ein reifer Pfirsich, und sie dachte, wie seltsam es doch war, daß sie die ersten Stadien der Werbung relativ ungezwungen überstanden hatten, nur um dann an ihrem Hochzeitstag verlegen zu werden.

Anschließend schwärmten die Mädchen aus und küßten Gabe ebenfalls auf die Wange, was deren Färbung um einige Grade vertiefte. Daraufhin kamen auch die Gäste mit Umarmungen und Gratulationen zu ihnen, und für eine Weile waren Braut und Bräutigam getrennt.

Das Hochzeitsmahl ließ sich mühelos mit den Fingern essen und wurde von den vier neuen Stiefschwestern herumgereicht, die ihrer Mutter bei der Zubereitung geholfen hatten. Neben den kalten Sandwiches gab es Karamel und Baisers, und Gabes Lieblingsrahmplätzchen, die seine Mutter beigesteuert hatte.

Als das Fest schon in vollem Gang war, trat Roberta zu Becky und sagte: »Warum bringst du nicht dein Tablett mit Süßigkeiten rüber zu deinen Freunden auf der anderen Straßenseite? Auf diese Weise brauchen sie sich nicht über die Befehle ihrer Eltern hinwegsetzen.«

Becky blickte zu ihrer Mutter auf, und ein Schleier legte sich über ihre Augen. »Wissen Sie was, Mrs. Farley?« fragte sie. »Ich habe die absolut allerbeste Mutter auf der Welt.«

Als Roberta Becky einen Kuß auf die Wange gab, kam Gabe herübergeschlendert und stellte sich zwischen die beiden. Nachdem Becky dann mit dem Tablett fortgegangen war, fragte er leise: »Was haben all die Tränen zu bedeuten?«

Roberta sah Becky nach und sagte: »O Gabe, ich bin so glücklich. Wir werden so eine wunderbare Familie sein.«

Er legte einen Arm um ihre Schultern, und sie standen Seite an Seite an, während Becky die jungen Leute auf der anderen Straßenseite erreichte. Marcelyn blickte zu ihnen hinüber und sah, daß sie sie beobachteten ... und winkte.

Gabe und Roberta winkten zurück.

»Arme Grace«, sagte Roberta. »Sie wird bei diesem Mann bleiben, bis daß der Tod sie scheidet, und sie wird nie wissen, was für eine Art Glück sie verpaßt hat.«

Gabe konnte sich nur auf eine einzige Antwort besinnen: Er küßte seine Frau sanft auf die Schläfe.

Roberta lächelte zu ihm auf. »Hm, sieh dich bloß an«, sagte sie. Sein überaus steifer Kuß erfreute sie. »Der Mann, der solche Angst hatte, Zuneigung zu zeigen.«

»Ich wünschte, es wäre schon Abend«, erwiderte er. »Dann würde ich dir noch viel mehr Zuneigung zeigen.«

Sie wandte hastig den Blick ab, und er fragte sich, wie viele Male er sich wohl ein Nein von ihr geholt hatte, seit sie verlobt waren. Sie hatte sogar darauf bestanden, daß sie keine Flitterwochen machen würden – angeblich, weil sie ihre Stelle erst seit sechs Monaten hatte und nicht gleich um Urlaub bitten wollte. Außerdem, so argumentierte sie, sollten sie die Mädchen nicht allein lassen, obwohl er nicht einsah, warum nicht Maude oder Myra für eine Woche bei ihnen bleiben konnten.

»Nein«, hatte Roberta abermals gesagt. Also hatte er das Geschäft Seth überlassen und sich nach Kräften bemüht, den Anbau bis zum heutigen Abend fertigzubekommen.

Und damit war die Sache erledigt … Es war kurz nach sechs Uhr abends, und ihre Gäste verabschiedeten sich … und die Mädchen gingen los, um zusammen mit Großmama Maude in Gabes Haus zu schlafen … und das neue Schlafzimmer war noch nicht ganz fertig, aber es stand ein neues Bett darin, und im Badezimmer gab es eine Badewanne und einen richtigen elektrisch betriebenen Boiler … und Gabe hatte keine Ahnung, wie er an die nächsten Stunden herangehen sollte.

Der Garten leerte sich.

Gabe und Roberta standen auf der Verandatreppe und lauschten in die herbstliche Stille. Das Meer jenseits der Dächer sah wie ein Teller aus himmelblauer Emaille aus, der von den fernen Inseln durchbrochen wurde, die wie kleine Feuer aus dem Wasser herausragten. Leuchtendes Orange und Blau – das ganze Spektrum – mit gelegentlichen Klecksen immergrüner Pflanzen und weißen Booten, die zum Ende des Tages von der See hereinkamen.

»Ich erinnere mich noch daran, wie du diese Veranda gebaut hast«, sagte Roberta.

»Vor sechs Monaten.«

»Ist das alles?«

»Puh, hattest du da einen Zorn auf mich.«

Roberta kicherte. »Den hatte ich wirklich, wie?«

»Erinnerst du dich noch an den Tag, an dem du das Haus zum ersten Mal gesehen hast? Du bist ins Schlafzimmer gekommen und hast mich dabei erwischt, wie ich schlüpfrige Witze über geschiedene Frauen machte. Gott, habe ich mich da geirrt.«

Er hatte sie beobachtet und darauf gewartet, daß sie den Kopf umwandte, damit er in ihren Augen lesen konnte. Sie drehte sich um, und wenn sie Angst hatte, so konnte sie es gut verbergen.

Die beiden standen da, der Tag neigte sich dem Abend zu, und Gabe fragte sich, was sie von dem Gedanken hielt, sich vor Einbruch der Dunkelheit zu lieben.

Roberta hatte Angst, daß sie in letzter Minute ihre Hochzeitsnacht wegen einer Sache ruinierte, die nichts mit ihm zu tun hatte.

»Bist du müde?« fragte er.

»Ja ... bin ich.«

»Wollen wir reingehen?«

Statt einer Antwort drehte sie sich um und ging voran. Die Fliegentür öffnete sich träge, um sich dann hinter ihm wieder zu schließen. Dann die Innentür.

Ohne Hast durchquerten sie das Wohnzimmer und blieben dann in der Küchentür stehen – Gabes rechte Schulter hinter ihrer linken –, wo sie den Raum inspizierten, den die Mädchen sauberer zurückgelassen hatten, als er je gewesen war. Auf dem Tisch stand ein Teller mit Süßigkeiten und Carolines Philodendronpflanze.

Als er sah, wie Robertas Blick auf der Pflanze innehielt, fragte Gabe: »Hast du was dagegen?«

»Nein, natürlich nicht. Isobel hat mich gefragt, ob sie die Blume rüberbringen dürfte. Ich finde sogar, daß sie den Raum verschönert ... und du weißt, daß ich mich selber nicht besonders gut darauf verstehe. Da kann ich noch einiges von Isobel lernen.«

Er hatte noch nie einen Menschen wie Roberta kennengelernt, so gefeit gegen Eifersucht, so offen für Veränderungen, für Entdeckungen. Sie hatte nicht nur Gabe und Isobel akzeptiert, sondern auch eine dritte Person, denn Caroline war ein fester Bestandteil ihrer Vergangenheit, und Roberta verstand das. Eifersucht war ihr fremd, denn sie war so sehr mit sich selbst im reinen, daß dafür keine Notwendigkeit bestand. Sie sah ihre Mängel so deutlich, wie sie ihre Stärken sah, und schämte sich weder für das eine noch prahlte sie mit dem anderen. Sie lebte das Leben einfach jeden Tag aufs neue nach ihrem eigenen Kodex, der da lautete: *Glück ist das Wichtigste.*

»Roberta?« fragte er.

Sie wandte sich von dem Philodendron ab und sah ihn an. »Hm?«

»Ich liebe dich. Ich habe gerade begriffen, *wie* sehr.«

»Ach Gabe«, sagte sie, als er sie in die Arme nahm.

Sie hätte gesagt: *Ich liebe dich auch,* aber er küßte sie mit einer so exquisiten Zärtlichkeit, daß ihr das Herz weh tat. Küßte sie und ließ die Hände nur auf ihrem Rücken ruhen. Als der Kuß endete, drückte er sie so fest an sich, daß ihre Rippen schmerzten, und hielt sie so fest. Ihr Kinn lag auf seiner Schulter, und ihre Brüste drängten sich fest gegen seine Brust.

Mit geschlossenen Lippen sog er einen tiefen Atemzug ein und atmete dann ein wenig unsicher aus, und Roberta wußte, daß der nächste Schritt bei ihr lag.

Sie lehnte sich zurück, so daß ihre Hände schließlich an seiner Brust lagen, und sagte: »Wenn du nichts dagegen hast, würde ich gern die neue Badewanne benutzen.«

»Ich habe nichts dagegen«, sagte er und ließ sie los.

Während sie hineinging und die Badezimmertür hinter sich schloß, zog er Schuhe, Krawatte, Kragen und Jackett aus.

Das Wasser lief. Und hörte auf zu laufen. Und blibberte, als würde ein Fuß hineingesetzt. Und blubberte, als glitte ein Körper hinein.

Er saß auf einem Stuhl in ihrem neuen Schlafzimmer und betrachtete das neue Holz, das zu lackieren er bisher noch keine Zeit gefunden hatte. Dann sah er das Bett an, das sie mit frischem weißem Bettzeug bezogen hatte.

Dann hörte man ein sanftes Platschen und das Plätschern eines Lappens, der ausgewrungen wurde.

Er stand auf, schlug die Chenille-Tagesdecke und die Bettdecken auf und überlegte, ob er sich schon hineinlegen sollte. Dann änderte er seine Meinung und kehrte zu dem Stuhl zurück, ohne das Bettzeug wieder in seinen ursprünglichen Zustand zu bringen. Er wartete.

Das Wasser lief ab ... dann Stille.

Er blieb, wo er war und wartete weiter.

Schließlich öffnete sich die Tür, und eine Woge feuchter Luft und blumigen Puderduftes drang in den Raum. Sie stand in der Tür und schloß zwei Knöpfe an der Passe eines blauen Baumwollnachthemds, das weder prüde noch freizügig war. Sie hatte sich das Haar gebürstet, und ihre Füße waren nackt. Und sie sah ihm direkt in die Augen.

»Ich hatte noch nie im Leben eine Badewanne. Vielen Dank, Gabriel.«

»Gern geschehen«, sagte er.

Sie blickte auf seine nackten Füße, sein aufgeknöpftes Hemd: es war offensichtlich, daß er hier gesessen und gewartet hatte.

»Habe ich zu lange getrödelt?«

»Nein! Nein, überhaupt nicht.«

»Möchtest du ...« Sie zeigte hinter sich und ließ den Rest der Aufforderung unausgesprochen.

»Oh ... natürlich.« Er ging hinein und ließ die Tür absichtlich einen Spalt breit offenstehen, putzte sich die Zähne, wusch sich das Gesicht und kam mit einem Handtuch in der Hand und herabhängenden Hosenträgern wieder heraus.

Sie saß auf der Bettkante und sah ihn an. Er ging um das Bett herum auf die andere Seite und zog sich mit dem Rücken zu ihr alles bis auf seine kurzbeinige Hemdhose aus und setzte sich aufs Bett.

Als er sich hinlegte, legte sie sich ebenfalls hin. Sie waren beide bis zur Taille zugedeckt.

Es war immer noch nicht ganz sieben Uhr und selbst an der Ostseite des Hauses noch keineswegs dunkel.

Er schob seinen rechten Arm unter den Kopf und sah zu ihr hinüber. Sie sah ihn an.

»Gabriel«, sagte sie sachlich, »ich war in meiner ersten Hochzeitsnacht keine Jungfrau, daher ist das hier sehr peinlich. Ich fühle mich nämlich heute nacht, als wäre ich eine.«

Er rollte sich zu ihr herum, ließ jede Menge Abstand zwischen ihnen und hatte den Ellbogen immer noch unter dem Ohr liegen.

»Ich hätte geglaubt, du wärest Jungfrau gewesen«, sagte er.

»Nein, war ich nicht. Und du?«

»Ja, ich schon.«

»Irgendwie überrascht mich das nicht. Du hast so etwas also schon einmal durchgemacht.«

Er räusperte sich, und statt etwas zu sagen, nickte er nur.

»Das sieht mir überhaupt nicht ähnlich«, sagte sie. »Ich bin kein furchtsames Mauerblümchen. Bin ich nie gewesen.«

Er nahm ihre Hand, hielt sie auf dem sauberen Laken zwischen ihnen fest und sah seinem Daumen zu, der über ihren glitt. »Roberta«, sagte er und sah ihr in die Augen. »Sag mir, wovor du am meisten Angst hast.«

»Die Erinnerungen kommen zurück. Ich kann nur bis zu einem gewissen Punkt gehen, und dann sind sie alle wieder da, und es ist, als läge ich wieder auf dieser Schotterstraße auf dem Rücken, und ich weiß ganz genau, daß du bei mir bist und nicht er, aber es passiert trotzdem – ich bekomme Angst, und ich kann nicht dagegen an. Es sieht mir gar nicht ähnlich, Gabe, wirklich nicht! Aber ich weiß nicht, was ich tun soll ... wie ich darüber hinwegkommen soll.«

Er streichelte weiter ihre Hand mit seinem Daumen, damit

sie sich daran gewöhnen konnte, ihn in der anderen Hälfte ihres Bettes zu sehen. Er blickte ihr ruhig in die Augen und fragte sich, wie er an die Sache herangehen sollte.

Schließlich zog er an ihrer Hand und flüsterte sanft: »Komm her ...« Dann rollte er sich auf den Rücken, zog sie halb über seine Brust und ließ schließlich ihre Hände los. »Wir wissen ja beide, wie's geht«, sagte er. »Tu, wozu du Lust hast.«

Sie lag mit dem Gesicht nach unten auf ihm, und er zog seine Hände zurück, legte sie ruhig aufs Kopfkissen. Sie sah ihm einen langen Augenblick in die Augen, während sie beide völlig bewegungslos dalagen. Ihre Rechte ruhte immer noch auf seiner Brust, da, wo er sie hingelegt hatte, über seinem Herzen. Sie konnte fühlen, daß es ebenso schnell schlug wie ihres.

Eine Haarsträhne löste sich hinter ihrem Ohr und kitzelte sein Kinn. Er bewegte sich nicht, erwiderte nur ruhig ihren Blick und wartete.

Sie strich sich die Haarsträhne wieder zurück hinters Ohr und beugte sich langsam herunter, um ihn zu küssen. Was er seinen Händen versagte, gestattete er seinem Mund, den er unter ihrem Mund öffnete. Wieder löste sich ihr Haar, und als sie es erneut zurückstrich, berührte sie dabei sein erhitztes Gesicht und breitete schließlich ihre Hände auf seinen Wangen aus. Ihre Fingerspitzen berührten seine Augenwinkel.

Sie beendete den Kuß und öffnete die Augen – so dicht über ihm, daß sie beide die von der Haut des anderen ausstrahlende Wärme spüren konnten und die Fanfare schneller Atemstöße aus ihren halbgeöffneten Lippen.

Sie wisperte: »Gabriel ...« und kniete sich neben ihn, nahm sein Gesicht in beide Hände.

Er flüsterte: »Deine Hände sind heiß.«

»Genau wie dein Gesicht. Und dein Herz schlägt ganz schnell. Ich kann es unter meinen Armen fühlen.«

»Deins auch?«

»Ja«, hauchte sie, küßte ihn wieder und beugte sich vornüber, bis ihre Brüste in ihrem Nachthemd frei schwingend herabhingen. Mitten im Kuß fand sie seine Handgelenke, umfaßte sie mit ihren Händen, drückte sie fest aufs Kissen, als wolle sie ihn festhalten, wo er lag, obwohl er sich gar nicht bewegt hatte und ihr nicht den geringsten Grund gab, Angst zu haben. Mit den Handflächen spürte sie seinen Puls, und ihre endlich freien Brüste fühlten sich wohlig schwer an, wie sie so über ihm kniete. Das Verlangen kam wie ein Geschenk, als ein Überfall – und frei von Angst und Erinnerung.

Sie schwang ein Bein über seinen flachen Bauch und setzte sich rittlings auf ihn, sah, wie seine Augen dunkler wurden und sich seine Nasenlöcher weiteten; immer noch hielt sie seine Handgelenke auf den Kissen fest. Dann legte sie seine starken, blaugeäderten Hände unter ihre Brüste und schloß die Augen, als seine Hände ihr Fleisch einschlossen. So saß sie auf ihm, den Kopf zurückgebeugt, ihre Hände über seinen, die sie gemeinsam zusammendrückten, bis ihre Hände herabsanken und seine auf ihren Brüsten blieben, sie in einem ursprünglichen Rhythmus, den sie in ihren Köpfen hörten, vor und zurück wiegten.

Minuten später ließ sie sich nach vorn fallen, streckte ihre Glieder auf seinen aus, murmelte eine Bitte in seinen geöffneten Mund, führte noch einmal seine Hand und begrüßte seine willige Nachgiebigkeit mit einem leisen Stöhnen.

Sie hatten noch Bettzeug zwischen sich. Sie befreiten sich davon, lagen auf der Seite mit geöffneten Beinen und angezogenen Knien, durchlitten ihr ureigenstes Martyrium des Wartens. Sie trennten sich mit leidenschaftlichen Blicken und warfen dann ihre restliche Kleidung ab – erst sie, dann er – lagen dann zusammen in der Dämmerung, die ihre Haut in den Farben des sich senkenden Abends aufscheinen ließ, und gestatteten sich erste, scheue Blicke auf den anderen.

Sie sprachen die universelle Sprache der Liebenden mit kehligen Lauten wortloser Huldigung, und sie berührten einander ohne Angst.

Dann vollzogen sie ihre Vereinigung, immer noch auf der Seite liegend, Wange an Wange auf einem einzigen Kissen, die Augen geöffnet ... dann geschlossen. Die Umarmungen entspannt ... dann heftiger. Der Atem fließend ... dann angehalten.

Sie öffnete die Augen im allerletzten Moment und sah ihn, die Lippen zurückgezogen in der Maske der Ekstase, und staunte, daß sie ihn in solche Bedrängnis bringen konnte.

Sie lächelte, gestattete ihren Augen, sich abermals zu schließen, und forderte ihren Sieg über Elfred Spear ein.

In den folgenden Jahren sah sie Elfred gelegentlich, wenn er die Straße überquerte oder in seinem Automobil an ihr vorbeifuhr. Aber sie wechselten niemals ein Wort, genausowenig wie sie und ihre Schwester Grace. Einmal, als Roberta die Bank betrat, kam Grace gerade heraus, und sie wären beinahe zusammengestoßen.

»Oh! Birdy!« sagte Grace, ohne nachzudenken.

Roberta lächelte und sagte mit hämmerndem Herzen: »Hallo Grace, wie geht es dir?«

Aber Grace hüllte sich in ihre Würde ein wie in ein Hermelincape und ging ohne ein weiteres Wort vorüber. Roberta sah ihr mitleidig nach.

»Arme Grace«, flüsterte sie und griff sich ans Herz.

Die Spear-Mädchen fanden, obwohl man es ihnen verboten hatte, immer wieder einen Weg in Robertas Haus und waren bei den Aufführungen und Konzerten ihrer Cousinen mit von der Partie.

Auch Myra kam, wenn sie eingeladen wurde, blieb aber nie lange und ging immer eingeschnappt über irgendeine Mißstimmigkeit mit ihrer jüngeren Tochter davon, die sie niemals ihren Wünschen hatte gefügig machen können, wie es ihr bei ihrer älteren Tochter gelungen war.

Roberta sah ihr dann nach. Und seufzte. Und flüsterte dann wie ein Echo dessen, was sie bei ihrer Begegnung mit Grace gesagt hatte:

»Arme Mutter.«

Dann trat ihr Mann leise hinter sie, ließ einen Arm um ihre Taille gleiten und küßte sie auf die Schläfe. Und schon bald waren dann auch die Mädchen da und sahen zu, wie ihre Großmutter grimmig davonstapfte, als hätte die Welt ihr ein schweres Unrecht angetan ... wieder einmal.

»Warum ist Großmutter immer so schlecht gelaunt?« fragten die Mädchen dann.

Und Roberta pflegte zu antworten: »Wer weiß?«

Und dann fragten sie eines Tages wieder, und Gabriel erwiderte: »Eifersucht.«

Roberta fuhr herum und starrte ihn mit offenem Mund an. »Was?«

»Sie ist eifersüchtig auf dich. Weißt du das denn nicht? Und Grace auch. Weil du immer so glücklich gewesen bist. Und weil du dein Glück selbst in die Hände genommen hast.«

»Wirklich?«

Er verzog den Mund zu einem kleinen, beharrlichen Lächeln.

Sie dachte eine Weile über seine Meinung nach, küßte ihn auf den Kiefer – sie küßten sich jetzt ziemlich regelmäßig vor den Mädchen – und sagte: »Ach, Gabriel, ich danke dir. Das hätte ich selbst nie begriffen.«

»Das liegt daran, daß du nicht einen Funken Eifersucht im Leib hast, daher nimmst du sie bei anderen auch nicht wahr.«

»Hm«, sagte sie nachdenklich. Er schloß die Tür und ging dicht gefolgt von Roberta zur Küche, wo das Geschirr vom Abendessen darauf wartete, abgewaschen zu werden. Als er, ohne den Arm von Roberta zu nehmen, in der Tür stehenblieb, rief er über die Schulter: »Wer ist heute abend dran?«

Jemand rief zurück: »Wir jedenfalls nicht!«

Jemand anderes rief zurück: »Wir auch nicht!«

Es war wirklich schön, Hilfe zu haben ... jedenfalls, wenn sie auch funktionierte. Aber es gab so viele, bei weitem interessantere Dinge zu tun!

Gabe blickte auf Roberta hinab, die leicht die Augenbrauen hochzog, als zucke sie innerlich mit den Achseln.

»Ach, was soll's«, sagte er, »machen wir den Abwasch?«

»Nee, lassen wir ihn stehen.«

»Bis morgen ist das Geschirr ganz eingetrocknet.«

»Aber morgen ist jemand anderes dran.«

Er lachte und zog dann vielsagend eine Augenbraue hoch: »Also, was machen wir statt dessen?«

Sie stellte sich auf die Zehenspitzen und flüsterte ihm etwas ins Ohr.

Er heuchelte Entsetzen und sagte: »Mis-ses Farley! Zu dieser Tageszeit!«

Dann schnappten sie sich ihre Jacken von den Haken an der Tür und liefen ums Haus herum. Im Vorbeigehen riefen sie die Treppe hinauf: »He, Mädchen! Wir sind gleich wieder da. Wir müssen unbedingt noch mal kurz rüber in die Werkstatt!«

Und liefen Seite an Seite kichernd hinaus ins Zwielicht.

ROBERT JAMES WALLER

Die Wiederentdeckung der Liebe –
vom Autor des Welterfolgs
»Die Brücken am Fluß«

41498

43773

43578

43265

GOLDMANN